个人简介

杨晓升，男，广东省揭阳市人。职业编辑，业余写作。曾在《中国青年》杂志工作，现任《北京文学》月刊社社长兼执行主编，编审，曾获国家新闻出版总署评选的“全国新闻出版行业领军人才”称号；中国作家协会会员、中国报告文学学会副会长。著有长篇报告文学《失独，中国家庭之痛》等各类作品250余万字。长篇报告文学《只有一个孩子》曾获2004年正泰杯中国报告文学奖和第三届（2004～2008）徐迟报告文学奖，《中国科技忧思录》获新中国六十周年全国优秀中短篇报告文学奖，《失独，中国家庭之痛》获首届浩然文学奖。近年所著中篇小说《红包》《介入》《身不由己》《天尽头》《疤》等被《小说月报》《小说选刊》《中篇小说选刊》《中华文学选刊》等多家报刊转载，并入选多部年度优秀作品选本。

日出日落

杨晓升　著

光明日报出版社

此生我为何选择文学

这些年，不少朋友见到我，都会好奇地问：你大学学的是理科，怎么从事起文学？

没错，我大学学的是理科，但那算得上是人生的一场误会。

从上学开始，我就很喜欢语文课，也爱写作文，作文还时常被老师作为范文在班里宣读。及至中学，作文就更加突出，不仅时常被老师讲课时作为范文，还时常被抄写到学校的黑板报上，以至后来我也顺理成章成为学校黑板报的主笔和主编。学生时代最风光的一次，是全县范围的高中语文汇考，我的作文和语文成绩名列全县第一，这无疑进一步激发了我对语文、进而是对文学的热爱。我的理想，是上大学中文系。然而，那时候“文革”刚刚过去。一方面，文人在历次政治运动中的遭遇和命运仍让大多数人心有余悸，父母和老师都不希望我考文科；另一方面，我的数理化成绩一直不差，这在“学好数理化，走遍全天下”的口号深入人心的年代，考文科时常成了考生万不得已的选择。如此，家长和老师自然是不主张我去考什么大学中文系的。

就这样，我“随波逐流”，高考时报考了理科，并于1980年考上了位于武汉的华中师范学院生物系（后来华中师范学院改为华中师范大学，生物系改为生命科学学院）。华中师院是教育部直属重点师范院校，偏巧从我高考的那一年开始，该校的录取分数提至重点线（即一本）以上。奇怪的是，那一年我的高考志愿既没有填报这所学校，也没有填报生物专业，便稀里糊涂被录取了。事后究其原因，我是在报考院校的最后一栏填写了“服从分配”。收到录取通知的那一刻，我既高兴又郁闷，高兴的是自己终于考上了大学，郁闷的是录取结果非我所愿。面对录取通知，父母却兴高采烈，因为我成了我家乃至家族里第一个大学生。我内心抵触、拒绝，想复读重考，家境却不允许，因为我后面还有两个弟弟在读，当乡村教师的父母工薪微薄，难以支撑我复读。我只得认命。

上了大学，素来学习认真的我虽然也按部就班地钻研起生物学，内心却念念不忘自己喜爱的文学，而学校图书馆丰富的藏书正好满足了我的兴趣和愿望。正是从那时起，我开始有机会广泛涉猎、阅读中外名著，左拉、司汤达、海明威、莫泊桑、欧·亨利、杰克·伦敦、巴尔扎克、托尔斯泰、屠格涅夫……，以及曹雪芹、施耐庵、罗贯中、吴承恩、吴敬梓等一系列中外优秀作家的名字和他们的作品，像涓涓细流进入我的视野、滋润着我的心灵。读多了，我也跃跃欲试，课余时间偷偷学着写作，并于大学一年级的寒假向校报投寄了自己的散文习作《拜年》，不料校报几乎一字不改地发表了，这无疑激发了我的写作热情。除了努力完成生物专业规定的课程任务，我的课余时间基本用在了对文学的阅读和写作的练习上，并先后在校办的大学生文学刊物《摇篮》发表了《最宝贵的》《七月流火》《归宿》三篇小说，我由此还成为《摇篮》的编委，同时还成为生物系学生会宣传部长。也正因为大学时光这段看似不起眼的历练，才使我大学毕业时受到了幸运之神的光顾：1984年5月，团中央机关刊《中国青年》杂志到武汉地区高校挑选两位应届毕业生，一位文科一位理科，这个理科生的机会便降临到我头上，该刊前来考察的副总编王文起和资深编辑夏岱岱，在看了我发表的几篇习作之后当即拍板，想录取我，但他们担心我是否同意到北京工作，希望学校与我联系。其时，我正随生物专业的老师在咸宁地区的鸡公山作野外生态调查，准备写毕业论文。通讯落后的年代，学校的老师自然无法联系上我，时任学校团委书记兼《摇篮》主编的唐昌宪老师却自告奋勇，拍着胸脯替我做主：“你们放心定下来吧，这么好的机会，杨晓升肯定愿意！”

就这样，塞翁失马，大学学生物的我阴差阳错来到首都北京，当上了《中国青年》杂志的编辑和记者。要知道，《中国青年》是中国大陆现存创刊最早、历史最悠久的杂志，创刊于1923年10月，首任主编恽代英、肖楚女，他俩都是著名的无产阶级革命家、中国共产党早期青年运动的领导者；要知道，《中国青年》历史上推出过雷锋、邢燕子、向秀丽、王杰、张海迪等一系列英模人物，声名鹊起，是青年的一面旗帜；要知道，那时候的《中国青年》，刚刚因为潘晓一封“人生的路为什么越走越窄”的来信引发全国范围的问题大讨论而正大红大紫，每期发行量达到了四百余万册，能够有幸成为这家知名杂志的编辑和记者，我做梦都没有想到。

到《中国青年》当编辑记者，既让我刚一毕业就“背叛”了生物专业，也让我一开始就干起了自己喜爱的文字工作，这既是我专业的重大转折，也是我人生的重要转折。这次转折，让我有幸为自己做了迄今自认为正确的人生定位。编辑和采访工作之余，我业余时间开始写小说，收入这本集子的短篇小说《真诚》，发表于《作品》1987年第5期，这是我第一次在全国公开发行的刊物发表作品，也就是说，《真诚》是我真正的小说处女作，责任编辑是时任《作品》副主编的潮籍作家廖琪。此后我连续在《作品》《萌芽》《湖南文学》《芳草》《草原》《长江文艺》等发表小说，大约有二三十万字。与此同时，由于工作的原因，为《中国青年》作深度报道所采访的素材，时常被我充分利用、深度开掘，写成长篇报告文学，《中国魂告急——拜金潮袭击共和国》《告警——中国科技的危机与挑战》《拷问中国教育》《只有一个孩子——中国独生子女意外伤害悲情报告》等先后出版。6万字的中篇报告文学《21世纪，巨龙靠什么腾飞——中国科技忧思录》发表于《北京文学》1998年第2期头条，很快被创刊不久的《中华文学选刊》转载，为此我也与《北京文学》结下了不解之缘。2000年，经当时的《北京文学》社长章德宁（她也是我那篇报告文学的责任编辑）引荐，由北京市文联考察并报北京市委宣传部的批准，我于当年10月从《中国青年》调入《北京文学》任执行主编，负责《北京文学》的编辑工作，并开始主持《北京文学》的改版和改革。从《中国青年》调到《北京文学》，领第一个月工资时我才发现，我的月收入一下减少了一半，从原单位的四千余元减少到两千余元。这还不算，没过多久，某个月快到发工资的时间，漂亮的女财务愁眉苦脸透露：社里的账户都快没钱发工资了……尽管如此，我听后也只是愣了一下，一笑置之，很快又埋头钻进稿堆之中。自此以后，日复一日，我自得其乐，且乐在其中。记得我还将当时的感触写成随笔《人生的级别》，发表在2000年10月15日的《中华读书报》上。我在文章中这样写——

……

我所要去任职的单位，是一家文学杂志。如果按照世俗的标准，我真的是够傻帽、够落伍的了，因为这家文学杂志，尽管在文学界举足轻重、影响力仍在，品牌仍在，但却像其他许多的兄弟文学杂志一样，发行量不大，经济窘迫。但在我看来，文学杂志的窘迫，不等于文学的窘迫，更不等于文学生命力的丧失。 ……所以对于个人而言，重要的不在于你选择的领域怎么样，而在于你选择之后怎么做。

之所以选择看似清贫的文学杂志，缘于我对文学一直以来的兴趣，也缘于我对当今文学现状和文学读者市场的分析判断，更缘于对自身潜力的认知和对未来发展的打算。对于我所选择的这家文学杂志，我清楚地看到了它潜在的发展空间，更清楚地看到了我自身的用武之地。

在我看来，真正有意义的人生，不在于你单位的高收入和高级别，也不在于你轻而易举地拥有荣华富贵，更不在于不劳而获、心安理得地享受别人为你创造的优渥人生。最为重要的，在于你在生命过程中能身心愉快地劳动、付出与创造。

当你选择自己最感兴趣的事业，在一个相对宽阔的舞台上最大限度地施展着自己的才华，最大限度地挖掘着自身的潜能，最大限度地发挥着自身的作用，并能时常感受到由此带来的愉悦与快乐的时候，你难道还会理会自身的级别和收入？你难道还会去理会什么贫贱富贵？

——这样的人生，难道不就是最高级别的人生么？！

2012年，莫言获得诺贝尔文学奖，因为是中国大陆作家首获这个历史悠久、享誉世界的奖项，此事一时成为全国舆论关注的热点，就连平时不关心文学的人也议论起莫言的获奖。某天我在电梯里听到两位陌生人的议论，一个说："莫言获诺贝尔文学奖，听说奖金很高啊，折合人民币有七百五十万呢！"另一位听罢皱了皱眉，说："嗯，是不少。可这七百五十万在北京能干嘛，也就能在三环路以里买一套两居室吧，还只能是二手房！"他俩的议论让我陷入了沉思：文化是一个民族的血脉，甚至是一个民族的灵魂，文学又是文化最最重要的组成部分，难道可以用金钱来衡量吗？如果非要用金钱衡量，那莫言那七百五十万元的资产，北京市民能拥有的数不胜数，甚至不少在北京开店做生意的北漂人也都能够达到。如果非要以金钱衡量，甚至将文学仅仅作为挣钱谋生的手段，那当今中国资产比莫言多得多的人数不胜数！进而，我冒出一个不错的策划。2013年第1期开始，我在《北京文学》发起了以"寻找文学的意义"为主题的大众文化问题讨论，每期开辟专版选登各界读者的优秀来稿，讨论一直持续到年底，大家畅所欲言，从不同角度、以自身的经历和理解发表了对文学意义的看法。讨论结束时，有读者问我：你自己如何理解文学的意义。我想了想，在新浪微博公开作了如下归纳——

1. 文学是倾诉与表达思想情感的最佳方式；

2. 文学能让你一定程度获得心灵的自由与自尊；

3. 文学创造艺术精神财富的同时能让你留下生命的文字印记；

4. 文学能最大限度延长你的事业寿命直到生命终结；

5. 优秀的文学作品能为读者提供美的享受与思想的启迪。

当然，以上5点，是从文学创作的角度讲的。想当初我调到《北京文学》，除了自己对文学的喜爱，以为《北京文学》的工作可能会轻松些、自由些，《北京文学》的气息和氛围可能更有利于我自己的写作。然而事与愿违，随着时间的推移，我的工作不仅一点不轻松，相反是越来越忙了。2016年第3期的《作家通讯》发表了我的《文学编辑：说不尽的辛苦，谈不完的快乐》一文，文中我这样写道："……面对日月轮回，面对年复一年月复一月一期期出版的报刊，编辑更像是一轮轮、一圈圈推磨的毛驴，周而复始，没完没了，或许只有改行或一直干到退休，才有可能得以歇息。"但同时，我也写道："编辑也有编辑的乐趣。一年到头忙忙碌碌，年终回首，白纸黑字，飞红流黄，枝繁叶茂，硕果累累。那一期期的杂志，那一篇篇文章，那一个个作者，那一群群读者，此刻纷纷闪现在你的眼前，或飘着墨香，或精彩纷呈，或喜笑颜开，或欢呼雀跃……活脱脱又一个庆丰年！……编辑工作，还使我们有幸不分地域、不分行业地结识原本素不相识的一茬茬作者，一群群读者，一批批朋友，这些作者和读者朋友，分布在祖国的四面八方、五湖四海、大江南北。每逢节假日，问候的短信雪片般纷飞而来，接连不断，吱吱喳喳，几乎要将手机挤爆。出差的时候，无论走到哪个省份，我几乎都可以找到作者或读者朋友。……每每此时，我常常感动、欣慰。每每此时，我看到了编辑工作的价值，感受到了编辑生涯的乐趣，也享受到了生活的美好和人生的快乐。"

一晃数十年过去，如今我给自己的定位是：职业编辑，业余写作。尤其是近几年，繁忙的编辑工作之余，我仍努力挤出时间，断断续续地写，虽然写得很慢，但每年也保持写两个中篇小说的速度，并且所写的小说也都发表了，有的还被选刊、报纸转载或连载。从时间上看，这本《日出日落》，算得上我的第一部中短篇小说集，虽然中短篇小说集《身不由己》将由作家出版社同步出版，所收入的作品也并不重复，但是从作品的构成上看，《日出日落》所收入的作品，时间跨度大，作品发表的时间也大都较早，最早的是我的小说处女作《真诚》，最新的是2017年初发表的中篇《病房》。正因为时间跨度大，这部集子收入的9篇小说，风格各异，视角、题材、内容都不尽相同，都带有鲜明的时代的烙印，无论从技巧还是从思想深度上讲，有的可能还不尽成熟，但都留着我数十年来小说创作的足印，而且都异常清晰。

借此书出版之际，衷心感谢数十年来在我的文学道路上所有曾经帮助过我的师友，也衷心感谢所有关注、关心和阅读过我作品的读者朋友！

2017年7月2日　北京

目录

中篇小说

病房

一

医院的病房不大，也不小，是三人间。三个病人的家属和护工进进出出，嘈杂是肯定的。即使如此，李建文老师也是通过关系才住进京城这家知名三甲医院的神经内科的。这关系，是他当初的学生唐慧娟。

唐慧娟是这家医院神经内科病房的护士长，护士二字乍看比医生差了不少，可后面加了个“长”字，虽说不上鸟枪换炮，却也有些猴子称大王的意味。不说别的，光说她掌控着病人的进出与病床的安排，权力就不小。神经内科的病床，满打满算就九十来张，可每天排队等着住进来的病人就得十来个。乍听你可能不以为然——病床不是有九十张嘛，等待住院的人数不也就是总病床数的九分之一？可你再想想，病人住院有一两天就出院的吗？神经内科病房收治住院的大都是脑梗或中风之后四肢无力行动不便、甚至半身不遂者，住院时间多则数月，少则一二十天。如此一来，区区的九十张病床哪里够用？供不应求的情况下，当然只能苦苦排队，除非你有过硬的关系，比如科室主任或护士长，要么就是更高一层的医院院长。科（室）主任和医院院长虽然管着护士长，可护士长却管着九十张床位的具体安排与进出。即使主任或院长要为熟人开绿灯安排病床，也需要同护士长协调、通过护士长设法落实吧？

李建文老师得的是急性中风。四天前的那个晚上，七十岁的李建文老师睡觉时起夜，忽然发觉左臂和左腿沉得像被石头死死地压在床上，怎么也不听使唤。他使出浑身解数，用右臂和右腿挣扎着撑起身子，好不容易在床沿上坐了起来，却发现左臂和左腿异常沉重，怎么也不听使唤，像被人用刀卸了一样。感觉大事不妙的他禁不住大呼小叫，吓得身边的老伴从睡梦中惊醒，一骨碌爬了起来，边爬边问你怎么啦你怎么啦。李建文的回答仍是一阵叽哩呱啦地乱叫，听不清他到底在叫什么。老伴迅速下床，趿着拖鞋从双人床的左边转到床的右边，发现老头儿面目歪斜，龇牙咧嘴地说着含混不清的话儿，左手和左臂软塌塌歪歪斜斜，不住地颤抖，歪斜的嘴不停地流着哈喇子。老太太惊叫起来，心急火燎地叫醒了隔壁房间的女儿和女婿。女儿和女婿衣冠不整慌忙来到父母房间，女儿边叫着爸你怎么啦爸你怎么啦，边试图扶着父亲站起来，父亲的左臂和左腿却软塌塌的怎么也使不上劲儿。女儿和女婿感觉大事不妙，急忙将父亲用力搀扶到客厅的沙发，然后拨打120急救电话，将父亲送到这家医院的急诊室。诊断的结果是中风，也叫上脑卒中，属于缺血性脑卒中。这种病是由脑血栓梗塞引起，表现为突然昏扑，半身不遂，口舌歪斜，不语，偏身麻木等症状。

李建文老师在这家三甲医院的急诊室待了一天一夜，等待住院。因为病房人满，一时没有床位，急诊室又不让久留，征得家属同意，李建文老师被转到重症监护室。重症监护室可是医院里地地道道的吸钱器，一万元押金刚存进去，不到两天就呼拉拉被吸走，没了。续上一万元押金，没两天又呼啦啦被吸走。这还不说，医生还不让家属随便探视。重症监护室规定家属探视只能在每天下午五点，且探视时间只有短短的二十分钟。李建文老师在重症监护室住了整整四天。那四天对李建文老师来说是什么感觉？用他自己的话说，生不如死。重症监护室里，偌大的大厅密匝匝摆满了至少二十几张病床，救治的大都是重症患者。那些患者有的气喘吁吁，有的不停呻吟。有的苟延残喘，有的生命垂危。最严重的，是切开喉管借助呼吸机一下接一下地艰难呼吸，仿佛让人看到生命停止前的读秒。相比之下，李建文老师的病情还算是相对轻的，虽然左臂左腿乏力，不能站立，但他意识仍然清醒。虽然他口舌歪斜，说话依然含糊不清，但经过一系列急救治疗，他的话基本能让旁人听懂。一个意识清醒却行动不便的人，被众多重症病人包围着，夜以继日地听着房间里充满绝望的呻吟，那是怎样的一种感觉？这还不算，更让他不爽的是重症病房里的护士怎么像稀有动物，数量少得可怜。要么，就是那些护士光顾围着重症病人转了。反正李建文老师想喝水、小便什么的，按床头的呼救铃救助，半天没人回应。大声裸喊呼叫，勉强有护士走过来询问，却来也匆匆，去也匆匆，纯粹是敷衍了事。一直躺在床上的李建文老师仿佛笼中困兽，气急上火，恼也不是，不恼也不是，只能隐忍着让那团火窝在心里，却越烧越旺，最终只能在女儿和女婿前来探望时，一股脑儿发泄到他们身上。李建文老师这样子，让女儿和女婿感到无辜，无奈，继而感觉憋屈、愤怒。好在四天之后，唐慧娟帮忙为李建文老师争取到了床位，让李建文老师优先入住到神经内科的这间病房。

二

李建文老师入住了病房，却并非万事大吉。

首先，是家属必须安排人全天候照顾。入住病房，医生只管给病人检查治疗，护士只管给病人打针送药，而病人每天的吃喝拉撒，只有靠病人家属了。起初，李建文老师的女儿女婿主动承担起照顾父亲的责任，每人一天一夜值守，另一个除了上班就是在家里照顾母亲和正在上初三准备迎接中考的儿子，夫妻俩轮流替换。可没两天，夫妻俩就有些吃不消了。且不说夫妻俩每次陪护都需要请一天假，仅就夜以继日的陪床，睡睡不好，吃吃不香，就让人难以长时间支撑。何况不论谁来陪床，也得在第二天一早赶到单位上班，整个人无精打采昏昏沉沉，还怎么工作？唯一的选择，只能是花钱请护工。

不巧的是，医院里平时并不难找的护工那几天却偏偏稀缺，院方派不出来。外边打游击的护工也并不好请，工资高不说，每天前来应聘的屈指可数。先前来的老护工则早被其他的住院病人一抢而光。

那一天是李建文老师的女婿史光辉陪床照顾岳父。早上照顾岳父吃完早餐、上完厕所，他一个人走出病房打算到楼下看看有无前来找工作的护工，正巧在楼下听到有病人家属出院要送走护工。史光辉赶忙上前与人家搭讪，说明来意。那位中年女人听后欣然答应，说瞧你来得多是时候，我们家护工小王照顾我妈两个多月，非常不错，她正要找下家呢。中年女人边说边大声招呼“王美丽，王美丽”，那位叫王美丽的女子应声风一样飘到中年女子和史光辉的面前。

这是一位约莫四十岁上下的女子，皮肤稍显黝黑，却掩盖不住容貌的俏丽，苹果脸杏仁眼，脸色红扑扑的透着健康的光泽。那双杏仁一样的眼睛洋溢着热情迷人的神韵，脸上还挂着笑，乍看便让人顿生好感。

“你叫王美丽？”史光辉问。

王美丽笑答：“是。”

史光辉说：“我想请你照顾我家的老人，不知你愿不愿意？”

王美丽说：“行啊。在哪个病房？”

“在神经内科。”

“哦，知道。就在二楼，我刚照顾的这位大妈是康复科的，也在二楼。工资每月四千，你得管吃管住。”

史光辉不知道护工的工资行情，但随口说“没问题”，又将探询的目光投向身边那位中年女子。中年女子说：“没错，小王照顾我妈也是这个价格，关键是她照顾得不错，干活热情，周到，利索。要不是我妈已经康复出院，我们还真舍不得她呢。”这番话，让史光辉一下子像吃了一颗定心丸，连声道谢，并对王美丽说：“好，没问题。只要你照顾好老人。我们不会亏待你的。”

史光辉满心欢喜带着王美丽来到李建文老师所在的神经内科4号病房，当王美丽见到李建文老师时，却忽然触电般愣住了。

——那不是李建文吗？在李建文三个字的背后，王美丽的心中并未有跟着老师二字。尽管当初读初中的时候，从初一到初三，李建文连续当了王美丽三年的班主任。

见到李建文，王美丽的第一反应是愣，第二反应是这活不干了。她阴着脸，瞥一眼史光辉，转身一串碎步，走出了4号病房，不明就里的史光辉顿时一头雾水，傻着眼“哎哎——”地从后面追上来，堵住了王美丽的去路，“你……你怎么啦？”史光辉一脸不解，一脸焦急。王美丽瞥一眼眼前这个自己并不反感的中年男人，抬手掠了掠掉到额前的长发，若无其事地说：“没什么，我不想干了。”

“为什么，不是说得好好的吗？你怎么啦，嫌工资少？”史光辉满脸问号，儒雅的额头隐约沁出了汗渍，那应该是急的吧？王美丽想。

“不是。”王美丽说。

“那为什么，本来说得好好的，你不能出尔反尔吧？”史光辉一板一眼地说，一副非要说清楚、说不清楚不罢休的架势。王美丽不由对眼前这男人又产生了一丝好感。她觉得眼前这位不愧是见过世面的北京男人，说话讲理，声音悦耳，条理清晰，即使是焦急也温润和蔼，没有责备，相反传递着浓浓的善意。王美丽不由得联想起自家的男人，以及自家男人身边的那些狐朋狗友，脾气暴躁，说话粗鲁，动辄起急。此刻的王美丽并未回答史光辉的疑问，她静静地注视着眼前这个温文尔雅、却又正满脸焦急的北京男人，内心不由一软，那双美丽的杏仁眼瞬间流淌出迷人的温情。她又掠了掠垂下的长发，抿了抿嘴，索性反问：“你和那病人到底是什么关系？”

史光辉一愣，不明白王美丽为什么要这么问话。我与病人什么关系难道那么重要吗，莫非护工干活也挑人选家属？难怪这些天请个护工都这么难，敢情买方市场在护工手里，甭管你是城市人北京人，并非你有钱想请人家，人家就愿意干。可眼下史光辉一家离不开护工，没有护工，接下来的日子将异常艰难。没有护工，自己和妻子怎么上班？让岳母照顾岳父吗？不现实呀，毕竟岳母也是年近七旬的老人了，到医院整天照顾岳父她肯定熬不住，何况家里的家务活也需要她。这么想着，史光辉虽有些纳闷，甚至有几分不情愿，却还是如实相告：“哦，是这样，那老人是我的岳父，我们家人手不够，岳父住院确实需要请人照顾。你……你就留下吧，我们确实需要你。”史光辉说这话时一脸诚恳，一脸迫切，但声音仿佛春风化雨，柔和，温润，听起来十分熨帖、舒服，王美丽瞬间感觉难以拒绝。她心一横，忽然收回刚才想走的念头，不断给自己打气，她决意留下来，她倒要看看这么多年这个曾经让她伤心又让她痛恨的班主任是怎么过来的。

三

假如时光倒流二十年，那时候的王美丽可是个青春焕发、美丽迷人的农村女孩。王美丽虽然来自农村，却天生丽质，美若天仙。她不仅俏丽迷人，而且性格开朗，爱说爱笑，走到哪儿笑声就带到哪儿，那银铃般的笑声仿佛天生就从娘胎里带来，满满地撑满了她的每一个细胞，兜也兜不住，掩也掩不严。那笑便只好任凭她的言谈举止如影随形，随时随地往外溢。要命的是，她笑起来眼里还脉脉含情，顾盼生辉，很容易让人想入非非。她笑容所至，目光所及，男人很难不顿生好感、萌生爱意。近水楼台、朝夕相处的同学更是竞相将她作为追逐对象。春心萌动的少男们不断频送爱意，暗献殷勤，时不时给她送文具、递零食，下雨时主动给她打伞，刮风时为她送衣。甚至有男同学愿意为她做作业。轮到王美丽值日做卫生，还有男同学抢先为她扫地擦黑板。凡此种种，不一而足。王美丽这样长时间受宠，天天被爱意包围，她那怀春的少女之心自然蠢蠢欲动，难以安分。原本她就智商不高，刻苦不够，学习成绩一直就是中等偏下，有了外来诱惑，优越感在她身上如瘟疫一样悄悄滋生，且一天天扩散。课堂上她时常走神，自学时她不能专心，她的成绩自然每况愈下。要命的是，她还影响了班里学习优秀的男生。班里几位学习冒尖的优秀男生，因了王美丽的存在，上课总心神不宁，时不时要瞅王美丽，不看心里痒痒，下了课甚至还争风吃醋。

王美丽的学习成绩虽然不好，可她对学习成绩好的同学一向怀有好感。面对优秀男生频频传来的爱意，王美丽总是笑脸相迎。这笑容对王美丽来说很自然，一如春天禾苗破土、鲜花绽放，可这已足以让钟情怀春的少男心猿意马，甚至神魂颠倒。而对于王美丽来说，那时候的她毕竟只是怀春的少女，对于男生的频频放电，她只是觉得好奇，有了好感，那种好感蕴含着温馨与美好。豆蔻年华的王美丽自然不愿意拒绝生活中的这种美好。不过王美丽对所有男生的感觉，也仅仅停留在这种懵懂朦胧、纯真美好的层面而已，还谈不上感情，更谈不上爱情。对于年仅十六岁的王美丽来说，爱情、婚姻之类的东西，在她心中一如她夜晚抬头仰望夜空、遥望星星一样，相距不只十万八千里。

班主任李建文老师可不这么想，当发现男生中的学习尖子因王美丽的原因而成绩下滑，甚至因为王美丽的原因而争风吃醋时，他焦急了，愤怒了。要知道他带的班是初三班，正面临激烈的中考。他带的班还是自初一以来成绩一直在同级中名列前茅的优秀班，他因此也连年被评为优秀班主任。对于视荣誉如面子、成绩如生命的李建文老师来说，班里的学生出了问题，男生中的尖子生成绩出现下滑，一如他感觉颜面遭受威胁、生命出现危机一样，他突然警觉起来。他调动嗅觉睁大眼睛，密切注视学生中的蛛丝马迹，最大限度地寻找着问题的症结，很快将原因归咎在王美丽身上。期中考试之后的一天，放学的时候，他将王美丽留下，找她谈话。

“王美丽，你的成绩下降了，你知道吗？”李建文老师抖着手里的试卷，瞪着眼睛大声质问。

见班主任板着脸，黑云压城，王美丽脸上的笑容霎时被赶得不见踪影。她低下头，抿着嘴喃喃回答：“知道。”

“知道，那你知道什么原因吗？”李建文老师继续问。

王美丽抬起眼皮瞥了老师一眼，摇了摇头：“不知道。”

“不知道？你天天来上学，竟然不知道成绩为什么下滑，你是真不知道还装傻呀？”李建文教师将卷子甩到桌面上，声音大了起来。

王美丽怯怯地偷看了一眼老师，抿着唇说：“我笨，我不够努力。我……以后……一定努力。”

李建文霍地站了起来：“哼，你自己成绩下滑也就罢了。你还影响了咱们班里原来学习好的一批男生，你知不知道？”

王美丽惊愕地望着老师，满脸狐疑，一脸的无辜。她嗫嚅着，欲言又止。

李建文老师抖着手指母鸡啄食般好一番数落：“你看看你，倒是长着一张好看的脸啊，可你的成绩却那么差，跟你的脸很不般配啊。成绩差也就罢了，你还拖班里的后腿，整天没心没肺地笑，狐狸精一样勾引男生，害得他们无心学习成绩下降。你真是金玉其外，空长一张好脸蛋啊！”

王美丽做梦也想不到自己一向尊敬的班主任会如此发火，更没想到班主任会说出这么刻薄伤人的话。不，这那里是话，简直是刀，是剑，刀刀剑剑直刺她的自尊，此刻她的心头在汩汩滴血。她惊得眼珠金鱼一样往外突，美丽的苹果脸霎时扭曲了。

李建文老师却竹筒倒豆子般继续数落："不错，你是长着一张好看的脸蛋，可你将来难道真就准备靠这张脸蛋吃饭？你要这么下去，将来考不上大学，找不到好工作，你这么漂亮的脸蛋难道去当农民，做保姆，当清洁工，干些下三滥的工作不成？那真是可惜你这张脸蛋了！你——”

李建文老师还想继续数落，王美丽却“呜——”地一声，像惊雷炸响，狂风大作，大雨滂沱。她捂着脸一转身跑出李建文的办公室，任凭李建文怎么喊都不予理睬，不再回头……

四

王美丽跟着史光辉来到4号病房的时候，李建文老师正躺在病床上打着吊针。王美丽并没有叫这位曾经的班主任，她只是静静地站在床边，心情复杂地注视着病床上的李建文。与二十年前相比，李建文苍老了，他脸庞干瘪、清瘦，憔悴，眼窝深陷，胡子拉碴，头发斑白零乱，除了他的轮廓和神态，活脱脱像变了个人。岁月真像一把锋利无情的剪刀，王美丽脑海中忽然冒出这句话，她记不清这句当初到底是谁说的了，但她觉得这话准确，形象，生动。眼看着李建文突然苍老了，再也不像当初那样意气风发盛气凌人，王美丽内心隐约浮出一丝恨意与快感。心想岁月也是公平的，你再厉害不也比我先老吗，当初的牛气哪儿去了？

最初的时候李建文老师并没有认出王美丽。只是当女婿史光辉将王美丽领到他的跟前，将王美丽的名字介绍给他时，他眼里掠过一丝不易察觉的惊诧。他扭过头将脸朝向王美丽，睁大眼睛想看清对方面容，越看越惊诧，越看眼睛睁得越大。再睁，那两颗浑浊的眼珠眼看着就将要蹦出来了。

“你……叫王美丽？”李建文老师问。

“我是王美丽。”王美丽答。

“你是哪儿的人，家在哪？”

王美丽蹙了蹙眉，略显犹豫。她本不想回答，但想了想，索性如实相告：“我家在山西省吕梁市中阳县暖泉镇桥上村。”

“噢，你在暖泉镇中学上过初中吧？”

“上过。”王美丽答。

“哪一年上的初中？”

“九三年到九五年。”王美丽答。

“太巧了，原来你是王美丽！你……还记得我吗——？”李建文老师清了清嗓子，忽然挣扎着想从病床上坐起来，女婿史光辉却急忙按住不让他起身。“爸您不能起来，您还在打吊针呢！”刚才岳父与王美丽的对话，也让史光辉惊诧不已。他感叹无巧不成书，世界真是太小了，原来王美丽还是岳父当初的学生。但史光辉做梦也没想到的是，岳父与王美丽之间当初曾经发生那样的不快。

王美丽被班主任李建文严厉批评并哭着离开他办公室的第二天，李建文老师发现王美丽没来上学。一连数天，李建文老师都发现王美丽没来上学。他不禁有些担心，也有些后悔，甚至开始自责，他意识到自己对王美丽的批评太严厉了，有些话太伤她的自尊。说到底，王美丽毕竟只是一个情窦初开的农村女孩。凡女孩都爱面子，都很自尊，心理还脆弱。何况王美丽平时都有男生追捧，有很强的优越感，素来只知快乐，不知伤心为何物，她怎么能承受这么严厉的指责和打击。她不会想不开吧？这么想着，李建文老师的担忧像虫子一样钻进他的内心深处，令他惴惴不安。

周末的时候，李建文老师放弃休息时间，一个人骑着辆破旧的自行车走了近十里的山路，径自来到王美丽的家做家访。他想与王美丽的父母做些沟通工作，也想向王美丽表示歉意，他想动员王美丽回学校上学。不料，那一天王美丽不在家，据说是跟着她父亲赶集到镇上卖红薯去了。家里只有王美丽的母亲留守。见到王美丽的老师来访，王美丽母亲的态度不冷不热，既不热情招呼又没冷言责备。当李建文老师提出让王美丽回去上学时，王美丽的母亲一口拒绝："俺家美丽说过，学校的老师太让她伤心，她自己不想上学了。她不想上就不上吧，原本她爹就不大愿意让她上，她成绩不好，读了书将来也考不上大学，花那个冤枉钱做甚？再说了，女娃读那么多书有啥用，既不能挣钱，又不能当饭吃。俺和她爹也想明白了，她不读也好，回家帮着干活，过两年找个好人家嫁掉算了。"别看王美丽的母亲只是个农村妇女，说起话来却像竹筒倒豆子，噼里啪啦，道理还一套套的，李建文老师几乎难以反驳。虽然王美丽母亲说的也是实话，依王美丽目前的成绩，如果不加倍努力，她初中能毕业就算不错了，考高中吗？悬。但李建文老师还是不忍心让这位农村女孩的上学之路因他而止，何况她还是个漂亮的女孩。怜香惜玉，凡男人都有，李建文老师也一样。

李建文老师说："大嫂，实在对不起，都怪我那天对王美丽的批评太严厉了，我向您全家和王美丽说声对不起。但王美丽毕竟还是个女娃，长得又俊，同学和老师们都很喜欢她，希望她继续上学，现在还刚刚是初三第一学期。依我看，她至少也得读到初中毕业吧？"说这番话时，李建文老师一脸恳切，谁都听得出这是肺腑之言。

王美丽的母亲一边打扫着院子，一边回答着李建文老师的问话，态度却依然不冷不热，她说："谢谢了！王美丽上不上学，得等她和她爹赶集回来，俺再问问她。你赶紧回吧，别再说啦。"

王美丽的母亲开始下逐客令，李建文老师无言以对。他只得悻悻地走出了王美丽的家。但离开的时候，他一步三回头，颇为不舍。内心深处，他期待着王美丽的消息，更期待着王美丽能继续来学校上学。

然而，事与愿违。周末转瞬即逝。星期一，王美丽却依然没来上学。星期二，王美丽还是没来上学。之后一连几天，王美丽的身影都没有重新在学校出现。李建文老师的内疚和自责进一步加深。

转眼又到周末，李建文老师打算再做一次家访，动员王美丽继续上学。周五那天，他将这个想法向校长做汇报时，校长却制止他。校长说："上周你不是已经去过王美丽家吗？既然你已经过去，既然她自己不来上学，我看就算了。你知道，县里、镇里都在抓各校的升学率，王美丽的成绩那么差，你想让她拖后腿啊？还有，你不是说她在班里还影响男生的成绩吗，我看她不来正好，省得你们班成绩更差、升学率更低。"校长这番话让李建文老师很吃惊，可也让李建文老师无话可说。李建文老师琢磨着校长的话，觉得校长说的也不无道理。周末他还要忙于备课、为学生批改作业，于是他鬼使神差，想了想终于放弃了计划中对王美丽的第二次家访。也是从那时起，李建文老师再也没有见到他曾经的学生王美丽。之后长达二十年的时间，李建文老师再也没有得到王美丽的任何消息。

因为正打着吊针，李建文老师不能起床，但此刻他百感交集，他躺在病床上将脸朝向王美丽："美丽，真没想到二十年后我还能见到你！你知道我到你们家家访、找过你吗？那天我对你的批评太严厉了，我想当面向你说对不起，我想请你原谅，想劝你上学。可那天你娘说你跟你爹赶集到镇上卖红薯去了。这事，你娘后来告诉过你吗？"李建文老师说话虽然吃力，依然有些含混不清，却仍然气喘吁吁、一字一句地说出来了。说完，眼睛注视着眼前这位越看越觉得熟悉的王美丽，焦灼地等待着她的回答。

王美丽却不置可否。她那双依然美丽的眼睛静静地审视着眼前这位二十年前的班主任老师，她在琢磨着这位曾经的班主任说的话到底是真是假。她感觉这番话似是而非，脑海一团雾水，眼前谜团重重。他真的到过自己家吗，母亲可从未向她提起呀！

未等到王美丽的回答，站在一旁的史光辉却双手一拍高兴起来："爸，原来您是王美丽的老师啊，太巧啦，太好啦。无论如何，你们原来是师生、是熟人。有学生来照顾老师，天下哪有这么巧的好事？求之不得呀！"说完，史光辉又笑脸盈盈地转向王美丽，“王美丽，你来得真是太巧了，我们太需要你啦。有你这位学生在我爸身边，我们真的比请谁都放心，太谢谢你啦！”说着，他不由分说，开始一五一十地向王美丽交代护理时需要做的一系列事情。比如何时吃药，怎么打饭，怎么上厕所，衣物在哪里，尿裤尿垫又在哪里。等等，等等，反正事无巨细，都是与护理有关的一切事宜，末了还再三叮嘱王美丽：“拜托你了，希望你能将我岳父照顾好。工资按咱们约定的算，每月四千，干好了还会适当奖励，反正不会亏待你。”

对史光辉的这一番叮嘱，王美丽内心有些抵触，有些反感，心想这人怎么没心没肺的，还没征得我同意呢你就自作主张一五一十给我安排活干？不过她那一丝抵触和反感，很快又被眼前这位外貌她并不反感、甚至有些好感的北京男人抵消了。看着这位北京男人儒雅白净的脸，看着他那副诚恳焦灼的神态，王美丽不忍心拒绝他。略显犹豫，她强迫自己留下来，她内心深处隐约有些好奇，她真的想看看李建文这个曾经的班主任这么多年到底是怎么过来的。

五

叮嘱完有关事宜，史光辉对王美丽说：“我得走了，单位通知我开会，照顾我岳父的事可就全拜托你了。”说这话时，史光辉意味深长地看着史美丽的眼睛，表达着自己的迫切与善意。末了他又转身对岳父说：“爸，我得赶紧回单位开会，有什么事您就让王美丽照顾您吧。下了班我或者玉芬再来看望您。”说完，史光辉拿起公文包匆匆走了。

王美丽与李建文老师面面相觑。

待回过神来，王美丽才主动问李建文老师：“好吧，现在由我来照顾你。你，需要我做什么？”这是王美丽主动向她曾经的班主任老师说的第一句话，她既不称对方老师，也不用“您”。语气不亢不卑，态度不冷不热。

李建文老师感觉有些意外，但很快，他神态趋于平和。他说：“美丽，你还未回答我刚才的问话呢！”

王美丽也有些意外："你刚才问什么了？"

李建文老师说："我刚才问你，我那天到你家家访，想动员你重新上学的事，你母亲告诉过你吗？"

王美丽没有回答，因为她母亲确实没有告诉过她。可她不能如实将这事告诉李建文老师，她想了想说："你问这个干啥，都是老黄历了，过去的就让它过去吧。"话这么说，她内心却依然耿耿于怀。她恨李建文当初对她那么不讲情面的责备与批评。当初要不是受李建文那么严厉的批评，自己当然会读完初中至毕业的，她想。

王美丽没有回答，李建文老师有些失望，可他也并不计较。他声音浑浊地说："唉，都怪我当初对你的批评太严厉，太不讲情面了。回想起来，我很后悔，我……我向你道歉。不过，你不继续读书，确实可惜。起码，你也该读到初三毕业呀。"

王美丽瞪他一眼："陈芝麻烂谷子的事，你老提它干吗？"她还是刻意避开对方的提问，毕竟李建文那次的批评，多少年来一直是她内心深处难以抹去的痛。

说话间，李建文老师的吊针眼看就要打完了。王美丽按了一下床头的呼叫铃，想告知护士。不料来的却是护士长唐慧娟，唐慧娟当初是王美丽的同班同学。

见唐慧娟走进病房，王美丽顿觉意外，她在这家三甲医院当护工快一年了，可从来没有见到过唐慧娟呀！不过再一细想，王美丽又觉得是情理之中，毕竟她以前一直在其他科的病房当护工，来神经内科病房当护工还是头一次。医院这么大，人这么多，自己整天又守着病人，她哪能那么巧就碰上唐慧娟呢？此刻见到唐慧娟，王美丽一眼就认出这位当初的同班同学，可她并没有喊她。唐慧娟进病房时只盯着李建文老师，没有注意到病房里站着的王美丽。是李建文老师主动提起来，唐慧娟和王美丽才开始相互打量彼此的。

见到王美丽，唐慧娟有些惊讶："哟——美丽，你怎么来这儿啦？"忽然意识到这话不对，又猛地改口说："美丽，咱们好久不见了。"说着下意识伸出右手，主动上前同王美丽握手。

“慧娟你好！”王美丽淡淡地笑着，却略显羞涩、尴尬，一只手被动地握着唐慧娟的手。她真的没有想到会在这儿见到眼前这位当初的同学。与王美丽相比，唐慧娟相貌平平。从外貌上看，王美丽是花，引人注目，唐慧娟是草，平淡无奇。王美丽招蜂引蝶，唐慧娟默默无闻。不过正因如此，天资并不突出的唐慧娟就更加专心读书，学习成绩虽不冒尖，却也一直保持中等偏上，最终竟也跳出农门，考上北京一所护理学院，毕业后幸运地留在京城的这家三甲医院工作。王美丽呢？却一辈子扎根在希望的田野上。

此刻，王美丽百感交集，她有些自卑，又有些不甘，她没想到眼前这位当初自己并不看好、甚至感觉并不如自己的同学，如今的境况却让自己望尘莫及。命运这个鬼东西，真是捉弄人啊！时至今日，王美丽的内心深处，却隐隐约约有那么一丝不服气。所以她的内心很快镇定下来，脸上的笑，也由开始的那么一点点自卑，渐渐变成不亢不卑。并且礼节性对唐慧娟说：“慧娟，没想到在这儿见到你。”

唐慧娟一眼就看出王美丽是当护工来的，她爽朗一笑，对李建文老师说：“李老师您真是好福气，怎么那么幸运请来了王美丽。有这么一位过去的学生照顾，这回您就好好养病，安心治疗吧。”

李建文老师说：“是啊是啊，有你们这两位过去的学生照顾，我当然放心了。”

见他们俩一唱一和的，王美丽内心掠过一丝不屑。心想你们俩自作聪明吧，我只是想干两天看看，说不准明后天一抬屁股走了，你们另请高明吧。不过想归想，她外表却没有一丝表露，而是微笑着，礼节性地点了点头。

唐慧娟为李建文老师拔下吊针，收起吊瓶导管什么的，对李建文老师说：“李老师，您好好休息，我还得忙。让王美丽照顾您吧，有事您再招呼我。”临走时又对王美丽说：“我走了，你好好照顾李老师吧，有时间咱们再聊。”

王美丽还是礼貌地点了点头：“你忙吧。”

六

唐慧娟一走，李建文老师的事忽然多了起来。他先是说口渴，要喝水，水杯就在床头柜。李老师向来爱干净，他怕杯子落了灰尘，让王美丽将杯子拿到病房里的卫生间先冲洗一下。王美丽有些不屑，心想床头柜又不是垃圾堆，你都病成这样了还穷讲究个啥？内心这么想，却碍于情面，还是拿起杯子走进了卫生间。打开水龙头，听着哗哗的水声，一转念却没有冲洗，心想报复的时机来了。你穷讲究，我偏偏不让你讲究，心一横还将杯子伸进马桶的水里搅了一下，正要往外走，又觉得刚才自己这举动过分了，再说杯子有臭味可不行。她重新打开水龙头，哗哗地将杯冲洗了一下，走出卫生间给李建文倒开水。水有些烫，王美丽也不说，她将活动病床摇了起来，让李建文半躺着将腰靠在病床上，然后把水端给了李建文。

李建文老师端过杯子，呷了一口，惊叫说“太烫了！”龇牙咧嘴的，将杯子推还给王美丽。王美丽接过水杯，说“太烫就凉一会儿。”她看着李建文龇牙咧嘴的怪模样，内心掠过一丝快意。因为，她本来就是故意烫他一下。

水还没有凉好，李建文老师又说后背发痒。让王美丽拿来止痒药膏为他止痒。李建文老师说止痒药膏叫白皮金草本乳膏，放在床头柜的抽屉里。王美丽打开抽屉，一眼就看到了，却故意说没看到，她想多拖延会儿时间，折磨一下她曾经的班主任，心想你就痒吧，狠狠地痒，多痒一会儿才好呢！看着李建文在病床上痒得一会儿嗞吧乱叫，一会儿愁眉苦脸，王美丽开心极了。可她忍着，没有笑，只在内心偷偷地乐、狠狠地乐。磨蹭了一会儿，王美丽才不紧不慢地将止痒药膏拿了出来，问李建文：“药膏找到了，哪儿痒痒了？”李建文老师抬起胳膊，将手勾到后背，将痒处指给王美丽。王美丽明明已经看清李建文老师指的地方，却故意绕开那地方，用手指触碰着其他部位问“这儿呀，这儿呀”，却一次次被李建文老师否定，磨蹭了一会儿，她才从农村包围了城市，一步步触碰到李建文老师早就指出的那个发痒部位。李建文老师嘴上一直喋喋不休的

“不是”好不容易才改为“是”。

王美丽这才用手指涂上药膏，小心翼翼地掀开李建文老师的衣服，将药膏涂抹到他后背的痒处。

抹完痒，又喝了水，李建文老师这才靠在病床上喘气。他刚才对王美丽的磨蹭隐约有些不满，却无从表达，也有意隐忍着不表达。不过，他还有太多的话要对王美丽说，他想问王美丽失学之后干什么去了，现在的情况怎样，家里有几个孩子，丈夫在做什么工作？可这一系列的提问，王美丽都不予回答，王美丽敷衍说：“你问这些干吗，跟你又没啥关系，你只管好好养病。”李建文老师内心有些不悦，心想我是好意关心你呢，你咋啥都不说。师生都快二十年没见面了，换了别人，叙旧的话恐怕得一篓筐吧？这么想着，李建文老师心有不甘。他索性问：“美丽，都这么多年过去了，你是不是还记恨我呀？”

王美丽一愣，不情愿地回答：“这可是你自己说的。我……我要是记恨，干吗到这儿来侍候你呀？”明知自己这么说口是心非，可她还是说了。

李建文老师说：“刚才见面我都向你道歉了，我是真心实意的。那次对你的批评确实太严厉了，导致你中途失学未读完初中，我一直后悔、自责。那时候，我是多么希望你能重返学校啊，哪怕我加班加点找时间为你补课，我也心甘情愿、在所不辞。”

王美丽不屑地白他一眼，心想你是鳄鱼的眼泪吧？假慈悲！当初你当着我一个纯真女娃，捕风捉影，话说得那么狠，那么难听，那么伤人自尊，就你那刀一样的狠话，一下断了我的前程、改变了我的命运。当初我要不是失学，没准一努力也跟唐慧娟那样考上个大学什么的，跳出农门，哪里用得着今日这般漂泊在外当护工来北京侍候你？她虽然这么想，说出的话却还是理智地拐了个弯：“嗯，都过去的事，老黄历了。你提这干吗？”

王美丽不接话茬，李建文老师有些失望，有些无奈，心想或许她至今真是仍然记恨我呢。今天刚见面就问那么多，说不定人家很反感呢，自己是不是太心急了？此刻他提醒自己得慢慢来，好在还有时间沟通，自己会慢慢让她理解、原谅的。这么想着，他变换了话题：“美丽，我想吃香蕉，你也吃一个。你将香蕉拿过来吧。”香蕉就在病床旁边的床头柜里，王美丽拿过香蕉，递了一个给李建文，自己却没有吃。内心道：哼，我才不稀罕你的香蕉呢！想拉拢收买我，没那么容易。

李建文老师咬下一口香蕉，发现对方没吃，说：“你干吗不吃？别客气啊。”

王美丽说：“你吃你的吧，别管我！”

李建文老师说：“你不吃，我也不吃了。”说着将手中的香蕉递给王美丽。

王美丽没好气说：“你……你这是干什么，刚才说吃，现在又不吃了，瞎折腾人啊？”

李建文老师望着她，讪笑：“嘿嘿，我本来就不太想吃，只是想陪你吃。你不吃，我吃着也没啥滋味。”

王美丽听罢，内心浮起一丝暖意。心想他真是想让我吃香蕉啊，那就吃呗，不吃白不吃，我干吗不吃？这么想着，她将李建文老师递过来的香蕉推了回去，自己又从床头柜里拿了一根香蕉，撕开皮大口吃了起来。李建文老师见罢，也跟着吃那已经咬了一口的香蕉，慢条斯理地嚼着。

吃完香蕉，李建文老师忽然内急，他想小便，左腿左臂却都不听使唤，这两天，都是女儿女婿端着带嘴的塑料尿壶为他接的尿。眼下女儿女婿都不在身边，这可怎么办？让王美丽这个过去的女学生为自己接尿，这成何体统？可不让她接，自己恐会憋出别的病来，再说时间一长，憋也憋不住，尿了床可怎么办？那就更糟糕了。此刻李建文老师内心狂风大作，电闪雷鸣，他意识到今天自己犯了一个天大错误，刚才见到王美丽的时候，他光顾高兴了，觉得来了一位自己过去的学生，肯定会比别人照顾得更好，却没意识到自己行动不便，拉屎撒尿需要人侍候，洗澡洗漱什么的也需要人侍候，这些见不得人的事要是自家的人也就罢了，陌生的护工也没什么，而眼下的王美丽可是自己过去的学生啊，堂堂的一个老师光着下身甚至赤身裸体让自己的女学生侍候，这成何体统？太丢人了！这要是说出去，让过去学校的同事和学生知道了，自己还怎么有脸见人呢？此刻李建文老师的内心风雨交加，又悔又急，斗争激烈。膀胱里却压力重重，尿急像惊涛拍岸，一阵紧似一阵不断袭来，令他焦躁不安，满脸通红，痛苦不已。这痛苦写在脸上，让王美丽一下捕捉到了。

王美丽说："你……怎么了？"直至现在，她仍然不肯叫这位曾经的班主任一声老师。

李建文老师捂着肚，表情痛苦地说："我……肚子疼，赶紧拿尿壶来，我要小便。"他终于绷不住了，尿急如着火，刻不容缓，这时候他可顾不上什么脸面了。

王美丽猛一愣，有些意外，虽然他以前也护理过行动不便的男病人，也需要侍候人家拉屎撒尿。可眼下她要侍候的却是自己过去的班主任老师，还是一位曾经挖苦过她不好好学习将来"去当农民，做保姆，当清洁工，干些下三滥工作"的班主任老师。不错，眼下自己干的就是为别人端屎倒尿的行当，甚至比清洁工更"下三滥"的护工。可护工怎么了，眼下你不也离不开"下三滥"的护工？有本事你别请我们这些"下三滥"啊！这么想着，王美丽心生鄙夷，也不免几分得意。她"哼"地一声，忍俊不禁："哟李老师，你也要撒尿、需要我帮忙呀？真没想到啊！"这是她今天见面以来第一次称李建文为老师，却带着几分戏谑，几分嘲弄，几分揶揄，几分鄙夷，几分挖苦。她本想再磨蹭一会儿，狠狠地折磨他，却见他心急火燎，满脸痛苦，不停呻吟，同一病房的两位病友及家属也都众目睽睽注视着她。她不得不放弃邪念，迅速端来尿壶为李建文老师接尿。可她还是慢了半步，李建文老师的裤子还来不及扒开，汹涌的尿流便喷涌而出，裤子、被子全都被尿湿了。要不是王美丽眼疾手快，迅速躲开，李建文老师的尿液恐怕要溅到王美丽的身上。

眼看着病床一片狼藉，王美丽气急败坏："你——怎么这么急啊，当过老师的还尿床尿裤子，不觉得丢人吗？！"话一出口，她自己都觉得过分，毕竟病房里的其他人都看着她。李建文老师则满脸羞愧、懊丧，闭着眼睛听王美丽的训斥，那样子像个做错了事的孩子。王美丽又气又急地看着他，心一软，忽然对这位曾经的班主任老师生出几分怜悯。

也许是觉得自己有些过分，也许是迫于病房里众人的目光，王美丽开始为李建文老师打扫战场。她为李建文老师换了干净的裤子，又叫来护士为李建文老师换了干净的床单和被单。她做这一切的时候，李建文老师有气无力地对王美丽说：“对不起，我不是故意的，我实在是憋不住啊”。看着李建文老师落魄懊丧的熊样，王美丽没有搭理他，内心既生气又好笑。尤其是为他换裤子，看到这位曾经的班主任老师丑陋的下身时，王美丽想：你这位所谓的班主任老师，当初你在学校也人模狗样、一副为人师表的样子，批评我的时候还冠冕堂皇，口口声声说我什么金玉其外，空有一张漂亮脸蛋。哼，你才是金玉其外呢，你道貌岸然，在学生面前口口声声教育人，今天扒下裤子你不也跟条狗一样光着屁股丑陋不堪嘛！当老师有啥了不起，凭啥可以随便批评人训斥人，眼下这样子你不也丑态百出？反正王美丽一边干活，内心一遍遍地嘲弄李建文老师。在这一遍遍的嘲弄中，她有了一次次报复的快感，内心得到一次次的满足。与此同时，她内心隐约生出一丝担忧，她觉得自己今天以来的所作所为，李建文不会怨恨吧，他会不会跟女儿女婿告状，明后天就让我走人呢？不过反过来一想，她觉得走也不怕，正中下怀，此处不留爷自有留爷处，再说你不让我侍候，我还不屑于侍候你呢！

黄昏的时候，李建文老师的女儿女婿都来了。当女儿女婿问李建文老师“王美丽照顾得怎么样”时，李建文老师一个劲点前头说：“很好，很好。”王美丽大感意外，她久久地注视着眼前这位曾经的班主任老师，像刚刚认识似的。

七

三个人的病房，除了1床的李建文老师，还住着另外两个人：2床的刘平民和3床的雷政富。

刘平民是河北张家口的一个农民，五十出头，黝黑，干瘦，胡子拉碴，满脸皱褶，看上去像个非洲难民。只不过比非洲难民略胖，平和的脸上虽有愁容，却也时不时流露出憨厚的笑意。刘平民这几年在家乡干砖瓦工，因为高血压，一个月前干活时突发脑出血，剧烈头痛、恶心、呕吐、嗜睡和昏迷，走路还忽左忽右的打摆子。他先后在县医院和张家口医院住院治疗，前后已经花费三四万元，虽然病情稍微稳定，但症状并未明显减轻。不得已，全家砸锅卖铁倾尽全力将其送到北京，花了三百元从号贩子手里挂了个专家号，又靠一张从出院患者手里买来的二手活动简易床，在医院楼道和周边打游击等待住院床位，熬了十来天总算等到床位住了进来，等待做头上引流手术和腰椎穿刺手术。刘平民请不起护工，是妻子和女儿一直跟着陪护。母女俩整天愁眉苦脸，仿佛日子是根望不到头的苦藤，每天都需要他们一家慢慢咀嚼。

相比而言，3床的雷政富虽然是最后一个入住这个病房，却仿佛是一阵旋风刮进来的。那天入住的时候，他的身边前呼后拥，除了家属还另有几个男女随从，这些人像欢呼英雄凯旋一样大呼小叫，“雷部长”前“雷部长”后地嘘寒问暖。这些人搬来各种生活用品、各色水果和食品，还有一篮鲜花。只是这位“英雄”并非真英雄那般气宇轩昂，反倒像刚从前线败下阵来的伤兵，他嘴眼歪斜，说话时哈喇子流个不停，走路一瘸一拐，右手叉着腰，甩出的左手不时在空中打摆，样子很滑稽。他是严重中风患者，医生讲是大面积脑梗塞。从对方的言谈举止及后来与他们的交谈中，李建文老师渐渐得知，雷政富是河南某县委的组织部长。得病的当晚，他先被送进县医院，第二天在县医院院长的建议下被专车专程送到北京这家三甲医院。雷政富也没花钱请护工，但他带来两个本县来的年轻护工，都是他们县里的工作人员，一男一女，轮流照顾。雷政富的妻子和女儿，则都住在附近宾馆，每天都来看望雷政富，但更多的时间则是在北京到处旅游、闲逛。

听说雷政富从河南赶到北京的当天就入住医院了，2床患者刘平民的女儿刘彩霞禁不住问雷政富的女护工：“你们怎么那么快就住进来了？我爹可是等了十来天好不容易才住进来的。”女护工听罢，久久打量着刘彩霞，一脸的鄙夷和不屑。娇刁的鼻孔挤出气流：“哼，这有什么难的？住这么差的病房还需要费劲吗，三人一间，多拥挤啊！我们雷部长本来想住单间呢，可惜这医院现在没有，都让别人占用了，好扫兴啊！”

刘彩霞当场就被吓着了，她瞪着眼睛，又眨了眨眼、蹙了蹙眉，听天书一样傻傻地看着对方，仿佛是见到了外星人。

在场的王美丽也有些不相信自己的耳朵，她惊讶地看看雷政富的那个女护工，又望望给自己父亲当护工的刘彩霞，心想真是人比人气死人。自己要是与过去的同学唐慧娟比，不也是一样吗？说到唐慧娟，王美丽忽然好想见到她，可自打那天第一次见面之后，唐慧娟却一直未再露面。为了这事，王美丽禁不住问李建文，并且硬着头皮在久别重逢之后第一次称李建文为老师，李建文“噢”的一声，轻描淡写地告诉她：“慧娟说这几天休年假，跟着丈夫和儿子到北戴河度假去了。”李建文老师的回答若有若无，似微风掠过，却在王美丽内心激起擎天巨浪。想当初与唐慧娟同班同学时，王美丽多么风光啊。论相貌，两人根本不在同一档次，王美丽绝对可以将唐慧娟秒杀。论学习成绩，王美丽与唐慧娟也相差无几。虽然唐慧娟总体上好一点点，可王美丽并没有将对方放在眼里，觉得是自己玩心大，用功不够。心想只要自己稍加努力，成绩追上甚至超过唐慧娟应该不成问题。可如今呢，自己的境况与唐慧娟却来了个大逆转，恐怕要算一个在天上，一个在地下。不说别的，来北京当护工之前，她哪儿知道什么叫休假，什么叫旅游？可接触多了，她知道城市里的人、政府的人（她在心目中将在外工作的人通通当作政府的人）都有休假，都有旅游。像唐慧娟这个自己压根没放在眼里的同班同学，不仅也有休假，也有旅游，而且还是到北戴河那么有名的地方去旅游。北戴河这个名字，王美丽过去只是在电视和广播上听到过，记忆中到北戴河旅游度假的都是些国家领导人，没想到唐慧娟也能去，还带着丈夫和儿子去，那滋味该多美啊。可她自己呢？身份是农民，干的是又苦又累又脏又下贱的护工。当初自己还是情窦初开的少女时，她像明星一样到处被男生追逐，被她检阅、挑选的人很多，可她偏偏选择了如今自己已经托付终身的丈夫。他并非王美丽的同学，而是村长的儿子，比王美丽大六岁，高中毕业虽未考上大学，但凭借当村长的父亲的关系，他在镇派出所当了一名协警。他叫王英汉，一米七八的个子，又高又帅，能说会道，还特别会玩，时常骑着辆崭新的摩托车邀王美丽兜风。就因为他的高，他的帅，他的能说会道还会玩，当然还有潜意识中他村长父亲的背景，玩心也大的王美丽经不住诱惑，放学后时常跟着王英汉开着摩托车到处兜风，到镇上看电影，逛街，吃喝，玩耍……日久生情，情窦初开的王美丽很快坠入情网，并在一次外出兜风时被王英汉连哄带骗偷吃了禁果，成了王英汉的女人。婚后王美丽也曾经享受过爱情与婚姻的甜蜜，但随着儿子的出生，王美丽那种甜蜜的日子稍纵即逝。王英汉游手好闲的毛病暴露无遗，他不顾家，好吃懒做，结了婚继续在外面拈花惹草，王美丽跟他吵，跟他闹，招来的时常是辱骂和毒打，王美丽生活如入牢狱，心都伤透了。王美丽就是被丈夫一次辱骂毒打时忍无可忍，狠心扔下儿子和家事离家出走，孤身一人到北京漂泊当上护工的……

八

那一天，因为挪床位的事，2床刘平民和3床雷政富发生了冲突。

3床的雷政富因为随从多，前来慰问的人多，慰问品也越堆越多，雷政富的老婆从外面游玩回来，见地方狭窄，不由分说，她便指挥一男一女那两个年轻护工将3床往2床这边挪了挪。这一来，3床靠窗户那边的空间自然就扩大了，可3床靠2床这边的过道却狭窄起来，原本在这边进出的2床刘平民及其家属自然也有了诸多不便。

2床刘平民的女儿刘彩霞首先提出了异议。刘彩霞对雷政富的老婆说："阿姨，你们这样挪床位恐怕不合适吧？您瞧瞧，你们这一挪，我们这边就变窄了，进出多不方便。"

雷政富的老婆瞟了刘彩霞一眼，满脸不悦撇下一句："有啥不方便的，你干吗非得从靠三床这边的过道走啊，靠一床那边不是也有过道吗？"

刘彩霞听了对方的回答，心想：这是什么逻辑？分明的强盗逻辑嘛！仿佛是被什么东西噎着了，她脸颊憋得通红，噎了半天才蹦出一串话来："你……你咋这么说话？我爹的床头柜本来就靠三床这边，这也是医院事先安排的，我们的东西都放这边了，我和我妈也已经习惯从这边进进出出的，凭啥得走一床那边的过道？"

雷政富的老婆抢白道："你们为啥就不能走那边的过道，你没看到我们这边人多东西多吗？嫌拥挤，嫌挤你们住大街上去啊，大街宽敞！”

这是什么话？简直是浑不讲理嘛！本来想讲道理的刘彩霞这回被彻底噎住了，她涨红着脸，浑身气得发抖，嘴中只断断续续蹦出“你……你……”，却没有说出任何完整的话来。刘彩霞的母亲虽然满脸不悦，却也不敢招惹对方，反而是扯了扯女儿的袖子，并用身体挡住了怒气难抑的女儿，息事宁人地说：“算啦算啦，走那边就走那边吧，犯不着与人家置气。”

发生这一切的时候，王美丽正好在场。看着雷政富的老婆颐指气使蛮不讲理的样子，王美丽肺都快气炸了。本来与她不相干的事儿，却让她觉得自己仿佛就是刘彩霞，是被雷政富欺负的当事者。虽然她只是农家出身的一个小女子，可她打小就爱打抱不平，最看不惯别人以大欺小、以强凌弱。还是在读初一的时候，有一次她放学路上看见小学的两小男孩正欺负同班的一个小女孩，王美丽二话没说上前就给了两个小男孩一人一巴掌，一下子就把那两个小男孩打跑了。王美丽自己还将那个小女孩送回了家。眼下，王美丽看着官人雷政富的老婆欺负刘彩霞这样的农家女子，她恨得牙痒痒，恨不得上前给雷政富的老婆一巴掌。只是，现在的王美丽毕竟不是二十几年前的王美丽了，她已经不再年轻，并且已经为人妻也为人母，她更明白自己目前在社会中所处的位置，她认为自己只是个底层百姓，一个纯粹为挣钱养家糊口的护工，不到万不得已不要招惹是非。于是，理智这只无形却异常强大的手紧紧地箍住了她冲动的欲望，使她欲动不能。她只能在内心打抱不平，忿忿然望着雷政富的老婆以及可怜的刘彩霞。

正是在这个时候，李建文老师站了出来，替王美丽说了她想说但不敢说的话。李建文老师其实是躺在床上，扭过头对雷政富的老婆说：“这位女同志，你这么说话、这么办事可不对。你嫌那边地方窄，想多腾出些地方，也应该和2床商量呀，不能蛮不讲理想怎么样就怎么样吧。毕竟这病房是我们三个人的病房，每人出的费用都一样，床位所占用的大小自然也应该一样。对吧？”

李建文老师说这番话时虽然仍气喘吁吁，也断断续续，却一板一眼，有理有据，让在场的王美丽忽然刮目相看。王美丽万万没有想到，一向外表文弱的李建文老师敢于在这个时候站出来主持公道，而且面对的是咄咄逼人不可一世的官夫人，李建文老师的形象在王美丽的心目中忽然高大起来。重要的是，李建文老师的这番话不亢不卑，有礼有节，让对方难以辩驳。只是雷政富的老婆大概已经习惯于骄横，不甘心在这样的场合丢面子，此刻虽然有些气急败坏，却难以发作，养尊处优的脸上那双诡异的眼珠骨碌碌一转，反唇相讥："喝——，你这位同志，说来说去归根结底不就是一个钱字吗？你说每个床位的钱大家出的一样多，那我们多出钱行了吧？你们要是缺钱，这房间里的三个床位钱都由我们包了，行吧？钱，我们不缺，我们不缺钱！"雷政富的老婆说这番话时，又恢复了咄咄逼人的态势，边说还边从她崭新的LV包中掏出两叠分装整齐的万元钞票，"啪啪"地在手里拍着，向2床和1床示威。

刘平民一家哪儿见到这阵势？当场个个都傻了眼。

王美丽也震惊得瞪大了眼睛，心忽然间提到了嗓子眼。

只有李建文老师不紧不慢，他冷冷地望着对方，在床上欠了欠身，清了清嗓子，说："这位同志，你这样说话又不对了。你以为你有钱就可以为所欲为，想干什么就干什么吗？这儿可是北京，不是小地方，更不是你们县。北京是什么地方？是首都知道吧，首都可绝不像你们那小小的县城，首都凡事都讲规矩。你要是不讲规矩，我可要找这儿的医生和护士来评理了，你凭什么不经允许随意挪动这病房里的床位、多占用这房间里的地方？"李建文老师的脸色依然憔悴、苍白，但目光如炬，咄咄逼人。

一听说要找医生和护士评理，雷政富的老婆忽然像泄了气的皮球，原本那坚挺的气势忽然间蔫了三分。她鼓着眼睛，梗着脖颈，歪着满是怒气的脸"你……你……"地还想争辩什么，却让病床上的丈夫用手势制止了。病床上的雷政富用右手掌一下接一下地向下划着，歪邪的嘴焦灼不安地说着含混不清的话，似乎是示意"别说啦别说啦"之类的话。雷政富老婆这才气咻咻地停止争吵，傲慢的脸上却怒气难褪，那双不善的眼睛骨碌碌地转。

王美丽仍然气愤不过，她趁对方不备转身去上厕所，却不小便，也不大便，而是将组织部长雷政富刷牙的杯子伸进马桶的污水里反复搅拌，边搅拌边在心里恶狠狠骂“我让你狂我让你狂”，然后将杯子放水龙头下胡乱冲洗了一下，放回洗脸台的原处。做这一切时，王美丽很解气，感觉自己又当了一回路见不平，拔刀相助的英雄。

九

争吵停了下来，可矛盾并未得到解决。雷政富的老婆并未将病床挪回原位，雷政富所在的3床与2床之间的过道依然狭窄。2床刘平民的女儿刘彩霞气不过，只好到护士站找护士评理。

护士小张来了，二十出头、初出茅庐的小张一副正气凛然主持公道的样子。见原本位置整齐、过道均衡的4号病房里，3床的位置被向2床挪动了，便噘着稚嫩的樱桃小嘴，义正词严地说3床：“谁让你们移动床位了？这床位的位置都是按规定统一设定好的，不能随便移动啊！”小张说完，望着3床的雷政富以及他的那两位年轻男女护工，等待着他们将三号病床搬回原位。只是雷政富躺在病床上，闭目养神，不知道是睡着还是装睡，反正是没任何反应。那一男一女的两位年轻护工，也只是瞟了小张护士一眼，无动于衷，埋着头玩着各自的手机。

众目睽睽，房间里的其他人都等待着小张护士的反应。只见小张护士脸一拉，花容失色，正色道：“你们到底搬不搬啊，你们到底讲不讲理啊？”

那位年轻女护工见小张护士发火，这才说：“这你别问我，你得去问问我们的林阿姨，她不让搬，我们不能随便搬。她同意搬，我们才可以搬。”小张护士知道，这位年轻女护工所说的“林阿姨”，就是3床病人雷政富的老婆，那位傲慢的组织部长夫人。

岂有此理！小张护士一听，肺都快气炸了。心想你林阿姨算老几啊，莫非我们医院的病床都由你管了？真是蛮不讲理呀！她“哼”地一跺脚，拂袖而去。穿白大褂的小张护士快速走出4号病房，一串碎步急急忙忙地来到护士长唐慧娟的办公室，她想找唐慧娟护士长告状、评理，想请唐护士长亲自出马到4号病房处理那个蛮不讲理擅自挪动床位的事件，可惜铁将军把门，不知护士长此刻上哪儿去了。小张护士只得气咻咻地回到护士站自己的座位上。人在那儿坐着，心却像蹿进一头兔子七上八下跳，怎么也平静不下来。想想4号病房那个颐指气使的组织部长夫人，越想心里越生气，越想越觉得非尽快请唐护士长出面不可。

大约是十分钟之后，小张护士又来到护士长办公室门口，不想那位组织部长夫人却正在唐慧娟护士长的办公室，与唐慧娟正说说笑笑聊得火热。见此情境，小张护士大惊，满脸疑惑，进退两难。正想转身离去，唐慧娟护士长却叫住小张护士，交代说："小张啊，你来得正好。这位是林阿姨，就是4号病房3床雷部长的爱人。是这样，雷部长的亲属多，来慰问他的人也多，可病房有些窄，你去安排一下，将3床的位置往2床那边靠一靠，让3床靠窗户的地方留大些……"见小张一直蹙着眉，不明就里，唐慧娟护士长摆了摆手，索性说："算啦算啦，要不我带你一起去病房挪一挪位置……"

那位林阿姨却适时插嘴，摆着手说："不用啦不用啦，唐护士长，其实那位置已经挪好了，我只是想请你们关照一下，尽量提供方便别再搬回去，毕竟来看望老雷的朋友实在是太多了，嘻嘻……"

唐慧娟听罢，爽快说："床已经挪了？好，挪了更好。回头我去跟2床和1床也说一声，毕竟都住在同一间病房里，大家都不容易，要尽可能互相体谅，互相照顾。"又回头交代小张说："小张，听着，就按刚才我说的，3床的雷部长要尽量照顾好。当然，还有1床的李建文老师也要关照，李老师可是我中学时的老师啊。"

小张护士听罢，心里像被人撒进一团乱麻，乱糟糟的，一时间理不出头绪，世界在她的眼前忽然变得模糊、陌生起来。

站在一旁的那位组织部长夫人却冷冷地看着她，似笑非笑，目光里有揶揄、嘲弄和几分得意。

小张护士霎时感觉到浑身像爬进万只蚂蚁似的，难受极了。无意间，她瞥见唐慧娟护士长靠门口的办公桌上放着一个信封，厚厚的，里面像装着什么，信封上“中共河南省某某县委组织部”的字样清晰可见。她冷不丁冒出疑问：信封里到底装着什么，这莫非就是人们常说的医生收的红包？唐护士长会收红包？她敢收人家红包吗？这一连串问号从小张护士心中冒出，烟雾一样在心头久久萦绕。

唐慧娟护士长倒是雷厉风行，她说了声“走，咱们到四号病房看看，小张你也跟我来”，不由分说就走在前面。三个人来到4号病房，唐护士长将刚才挪床位照顾3号病床的意思对病房里所有的人说了。包括1床的李建文老师、2床刘平民的家属，以及跟在唐护士长身后的小张护士在内，所有的人都静静地听着，有的惊诧，有的疑惑，有的愤怒，只有小张护士面无表情一直阴沉着脸。3床雷政富的亲属及随从此刻却挤眉弄眼，一个个喜笑颜开，掩饰不住脸上的得意……

十

唐慧娟的处事方式，让李建文老师倍觉意外，也让王美丽感到惊讶。明明是不公平、不正常的事，唐慧娟却硬是给拧过来，变成公平和正常了，还美其名曰“大家都不容易，要互相体谅”，“现在讲构建和谐社会，体谅是和谐社会的前提”……云云，理由都冠冕堂皇。

李建文老师想，即使真的要照顾3床人多地方要大些，也应当事先商量，不能先斩后奏吧？虽然唐慧娟将道理都讲了，可李建文老师还是觉得这道理有些讲不通，事办得有些生硬，有些蹊跷。虽然这么做自己并不怎么受影响，但他在为刘平民一家抱不平，他觉得人家本来就是一出身卑微、老实巴交的农民，患病住进医院本来就怪不容易的，3床你一个堂堂的县委组织部长就可以仗势欺人啊？李建文老师也想找机会与唐慧娟见面，将这些想法说了，但见面都是在病房里，那么多的人怎么方便说话呢？自己又有病在身，行动不便，怎么说目前是难有机会与唐慧娟单独说话沟通的。这么一来，李建文老师就只好将想说的话都藏在心里，将同情投给2床的刘平民。

唐慧娟护士长走后，李建文老师首先对刘平民的女儿刘彩霞说：“小刘，唐护士长说的也不是没道理，咱们就互相体谅吧。你们那边地方小，可从靠我这边的过道进出，没啥大不了的，说起来都是小事。来，你们的东西那边要不便放就放到我这边来吧。”这番话，像平时拉家常，说得普普通通、平平淡淡，却让满心委屈的刘彩霞异常感动，她泪盈盈地望着李建文老师说：“谢谢李老师！东西就不用动了，俺以后走靠您那边的过道吧。”

经历了挪床位的风波，王美丽对李建文老师的态度渐渐有了转变，心想毕竟是老师、知书达理的人，知道主持公道、关心他人。当然，唐慧娟到病房里扭转局面、讲那番话的时候，王美丽也觉得意外、惊诧，心生抵触、反感，她甚至在内心抱怨李建文老师为何不敢当面反驳唐慧娟，你是老师她是学生啊，为什么当面不敢讲理、不敢反驳？但这样的抱怨刚刚冒出，很快就被她自我否定了。老师与学生，那毕竟是过去的事，眼下李建文老师是病人，他有何能耐？他还有求于唐慧娟，还得靠唐慧娟关照呢！这么想着，她就释然了，渐渐将情感的天平倾向李建文老师。

李建文老师何止主持公道、关心他人？他还将关心付诸行动。女儿女婿送吃的，水果、点心、牛奶和饮料什么的，他一个人吃不了，便尽量让王美丽吃，也送给刘平民及其妻子和女儿吃，王美丽感觉在这些事情上，李建文老师的确很大方，很豁达，看得出他不是做做样子，而是实实在在将王美丽和刘平民一家看成自家人了。王美丽也将心比心，渐渐地将照顾李建文老师当成自己的事，吃药喝水，饮食起居，洗脸洗澡，大便小便等等，所有这些照顾李建文老师的事她都有求必应，细心周到，让李建文老师很是满意。李建文老师也时常在女儿和女婿前来探视时，对王美丽的工作倍加赞赏。王美丽听着也很受用。

唐慧娟护士长到病房来说了那番话之后，病房里风波停息、相安无事。2床刘民平一家也换成靠1床这边的过道进出，与李建文老师和王美丽每天也都平和相处，有说有笑。

3床的雷政富却相对独立，我行我素。他的护工，依然是一开始从县里带来的、一男一女的那两个年轻人。他的妻子和女儿，依然住在医琓附近的宾馆，白天在外游玩，傍晚回来看一看雷政富。他的同事、朋友和亲戚，依然隔三岔五、三三两两前来慰问，鲜花和各种慰问品越积越多，吃不完的水果和食品时常腐烂，他们宁可让多余的水果和食品过期腐烂，隔三岔五地当垃圾扔弃，也绝不会让1床和2床的人分享。幸好1床的李建文老师自己并不缺吃，2床的刘平民一家虽然过得紧紧巴巴，经常是咸菜就馒头和米粥，却也不羡慕不稀罕3床到底在吃什么，甚至瞧都不瞧对方一眼，他们有自己的骨气和活法。

雷政富却不忌讳自己的富有，他时常在妻子和女儿前来探望的时候，当着众人的面，将前来慰问的人留下的慰问金从自己的枕头底下摸出来，一一交给妻子。

王美丽不屑3床雷政富的富有，但眼看着2床与3床物质上的巨大差距，她内心时常愤愤不平，心想这世界也实在太不公平了，同在蓝天下，一个县委组织部长和一个普通农民工，生活咋就有如此天壤之别呢？不过，王美丽的这种愤愤不平，只是隐忍着，藏在内心深处，表面看她同李建文老师和刘平民一家一样，与3床的雷政富每天相安无事，她只是利用自己上厕所的机会，时不时将雷政富的水杯和牙刷悄悄端起来，伸进马桶的污水里胡乱搅拌一下，然后放水龙下简单冲洗，以此发泄自己对雷政富一家的不满。

唐慧娟来病房查询得更勤了，每次来，先是与最靠近门口的1床的李建文老师打招呼，嘘寒问暖，然后望一眼2床的刘平民，却并不说话，径直进里面3床与雷政富寒暄。尽管雷政富说话仍含混不清，歪邪着脸和眼睛，哈喇子流个不停，但唐慧娟却关爱有加，耐心听着，时不时还嘱咐一旁那一男一女的年轻护工要注意些什么。遇到雷政富老婆和女儿在场时，唐慧娟更是热情高涨，与对方说说笑笑谈得火热，一副亲密无间的样子。

病房里的王美丽虽然是唐慧娟中学时的同学加老乡，可唐慧娟并未表现出老同学加老乡之间应有的热情，除了最初见面时的几句寒暄，她对王美丽二十多年来的人生经历和生活状况并不多问，仿佛她们之间并非同学关系也非老乡关系。唐慧娟的这种处事方式，不仅让王美丽感到困惑，也让李建文老师感到意外。不过，王美丽对唐慧娟也不多问，同样并未表现出老同学加老乡之间应有的那份热情。这当中当然有一种先主后客的关系，王美丽想：你唐慧娟都不那么热情，我干吗要拿热脸去贴冷屁股？你现在是北京人，是护士长，你牛，可我也不稀罕。难不成我也离不开你、请你帮忙关照？哼，门都没有！ 我还年轻，好胳膊好腿的，眼下有的是力气，也吃得了苦，我凭本事干活，谁稀罕谁呀？于是，每次唐慧娟来病房查询，王美丽都不会主动同对方打招呼。目光与对方偶尔相遇时，也只是礼貌地点点头，不亢不卑，根据对方表情状况，礼节性地说或笑。这一切，被敏感的李建文老师看在眼里，李建文老师感觉唐慧娟有些过分，心想你现在是北京人、护士长，身份上有优越感，可你与王美丽毕竟是老同学加老乡，再怎么说也不应该对王美丽不冷不热呀。一想到曾经的同学如今身份上有如此巨大的分野，李建文老师不由得感慨，再三替王美丽惋惜。不过，站在唐慧娟的角度讲，李建文老师也能理解，心想唐慧娟可能太忙了，没准也担心与王美丽关系太过火热会被王美丽黏上，毕竟王美丽眼下只是个地位卑微的护工，在北京漂泊做苦力，王美丽要是碰上什么难事麻烦事找唐慧娟帮忙，唐慧娟该怎么办？唐慧娟与王美丽保持距离，肯定是怕王美丽会给她添麻烦。反过来想，唐慧娟却肯定没什么事要依靠王美丽的。也是的，唐慧娟堂堂的一个北京人、三甲医院的护士长，会有什么事有求于王美丽这个地位卑微的普通护工呢？

十一

2床的刘平民入院以来，已经做了头上引流手术。大夫说，因为刘平民脑出血继发性感染，免疫力下降，体质虚弱，所以，在头部穿刺引流后，还要同时做腰椎穿刺加强引流。大夫说，腰椎穿刺手术不能只做一次，需要做多次，甚至反复做。到底需要做几次？大夫说还不好说，需要视刘平民的病情而定。不仅如此，为了控制他的脑出血继发感染，有必要使用抗生素，而抗生素是否有效，还要经常抽血化验，做细菌培养，查看细菌对药物的敏感度。如果细菌耐药了，还要将抗生素更新换代，甚至两种抗生素联合使用。刘平民大病一场，人也脱形了，医生说还可能需要输血，同时采取其他对症支持的辅助治疗手段。这一系列的治疗手段到底需要花多少钱？恐怕不在少数。且不说每次腰椎穿刺手术需要花上百元甚至更多，仅一根腰大池引流管就得花好几千。现在，抗生素更新换代，价格不菲，再加上输血输营养液什么的，林林总总，光是药钱，一天下来可能就得一两千块，而且用多少还是个未知数，需要依刘平民的病情而定。

入住北京这家三甲医院以来，刘平民已经花了两万余元，加上此前在县医院治疗花的三万余元，前后已经花了五六万元。眼下又要继续一系列治疗，钱如山泉水般哗哗地往外流，而且只出不进，家境原本就不殷实的他们，感觉到经济上如登陡坡，压力越来越大。女儿刘彩霞高中毕业，在刘家一男一女的两个孩子中学历最高，甚至在刘家中也算最有文化。虽然家庭总管仍然是只有小学文化的母亲，但为父亲治病张罗、奔波的事却责无旁贷落在刘彩霞身上。入院以来，刘彩霞已经先后三次交了住院押金，每次1万元，第三次押金虽然刚交两天，但眼下刘平民面临一系列的治疗，谁知道押金中剩余的钱能顶几天，加上身上剩下的那1万元，到底够不够用？这可是从家里带来的最后一点积蓄呀。对刘平民一家来说，眼下的日子像是一个讨债的魔鬼，每天早晨刚一睁眼，魔鬼便凶神恶煞前来敲门，天天来追债，刘彩霞感觉自己的心每天像急促激烈的安塞锣鼓，七上八下不停地敲，一阵紧似一阵。虽然每天内心都感觉到压力，但刘彩霞却咬紧牙关，像一位不屈不挠的女战士每天忙前跑后，不遗余力地与母亲一起照顾自己的父亲。按规定，病房里每位病人夜晚只准一位家属陪护，刘彩霞就让母亲陪伴父亲，自己一个人在医院里打游击。比方，在楼道或大厅里的固定座椅打个盹，在花园里的石凳上躺一会儿，或干脆打开随身带着的一块塑料布铺开睡上一觉。天一亮，刘彩霞又回到病房里与母亲一块照顾病中的父亲。刘彩霞这样不辞劳苦地打游击，每天不用住宾馆（她也住不起宾馆），不用在医院附近租房（她也租不起房），自然省去了一笔不菲的开销。好在医院里治安尚好，患者及家属在医院日以继夜进进出出络绎不绝，无形中为她打游击提供了庇护，医院保安似乎也体谅她的贫穷处境，网开一面没有驱赶她，这让她每天虽然都诚惶诚恐、却总是有惊无险度过夜晚难熬的时光。即使如此，她自己每天还都是睡不好觉。自打陪父母到北京住院求医，她从未睡过一个安稳觉。为了节省开支，她每天更是节衣缩食，时常是在街头买个新出锅的热馒头就着咸菜填肚子，渴了就在医院的饮水机打免费开水喝。偶尔买的一两份带点肉味的荤菜或鸡蛋，她都是悄悄让给父亲和母亲。二十多天的游击战和消耗战，使刘彩霞这位二十出头、原本应该如花似玉的农村女孩，憔悴消瘦，面色苍白，看上去神采全无，仿佛是被烈日晒蔫的花朵。她的母亲，更是每天愁眉苦脸，唉声叹气。

那一天，刘彩霞的母亲正为刘平民日渐拮据的医疗费发愁，雷政富的老婆却带着一股浓烈的香水味儿花枝招展走进病房，满面春风地对卧病在床的雷政富说“搞定了搞定了，主任医师、主治医生、护士长等等，所有环节我都红包开路，一个一个搞定了。老公你尽可放心，大老远的让你到京城治疗，就是要享受最好的医疗服务。”

老婆这么说的时候，病床上的雷政富冲老婆不停地摆手，示意她不要往下说。雷政富的老婆这才意识到了什么，瞅了一眼病房里的另两位病人及家属，依然大大咧咧无所顾忌地说：“哟，这有啥呀，这年头谁不知道有钱好办事。别人都说关系重要，哼，依我说哪儿有钱重要啊。没有钱，人家凭什么要帮你？可你要是有了钱呀，哼，没有关系可以找关系。再说了人家拿了钱，能不帮忙吗？对啦老雷，唐慧娟护士长也答应了，过几天有病人出院，会设法将你调到单人间或双人间的病房。到时候，咱也用不着挤在这破地方受窝囊气了！”雷政富的老婆越说越兴奋，声调像女高音一样越拉越高，边说边瞅刘彩霞母亲和李建文老师及王美丽她们，似乎是故意要说给他们听，一副趾高气扬的样子。雷政富听着老婆没心没肺不停在那儿显摆，急得扭曲着脸龇牙咧嘴，一双眼不停地瞪老婆，恨不得变成子弹弹射出去打烂她那张絮絮叨叨关不住的嘴。

雷政富老婆说这番话的时候，刘彩霞母女内心都像爬进一窝蚂蚁，百爪抓心，感觉不是滋味。与母亲稍显不同的是，刘彩霞感觉雷政富老婆说这番话明显是冲着她们一家来的，要命的是这番话如隐形子弹，人家肆无忌惮射过来你却有口难辩，无法反击，因为与对方相比，刘彩霞他们一家除了性命一无所有，既没钱又没关系，根本不是对手，也根本不在一个档次，所以最好只能忍着，不要再招惹对手。这时候的刘彩霞只是一个劲地想，怎么当官的就这么有钱呢？难怪那么多人打破头都想当官，都要考公务员。这时候的刘彩霞也不恨对方，只恨自己笨，恨自己当初读书不努力，当初要是努力读书，没准也跟那些成绩好的同学一样考个大学什么的，哪怕是奔个大专拿张大专文凭，没准也能摸一摸公务员的门。听了雷政富老婆那番话，这时候刘彩霞的母亲也感觉内心热辣辣不是滋味，浑身上下都感觉到不自在。联想到刚才雷政富老婆说的红包，她内心也不由自主打起了小九九，她在盘算着自家的钱包和积蓄，到底够不够丈夫的手术和治疗费呢？即使勉强够用，不给主治大夫送红包能行吗？不送红包，人家大夫会不会精心治疗？这么想着，她内心忽然间滋生出一种欲望，这欲望像虫子一样不停蠕动，搔得她心里痒痒的很难受。她想她必须将这条令人讨厌的虫子赶出来。于是，她壮起胆子，拦住仍然停留在病房里但正准备往外走的雷政富的老婆，怯生生地问："这位同……同志，您说得给大夫送红包，不送不行吗？"

雷政富的老婆惊奇地看着眼前这个浑身土气的中年农妇，一双凹陷的丹凤眼睁得老大，仿佛是撞见从地下冷不丁冒出来的出土文物。她不由自主地后退了两步，生怕对方挨上来似的，先是警惕地审视她，继而"嘿嘿，嘿嘿"地奸笑，揶揄道："谁说不送红包不行了？行啊，只要你交了医疗费，大夫没有不给你治疗的理儿。不过嘛——"她故意拉长腔调抬高声音，继续说，"哼，治得好不好，精心不精心，仔细不仔细，用心不用心，这可不是交了医疗费就能决定的。反正红包我们得送，不送嘛，一是情理上过不去，二是我们不放心。至于你们送不送，我可没工夫操心，你们自个儿看着办！嘿嘿，嘿嘿嘿……"雷政富的老婆眼珠骨碌碌地，眼神有得意有嘲弄，末了爽朗一笑，撒下一串笑声，不由分说拉起身边的女儿扭头走出病房，丢给病房里的人一双背影。她们母女俩留下的那股呛人的香水味儿，也在病房里久久弥漫，呛得李建文老师不住咳嗽。

眼看着母女俩消失的背影，一直在场的王美丽内心恨得牙痒痒，恨不得放出狼狗将她们母女吃了。明眼人都看出来了，雷政富的老婆是仗着有势有钱，故意欺人嘛。可凭啥她们就那么有钱呢，又凭啥她们有钱就这样明目张胆欺负人呢？ 这世界真是太不公平了！因了这不公平，王美丽内心有一百个不服气，心想天底下的人都是爹妈生的，打小都不缺胳膊不少腿的，怎么就分出贫贱富贵三六九等？再说了，你有钱就有钱吧，我们平民百姓也不稀罕，不求你就是了，可凭什么你有钱就牛逼哄哄的狗眼看人低？王美丽这种不服气，在她的内心深处像雨后春笋破土而出，倔强地往上冒，拱得她焦躁不安无处发泄。她恨恨地盯着雷政富以及他一男一女的那两位护工，一转身又进了厕所。进厕所的王美丽不大便也不小便，她再一次将雷政富的牙刷和水杯端起来，伸进马桶中的污水搅了搅，然后打开水管冲了冲放回原处。做这一切的时候，王美丽觉得很解恨，她觉得似乎只能用这种方式才能发泄自己对雷政富一家及这个世界的不满。

十二

才过两天，雷政富就在唐慧娟护士长的帮助下调到别的病房了，是两人间。虽然不是他们一家期望的单人间，可也比原来的三人间宽敞多了。

雷政富走了，新的病人尚未入住，4号病房瞬间清静了不少。雷政富虽然走了，却并未带走刘彩霞母亲的心病。自打听到雷政富的老婆说要送红包的那番话之后，刘彩霞的母亲寝食不安，她一遍遍估摸着自己的钱兜，盘算着自己兜里的钱到底还能支撑多久。一方面，她让女儿刘彩霞去问主治大夫，想知道丈夫治病到底还需要多少钱，另一方面她还盘算着到底该不该给医生送红包。

父亲再一次做穿刺手术的时候，刘彩霞在手术结束时问主刀的邱大夫父亲的手术还需要做多少次，到底要多少钱？邱大夫摘下口罩久久地审视刘彩霞，不置可否。刘彩霞生怕邱大夫有什么误会，讪笑着说："嘿嘿邱大夫，没……没别的意思，我是惦记着我家带的钱到底够不够用。"邱大夫这才说："这我可说不好，得依你父亲的病情而定。”刘彩霞尴尬地说：“邱大夫，我们家是农村来的，身上没……没多少钱，您估摸着我爸最少还得花多少钱？”说出这话，刘彩霞的脸“倏”地红了，仿佛像被抓了现行的小偷。幸好邱大夫善解人意，他蹙着眉意味深长地望了她一眼，随口说：“少说，恐怕也得有两万块钱吧。”刘彩霞内心扑通一下，心突然狂跳，像被谁惊着了。她向邱大夫道了谢，心事重重地回到病房。她将这一消息告诉母亲的时候，母亲瞬间感觉像被谁抽走了脚筋似的，脚下忽然间飘忽起来，左摇右摆的站也站不稳。女儿刘彩霞急忙伸出双臂扶住了母亲，一个劲安慰她说：“妈您别急，咱们再想想办法。”躺在床上的刘平民喘着气说：“孩子他娘，要不俺不治啦，俺……俺回家吧。”刘平民的声音不大，却惊动了妻子和女儿。妻子不知哪儿来的气力，忽然间冲着丈夫嚷嚷：“你逞能啊，不治你的病能好吗？你的病不好，俺家靠谁挣钱，一家人喝西北风啊？”刘彩霞也安慰父亲说：“爸，您的病刚治了一半，咋能半途而废不治了呢，您要是不治，原先花掉的钱岂不是白花了？不能啊，都到这时候了，怎么说也得治。钱不够，咱们再想想办法。”

可是，能有啥办法呢？刘平民这么想。他的妻子和女儿也这么想。

屋漏偏遭连阴雨，这时候刘平民的妻子又接到老家17岁儿子来电，说暑假即将过去，后天是新学期注册时间，学校催着他去报名交学费，加上课本费什么的，一共要两千多元。刘平民的妻子一听，心头又像被添压了一块大石，鼻一酸眼泪“唰”地一下往外涌。她一下懵了，整个人拿着手机，呆呆地傻站着，手和脚都一动不动，任凭汹涌的泪水夺眶而出，以泪洗面。陪在身边的女儿急忙掏出手绢，不停地帮助母亲擦泪，可她自己的眼泪也禁不住往外流。与此同时，刘彩霞接过母亲的手机，冲通话那头的弟弟说：“弟啊，咱爸正在北京治病，手头没有更多的钱，你能不能到学校同老师说说，学费缓一缓再缴？”通话那头的弟弟说：“那哪儿行啊，学校老师哪能同意？”这头的姐姐说：“你还没到学校说呢，怎么知道老师不同意？你试试看吧，反正咱家现在拿不出钱，我和妈眼下也没法回去。”那头“哇——”地传出一阵歇斯底里的哭声……

4号病房刚才发生的这一切，让在场的李建文老师和王美丽看到了。刚才刘平民说不治了，李建文老师心头就像被谁用线扯了一下，隐约有些胀痛。当听到刘彩霞的弟弟因交不起学费从电话那头传来的歇斯底里的哭声，李建文老师的心被彻底揪痛。他一边安慰着刘平民一家，另一边艰难地撑起身子，从自己的枕头底下摸出了一个普通的白色塑料袋，又窸窸窣窣地从白色塑料袋中取出一个牛皮纸信封，然后招呼王美丽，要王美丽将信封交给刘彩霞的母亲。

王美丽接过信封，看看信封，又看看李建文老师，满脸疑惑："这信封里面，是什么？"李建文老师清了清嗓子，说："信封里面……是五千块钱，你……给彩霞她妈吧，钱不多，但或许能够帮帮他们一家。"李建文老师说话时，声音沙哑、低沉，却如同一阵由远及近的春雷，先是低沉缓慢，紧接着"轰隆"一声在王美丽耳旁突然炸开，让王美丽目瞪口呆，她只感觉到那雷声从自己心头轰隆隆碾过，震耳欲聋，惊心动魄！她万万没有想到，眼前这个曾经让自己记恨多年的李建文老师，会如此慷慨大方、干出此等感天动地的壮举来。她禁不住对这位曾经的班主任老师刮目相看，肃然起敬。

当王美丽还琢磨着怎么回答李建文老师的嘱托时，李建文老师却再次催促王美丽："美丽，你愣着干吗？还不赶快给彩霞他们送去！"寻着声音望去，王美丽发现病中的李建文老师面色虽然苍白、憔悴，目光却炯炯有神，且异常坚定，不容置疑。王美丽只好服从。

当王美丽将装有五千元现金的信封交到刘彩霞母亲手中时，这位农妇捧着那个装着钱的信封，激动得语无伦次。她"蹭蹭蹭"地快步走到李建文老师床前，"扑通"一声跪下，朝李建文老师一个劲磕头。她的女儿刘彩霞也跟着母亲跪到李建文老师床前，一边磕头一边向李建文老师连连道谢。末了，刘彩霞搀扶着母亲站了起来，刘彩霞的母亲将那个装着钱的信封塞到李建文老师手里，激动地说："李老师，谢谢您的大恩大德，您的心意俺们领啦，可这钱……俺们不能收。因为您自己也要治病……"话未说完，李建文老师抢着话说："大姐，治病救人要紧，刘大哥是你们家的顶梁柱，他的病必须治好，不能半途而废，何况你家的儿子还要缴费上学，急需用钱，你就先收下吧，就算我先借给你的。我虽然也在治病，但医药费毕竟能报销一部分，再说女儿女婿就在北京，没钱他们会给我的。这钱，不多，但或许能帮助你们一家救急，你就收下吧。”李建文老师这番话说得十分诚恳，也入情入理，句句都说到刘彩霞母女俩的心坎上，让母女俩无可辩驳。母女俩双目四眼，你看看我，我看看你，又将目光转到李建文老师和王美丽身上。王美丽见状，上前接过李建文老师那个装着钱的信封，交到刘彩霞母亲手里，说：“你们没看出来吗，李老师是真心实意要帮助你们。何况你们家目前确实困难，急需用钱，就算借，你们也要把钱收下，先渡过眼下这个难关，往后家境好转了，你们再设法还给李老师也不迟。”王美丽这番话也说得很诚恳，也同样入情入理。母女俩感动得泪水涟涟，连连道谢。病床上的刘平民也感动得泣不成声，此刻他扭头朝着刘建文老师，连声说：“谢谢李老师……谢谢李老师的大恩大德……”

有了李建文老师这五千元救济，丈夫的医药费应该够了吧？刘彩霞的母亲在内心一遍遍盘算，也一遍遍在嘴边嘀咕。女儿刘彩霞也盘算着，听到母亲的嘀咕，她接过话茬：“按理说，有李老师救急的这五千块钱，爸的医疗费应该差不多够了。只是……”刘彩霞忽然抿住嘴，心事重重地望着母亲。

母亲诧异地望着女儿，说：“咋啦，你倒是说话呀！”

女儿翻了翻眼白，说：“只是……还缺送红包的钱呢。”女儿朝雷政富原来住的3号病床呶了呶嘴，“人家不是说了，还得给主治医生送红包么？”

母亲蹙了蹙眉，久久盯住女儿，眼里透出茫然。她叹着气问女儿：“是啊，还有什么……红包，这红包……得多少钱呀？”

女儿说：“听人说过，几百是寒碜人，还不如不送。一千是毛毛雨，送了也是白送。至少也得两三千吧，没有这个数，人家大夫根本不当回事。”

母亲像被什么虫冷不丁咬了一口，惊叫起来：“啥——这么多啊？这红包……不送行啵？”

女儿说瞥了一眼母亲，说：“也没说不行。”她又朝雷政富住过的3号病床努了努嘴，“那家的女人不也说了嘛，只要你交了医疗费，大夫没有不给你治疗的理儿。不过嘛，治得好不好，精心不精心，仔细不仔细，用心不用心，这可不是交了医疗费就能决定的。反正红包送总比不送好，送了，再怎么说人家也得念你个人情吧？可要是不送，人家大夫真会精心给我爹好好治疗么？”

母亲听罢，一时语塞，又不住摇头，叹气，末了一脸苦相。俗话说，没钱难倒英雄汉，何况她一个收入菲薄的普通农妇呢？仅仅几天，这位终日愁眉苦脸的农妇，一下子又消瘦了许多，看上去又老了不少。

“哼，依我说这红包就不送了——”刚才在一旁一直听着刘彩霞母女俩对话的王美丽插话进来，“你们家不是连治病、上学的钱都不够嘛，咋还送红包，咋交了医疗费还得送红包，岂有此理！这是啥世道啊，还让不让人活了？”王美丽睁大美丽的眼睛，边说边挥着手，她的语速极快，一副慷慨激昂的样子。

刘彩霞母女不约而同，惊诧地望着王美丽。就连病床上的刘平民也都扭着脸朝王美丽这边张望。

刘彩霞不解地看着王美丽，嗫嚅着说：“你们说，不送红包，到底……能不能行？”说完她看看王美丽，又望望王美丽身边躺在床上的李建文老师，似乎想从更有见识的李建文老师那里寻求答案。但此刻的李建文老师正闭目养神，不置可否。

王美丽见状，索性替刘彩霞问李建文老师：“李老师，您说说，刘彩霞该不该给医生送红包？”

病床上的李建文老师睁了睁眼睛，看看王美丽，又望望刘彩霞，先是点了点头，接着又摇了摇头，依然不置可否。

王美丽一跺脚，跨前一步，探下身子问李建文老师：“嘿，李老师，你倒是说话呀！”

李建文老师被迫无奈，这才叹着气说：“唉，我……也说不好。”

王美丽急了，一跺脚说：“哼，这有啥说好说不好的？我就不信连这堂堂的京城医院都不讲理、不讲王法了？凭啥子交了医药费还得给你医生送红包啊？依我说，不送就不送。咱们老百姓没钱没势，饭都吃不饱，治病的钱都不够呐，凭啥还得给你医生送红包？”王美丽说得慷慨激昂，声嘶力竭，病房的窗户隐约被她高昂的声音震得沙沙作响。

刘彩霞惊得箭一样飞向门口，迅速将房门关上，嘘着声连连嗔怪王美丽：

“王姐你真是大胆，这么大声嚷嚷，也不怕让医生和护士听到了？幸亏那位当官的也不在咱们这房间了。”

王美丽一噘嘴说：“哼，我才不怕呢？我又不偷不抢，光天化日的，谁还敢把我给吃了？”

刘彩霞叹着气说：“唉，王姐，你说的我都同意。不是万不得已，谁还愿意花冤枉钱呀？可要是不送红包，我心里怎么说也不会踏实。我……我是被迫无奈，没法子呀！”说完这话，她久久地望着王美丽，等待着王美丽的回答。王美丽也久久地望着刘彩霞，目光炯炯，末了她咬了咬唇，说：“你先别急，我帮你想想办法。”

十三

每到下班回家，唐慧娟的心情便不由自主沉重起来。上班的时候，怎么说她还是个握有一定权力、管着九十几个床位护士的护士长，每天指挥着一班人忙忙碌碌、却有条不紊工作。虽然她也受领导和上级管制，但相对独立的她多少还是有那么一些优越感和成就感。可一旦回到自己的家，她便受到婆婆、丈夫甚至是儿子的掣肘。在自己的四口之家，唐慧娟的权力和地位几乎排行老四。

唐慧娟的家在京城只能算一个再普通不过的人家，丈夫陈家男虽是北京某机关的一个副处长，而且祖辈四代都是地道的北京人。但在大小官员拥挤不堪活像蚁窝的堂堂首都，副处长算老几，随便捡块砖往街头一砸都能砸出好几个吧？小小的副处长官不像官兵不像兵，顶多算个小有级别的公务员吧？祖辈四代都是北京人又怎么了？陈家男的祖辈又不是皇亲国戚，连个为皇亲国戚跑腿的侍从都算不上，仅仅是北京南城拉三轮车干苦力的一介平民。陈家男幼年丧父，他是家中的独子。父亲车祸死后，当纺织女工的母亲一个人含辛茹苦将陈家男养大，本指望陈家男考上大学出人头地，不料陈家男高中毕业连三本都考不上。不得已，母亲忍痛将儿子送到部队当兵。成为军人的陈家男倒也争气，靠着自己在部队的努力，他一路摸爬滚打却也顺风顺水，十年间他从普通士兵步步晋升，从班长一直升到团长，最终转业回北京当了个副处长。这样的晋升，让数十年含辛茹苦的单亲母亲乐得合不拢嘴，一种不知从何而来的优越感像气球一样在她内心深处慢慢膨胀，祖辈都卑微惯了的她忽然间感觉自己也像个官员的母亲了，言谈举止、待人处事不知不觉地有了一种居高临下、颐指气使的习气。

唐慧娟与陈家男原本并不相识，是陈家男的领导周局长引荐介绍结为连理的。周局长当初也得过脑梗塞，也住进唐慧娟所在的这家医院。虽然周局长的脑梗塞只是轻度的，送得也及时，但住院的十多天时间里，当时还是年轻护士的唐慧娟对周局长照顾得无微不至，唐慧娟的朴实热情、细心周到让周局长十分满意。以至于出院的时候，年近六旬的周局长像关心自己闺女一样，充满关爱地握着唐慧娟的手说："小唐你有对象了吗？"唐慧娟脸一红，抿着嘴摇了摇头，有几分羞涩地回答说："还没呢"。周局长嗔怪道："哟，这么好的姑娘怎么能没对象？那哪儿成啊，不成！这事包在我老周身上，我帮助你想想办法，物色物色。"一句话说得刚到京城参加工作、当时还举目无亲的唐慧娟心花怒放，内心像抹了蜜一样甜滋滋的。仅仅过了一周，周局长就给唐慧娟介绍了陈家男。那时候的陈家男也没有对象，人家唐慧娟又是科班出身的大学毕业生，人长得虽不漂亮，可外貌也中规中矩，说好不好说差不差，反正是让人挑不出任何毛病，况且是陈家男的顶头上司周局长介绍的。领导关心你的终身大事，热心为你介绍对象，那不仅是看得起你，甚至是对你的信任与褒奖呀，一般人都求之不得呢，哪有回避推辞的理儿？陈家男与唐慧娟见面之后回到单位，面对周局长的再次关心询问，没有多想就答应了。可一回到家，母亲听说儿子相亲的对象是个外地姑娘，还是个农村的，不乐意了，说找个农村的穷亲家无异于往自个身上缠根苦藤，往后可麻烦了，不仅娘家人三头两天需要接济，甚至三姑六姨的都会来找你，没完没了的你哪儿招架得住？那可是个无底洞！再说逢过年过节，大老远的儿子儿媳还得两头跑，花冤枉钱不说，到哪头团聚都别扭。反正，母亲一古脑儿列出各种理由，不停地数落儿子，陈家男不申辩也不反驳，只是低着头像个乖巧的孩子，静静地听。待母亲说完了，陈家男抬起头说："妈，您说的都对。可这唐慧娟是我的顶头上司周局长介绍的，我不好驳人家周局长面子。再说了，您不是口口声声希望我进步吗？可我要是不给周局长面子，得罪了周局长，我……我还怎么进步呀？"母亲一听，像忽然触电似的，瞪眼张嘴的，却无言以对。是啊，儿子要是得罪了周局长，往后可怎么进步啊，不进步还怎么升迁、怎么出人头地呀？这么一想，陈家男的母亲不吱声了，只是长长地叹了口气。知母莫若子，母亲这个样，也就算默认了。母子俩都设想，只要仕途上能够不断进步，婚姻什么的也就算是人生的一把梯子，坚固就行，中用就好，好看不好看地倒在其次了。

唐慧娟与陈家男的婚姻，就是这样。说不上是什么巧合和机缘，反正是顺水推舟地就走到一起了，而且结婚后婆婆就成为他们一家的家长。只是陈家男的仕途并不像他们母子先前所料，借助周局长的关系得以进步和升迁，因为陈家男与唐慧娟结婚不到两年，周局长就因贪污受贿锒铛入狱了，陈家男的副处长于是便也原地踏步，十余年之后依然是当他的副处长。久而久之，陈家男和他的母亲就将怨气慢慢地撒到唐慧娟身上，尽管唐慧娟结婚第二年就已经为陈家生下一个儿子，尽管唐慧娟已经从先前的小护士晋升为护士长，尽管唐慧娟娘家的三姑六姨并没有像婆婆先前所料三头两天的进京城讨钱寻求接济。当然，唐慧娟自己的父母是需要接济的。在山西农村那个贫穷的老家，唐慧娟的父母是老实巴交的农民，一辈子伺候土地和庄稼，到头来土地和庄稼却没能给他们留下养老所需的保障和积蓄。唐慧娟的两个哥哥一个姐姐，如今也都是靠外出打工勉强能养家糊口的农民，赡养接济父母的责任也自然而然地落到唐慧娟身上。唐慧娟每月的工资收入其实也只有五六千元，加上丈夫陈家男每月的六七千元工资，便成为他们四口之家生活的经济来源，唐慧娟哪来的钱接济自己娘家的父母呢？当然只能靠外快，准确地说是靠患者家属偶尔送来的红包了。最初时唐慧娟也诚惶诚恐，不敢收红包，但后来发现同事中一些主任医生、副主任医生甚至是主治医生都拿，她也跟着拿了，慢慢地也拿得心安理得。反正唐慧娟的红包不是白拿，她也从不主动索要。靠着当护士长掌控病房床位安排的权力，在患者家属急需救助的时候，唐慧娟总是能提供力所能及的帮助。

一些受帮助的患者家属，自然也会以不同方式对唐慧娟表示感谢。烟酒茶水果等各色土特产，唐慧娟会带回家中。偶尔送来的红包，只要感觉安全，唐慧娟也不会推辞，回到家也绝不会告诉丈夫和婆婆，而是作为自己的私房钱，稍稍存入自己单独开设的个人账户，一部分用于接济老家的父母，余下的用于自己零花。唐慧娟给父母的钱不算多，也不是每月都寄，只是逢年过节或父母生日时，每次集中寄，有时寄两三千，有时寄三五千，反正是足够父母日常的生活开销。即使如此，唐慧娟对自己的父母至今仍然心存愧疚，因为工作至今她未能接父母到京城一住，甚至连让父母到京城看看也都没有。此中原因，就是她现在这个家。

唐慧娟在北京安了家，按说也应该是家中的女主人，其实不然。自打她嫁进陈家，婆婆便成为套在她脖子上的绳索，家里的事无论大小，几乎都要按照婆婆的要求，都要顺应婆婆的心意。做儿子的陈家男对母亲则是百般孝顺，凡事几乎言听计从。婚后的唐慧娟为此深深苦恼，背地里也不少与丈夫陈家男争执、吵闹，可陈家男要么是不理不睬，要么是拿出他的挡箭牌："我打小就没有父亲，全由母亲一己之力辛辛苦苦带大，母亲辛苦了大半辈子多么不容易，我总不能惹她老人家生气吧？凡事你就将就着点吧，干吗要跟她老人家计较？"丈夫这话倒也是实话，一个单亲家庭中长大的孩子，成家立业之后总不能将母亲一脚踢开、不管不顾吧？何况家里也只有一套小三居室的房子，都七十岁的老人了，母亲不跟自己的儿子生活还能跟谁呢？每每想到这，唐慧娟的怨气便一如压到了钉子的汽车轮胎，慢慢地泄了，剩余的也只能慢慢地往自己肚子里咽。想当初，大学毕业刚在京城找到工作的唐慧娟，一心就想着嫁个北京人以便在京城立足，听周局长说陈家男是北京人又是个副处长，自己出身农村且仅仅是个护士，便像攀着了高枝似的二话没说答应了。如今想来，唐慧娟虽算在京城立足了，却并未找到她原本心目中的幸福。表面上看，丈夫是地道的北京人，也算有一官半职，是个副处长，可整天屁颠屁颠忙忙碌碌的听凭上级指挥，还时不时加班、出差，参加各种应酬。他对唐慧娟的感情也是说好不好，说坏不坏，不冷也不热，家务则基本上指望不上。所以每天只要一下了班，唐慧娟便必须急急地赶到学校接孩子，然后买菜回家做饭照顾孩子，忙得像陀螺，一天下来，她感觉连骨头都累酥了，而且日复一日，天天如是。唐慧娟之所以至今没有将远在农村的父母接到北京看看，一是因为精力不济时间不够用，二是家里住宿条件不许可，更重要的是婆婆不会同意。别说让父母来京小住，就是春节带儿子回山西农村老家，婆婆都极不情愿，理由是农村太脏，怕自己的孙子染病。婆婆天生洁癖，动辄要求家里人洗手，碗筷每餐洗后都要消毒，桌椅地板每天擦得一尘不染，她自己用的东西绝不让别人碰。在婆婆眼里，农村等同于垃圾，脑子里满是脏乱差，去农村无异于上垃圾堆，她自然不愿意。正因如此，结婚十几年来，唐慧娟都很少回娘家，一般两三年才回家一次。丈夫和儿子就回得更少，丈夫两次（其中一次还是刚刚结婚），儿子一次，而且都是春节回去。每次从山西农村回到京城，刚进家门婆婆就逼着儿子儿媳和孙子洗手更衣，唯恐他们从山西农村带回病毒或瘟疫似的。每每这时，唐慧娟都觉得婆婆简直像个怪物，既可气又可笑，但最终她都只能服从……如此种种，这样的生活这样的日子，日复一日年复一年，长年累月，唐慧娟心头无形中像压了一块石头，也仿佛吸入了浊气，每天回家都感觉到压抑沉闷，心情难得松弛，脸上难见一笑。偶尔在丈夫的纠缠下行夫妻性事，唐慧娟也毫无兴致，都是被动应付，草草了事。

这一天下了班，唐慧娟依旧骑车先到学校接孩子，然后到自家小区附近的菜市场买菜，回家揿门铃，却不见婆婆前来开门。改用手敲门，也不见屋里动静。唐慧娟感觉诧异，莫非婆婆外出了？她只得将手里大袋小袋的菜放到地上，从背包里掏出钥匙开门。进了屋打开灯，唐慧娟发现婆婆整个人瘫倒在她自己房间的桌椅旁边，不停地呻吟，手里还抓着一块抹布，右脚的脚脖肿得像冬瓜一样粗大。唐慧娟一阵惊叫，忙扔下手里的东西，招呼儿子一块去扶婆婆，不料婆婆连爬都爬不起来，更无法站立，只是更加大声一个劲嚷嚷疼。显然，婆婆大概是要踩椅子爬高擦灰尘，不慎摔下来的。唐慧娟让儿子看护奶奶，自己急忙打电话叫120急救，同时打电话催丈夫赶快回家。

十四

按照医生预计的疗程，刘平民还有几次手术就将出院了。为了让父亲能够达到更好的治疗效果，刘彩霞还在为是否应该向主刀的邱大夫送红包纠结。经过这段时间的接触，她感觉邱大夫还是不错的，态度和蔼，做事认真，外表看全然也猜不出邱大夫究竟是不是在意患者送不送红包。从情理上讲，给他送红包肯定是比不给送好，因为人都是讲报恩的，也都是讲感情的，“投之以桃报之以李”，这话是刘彩霞读初中时老师就讲过的，你给邱大夫送红包他还能不对你好吗？可反过来想，假若不给邱大夫送红包呢，他真的会对父亲百分之百好、用百分之百的认真给父亲做手术吗？假若别人都送红包自己却不送红包，邱大夫能高兴吗，他会不会记恨，会不会手术时给父亲使坏？刘彩霞不能肯定，她心生疑虑。此刻她只抱怨自己生在贫穷人家，更恨自己无能，恨自己不能挣更多的钱给父亲治病。她想假若自己有钱，毫无疑问那肯定是要给邱大夫送红包的，送红包等于花钱买平安，至少是买个放心。

那天傍晚，刘彩霞照顾完父亲，安顿好母亲，像往日一样背起背包，径自离开病房到楼下寻找晚上的落脚点，她必须找到一处相对安静安全、也相对干净的地方过夜。刚出电梯，一个陌生妇女上来搭讪，神秘兮兮地问她卖不卖血，每200毫升给600元。刘彩霞有些惊诧，满脸狐疑，她警惕地审视对方，反问：“你干吗的，怎么来找我？”

对方嘿嘿一笑，说：“这位妹子，你别紧张，我跟你一样也是农村来的姐妹。我跟踪你已经好些天了，你一个大姑娘每天晚上幽灵一样在这医院里到处转悠，像没人要的流浪狗流浪猫一样找地方睡觉，要是有钱你能遭受这种苦？哼，让我看着都心疼。我要是没猜错，你肯定是陪家人来这里治病，也知道你们家肯定缺钱。可天下穷人都一样，哪个不缺钱？不瞒你说，当初进京城时我也缺钱，也卖过血。卖血又不是卖淫，不是啥见不得人的事，堂堂正正光明正大。咱们穷人是没钱，但有的是身体，急用时卖点血救急，填补家用，这有什么呀？许多农村来的兄弟姐妹都这么干过。何况你家人在这儿治病，说到底救人要紧呀，你说是不是这个理儿？”对方像一个演讲家，一古脑儿说出了这番话，说完脸上还挂笑，眼神既诚恳又带几分狡诈。可仔细琢磨，对方说的话又不无道理，甚至击中了刘彩霞的软肋、说到了她的心坎上，刘彩霞不由得有几分动心。她再次打量着眼前这位短发圆脸、看样子见多识广的陌生中年妇女，问：“你说卖血，上哪儿卖呀？”

陌生妇女笑着说：“不远，就在医院对面的胡同里。你要是拿定主意，明天一早不喝水不吃饭，打电话找我，我在医院门口等你。喏，这是我的电话——”陌生妇女说着，递过来一张名片。

刘彩霞接过名片一看，发现名片上赫然写着“救死扶伤，卖血光荣”，然后就是对方的名字和电话。刘彩霞说：“这名片上刘雪红的名字就是你？”

陌生妇女说：“我正是刘雪红，你叫我刘姐好啦。名片上的电话也是我的，明天早上你来医院门口找我吧，记着不能吃饭不能喝水。”刘雪红说完，抬脚要走。

刘彩霞却上前一步堵住她：“二百毫升才给六百元，太少了吧？你给一千吧，一千俺就卖！”

刘雪红的眼睛立马鼓得像金鱼眼：“我的天，你这位小妹真敢狮子开大口，你是要卖血还是卖房啊？告诉你吧，二百毫升六百元你找遍京城也是这个价。”

刘彩霞眨巴着眼睛，将信将疑，末了拉下眼帘，自言自语：“哼，连血都这么不值钱，那……那我就不卖了。”

刘雪红一看对方打退堂鼓，急了，她“嘿嘿”一声，讪笑着跨前一步说：“妹子，看在你真缺钱用的份上，我咬咬牙，给你加一百，顶上天，我无法再加了。你爱卖不卖，不卖拉倒。”刘雪红说完，装着要走的样子。

刘彩霞却抢着问：“大姐，你是说每二百毫升卖七百元？”

刘雪红肯定地说：“是，七百元一分也不会少你。可要多一分我也不会给你。”

刘彩霞看着对方，沉默了，内心却打起小九九，在一次次盘算。原本，她想卖血挣一千元给医生送红包的，一千元虽然少了点，但送总比不送好吧，这是她内心已经拿定的主意。可如果200毫升只卖了700元，不足的300元怎么办，上哪儿找？她思忖着继续与对方讨价还价的对策，可听对方语气那么坚决，看样子是不会让步了。于是，她改变了策略："大姐，假如我多卖一百毫升血，你加多少钱？"

刘雪红圆脸上一双圆眼珠滴溜溜一转，嘴一咧脸上立马开成一朵菊花："哟，妹子还想多挣钱呐？那敢情好。这样吧，咱们俩也别再讨价还价了，都图个爽快，按原来二百毫升谈好的价格，你多卖一百毫升我加三百五十块，三百毫升共一千零五十块钱，你看如何？"

刘彩霞一听，觉得这个数不仅已经达到自己想挣一千元的目标，那超出的五十元假若每天买馒头就咸菜，至少还够自己十来天的生活费，何乐不为？这么一想，她便满口答应："行。"

刘雪红一听乐了，脸上的菊花开得更加灿烂："好，就这么定了！不过得先提醒你，明天你只能先卖二百毫升，隔两天之后再卖另一百毫升。"

刘彩霞问："为啥？"

刘雪红笑，一只手亲昵地拍了拍刘彩霞的臂膀："哈哈我的好妹子，你问为啥？告诉你，你年纪轻轻的还嫩得像朵花，掐都能掐出水来，一下子抽三百毫升血，你挺得住吗，万一要出了事可怎么办？你一心只想着挣钱，我可不想为了挣几个钱惹出人命案！"刘雪红说完，搭在对方臂膀上的那只手还轻轻地摩挲着，竟然让刘彩霞感觉出几分亲热，几分怜爱。

刘彩霞内心瞬间生出一丝感动，她牵过刘雪红的那只手紧紧握着，摇了又摇："谢谢你大姐！那俺就分两次抽血，先抽两百毫升。不过……那另一百毫升血能不能提前一天抽？就是说，明天先抽两百毫升，后天接着抽一百毫升。因为……因为俺急着用钱。"她说的是实话，她急着卖完血尽快拿到钱好给邱大夫送红包。

刘雪红见对方那么着急，便说："明天你先抽两百毫升，看看身体状况再说吧。如果你的身体状况还好，再考虑抽另一百毫升。"

刘彩霞见对方又松了口，感激地笑："行，那就谢谢大姐了！"

刘雪红满意地笑："那就这么定了。明天早上七点到医院门口等我，记住不能吃饭，也不能喝水。"说完她抬腿离开，刘彩霞目送着她，一只手将对方留下的那张名片抓得紧紧地，仿佛生怕它跑掉了似的。

十五

那天傍晚，唐慧娟呼叫的120救护车十五分钟后就达到他们家。一男一女的两个医生拎着药箱和医疗器械，急急忙忙进了唐慧娟的家门，拉开架式察看唐慧娟婆婆肿痛的右脚脖，又给老人量了血压，测了心率，窸窸窣窣捣鼓了一阵，说老人右脚摔骨折了，得赶紧送医院。唐慧娟二话没说，嘱咐儿子要是饿了就先找点点心吃，好好在家做作业，她自己指挥救护人员将婆婆抬上车，跟车将婆婆送进了自己所在的那家三甲医院。她的丈夫陈家男，则是在整整一个小时之后才赶到了医院的骨科病房看望已经住院的母亲。

婆婆一住院，唐慧娟就更忙了。首先是她必须尽到儿媳的责任，利用自己在医院的人脉找到最好的医生，请骨科的护士同人悉心照顾好婆婆，这些对她来说倒不是什么难事，毕竟自己在这家医院工作十多年了，虽然骨科与自己所在的神经内科不是同一个科，但吃饭开会什么的时常是低头不见抬头见，反正医院里就那么几百号人，医院的大院再大也大不到院外去吧。最由不得她的是，她必须为婆婆请一位理想的护工，他们医院最近无现成的护工，病房里那些护工可都是患者家属从外面那些散兵游勇讨生活的民工中物色请来的，理想不理想可不好说，反正好坏全靠运气和磨合。这时候唐慧娟才想起自己中学的同学王美丽，她想王美丽要是能来照顾自己的婆婆那是最合适不过的了，毕竟自己与王美丽熟悉，既是同乡又是老同学，让自己熟悉的王美丽照顾婆婆，知根知底，至少是要比别的护工放心吧。何况唐慧娟已经听李建文老师说过，王美丽现在对他照顾得不错，热情干练，细心周到，还肯干。只是王美丽眼下仍在照顾李建文老师，自己总不能夺人所爱、去挖李建文老师的墙脚吧？唯一的愿望和办法，是等李建文老师出院后将王美丽请到自己家来。好在李建文老师再过一个星期就可出院了，只要工资不低于李建文老师现在给的价码，请王美丽到老乡加老同学的家来照顾婆婆，她应该是求之不得吧？话说回来，要不是自己的婆婆出了这档子事，自己是不可能让王美丽到家里来的，且不说婆婆压根不会同意，自己都不大愿意，毕竟现在的身份不同了，让一个四处漂泊的农民工到京城安居的家来，感觉总会有那么一些别扭，也有一些不那么让人放心。让自己的家彻底暴露在一个农民工的眼皮底下，谁知道对方会怎么想？毕竟自己的家也是堂堂首都的一个小康人家了，家境再怎么说也会比对方好得多，自己与王美丽过去又是同学，万一对方眼红怎么办？暗地里会不会使坏？暗地里会不会串通其他民工老乡前来偷前来抢？这么一想，唐慧娟又有些不放心了。可反过来想，不请王美丽而请素不相识的其他护工到家里来照顾婆婆，不是更让人不放心么？再怎么说，王美丽也是个自己熟悉的人，她真要是干出见不得人的事，自己总还能回老家找到她吧？

唐慧娟思来想去，越发觉得应该请王美丽，当然是在李建文老师出院之后。眼下婆婆住院，也只能暂时请别的护工了。

为了能够在李建文老师出院之后捷足先登请到王美丽，唐慧娟意识到自己理应先做些铺垫，毕竟自己好些天没同王美丽说上话了，每天检查病房，她都只是看看李建文老师，对他问寒问暖，而对旁边的王美丽常常只礼节性点个头打个招呼，似乎压根没王美丽这样一个同乡加老同学似的，说起来真有些匪夷所思。现在看来，唐慧娟意识到自己对王美丽多少有些冷落，除了久别重逢刚见面时的寒暄问候，而后半个多月的时间里，唐慧娟与王美丽这位老同学并未多聊，也未体现东道主应有的热情与关心，究其原因，唐慧娟承认是自己内心深处身份上那种油然而生的优越感，这也难怪，一个早已身居京城且已经是三甲医院的护士长，怎么可能与一个贫困农村的农妇相提并论呢？此时的唐慧娟既有些自责，又不断自我安慰。不过，她已打定主意，从现在开始要亲近王美丽，拉近老乡加老同学的应有关系。

这一天，唐慧娟从骨科病房照看完婆婆，回到自己所在科室的大楼，正想先到4号病房去看望李建文老师，顺便与王美丽多聊几句，甚至想到要将患者家属送的茶叶土特产什么的给王美丽分一点。可她刚出电梯走进病房楼道，就发现楼道里热闹非凡，一个女声正与一个男声激烈争吵，引来患者、家属及医护人员的纷纷围观。循着声音的方向，唐慧娟一串碎步钻进人丛，发现争吵的一男一女，那男的是他们医院的高从善院长，而那女的竟然是她的老乡加老同学王美丽！

十六

王美丽之所以要找高从善院长讨说法，并非心血来潮，而是早有预谋。自从刘彩霞为是否该向主刀的邱大夫送红包、并且最终认定砸锅卖铁也要向邱大夫送红包，王美丽有如鱼骨鲠喉，浑身所有的细胞都像被火灼着了，她怎么也咽不下这口气。在她看来，患者本来就是弱者，身患重病本来就够倒霉的了，身体遭受痛苦不说，倾尽家资治病不说，还得花冤枉钱给医生送红包，这到底是哪儿的理儿？这社会到底还有没有王法了？那些日子，王美丽正为此愤愤不平、甚至夜不能寐之际，她又发现了刘彩霞的异常。

那天，王美丽首先是注意到平时一大早就来到病房的刘彩霞姗姗来迟，至少比平日晚来了两小小时，走进病房时还没精打采，面色苍白，说话都有气无力，仿佛是一夜之间被谁抽去了精气神。刘彩霞的母亲也注意到了女儿的异样，关心地问女儿哪儿不舒服了。刘彩霞苦笑着一只手撑开手掌，捂着额头掩饰说："我没事，可能是昨晚没睡好。"说完，又低头帮助母亲给父亲倒水喂药了。刘彩霞这么说，母亲和同屋的王美丽都信以为真，没太在意。但王美丽注意到刘彩霞一整天都像被霜雪打蔫了的南瓜秧，总是打不起精神，蔫蔫的不大说话，面色也依然苍白。王美丽还是以为刘彩霞可能真是昨晚没睡好的缘故。

到了晚上，大约九点半钟左右，照顾完父亲、忙活了一天的刘彩霞，像往日一样将离开病房到医院里寻找当晚的栖身地，目光却与一直注意她的王美丽的目光意外相遇。王美丽专注地审视着她，目光灼灼，宛若火苗一样烫着了她。

刘彩霞猛一激灵，仿佛闪电在身上掠过，她有些慌张地掠了掠头发，朝王美丽友善地笑了笑，欲言又止，那笑又显得勉强，还带着明显的苦涩。王美丽意识到，刘彩霞好像是有什么心事隐瞒着。当刘彩霞转身离去时，王美丽一串碎步追出门外，在楼道里堵住了她：“彩霞，你真是身体不舒服吗，你好像有什么事瞒着你爸妈吧？”

刘彩霞有些吃惊地看着对方，目光却稍碰即逝，慌慌地移开，低着头一双手漫无目的地绞捏着垂落在胸前的长发。沉默。

王美丽急了，用手嗔怪地掇捅对方：“怎么啦，你还不信任我？你倒是说话呀！”

刘彩霞抬起头，目光却仍然慌慌地左右游移，像无处逃遁。末了她抿着嘴，怯怯地望着王美丽说：“美丽姐，谢谢你的关心！我……身体是不大舒服，可能是昨晚没有睡好。不过不要紧的，今晚我找地方多睡一会儿可能就好了。”话音刚落，脚下却发飘，身子禁不住摇晃。

王美丽赶忙用手扶住她的肩膀，眼睛却咄咄逼人地擒住对方的目光：“你肯定没说实话！你到底怎么啦，快告诉我，姐看看能不能帮助你想想办法。”

刘彩霞感觉自己的肩膀被王美丽捏着好紧好紧，她极力想挣脱，却感觉力不从心，只得用恳求的目光望着对方：“美丽姐，我……真的没事，休息休息就好了。”停顿了一下，又说，“美丽姐，后天上午我要是来晚了，你能不能帮我妈照顾一下我父亲？”

王美丽疑惑地看着对方：“你干吗去？”

刘彩霞躲开对方的目光，抿了抿嘴，欲言又止。

王美丽急得直跺脚，双手抓住对方双肩使劲摇：“瞎，你倒是说话呀，你不说话我怎么能帮你的忙？”

刘彩霞见对方越逼越紧，感到自己再也无法隐瞒，警惕地望了望前后左右，又拉着王美丽走到楼道的尽头，这才停下来对王美丽说：“美丽姐，我要是把事情告诉你。你能不能替我保密？”

王美丽说：“你尽可放心，你要是如实说，我保证只有你知，我知，天知，地知。”

刘彩霞见对方说得很坚决，一狠心，只好将自己今天早晨献血及后天还想献一次血的事如实说了。

听着刘彩霞的讲述，王美丽感觉自己浑身的血像被通电加热一样，迅速升温，热血奔涌。待对方说完，她的血也达到了沸点，仿佛就将奔涌而出要将自己的天灵盖掀开，她歇斯底里地摇着刘彩霞的双肩吼道：“你疯啦，你不要命啊，你怎么能干出这种傻事！你没想你还这么年轻，这些日子都累成这样了还去卖血，你不想想你要是有个三长两短你爸你妈可怎么办？！”王美丽像疼爱自己的亲妹妹一样，暴风骤雨，劈头盖脸好一阵数落。刘彩霞眼窝里那憋得太久的泪水刹那间夺眶而出，顺着脸颊，像断线的珍珠扑簌簌地往下掉。王美丽心一酸，将刘彩霞搂进怀里，两个人在病房的楼道尽头抱头痛哭。

窗外夜色如墨，京城远远近近的灯光忽闪忽闪，一明一暗，仿佛夜晚数不尽的眼睛凝视着这人世间的不幸……

明白了真相，王美丽再怎么说也不让刘彩霞大晚上的像幽灵一样在医院里到处漂泊游荡了，至少是今天晚上，她无论如何不能让刘彩霞在外边流浪，她担心身体虚弱的刘彩霞出事。她好说歹说，将刘彩霞强行拉回病房，她打算将自己陪护的活动床让给刘彩霞，如果护士晚间查房驱赶，她就自己到楼道或院里打游击。进了病房，王美丽就将想法同李建文老师说了，当然她没有说出真相，只是说刘彩霞身体不舒服，今晚让她在我的陪护床上休息。这所三甲医院的病房里，每张病床旁边都配有一张伸缩两用的小活动床，白天可以收起，夜间可以拉开供陪护家属睡觉，每张陪护床每天收费二十元。李建文老师也是一直同情刘平民一家的，听了王美丽的话当然是满口答应，全力支持。只是他关心地问王美丽：“那你住哪儿？”雷政富搬离4号病房之后，他住过的3号病床当天就被一个叫史高远的中年脑梗患者填上，陪护床也被他请来的护工占用，4号病房里根本就没有多余的床可供王美丽栖息。王美丽说：“我好办，就坐椅子上也能睡着。再不济我就到楼道里找地方睡，反正彩霞妹今晚得在我的床上先睡。”话音刚落，王美丽也不由分说拉开陪护床，将身体虚弱却还在推辞的刘彩霞强行按到床上。王美丽的举动将刘彩霞母女俩感动得泪水涟涟，刘彩霞的母亲还握着王美丽的手母鸡啄食一样连连叩头，千恩万谢。躺在病床上的刘平民也扭着头向这边的王美丽连连挥手，不停道谢。李建文老师看着眼前的情景，瞬间心头掠过阵阵暖意，他万没想到自己二十几年前心目中的差生，如今会有如此感人的举动。他更加后悔自己当初严厉的责备导致王美丽的辍学。他想要是时光能够倒流从头再来，自己一定会倾心爱护、全力培养王美丽，要是能够将王美丽培养成大学生，那该多好啊。他很满意、甚至是感激王美丽这段时间对自己的照顾与陪护，可惜过两天自己就将康复出院了，他不知道自己以后是否还有机会与王美丽在一起。这么想着，李建文老师对王美丽既悔意连连，又浮生出无限的留恋……

因为担心夜间护士前来查房，王美丽照顾完李建文老师，安顿好刘彩霞，嘱咐刘彩霞的母亲帮助自己照看李老师，自己便离开病房到楼下物色自己当晚的栖息地。来到楼下大厅，她在医院的宣传栏意外发现一则通知，内容是“明天上午8点半，高从善院长将陪同市卫计委副主任马顺风到本院检查工作，望本院各科室各部门提前做好准备……”。看完这则通知，王美丽的内心瞬间像被勾出了一条虫子，心思忽然间活泛起来。巧的是，宣传栏原本就有好几幅高从善院长的照片，都是会议讲话或检查工作时的剪影，王美丽灵机一动，一个帮助刘彩霞一家打抱不平的主意从内心深处雨后春笋般冒了出来，她有些不由自主地为自己的这个主意激动、兴奋，一股从未有过的正义感和神圣感也在她的内心深处油然而生。

有了这个主意，王美丽一直兴奋，她带着这种兴奋在楼道里来回走动，在医院里四处踱步。末了她又回到神经内科的住院部，瞅准患者家属进出的机会悄悄溜回了4号病房。或许是老天开恩，这天晚上护士竟然没有前来查房，王美丽在病房的椅子上闭目养神熬过了一个特殊的夜晚。

十七

第二天一早，王美丽像往日一样准时起床，照顾完李建文老师拉撒洗漱、吃喝服药，一切打理停当，她便焦躁不安地在病房内外进进出出，也时不时到护士站打听消息，等候着高从善院长一行的到来。

大约是上午九点，伴随着一阵嘈杂的人声和脚步声，高从善院长如期而至，王美丽抖擞精神，瞅准机会在病房的楼道里挡住了高从善院长一行的去路。

唐慧娟挤进人群时，发现王美丽正咄咄逼人："请问你是高从善院长吧，我想问你，患者在你们医院做手术是否必须送红包？"

高从善院长惊诧地睁大眼睛，他万没想到在自己管辖的领地里，竟然会突然杀出个女程咬金。他有些吃惊，也有些愠怒，但或许是意识到身边的市卫计委马顺风副主任等领导在场，他的惊诧和愠怒稍纵即逝，转而是沉着平和的询问："请问你是谁？"

王美丽不亢不卑："我叫王美丽，是神经内科住院部4号病房患者的护工，请院长先生回答我的提问：患者在你们医院做手术是否必须送红包？"

高从善院长愣了一下，扭着头看了看身旁一脸严肃的马顺风副主任，又看了看前后左右正兴致勃勃围观的人群，镇定地反问："王美丽同志，你这话从何而来，谁说患者在我们医院做手术必须送红包了？"

王美丽依然咄咄逼人："不送红包，你能保证本院医生的手术质量，也能保证医生不为难患者和家属吗？"

高从善院长拍着胸脯说："我向你百分之百保证，本院绝对杜绝红包。如果你发现本院医生向患者索要红包或收受红包，无论牵涉到哪个医生，我们将一律严肃处理，严惩不贷！"

…………

王美丽与高从善院长正剑拔弩张的时候，唐慧娟站在人群的外围清楚地听着他们一问一答的对质，她意外，震惊，害怕，双腿发软，双手紧张得快要捏出汗来。一开始，她曾想到冲上前去拉开王美丽，可瞬间又胆怯了，理智提醒她绝不能上去，上前拉架万一让王美丽暴露自己的身份，高院长要知道了王美丽是自己的老乡、同学，那还不兴师问罪？高院长会对我唐慧娟怎么看，那不等于自找麻烦，自投罗网，自找苦吃吗？主意已定，唐慧娟便远远地躲在人群的背后，心惊胆战地听着王美丽与高从善院长的唇枪舌剑。

面对高从善院长的保证，王美丽镇定地说："好，既然你高院长这么说，那我向你反映一个情况……"她停下话，审视着高从善院长和他身旁的各位领导，又望了望前后左右围观的人群，冷笑一声，问高院长："高院长，你看我是继续在这儿说完，还是换个地方说？"

高从善院长又有些意外，他没想到眼前这个咄咄逼人的女程咬金既充满挑衅，又善解人意，他摸不准王美丽要反映的情况到底严不严重、重不重要，当着这么多人，要是真严重，造成不良影响那麻烦可就大了，他当然希望能换个地方听王美丽反映情况。可市卫计委副主任马顺风此刻就像一头老虎威风凛凛地站在自己身旁，他自己至多是一只小猫，哪敢做主？他只好扭着头，将探询的目光投向马顺风副主任。

此刻的马顺风副主任正一脸威严地注视着眼前发生的一切，但威严中带着期许。他冷静地审视着高从善院长，又赞赏地凝视着眼前这位眉清目秀、虽不年轻可也不失姿色的女护工，鼓励她说："没关系，你就在这儿说吧。大家都知道，如今的医患关系很紧张，今天我们到这儿检查工作，就是想倾听患者和家属的真实意见，以便改进我们的工作。作为一个普通护工，你敢于当面向我们反映情况，我们正求之不得，尤其是在今天，对我们来说也正是一次难得的工作现场会。我们将抓住这次事件，刹一刹医院的不正之风。你到底要反映什么情况，请放心说！"

迎着马顺风副主任投来的目光，王美丽看到了对方目光中隐含的鼓励与期待，一股勇气像鼓起的风帆瞬间充溢她的全身，她昂首挺胸，当着马顺风副主任、高从善院长等领导和众多在场围观者的面，愤愤不平地讲述了4号病房患者刘平民一家的窘境与遭遇、刘平民的女儿刘彩霞为了给父亲治病和向医生送红包不得已卖血，以及李建文老师慷慨解囊的前后经过。王美丽讲述这一切的时候，慷慨激昂，声情并茂，虽然带着浓重的山西口音，但她饱含深情的讲述和她那路见不平的侠肝义胆，却震撼着在场的每一个人，几乎所有的人都被她的讲述深深感染。

王美丽的话音刚落，高从善院长便如释重负，他情不自禁地上前握住王美丽的手说："王美丽同志，谢谢你，谢谢你反映的这种情况！"王美丽反映的情况虽然重要，也很真实，但只是患者正面临的窘境、纠结与遭遇，送红包的事也只是在酝酿之中，尚未变成事实，既不损医生的医德，也无损于医院的声誉，高院长有理由为此庆幸。

马顺风副主任的表情也不再像刚才那般严肃，紫铜色的脸上开始露出温情，他关切地问王美丽："刘平民一家在哪儿，还在4号病房里吗？"在得到王美丽肯定的回答之后，马副主任手一挥对高从善院长说："走，咱们去4号病房看看！"

4号病房里，刘彩霞正和母亲一起搀扶着父亲起床，准备坐轮椅推到手术室去做腰椎穿刺手术，旁边一位男助理医生和一位护士在等候着他们。马顺风副主任和高从善院长等领导的到来，让刘彩霞和母亲都感到意外，不免局促。马顺风副主任和高从善院长你一言我一语地询问着刘平民的病情和治疗效果以及他们一家的经济状况，印证了王美丽所说的一切之后，当着马顺风副主任的面，高从善院长当即表态："刘平民同志，考虑到你们家的实际困难和特殊情况，我们计划为你减免余下疗程所需的医疗费用，将提交院长办公会讨论通过。你们省下的医疗费用可用于资助家里的儿子继续上学。"停了一下，高院长又对刘彩霞说，"你叫刘彩霞吧？你怎么能去卖血，怎么能够想到要用卖血的钱去给医生送红包？这太可悲，太不应该了！告诉你，我们医院向来杜绝患者向医生送红包，救死扶伤从来就是医院和医生的天职，医生绝不会因为你不送红包就故意为难患者和家属，这太荒唐了，根本不可能发生这样的事。你可千万不能再干傻事了。我向你保证，如果本医院出现医生或其他医护人员收受患者红包甚至向患者索要红包的情况，一经发现我们将一律严惩，绝不姑息。欢迎你和所有患者家属严格监督、举报。”

高从善院长地一席话，铿锵有力，如春雷滚地，一时间在在场所有的人心中久久回响。高院长的话音刚落，4号病房瞬间响起热烈的、经久不息的掌声。

市卫计委马顺风副主任望了一眼高院长，不住点头赞赏。马副主任环视了一周，微笑着对在场的人说：“刚才高院长的一番话说得很好，我完全赞同。的确，救死扶伤是医院和医生的天职，可惜近年来被社会不正之风侵蚀了，扭曲了，以至于不给医生送红包，患者和家属都不放心，这确实太荒唐了。我们一定要理直气壮地杜绝送钱送礼等一切不正之风。不仅如此，像刘平民同志这样一些家庭确实有特殊情况和特殊困难的患者，我们医院还要根据不同患者的不同情况，适当减免过高的医疗费，为他们提供力所能及的帮助。我们一定要抓住今天的典型事件，在全市医疗系统开展一次生动的纠风教育，让救死扶伤的人道主义之风击退社会上的不正之风，使其重新占据首都的医疗阵地。从这一点上讲，今天我们要特别感谢王美丽同志，是王美丽同志的勇敢与勇气，才使我们今天能够倾听到了患者和家属的真实意见。王美丽同志，谢谢你！”马顺风副主任边说边走到王美丽跟前，紧紧地握着她的手不停道谢。病房里又一次响起热烈的、经久不息的掌声。

王美丽被这意外的赞赏和掌声感动得满脸通红，热泪盈眶。她那张红扑扑的苹果脸，也露出了多日以来难得的微笑，这笑容宛若春天悄然开放的迎春花，温婉明媚，美丽动人。

自始至终，唐慧娟护士长虽然一直站在围观者的最后面，但她亲身目睹了今天发生的一切，她的内心像坐过山车一样，经历了震惊、担心、惊喜等几个不同情感波涛的撞击。当王美丽的壮举受到高从善院长和马顺风副主任的先后肯定时，她有些激动，甚至有主动上前拥抱王美丽并向领导公开她们俩老乡加同学关系的冲动，但这种冲动像流星掠过夜空，稍纵即逝。最后时刻，理智提醒她不可轻举妄动，她早已不年轻了，不再是不谙世事天真无邪的小姑娘了，多年的经历和阅历锻炼了她，她早已看惯了社会生活中太多领导的口是心非，热衷于做官样文章，会上一套会后一套，明里一套暗里一套，说的一套做的是另一套。此刻她暗自思忖：谁知道高院长和马副主任今天说的话到底是真是假呢？尤其是高院长，王美丽今天如此冒犯他，假如不是高副主任等检查组的领导在场，高院长会做何反应，他真会像今天这样唱高调吗？他口口声声说杜绝红包，身为一院之长，这么多年难道他真没有以权谋私收受过红包？高院长要是知道我唐慧娟与王美丽的关系，他会不会怪罪我唐慧娟呢？这么想着，唐慧娟便毅然决然地掐灭了自己内心的冲动，她甚至为自己的理智感到欣慰与庆幸。

但唐慧娟没有忘记今天的初衷，眼看着高从善院长和马顺风副主任等检查组的领导渐渐离去，唐慧娟假借查房关心李建文老师的机会主动与王美丽套近乎："美丽你行啊，听说你刚才主动向我们高从善院长反映情况，受到领导们的夸奖了，真不错呀！"唐慧娟边说边伸出胳膊搂王美丽，以示亲热。王美丽却将对方的手轻轻拿开，平静地望了她一眼，看不出高兴还是不高兴，然后径直去给李建文老师倒水喂药了，这举动让唐慧娟觉得有些意外，甚至有几分尴尬。

倒是已经能自己起床、此刻靠在床头上的李建文老师主动替唐慧娟解围："呵呵，看样子美丽不大习惯被人家表扬，她自己都不好意思了。"一句话，惹得在场的人都笑了。

十八

因了高从善院长的公开许诺和市卫计委的督促与重视，刘平民从那一天起的治疗费果真全减免了，不仅如此，医院还派出最好的专家组成治疗小组，为刘平民会诊治疗。刘平民的手术和医治效果果然日见明显，刘平民已经从先前的不能自行起床到现在能独自起床，并且已经能拄着拐杖开始在医院楼道行走，说话发音也日见清晰，这让刘平民的妻子和女儿喜出望外，感动不已。他们一家人对王美丽千恩万谢，对医方的开恩和李建文老师先前的慷慨解囊感激涕零。刘彩霞的母亲几乎每天都念叨"咱家这回真遇到贵人了"之类的话语，并且都以为这事完全是前生前世自家祖宗积下的德。

院方的宣传部门则在院长高从善的督促下，不失时机主动联系首都各大新闻媒体，对本院减免刘平民医疗费并全力救治的事件进行了连篇累牍的宣传报道，却只字未提本次事件的最初主角王美丽当初为帮助刘平民一家拔刀相助向高从善院长反映情况的壮举。

幸好当了英雄的王美丽对此并不在乎，她依旧每天脚踏实地地当她的护工，耐心周到地照顾着李建文老师。当然，看到同屋刘平民身体的日益康复及他和妻女日益开心温暖的笑靥，她也暗自为自己数天前的冲动与鲁莽感到高兴。

经过近一个月的治疗，李建文老师身体已基本康复。虽然他的力气并未完全恢复，气血也略显不足，但嘴不再歪邪，说话表达也基本清晰，幸运的是如今的他已经能借助拐杖自己慢慢行走，连上卫生间洗漱大小便也基本不用王美丽搀扶了。医生说，这在众多的中风患者中简直能算奇迹。一般的中风患者，要恢复到这种状态至少还得转到康复科进行两三个月的康复治疗。

眼看过两天李建文老师就要康复出院了，这天早上唐慧娟前来查房看望李建文老师时，瞅准机会拉住王美丽走到门外，悄悄对王美丽说："美丽，咱俩既是老乡又是老同学，这次意外见面快一个月了，我一直太忙未能单独约你，今天中午我请你到医院对面的肯德基吃肯德基如何？"唐慧娟说这话之前，是经过精心考虑的。她想家乡是农村，肯德基对王美丽这种身份的人来说比较稀罕，价钱又不贵，请王美丽吃顿肯德基先套套近乎，再提出请她到家里照顾婆婆一事，王美丽不至于不愿意吧。此前的一天，唐慧娟已经从李建文老师那里了解到，出院之后因女儿家里住房所限，李建文老师也没有要请王美丽到家里继续照顾他的意思。

听唐慧娟说出这话，王美丽有些意外，她睁大眼睛，审视着眼前这位老乡加老同学，有些怀疑自己是否听错了。意外重逢近一个月来，唐慧娟可从未表现出如此的亲热，根本不像老乡更不像老同学，反倒像普通的陌路人，每天前来查房见面时都不冷不热的说不上几句话，眼看李老师就要出院，她葫芦里面到底要卖什么药？王美丽审视了唐慧娟几秒钟，嘴角忽然荡漾出一丝微笑，王美丽说：“不啦，你忙吧，再说我也没时间，我得照顾李建文老师。”

唐慧娟说：“没事，咱俩可晚点去，待你照顾李老师吃完午饭，安排他午睡之后咱俩再出去吃。你看如何？”

王美丽想都没想就给予回绝：“不行，我是李老师请来的雇工，我不能离开。”

唐慧娟很执着：“这事好办，我跟李老师说一声。”

王美丽依然固执：“你甭说，说了我也不去。”

唐慧娟一脸惊愕：“你……怎么啦？”心想你不就是个护工吗，怎么这么不识抬举？但这话她未说出口，只是像条顽皮狡猾的鲶鱼在心里不停搅动。

王美丽冷冷地说：“没什么呀，我很好。我只是不想去。”嘴这么说，内心却想：才不稀罕你约请呢，你早干吗去了，自见面以来一直不冷不热、跟没我这个同学加老乡似的，眼下怎么大冬天烧热炕热乎起来了。

唐慧娟暗自思忖：咦，还真狗咬吕洞宾不识好人心了呢！我倒要看看你到底能牛到哪儿去。于是她索性开门见山：“美丽，既然你不愿去，我也不勉强你。但无论如何咱俩是老乡加同学，应该是亲上加亲。我索性把话说开了吧，过两天李老师就要出院回女儿家了，他女儿在北京住房条件有限，不可能再请你到家里继续照顾李老师。我倒是有个主意，不知你想不想听——”说着她故意收住话，卖起关子。

王美丽抬起眼睛望对方：“你说吧。”

唐慧娟将对方装入眼里，笑着说：“当护工老漂在外边，像打游击，吃住都不安稳，挺苦的。如果你愿意，倒是有个机会可到人家里去照顾老人，工钱不会比你照顾李老师的少，吃住则会跟主人家里的一个样，比在医院好得多，也比较安稳，再说老住医院接触各色病人，时间长了难免对身体不好。”

王美丽听了不住点头，像心有所动。待对方说完，她问：“是会比在医院打游击好，可你说的这家人是谁？”

唐慧娟瞥了一眼对方，一只手亲热地搭着王美丽肩膀，笑：“嘻嘻远在天边，近在眼前，不瞒你说，其实就是我家。我想请你到我家来帮助我做家务、照顾我婆婆。我不会亏待你的，你看咋样？”唐慧娟笑容可掬，满面春风，仿佛一位施舍者在等待被施舍者的道谢。

王美丽不禁惊讶，脑海快速穿越，一下回到自己的学生时代。与唐慧娟还是同班同学时，自己哪点儿比她差了？不仅不差，应该是比她强出许多，几乎不可同日而语。虽然论成绩两人不相上下，但论长相和个人魅力，可以说王美丽是花。唐慧娟呢，恐怕绿叶都够不上，顶多算路边小草。然而时过境迁，眼下自己与她唐慧娟却换了位置，自己竟然沦落到要受雇到对方家当保姆，这简直是奇耻大辱！王美丽的内心此刻像被针扎一样，隐隐作痛，她开始恨自己当初的无知，恨自己眼下的无能。假如当初不那么虚荣贪玩，自己何至于沦落至此，至少应该与她唐慧娟平起平坐吧？时至今日，自己却漂泊在外干护工。当护工当保姆虽也认了，但给自己过去的中学同学当，无论如何不可以接受。何况自从在京城意外与唐慧娟重逢以来，自己对唐慧娟的为人并不感冒，并且已经心存芥蒂，怎么可以受雇到她家去？想到这里，王美丽极力镇定自己的情绪，她掠了掠头发，微微一笑，不亢不卑地说：“谢谢你的好意，我自己早有打算，你另请别人吧！”她声音虽然不大，但表情凝重，语气坚决，不容置疑，这大大出乎唐慧娟的预料。

唐慧娟双眉微微一颤，现出一脸惊愕：“哦……那你打算干什么？”

王美丽瞥了对方一眼，并不想与对方过多纠缠，索性说：“我不干啦，准备回家，我总不能老漂在外面吧？”稍停，未等对方说话，又说“抱歉我得赶紧照顾李老师了”，话音刚落不由分说转身离去，丢给唐慧娟一个背影。唐慧娟的心瞬间仿佛被谁扯了一下，疼。

十九

大约一个月之后，唐慧娟因参加院方组织的横向业务交流到京城另一所三甲医院。那天，她在那家医院的一间病房里意外见到了仍然滞留京城、受雇在这里当护工的王美丽，只不过两人的目光如电光火石，刚刚擦碰便稍纵即逝，那一刻王美丽慌慌地扭转过脸，装作没看见似的照顾她的雇主患者去了。

瞬间愣得像木桩一样的唐慧娟也并未招呼王美丽，她感觉自己也有些尴尬，仿佛不小心撞入别人的隐秘之地，以至于慌忙地赶紧退出，落荒而逃，刹那间她心乱如麻。

打那之后很长的一段时间，唐慧娟一直郁郁寡欢，无论家里还是家外，生活似乎再也无法带给她快乐。最让她纠结的是，自己与王美丽明明是老乡加同学，好不容易在偌大的北京城意外重逢，原本应该是亲上加亲无话不说，可不知怎么地却成了陌路人，仿佛从来就不曾相识似的。细想起来，她也有些为自己重逢时的冷漠后悔，她渴望重新找回与王美丽年少时的同学友谊，可惜这种渴望如今看来已经渐行渐远，遥不可及。两个原本可以亲密无间的姐妹的人生，似乎从此就像两条平行线，再怎么伸延也都无法相交了。这时候，唐慧娟才真正体味到记忆中一位诗人说过的人生况味：世界上最遥远的距离，莫过于心与心之间的冷漠。

忙忙碌碌、浑浑噩噩又过了一天。下了班的唐慧娟骑着自行车行走在回家的路上，她身心疲惫，头有点晕，眼有点花，眼前热闹非凡、熙熙攘攘的车流人流，忽然间像喝醉了酒似的有些摇晃，天与地也像汪洋大海中的航船一样摇晃起来。她意识到自己可能病了，甚而感觉到得病的不仅仅是她自己，眼前所有的人、这个世界上所有的人似乎都病了。

——人有病，天知否?

晕晕乎乎之间，她忘记路口对面已经亮了红灯，突然间“嘭”的一声巨响，她连人带车被卷入奔驰而过的一辆水泥罐车底下。

天地间骤然响起一片凄厉的惊呼，震耳欲聋，惊心动魄……

（原载云南“大益文学”书系第二辑《城》，漓江出版社2017年2月出版，《作家文摘》2017年4月连载，《小说月报》增刊2017年第2期转摘）

短篇小说

真诚（三篇）

恋爱

他同她原本并不相识，是她的一则征婚广告将他俩连起来的。

她已三十挂零，被列入“大女”行列已整整五年。她曾渴望找到异性知音，可这太难，就像大海捞针。她索性把心事搁着，一晃便过了无数个春秋，于是，她成了社会瞩目的“大女”，于是，同事催她、家里人督她：“该考虑考虑自己喽！”她心一烦，似也大彻大悟，便下狠心花了二十块钱，托朋友在报上登了征婚启事，“大女30岁，在本市某大专学校任教。本人不慕虚荣，不图钱财，唯求一真诚正直、勤奋进取的男青年为伴。”她不知出于一种什么心理，竟毫不忌讳地直呼“大女”，且撇开了一般人那三船六载的附加条件。不过，她在“真诚正直”下面加了四个黑黑的圆圈，以示强调。

他虽与她同岁，也属大男。可“男子三十一枝花”，世上人都这么说，他也不知不觉有了这么一种心理优势。因而，自打他那张方形脸渐渐爬上了硬唰唰的络腮胡子之后，他并不太想其他青年男子常想的那种玩意，他怕过早这样会影响自己的事业。可生活总不像他想象的那么规矩。当他从报上看到她那则与众不同的征婚广告之后，他着实有几夜睡不着。早先被他长期压在心底儿的那种玩意儿竟也像复苏的小虫一般蠢蠢欲动，搅得他彻夜难眠。于是，他鼓起勇气，花了整整两个晚上的时间，用言辞恳切的文字，写下了长达八页稿纸的应征信。

她收到他的信时，就像一位责任心很强的文学编辑从稿堆中挑到一篇极为出色的处女作一般，激动得自个儿在宿舍里转圈圈，心房也发生了七点八级地震。末了，她摊开自己那平时舍不得用、散发着淡淡芬芳味儿的香质信纸，郑重其事地给他回了第一封信。

他同她便开始鸿雁传情，在信中相识相爱了。信笺将他俩的距离拉得越来越近。可他们并未正式见面，只不过是在信中互换了一张四寸见方的生活照，彼此都很满意。

初恋毕竟令人躁动不安。白天上班，他时不时走神，常常对着窗外那株亭亭玉立的玉兰树发呆，晚上闭上眼睛，想象中的她又恍恍惚惚地来到床前，一睁眼却又躲得无影无踪。他感到自己完完全全地陷入了她为他布下的迷魂阵，这迷魂阵使他变得日益兴奋。他甚至感到自己的心底儿还时不时冒出那种连自己也有些惧怕的野性，以致他有几次慌慌张张地下狠心把这种可怕的东西给撵回去。然而，这种举动，就像老牧人慌乱中勾住脱缰野马的几根鬃毛一般，受惊的野马一声长嘶，撒开四蹄放纵地奔跑起来，连人本身也被拖着跑了。跑着跑着，他自己也不由得变野起来。于是，他率先违约，鼓起勇气在信中提出见面。

她很快回信，且答应得挺爽快。他高兴得直咂口水，吃饭时差点儿没把饭菜往鼻腔里塞，他预感到幸福将无可辩驳地降落在自己身上。

他好几天睡不着，翻来覆去地估摸着该以怎样的形式同她见面。

上班的时候，他趁办公室无人的间隙，猛然扑向主任办公桌，抓起电话机“唰啦啦”拨号，同她约好了见面时间，放下耳机时，他心里竟“突突”乱跳，像打鼓一般，震得他耳膜隐隐作痛。话筒里她那股甜甜的声音，搔得他耳腔痒痒的，一忽儿穿过喉咙，向心灵深处爬去。他的脸红扑扑的，像刚喝过酒。

星期天。

他早早起床，提前半小时站到了公园门口。绯红的彩霞透过树梢，多情地搭落在他的肩膀上、地上拉出了他长长的身影。他身着瘦小笔直的蓝色毛涤长裤，白衬衣往里束着，很精神。他手里捧着一把绚丽多彩的塑制花束，那是昨天他苦思良久，下决心从市中心工艺百货商店买来的。此刻，缕缕彩霞系挂在花束上，飘飘忽忽的，美极了。

七点三十分。她如期赴约，款款地从103路公共汽车站那边走来。其实，他并不认识她。可她的倩影在人群中很显眼，他的目光一下给吸了去。她约莫一米六十的个子，黑黑长长的头发向后挽着，使她现出一张白皙而略显红润的瓜子脸。她眼睛不算大，但瞳仁黑黑的，极有神致。她的鼻子很端庄，白净而厚实，整个儿嵌在那张瓜子脸的正中，显得恰到好处。她的嘴唇很薄，上下唇压在一起，呈水波型，这水波定格在她那尖而白嫩的下巴上端，像白萝卜上面的两片嫩叶似的。她上着淡黄色绸质长袖衫，胸口飘着蝴蝶结领带。淡黄色绸质长袖衫束在深蓝色绸质裙子里面，十分精神。她走路的样子很好看：挺胸，仰头，迈步时，右手便极有节奏地摆动，与脚步配合得恰到好处。她的左手前屈，轻轻地勾住了垂挂在左肩上的一个深棕色金边塑料小包，显示出一种典雅和凛不可侵的气质。

当她从人缝里冒出来，进入他的视野时，他便不由自主地盯着她，直到她一步步旁若无人地走到跟前。

“您……您姓朱吧？”他截住她，怯生生地问。

“嗳。”她收住步，抬起头注视他。他发现自己被她装进那黑亮黑亮的瞳孔。

“我……我姓董。”他说.

“嗯。”她答。

他涨红着脸。

她也涨红着脸。

他慢慢前行。

她在后面跟着。

进入公园，他把花束递给她。她盯他，脸一红，接住了花束。

两人并肩走着。他向她讲自己的身世，经历，讲家庭经济状况和自己今后的打算。末了，他毫不忌讳地说：“我这人身上毛病不少。”

“是吗？请举例。”她侧头问，瞳孔里闪着光。

“比如说，容易冲动，爱抱不平。”

“真的，能否详细谈谈？”

“有一次到十三陵植树，规定每人挖坑五个，植树五棵。主任推说局里开会，不能参加。我不信，星期天开啥会哩？我拽来邻居小胖，让他盯主任的梢，并说盯住了奖励十串烤羊肉。小胖不负重托，傍晚便向我告发，说主任带他儿子琳琳上北海去了。我很高兴，‘啪’地将两块钱甩给小胖，让他自个找羊肉串去。说高兴并不确切，其实我当时无言以对，脸一阵红一阵白，像得了冷热症——”

未等他说完，她便忍俊不禁，右手捂嘴咯咯笑着。

他自己也笑了。笑毕，他咳嗽一声，一本正经地说：“其实我这样做过分了点，容易得罪领导。”

她凝视他，笑而不语。初次见面，她觉着他很有趣，可她不明白他为啥无所顾忌，什么都说。她怀疑他不是昨天喝多了酒，就是神经出了毛病。

日出月落，夜随昼转。打那以后，每逢周日，他和她仍按约见面。

他仍那样健谈：古今中外，海阔天空，以至人情世态，奇闻轶事，他都信手拈来，娓娓道去，令人神往！

她仍那么矜持，静心听着，笑而不答，含而不露。

他俩都喜欢逛街。逛着逛着，便进了百货商场。他给她买连衣裙，她不要，给她买流行夹克，她也拒绝。她父亲病了，他想去看望，她不答应。他灵机一动，把买来的麦乳精、奶粉，还有巧克力、水果罐头什么的装成一袋，偷偷夹进她的自行车架。隔天她竟像扔毒品似的，把那些玩意儿通通给退了回来，扔在他跟前。

他愕然：不是说，爱需要真诚吗？——这是她信里说的。

她也愕然：关系还未定呢，干吗那么殷勤！她的同事谈恋爱，花男友的钱，穿男友给买的衣衫。后来她发现他有些心术不正，想吹。可她穷，还不起花销，只得依了男友。——可不能步她后尘！

人啊，似乎不结婚就不能将心合二而一！就像太阳和月亮一样，总是各走各的轨道，他感到悲哀。这样想着，苦了几天，他终于下决心同她分手。

她有些意外。想着他踽踽远去的背影，她有生以来竟连续三个晚上睡不着……

她又从众多的应征信中，选择了另一位男性，并主动挂电话同他约好见面时间。

两人终于见面了。

他长得牛高马大：一米八十的个子，留着硬唰唰的短发，高鼻、浓眉小眼，眼珠像躲在岩缝中，却咄咄逼人，脸色枯黄略黑，脸颊也爬满了络腮胡子。他整个的形象，有点儿像高仓健，她很高兴。

同样。两人沿着公园里的林荫道，慢慢前行。

他少言寡语。除了礼节性的寒暄，并不信口开河。他的性格同他的外表一样，像岩石。她觉着他很深沉，男子气十足。初次见面，他给她印象极深。

尔后，他俩也每星期天见面。

他仍旧那么沉默，少言寡语。除了谈天气，谈公园里的景色，她几乎难以从他嘴里得到别的什么。她有些急，便想方设法找话题：

“哎，你……你觉得你的工作怎么样？”

“就那样。”

“领导对你好不？”

“就那样。”

“你自己觉得生活充实？”

“就那样。”

“你觉得我这人怎样？”

“就那——啊，不！很好、很好。”

他摇头，苦笑，手不住搔着后脑勺。

她瞪眼，噘嘴，手狠狠挣脱他。

两人默默前行。

商场。柜台。人缝中，她发现一留着八字胡的大个子青年将手伸进一位妇女口袋。她一急，下意识拽他。顺着她的手势，他瞟了一眼，说了声，走吧！，便拉起她的手，若无其事地想往别处挤。

她一急，惊叫一声："抓小偷！"那小偷一惊，撒腿便跑。人缝中，一位青年人挺身而出，追踪而去。

她狠狠甩开他，独自跟了去。

小偷拼命跑，那青年拼命追。闪人。冲门。跨越交通栏杆。追过马路时，小偷一闪而过，那青年被侧身而来的一辆电车撞倒。

她一声惊叫。待电车停时，她猛扑过去，发现青年右腿已被轧断，鲜血染红路面。她第一个蹲下，伸手扶青年的头，旋即惊叫起来：青年正是以前那姓董的"男友"！她差点昏厥过去。待她清醒时，姓董的"男友"已被众人抬走。

她的男友从后面"吭哧吭哧"地追上来，伸手扶她。她侧头瞟他一眼，狠狠甩开，径自走了。

医院里。她提着满满一网兜香蕉、苹果、葡萄糖粉，奶粉和蜂王浆，忧心忡忡池推开了病房。姓董的"男友"一见，挣扎着想撑起身体。身边一位穿粉红色连衣裙的姑娘却猛地将他按住。那姑娘眼眶红红的，眼睑肿得像海绵。姓董的"男友"告诉她，姑娘是他新近结识的朋友。

她"啊"了一声，浑身一激灵，不自然地笑着，同那姑娘握手。姑娘一脸慈相，一看便知是位柔弱的女子。她直勾勾地看她，怀疑对方是否能经得起这场打击。

以后，每两天她去医院看他一次。

过了两月。姓董的"男友"出院，只是从此少了一条右腿。

又过了两月。姓董的"男友"告诉她，他将同那姑娘结婚。她一听，脑袋像被谁猛击一拳，她感到一阵眩晕。

回到宿舍。她把数百封应征的求婚信一一找来，一封一封地烧掉。被烧的信，大部分都未曾拆封。末了，她留下那姓董"男友"以前写给她的信，用自己心爱的花手绢包着，再用厚厚的透明塑料袋装起来，小心翼翼地存进自己唯一的那只红色皮箱里。

打那以后，她再也没有去找那位高仓健模样的“他”。也再没有想到要找别的男友。

谈心

N 报社的年轻人多，大都是近几年分配来的大学毕业生。年轻人聚在一起，自然会叮当作响：唱歌、跳舞、打球以至打逗笑闹，使得原本近乎死气沉沉的 N 报社时时处于亢奋状态。

然而，在 N 报社，“叮当作响”不仅仅指的打逗笑闹。别看他们大多胡子毛茸茸的、脸颊嫩嫩的，可现在每天送到读者手里的那张对开四大版的报纸，无论是从出点子到追踪采写，还是从编辑排版以至校对，要没有他们？嗯，白搭！至于思想上的活跃，谁都难以用一二句话说清。许多人只知道他们聚在一起时，都喜欢谈什么托夫勒、萨特、瓦西列夫，还有路威、卡夫卡和弗洛伊德什么的。

大伟是 N 报社这伙年轻人中的佼佼者。他二十挂八，长得瘦高瘦高的。背微驼，吊肩。走路时从不平视前方，远远望去，有点像蚂蚱。别看他其貌不扬，甚至近乎丑陋，可这人能干，多才多艺。大概是因为出身农村吧？同别人相比，他不大打逗空谈，而喜欢乘别人说得火热时，偷偷躲进办公室，一个人埋头于自己的事儿。毕业至今不到四年，可他已出版过报告文学集，散文诗集。据说，他的一篇什么报告文学还荣获过 N 报首届优秀作品奖，且被全国十几家报刊转载。此外，他的一些思想杂谈还常常散见于一些报刊上。

人一出名，就好像吐艳的牡丹一般，自然会招蜂引蝶。比如说，他每天几乎都要收到那些素不相识，可言辞又恳切得令铁石人也会为之动容的读者来信。这当中，多数是冲他求教拜师来的，偶尔有切磋问题或想结友者。少数涉世未深的多情少女，则大着胆子，时不时扮演着丘比特的角色，从每个角落向他发射金箭。朴实厚道的大伟，自然也常常为之动容，几乎都一一复信作答。至于那些多情少女，他则像前几年强迫自己戒烟一般咬咬牙，将那些来信通通扔进火里。他已有一女友，一年前总编辑给牵的线，据说是总编的侄女。那姑娘虽相貌平平，宽腰大脸，毫无动人之处。但见面时，对方朴实大方，一见倾心，热情体贴。大伟只有招架之功。且总编诚心诚意，大伟自己也貌不惊人，他只好讷讷作答，给奄拉下来……

大伟刚从南方出差回来。上班的时候，他像往常那样，兴奋地、迫不及待地向编室主任汇报出差情况。在 G 城，他采访了一位勇于改革的青年厂长，打算写篇报告文学，打到 N 报头版头条的位置上去。他把构思抛给主任。主任也像往常一样，认真听着，还不住地点头插话。那目光同样是兴奋的，充满着赞许。整整一天，他俩便在这种亢奋的交流、碰撞中度过。直到傍晚下班时，大伟才感到有些累。他正想抬起腿，伸伸自己那有些发酸的腰肢，然后到食堂去犒劳犒劳那早已满腹牢骚的胃。没想主任一伸手，重重地按住他："还有件事想告诉你——"

大伟回过头来。主任的目光很慈祥，却透着几分严肃："除你之外，不能告诉别的人，包括你的女朋友！"主任说时，手使劲捏他，大伟受宠若惊，使劲地点头，"唔，一……一定！"

主任左瞅右瞄，见四周无人，便压低嗓门挤出一串男腔："组织上最近正在考虑你的入党问题——唔……咳——"他清着嗓子继续说："而且还在考虑你的提干问题——唔……咳！咱编室至今缺一副主任，这你也清楚。晚上你好好想想，准备准备。明天你来找我，咱俩聊聊。就是说，你要汇报思想。这是规矩，也是件严肃的事情。谈时要坦诚，有什么说什么。这……唔……这样组织才能了解你、培养你——晤……咳！"

主任说的时候，大伟的心不停地擂着鼓儿。鼓声从胸腔里往外蹦，震得耳膜"噗噗"作响，脸颊也涨得像猪肺似的。他不敢正眼望主任，低着头，抿着嘴，时不时用鼻音唔唔应答，直至主任把话说完。

大伟一夜没睡好。有生以来，就那么几次失眠吧？一次是接到大学中文系录取通知的当天晚上，另一次是大学毕业系主任宣布分配他到 N 报社当记者时。而今晚已是自己有生以来第三次辗转反侧了！在漫漫人生路上，他已迈出几大步，从黄土高原偏僻山村的一个农家子弟，成为一家全国性报纸的一名记者。这大概已算得上是幸运者之中的幸运者了吧？眼下，命运之神又来敲门，哪里能睡得着？平心而论，来报社四年，自己工作上的表现和成绩，那可是众目共睹，扪心无愧的。但要像主任要求的那样，详详细细地自我评判解剖一番，那可有点儿像对着镜子拔白发，摸不准哩！既是思想汇报，恐不能王婆卖瓜、自卖自夸吧？虽说四年来，业务和工作那都没得说。可要说自己身上没有一点儿瑕疵，没有一丝失误，也不尽然……

那一次，一位给他写过信的南方姑娘，专程从苏州赶来找他，责问他为何不给回信。那姑娘留着短发，黛眉，黑眼，蛋脸圆嘴。她那粉红色连衣裙从莲藕般的脖颈垂落下来，勾出她曲线分明的身段。应该说，她长得很美。尽管一见面她便有几分野，可你不能不承认，她野中透着一股撩人春心的魅力，还有那么一股纯真劲。看样子二十刚出头吧？以致大伟不但生不来气，反涨红脸，既而扑哧地笑了。冷不丁还冒出这么一句："我……我有女朋友了！"话刚出口，他自己也有些吃惊。那姑娘先是一愣，接着头一偏，嘴一扁，蹦出一句："哼，骗人骗人！""为什么？""哼，你有女朋友，为嘛脸红？"大伟语塞，脸充着血，他摇摇头，连连苦笑，不得不将自己的女朋友请来挡驾。姑娘站在"白马王子"和他的女友之间，像鉴赏两座新近落成的雕塑似的，将信半疑。忽而掩着脸抽抽噎噎地跑开了。夜色如墨。路灯被来往的车辆气流撞得恍恍惚惚，时明时暗。西北风拽得路面上的灰尘纸片呼呼乱叫。大伟怕姑娘出事，撇下女友追踪而去。

姑娘跑着跑着，来到火车站。

售票厅。姑娘望着售票窗前长长的队伍发愣。

大伟一路追来，吭哧吭哧地站到了姑娘跟前："想回去？""嗯。"姑娘埋下头，狠劲扯着衣襟。"你等等！"他不知哪来的勇气，竟伸手拍姑娘肩膀，然后转身而去。不一会，他气喘吁吁地跑回来："请原谅，买不上卧票，只好委屈你了。"他递给她车票，硬座的。然后瞥她一眼，埋下头来，倒像做错了事。姑娘扑哧一声，立刻捂住嘴，破涕为笑。她见他手里还抓着个天蓝色、烫着金字的塑皮小本本，便瞥他。她眸子像湖。湖很深。湖水真亮。

姑娘接过票，一只手伸进随身背着的一个小巧精致的褐色小皮包，抓出来一把钱。她数了数，递给他，他不接。她也不勉强，大大方方将钱放回皮包，笑了。他也跟着笑。两人慢慢步入车站，来到站台。他伸手看表，离开车还有二十分钟。昏暗中，两人默默对视。蓦地，她大着胆子扑到他怀里。他意识到自己突然间掉落到海中。海水温温的，像加热了的白兰地。他感到窒息，想拼命挣脱。但这种意念就像海啸撞击下的海堤，瞬间便土崩瓦解。他只好下意识地搂住对方，无所顾忌地吻她的额、脸，鼻，以至最终将嘴紧紧地贴到她滚烫的唇上。直到姑娘上车，他还在站台上，眼睛呆呆地追着她远去的身影。他简直说不清自己刚才干了什么……

这件事，虽然发生在一年以前，那姑娘从此也杳无音讯。可回想起来，大伟不免有一种负罪感。他嗐的一声，一拳重重地砸到自己的脑门上。整整一夜，他眼皮从未合拢。

上班时，他早早地来到主任办公室，在主任办公桌对面一张木椅上，正襟危坐。他按着主任的提问，第一次当着别人谈论自己。他一坐下来便低着头，蹙着眉，顺着自己的思路，从自己的家庭谈到自己的童年，从自己的童年谈到自己的中学时代，以至如何考入大学，最终以优异的成绩分配到N报。继而，他又谈到自己对事业的追求和对入党的认识，平心而论，他谈得很得体。谈经历时，他没有舍弃老师、组织对自己的关心和培养，讲成绩时，他又主动找出自身存在的缺点和不足，最后还提出了克服缺点的具体打算。只有一桌之隔的主任，一直专注地听着大伟的讲述。他盯着他，眼睛是慈祥的，充满了鼓励与肯定。他一边记着，一边不住地点头。末了，他起身走过来，拍着大伟的肩膀连连称赞："唔，不错不错，很不错！"主任合起记录本，笑容可掬。他示意大伟可以回去，大伟却仰头盯他，一动不动。蓦地，他站起来，紧紧抓主任的手说："不，不，主任！我……我的话还没说完。"他说时，唇在颤抖，手捏得主任右臂发疼，以致主任睁大眼睛惊叫起来："噢——是——吗？"主任一边说，一边晃着发福的肚子坐回到办公桌前，紧张地打开记录本，既而眼睛死死盯住大伟："你，你说吧！"

大伟埋下头来，脸涨得通红。他两掌拧在一起，漫无目标地搓着。他是大西北长大的，小时在裸露的黄土里打滚，使他的心也像黄土那样坦荡厚道。与别人交往，他从来就是说一不二，以诚相见的。眼下，自己就要加入党组织，能不对党坦诚吗？

他终于抬起头来，当着主任的面，将自己同那位苏州姑娘邂逅相识，以至在站台刹那间狂风骤雨般的拥抱和接吻和盘托出，并言辞恳切地作了解剖和检讨。末了，他再三强调，那是一时的糊涂，绝没有故意玩弄女性之邪念，况且打那以后，自己同那姑娘再也没有任何来往，请组织予以谅解。他说这些时，声泪俱下，眼睛不敢瞧主任一眼，身子强烈颤动。说完了，他干咳一声，掏出手帕使劲擦着，身子渐渐平稳下来。他感到自己像刚刚驱赶了一场大病。

主任则静静地听着，右手还不住地抓笔记录。不久，手和笔便停在半空，一动不动地由右肘撑着。原先那闪着亮点的眼睛，也渐渐失去光泽，最终凝固了。当房间静下来时，他才恍然大悟。若有所思地说：“唔，你很坦诚，不错不错，你……你先回去吧？”他右手抓着的笔不住地朝大伟啄着。继而拳尖顶在鼻梁上，似乎想说什么，但终究什么也没说……

自打同主任进行了那次推心置腹的谈话之后，大伟便如释重负，并且满怀信心地期待党组织对他的接纳和提拔。然而不到两天，N 报社所有的人便都知道大伟同苏州姑娘拥抱接吻之风流韵事，并且此事成了人们茶余饭后的笑料和喋喋不休的话题。这一切，大伟自己并不知道。因为整个报社没有一个人告诉过他。就连同宿舍的好友小唐也讳莫如深，只是时不时拿神秘的目光瞅他，大伟有些困惑。

“七 · 一”的时候，N 报社在三楼会议室，为刚刚吸收的十名预备党员举行了入党宣誓仪式。当大伟仅仅作为一名青年应邀出席此仪式时，他才如梦初醒，并且像突然间失去了重心似的，差点摔倒在地。幸亏他的右手很快地撑到了身边的一张木椅上，才得以一步三晃地离开了会场。

一周后，他被意外地调离了国内部，重新安排到总编室搞校对。与此同时，一则团内警告处分和行政警告处分在社内大会上宣布，并如期装入大伟档案。

夜色苍茫。北风呜呜叫着。天地恍恍惚惚，像大海里挣扎的舢板。

酒馆里。大伟醉眼蒙眬。他撑着石磨般沉重的头颅，伸手倒酒。眼前却突然间伸出另一只手，挡住了他。那手绵绵的，软中有热，柔中带刚。他抬头，发现女友望着他，眼睛汪汪的，泛着涟漪。

“你？——来干什么！”他问。

女友望着他，不回答。“回去吧。”她说着，使劲拉他。他挣扎着，一只手抓起酒杯，又“咕噜噜”地灌起来。女友伸手夺杯，他不让。两人争着，相持间，酒杯掉到地上，砸得粉碎。他一个趔趄，重重地摔倒。

醒来时，他发现自己躺在散发着女性气味的床上。女友守着他，眼泪汪汪，默默无言。他心里一激灵，起身抓她。她突然痛叫起来。他一惊，猛然起身，发现女友右手掌缠若白色绑带，绑带染着血迹。他扶住她。一会，他扑倒在她怀里，失声痛哭……

第二天晚上，在女友那间不足八平方米的宿舍里，大伟同自己首次认为最值得爱的姑娘举行了简朴悲壮的婚礼。尽管参加婚礼的只有新郎新娘自己，且清茶冷饭，但他们自己认为那是世界上最最珍贵的婚礼……

锻炼

欢欢原名方方。在H机关，他年龄最小，年方二十。其实，就他现有的身材和长相看，叫他“圆圆”或许会更合适。他身高不足一米六五，乍看上去，长得小巧玲珑：圆的身，圆的嘴、圆的脸，就连鼻子和眼睛几乎也是圆的。他不仅生性开朗活泼，笑起来像金铃落地，走起来如足球翻滚，而且聪明伶俐，表现出众。他十六岁上大学，十八岁在学校入党，十九岁大学毕业，被分配到H机关。真可谓少年得志，一帆风顺呐！自打他毕业分配来机关，工作勤恳，待人热情，加上他那股活泼劲，真是从头到脚都惹人喜欢。在H机关，无论是男是女，是老是少，只要一见到他，不乐也得乐，什么怨气烦恼一会儿便会跑到爪哇国去。于是，人们干脆叫方方为“欢欢”。时间一长，“欢欢”的名字便喊开了。

H 机关是省级机关。某月某日，上级决定从省直机关选派人员，组成什么“讲师团”，说是要到偏僻农村讲课、支援教育。讲师团成员嘛，一律要求大学毕业，年轻有为，自愿报名，择优录取。

然而，动员报名时，整个 H 机关的二十名近几年毕业的大学生，几乎一个个装聋作哑，甚至有那么几个人还躲了起来。尽管整个机关只需选派一人，可大家都怕选到自己头上。原因很简单：虽说按规定只下去一年，可到时候能保证回来么？“上山下乡”的教训已够深刻了，谁还敢拿自己的前程当儿戏？

一连过了几天，报名处仍门庭冷落，没有一个人带头在报名表上填上自己的名字。正当办公室主任为此大光其火，准备行使行政手段，由组织指名选派时，欢欢竟笑眯眯地站了出来，在报名表上大大方方地填上了自己的名字。这一下，不但办公室主任惊喜万分，就连厅长也亲自出马，把欢欢找来，拍着他的肩膀连连称赞：“不错不错，人小志气大，不愧是青年党员。下去好好干！年轻人嘛，就得下去锻炼锻炼，以后对自身的成长会有好处，这也是组织上的意思。生活嘛，自然比城里苦些，但慢慢能适应。组织上初步打算每月给你补助五十元，作为生活补贴，你看如何？”

“用不着吧？我又不是没有工资！”欢欢红着脸说。

“不不不，话虽然这么说，可基层太苦，领点儿补贴也是合理的。”厅长边说边挥胳膊，似乎已下了决心。欢欢也不再说什么。一会，他便极有礼貌地向厅长告退。

一周之后，欢欢被派往秃岗县。

秃岗县是省里有名的穷县，位于黄土高原末端。顾名思义，这里方圆几十里地，到处荒山秃岭，黄土裸露。风一吹，沙飞石走，天地迷蒙。这里一缺水，二缺肥，农民种的庄稼，不是萎靡不振，就是面黄肌瘦，一年半载下来，也难得结出硕果。解放三十几年了，可农村老百姓常年吃的，不是窝头咸菜，就是咸菜窝头。从小在城里长大的欢欢，第一次目睹这样的情景，差点没掉下泪来。不过，踏上这块土地，他心里便不由窝着一股酸味儿，凄凄的、哀哀的，他脸上往日常见的那种音容笑貌，一夜之间似乎也跑得无影无踪。

在校舍破烂，条件简陋的县进修学校，欢欢有生以来第一次站到土坷砌成的讲台上。讲台下的学生，男的大都胡子拉碴，女的一个个皱纹纵横，他们是来自各农村小学的民办教师。一见他们那憔悴态，那恭敬相，那求知若渴的神情，欢欢便直想哭。他不得不背转身来，假装着去擦黑板（其实黑板早已让学生擦得一干二净）。这样足足憋了五分钟，才把早已在眼眶里滴溜溜骚动的泪水给压了下去。

他本来是学中文的，可学校缺教师，他便毫不犹豫，主动地找校长加任务。这样，他便同时承担起三门课。他不仅要讲范仲淹、讲鲁迅和巴金，而且要讲伽利略、阿基米德，此外还有尼采、康德、黑格尔、马克思和毛泽东。语文、物理和哲学三门课同时并举，由一个人讲授，这恐怕古今中外的教育史上也是绝无仅有的。他每周要上二十节课，晚上还时常去教室或学生宿舍，解答疑难或找同学谈心。几个月下来，他的体重由原来的五十公斤下降到四十公斤。他那圆圆的身躯也随之变得像块直立的厚纸片似的。走起路来，一摇三晃，他甚至感到自己有点儿飘飘欲仙。他的眼睛也布满血丝，乍看上去，如同冻结的湖面上罩着红色的网。然而，这一切并不使他后悔。讲台下那五十位年龄都比自己大得多的“大学生”，几乎都完完全全地成了他患难与共的知心朋友。他们当中的每一个人，无论是家庭际遇还是个人苦恼，无一不愿意找他倾诉。生活中还有什么比受大多数人信任更值得可贵呢？欢欢确认自己是世界上最幸福的人！

放寒假的时候，欢欢从遥远的秃岗县风尘仆仆地回到了热闹繁华的省城。一踏进机关门，一位年轻同事便同他撞了个满怀——

“嘿，是欢欢呀！你报了名没有？”对方满面春风。

“报什么名？”欢欢脸上挂着问号。

“哟，——你不是参加讲师团了么，刚回来？喀，你看我这记性！”对方说着，一巴掌重重地落到自己的后脑勺上。紧接着便紧紧握住欢欢的手，既问候又道歉。末了才告诉欢欢：机关正准备派二名年轻人去美国进修，要求大专毕业，懂英语。上午刚一公布，所有的大学毕业生当即报了名，连几位在攻电大的也毫不示弱，争先恐后地将自己的名字填到报名表上。同欢欢一块分配来机关的李洁因肝炎病休，领导没让她报。她便哭哭啼啼、当众撒野呢！

欢欢说不清自己是如何听完对方的讲述的。他只感到自己像突然间吞了一窝蚂蚁。蚂蚁顺着食道落到胃上，继而便争先恐后地四处逃窜，一会儿便钻到了胸部、腿部，头上和脸上。他感到浑身辣热辣热的，痒中带痛！

财务处。欢欢跌跌撞撞地闯进门，他想领取这个月的工资和半年来还没有领过的生活补贴之后，远远地逃离这个是非之地。

“啥生活补贴？”财务处的人满脸惊讶。

“我下基层的补贴，厅长说的！”欢欢差点吼起来。

对方愣了一下，接着“啊——”地打笑。既而告诉他：不给生活补贴是领导决定的，原因是怕这样做会引起大家的不满，不公平。欢欢一听，猛然间一拳砸在桌面上，震得桌面上的水杯嘣嗒嗒地跳，杯子里的水直往外窜。屋里所有的人几乎都惊叫起来，那一颗颗眼珠差点没往外蹦。

欢欢夺门而出，气咻咻地窜进厅长办公室，劈头问道：“为什么扣发我的生活费？”

秃顶厅长先是一愣，接着便连连打笑：“嘿嘿，是欢欢回来罗，哪来这么大火气啊？有话慢慢说呀！生活费嘛，你自己不是说过不要么？”

“不错。我说过不要，可这回我要定了。要不然，你们休想再让我下去！”欢欢边说边挥胳膊，圆圆的脸全扭曲了。厅长眨着眼睛，疑心自己此刻是不是在做梦。

其实，给讲师团成员发生活补贴是上级规定的。或许是觉着理亏，或许是怕把事情闹大？不！一定是担心欢欢真的不再下去而别人又不可能顶替的缘故吧？欢欢发火的第二天，财务处的人便将半年三百元的生活补贴如数发还给欢欢。与此同时，欢欢为钱撒野的事很快便传遍 H 机关的每一个角落。人们心目中昔日那位活泼可爱的欢欢也一夜之间黯然失色，甚至变成了小人、恶棍！为此，大家都连连摇头。有人悲哀，有人叹息。

这一切，欢欢只置之一笑。他没有向任何人告别，也突然间改变了回家过春节的想法。当天便买了长途汽车票，独自一个人返回秃岗去了。

春节临近，省城节日的欢乐气氛冲走了H机关的人们对欢欢的议论和叹息。

春节过后。H机关的人们上班之后，几乎都没有再提及欢欢，大家对他已渐渐淡忘。

几个月过去，当第一批讲师团即将返回省城前夕，一张盖有秃岗县委大印的信由偏僻的秃岗县城寄至省里的H机关。信上写道：

尊敬的H机关党委：

衷心感谢贵单位为秃岗二十万人民派来了方方这位好同志，一年来，他除了出色完成自己的教学任务外，还利用课余时间，不辞劳苦地走访了全县所有的乡镇村庄，对我县从教育到经济等方面作了系统的、全面的调查，并极有见地地提出了我县今后文化教育和经济发展等方面的建设性意见。特别值得一提的是，方方同志将一年来全部的生活补贴共六百元全部捐献出来，帮助两个贫困乡的团支部建立起夜校青年文化室，救活了这两个乡濒临瘫痪的团支部。这种崇高精神令人钦敬，当然也应该感谢贵单位党组织的培养！根据方方同志本人的请求和我们的愿望，现拟请方方继续留用一年。可否？请你们研究确定。若能如愿，我们将代表秃岗县二十万人民再次向你们致以最衷心的谢意！

此致

敬礼！

中共先岗县委员会（盖章）

X年X月X日

（原载《作品》1987年第5期）

中篇小说

风过无痕

写在前面

这是不久前我从一次朋友聚会中听来的故事。故事发生在二十年前，由餐桌上一位我并不认识的陌生朋友讲述。故事的主人公虽然早已经从我们这个世界上消失，但那位陌生朋友的讲述，那个曾经稍纵即逝的年轻生命，却在我的内心深处激起阵阵涟漪、留下了深深的印记。

风过无痕。很多时候，我们会觉得所有走过的日子，根本无须去细究，因为那是个过程。但是，还有一些时候，我们都会不由自主地回望来路、缅怀过往。即使尘世熙熙攘攘、生活匆匆前行，我们也会不由自主回味人生，思索生命。虽说人生苦短、生命来去匆匆，可谁也无法否认每一个生命（即使是稍纵即逝的生命）曾经的存在。

我之所以要记录下这个故事，不仅仅源于那位陌生朋友那天深情而生动的讲述，也不仅仅出于对那个如风吹过的年轻生命的怀念，更源于我内心深处抱有的对每个生命的应有尊重。尽管在浩瀚无垠的人类历史中，绝大多数人的生命只不过是历史车轮下卷起的一丝尘埃，我还是不由自主地要记录下主人公山娃这丝曾经飘过的生命尘埃，因为正是芸芸众生不断扬起的生命尘埃，才构成了恢宏悲壮、浩瀚无垠的人类历史。

一

年关在一天天临近。

随着每一天日头的到来而又消逝，山娃的心一如那忽起忽落的山风一样一天天激动不安起来。除了农活和照看还在上学的弟弟妹妹以及卧病在床的爷爷，山娃每天都要跑到村口处，一个人愣愣地守候着飘带般蜿蜒通往村外唯一的那条山路，内心激动不安地等候着一个人的到来。那个人是他心目中的白色公主，她每天都令他魂牵梦绕激动不已寝食不安，他的生活因她的存在而蓬荜生辉充满希望，他想要不是她的存在，自己的生活恐怕是暗无天日了。

此刻，山娃像往日一样守候在村口通往村外唯一的那条山路上，他倚石而坐，双手还捧着一本破旧的《农村青年》杂志。尽管这本杂志中一些关于如何致富的文章曾让他兴奋不已，但此刻这本杂志在他的手中只不过是一种摆设，山娃所有的注意力都已投射到村口的这条山路上。此刻他视野中的这条山路一如他梦中的彩带，这彩带将随时会给他带来激动带来幸福，这彩带的远端将随时会走过来那位令他魂牵梦绕的白色公主……

山娃正想入非非的时候，一个声音在他耳边炸响：

嘿——又在等山花呐？你都快成望妻石啦！

山娃一扭头，发现是山富冲他龇牙咧嘴、挤眉弄眼。山娃只知道古诗中有望夫石一说，哪来的望妻石哇？再说了，山花只是自己心中日思夜想的恋人，八字都未写一撇呢，俺山娃真要望成了石也不会是望妻石呀？山娃知道，山富是在笑话他哩！看他那幸灾乐祸的样子，山娃气不打一处来，他从石头上跳将起来，挥起手中的杂志狠狠地朝山富的脸打去。山富显然没任何防备，他那张幸灾乐祸的脸被杂志打中之后唰地红了。不过山富并未发怒，他只是边捂着脸边抱怨山娃：你小子出手真够狠的呀，要是把俺的眼打瞎了看你小子如何交代，俺老娘媳妇孩子可全都靠俺一个人养活哩！

这一说不打紧，将山娃给说怕了。山娃满脸歉意地凑上前伸手去扒山富的手，一边说对不起你没事吧你没事吧？他知道，山富一点也不富，不但不富，而且穷得跟他山娃一样叮当响。山富的父亲当初给他儿子起这个名字，当然是指望儿子不要像父辈一样过穷日子的，可没承想山富长大成人、娶了媳妇生儿育女之后还是穷样子。山富的父亲曾在乡亲们面前摇头叹息：俺孙子孙女吃的东西跟俺小时候没啥两样，无非是咸菜根就着窝窝头外加水不拉叽的小米稀饭。唉，都怪俺和儿子都没出息，俺家这两辈子人算是白活啦！山富的父亲前年因患肺病无钱医治、又怕连累了儿孙一个人悄悄吊死在村后的一棵树上。山富的家也实在太穷了，他们家有时就连照明用的煤油都买不起，山娃担心自己要是真把山富打瞎了，山富家恐怕连西北风都喝不上呐！一想到这儿，山娃此刻的心都快提到嗓子眼上了。

不想这时候山富却扑哧一下笑了。山富问山娃：咋样，山花究竟啥时候回来？

一句话，让山娃大大地松了一口气。山娃有些嗔怪地望着山富，无可奈何地摇了摇头：唉，谁知道呢！

山富皱着眉追问：咋啦，山花没给你来信，过年了她总该回家了吧？

山娃依然是摇了摇头。此刻，他的视线依然是那条彩带般通往村外的山路。山路上不时有忙忙碌碌来来往往的蚂蚁，那蚂蚁有的越来越大有的越来越小，那些来来往往的蚂蚁在山娃的大脑清醒之后瞬间便成了山娃熟悉的那些乡亲。山娃忽然间便觉得人和蚂蚁其实是没啥两样的，蚂蚁每天忙忙碌碌无非是为了觅食，乡亲们终日忙碌又何曾不是为了觅食呢？可悲的是乡亲们终日的忙碌还不一定就能丰衣足食。就说爷爷的那一代人吧，为了乡亲能摆脱贫困就已奋斗了大半个世纪，可到如今村里的境况又咋样呢？乡亲人均年收入不但未超过二百元，而且村里至今依然缺水，依然没能通电照明。所以山娃想：有时候真的是人不如蚁呢！

这时候山路的那边有三三两两的姑娘小伙从远处走来。山富拍了拍山娃肩膀，提醒山娃：啵——咱村里的打工仔打工妹回来啦，他们都回家过年哩！

山娃浑身一震，睁大眼睛抖擞精神，望着前方走过来的那些姑娘小伙儿。

慢慢地，山娃看清那是村里的山梅山草山牛山狗，可就是不见他日盼夜想魂牵梦绕的山花，他们那一帮人当初可是一块儿离家去南方打工的呀！此刻山娃浑身一激灵，如一支离弦之箭呼地射向前去，堵住山梅山草山牛山狗他们问：山花呢山花呢，山花没跟你们一块儿回来?

山梅说：没有啊。山花是跟山桃山鹊他们一块走的，我们一到广州便分散了，俺们几个去了深圳，山花他们去了珠江三角洲。

山狗笑：咋啦，山花没给你写信，你和山花不是……那个了吗?

山牛说：山花要是没给你写信，你可得当心点儿，她那么漂亮的脸蛋儿到南方那样的花花世界，可别飞喽!

见山娃那急煞了眼的样子，他们几个人说笑着，都拿他开心。这时候山富已从后面跟了上来，冲他们嚷：你们敢情是在南方发了财啦，一回来就拿我们穷弟兄开心，你们缺不缺德呀？！

山富的一句话像扔出的一把石子，让刚从外面回来的这群叽叽喳喳的姑娘小伙儿一下作鸟兽散，他们一个个背着自己的行李嘻嘻哈哈地赶回家去了。

太阳不知什么时候已从西山顶上一溜烟跑掉了。暮霭如墨，渐渐地浸洇着原本明亮的天空，村口的老黄牛在哞哞叫着。

一阵寒风迎面扑来，山娃不由自主地打了个寒噤。山娃自然知道山花去的是珠江三角洲，山花到南方之后一直是给山娃写信的，可好几个月前不知怎么的就不写了，山娃一厢情愿地给她写信，每封却都石沉大海。此刻他不大情愿地将目光从山路的远处收了回来，心想：该回家了，爷爷、弟弟和妹妹还等着吃饭呢!

二

山村的夜黑得令人可怕。没有电灯，也没有月亮，星星被寒气冻得眨巴着眼睛，都缩头缩脑地躲回家去了。山里人此刻真的是伸手不见五指。好在山里人早就习惯了在黑暗中摸索、在黑夜中走路。山里人的眼睛就像夜猫子，凭着感觉他们就能在黑暗中簌簌前行。

山娃回到家的时候家里仍然是黑暗的。没有电，爷爷也舍不得让弟弟给点灯，因为年纪尚幼的弟弟和妹妹不会做饭，不干活的时候爷爷当然是不会让浪费灯油的。卧病的爷爷和年幼的弟弟妹妹只好在黑暗中等候山娃回来。

山娃你可回来啦，等到了山花没有？黑暗中传来了爷爷沙哑的声音。

没呢。山娃答了一句。这时候弟弟和妹妹都亲昵地围了上来，前一声哥后一声哥地叫他。山娃知道，弟弟妹妹一定是饿了，他们等着吃饭哩。山娃的双手不住地抚摸着弟弟和妹妹的头发，心一酸，黑暗中他的眼泪扑簌簌地往下掉。因为此刻他又想起自己的爹妈。他想，要不是几年前爹妈在山上干活时被泥石流双双掩埋，自己何至于早早失学，自己又何至于十八岁的年龄就要苦苦支撑住这个贫穷之家呢？

黑暗中，山娃摸索着点燃了松油灯。那松油是他刚刚从山上采回来的，那沾在松树皮上的松油跟煤油比不但不要钱，烧起来还吱吱响，让岑寂的山村之夜多了几分生机。所以，平时山娃上山干活的时候，便尽可能采些松油回来。

点燃了松油灯，山娃便开始点火做饭。主食依旧是坚硬的窝窝头，至多是将窝头再蒸一下。没有菜，咸菜是常有的，是自家腌制的榨菜和萝卜根，可爷爷患肺痨不能总吃咸菜，弟弟妹妹要读书用脑也不能总啃咸菜根。山娃只好从灶台前抓出几个土豆，洗了洗，切成了土豆片。他打算炒土豆片。没有油——不，有油，有一瓶一斤装的黄豆油，是山娃前天赶集时用卖鸡蛋的钱换回来的，山娃准备过年时再用这油。舍不得用那瓶黄豆油的山娃只好采用平时的方法炒他的土豆片：他抓起灶台上那片用了足有一个星期的熟肥肉，挥动手臂在炒锅上擦了擦，待锅底现出油光，他便把切好的土豆片倒进锅里，吱吱啦啦地炒了起来。弟弟在灶台前帮着烧火，火光照得他那清瘦的脸红扑扑的。山娃知道，尽管家里没有油水，但只要吃饭时不只是啃咸菜，弟弟妹妹的心里便总是美滋滋的。

果然，吃饭的时候，因为有炒土豆片，弟弟妹妹吃得津津有味。尽管主食还是啃一样的窝头，但从弟弟妹妹那巴叽巴叽的咬嚼声中，山娃已感觉出那窝头的滋味已是大不一样。

只是爷爷仍然吃得不好，他半躺在炕上，一点一点地将窝头扒进嘴里，艰难地嚼着、咽着，不时还被沉重的咳嗽所困扰。山娃只好端过来一碗水，让爷爷喝着润润喉咙，末了又给他搛土豆片。爷爷又慢慢地嚼着窝头，但没嚼几下，痰又涌上来了，他嗄着沙哑的嗓子，艰难地咳着，大声地咳着。大约咳了一分钟，爷爷终于咳出一口痰来。爷爷狼狈不堪地将痰吐了出来。那痰不偏不倚，却落到山娃的脚盘上。山娃只感觉到那痰热得烫人，似乎是一团火灼着他。他一惊，忙端过来松油灯一照，发现爷爷的痰上淤满了血。爷爷——山娃惊叫起来，他扑到爷爷跟前。爷爷爷爷，您咋啦?

此刻爷爷半撑着身子，有气无力地喘息着。爷爷艰难地摇了摇头：俺……没事……你们……快吃饭吧。

山娃让爷爷喝了一口水，扶着他躺了下来。山娃知道，爷爷的病又加重了，赶明儿得到镇医院去给他抓药。一提到抓药，山娃的心瞬时便沉了下来。为了过年，山娃卖了家里的几只鸡和所有鸡蛋，还卖了上百斤土豆，好不容易总算凑足了一百五十块钱。可明天要给爷爷抓药，这一百五十块钱至少又得花掉三分之一。爷爷的病已经拖了两年多，可就是不见好。家里仅有的收入大部分都要用于给爷爷抓药，弄得弟弟妹妹学习用的笔和纸有时都买不起。人们都说没什么别没钱、有什么别有病，可山娃家里是既没钱又有病，啥倒霉的事全让他赶上了。一想到自己这倒霉的命运，此刻山娃的心在痛苦地喊：爷爷啊爷爷，您的病啥时候才能治好啊!

三

山娃去镇医院给爷爷抓药的时候，医生一见到他便冲他翻白眼：咋的，又来给你爷爷开药?

山娃使劲点了点头。

医生脸一歪，嗔怪道：唉！我都给你说了无数遍了，光这么吃药不行，你必须想办法把他送来住院。你爷爷必须住院你听明白了吗？要不然你爷爷的病咋能治好？

医生的这一串话仿佛刀子一般，一字字一句句划在山娃的心坎上。年仅十八岁的山娃此刻的眼眶唰地红了，眼泪不停地在眼眶的四周打转。他像一个受过的孩子一样默默地听着医生的训斥。待医生说完话，山娃才一咬唇，说：大夫，不是俺不让爷爷来住院，是俺家没钱，俺爷爷住不起医院呐！话没说完，山娃的眼泪已扑簌簌地往下掉。

见这阵势，医生瞠目结舌，叹着气说：唉，怎么又是没钱！又说：这样吧，我再给你开些药，让你爷爷吃吃看，反正要过年了，过了年再说吧。

山娃一听，心想：这医生真是太不知道俺的家境了。过了年，过了年又能咋样呢？还不是没钱！这位医生第一次建议他让爷爷住院的时候，山娃就忧心忡忡地去医院的住院部问需要多少钱。这一问不打紧，吓得山娃差点儿眼珠都滚了出来：医生说住院少说也得先缴两千元的押金！两千元？山娃一年到头辛辛苦苦在家里干难说就一定能挣到这个数目呐！何况家里还有四张嘴等着吃饭，还有弟弟妹妹需要读书的费用？不过，那次回家之后山娃并未死心，他抱着试试看的心情立即去找村长，他想怎么说爷爷以前当过村支书，战争年代还当过民兵帮助共产党打过日本鬼子和蒋介石匪帮，仅凭爷爷的这种身份，村长也该给面子吧？没想村长一听满脸的苦相，村长说：山娃呀山娃，咱们村几十年来一直靠救济，这你不是不知道，哪来的钱借给你爷爷治病哇？咱们村要是有钱，早该通电让大伙儿都点上电灯了；咱们村要是有钱，通往村外的山路早该拓宽了；咱们村要是有钱，早也该有个村办工厂什么的，让你们这些后生进厂做工挣钱啦！……山娃不说还好，他这一说，就像冷不丁拧开了村长嘴巴上的水龙头，让村长哗哗地一个劲往外吐苦水。山娃原本那满怀的希望一如稍纵即逝的肥皂泡，刚一鼓起来便彻底破灭了。山娃甚至同情起村长来，心想：都说这社会有了权就会有钱，可咱村的村长有了权却有没钱的难处呐！

山娃拿着医生开的药方前去交费取药，这一交不打紧，整整要了山娃九十七元五角。当收费的小姐报出这个数字的时候，山娃还疑心是自己听错了，但当他再次追问而收费的小姐也再次准确无误地报出九十七元五角这个数字时，山娃感觉自己的脑袋嗡地一下胀大了。他愣愣地望着与自己一窗之隔的小姐，又摇了摇自己沉重而多少有些钝的脑袋，狠狠地一咬牙，掏出了自己口袋里唯一的一张百元钞票，不大情愿地递了过去，然后把对方找回的两块五毛钱，小心翼翼地塞进自己的口袋里。一时间，他心明如镜：家里过年用的钱可就剩下五十二元零五角钱了。离家的时候，山娃只带了一百元钱，原本他还打算今天抓完药后到百货商店去看看的，他早就对弟弟和妹妹许诺：只要他俩的期末考试每科都得八十分以上，过年时每人都给买件新衣。自打父母早逝自己不得已失学，身为哥哥的山娃便把希望寄托在弟弟妹妹身上，全身心支持他俩的学习。山娃的弟弟妹妹也都挺争气的，昨晚他俩都将从学校领回来的成绩单递给哥哥，还真不错，他俩每科都超过了八十分。山娃高兴得将弟弟妹妹紧紧搂在怀里，一个劲地许诺：明天俺到镇上去，给你俩看看有没有合适的衣服！

山娃从药房取回药之后没有像往常一样马上离开，而是心神不定地一个人在医院的前厅转悠了几圈，然后下决心找到了那个开药方的医生。

山娃捧着药嗫嚅道：大夫，这药……咋那么贵呀？山娃心想：以往每次开的药都没超过五十元，这回咋翻了一番呐？

那位医生此时正忙着给人把脉看病，听山娃一问便没好气道：废话，都快过年了还不让你爷爷吃好一点的药啊？！

医生的一句话立即让山娃无言以对。山娃想：是啊，世上人终日忙碌、成年累月劳累，谁都盼望在新年到来之前料理好家里的一切事情，谁都盼望新年伊始都有个好兆头，爷爷的病何曾不该在过年时治好一些呢？

离开医院，囊中羞涩的山娃终于没敢去百货商店为弟弟妹妹看衣服。他拎着药，一个人情绪低落地往回走。从镇上回到自家那祖祖辈辈居住的山村，需要走二三十里地的山路。山娃没有自行车，他早就盼望自己有朝一日能买一辆自行车，这样他赶集或来镇医院给爷爷抓药就再用不着走路了。可是山娃买不起自行车，村里的大多数人至今都买不起自行车，那少数几个拥有自行车的人大都是用外出打工挣来的钱买的。山娃也希望自己能外出打工，两年前他就极希望能跟山花一块到南方打工，可家里离不开他，弟弟妹妹年幼不说，爷爷长年卧床更是离不开他，何况家里那么多的农活都需要他一个人干。后来山花和其他人都到南方去了，山娃的心情糟糕到了极点，好几天都不说话。病中的爷爷在炕上一边叹息一边安慰道：山娃你别难过，外出打工也不是啥好事，爷爷年轻的时候也曾外出给人当过长工，苦和累不说，还得天天遭人白眼哩。俗话说，在家百日好，出门时时难。好活懒活不如在家里好活。依俺说呐，你就先安心在家里干着，你与弟妹之间也好歹有个照应。再说了，只要勤劳，也饿不死人的！唉，都怪俺这身子不中用呐……爷爷说完，便沉重地咳嗽。见爷爷这个样子，山娃没有反驳，他想反驳有啥用？反正家里这个样子，自己无论如何是走不开的……

四

山花回来了！

这消息是山富带给山娃的。这天黄昏，山娃收工回来的路上，山富将这一消息告诉了山娃。山娃听到这一消息时，真是又喜又忧。喜的是自己总算能见到日思夜想魂牵梦绕的山花了，忧的是曾经与自己鸿雁传情的山花咋好几个月不给他来信呢，而且回家过年也不来信告知一声。究竟是山花故意要给他来个意外的惊喜，还是山花已变心了？山娃左思右想，觉得自己心里就是没底。他想山牛说得对，在南方那样的花花世界，像山花这样漂亮的女孩难说不见异思迁呐！这么一想，山娃更是忐忑不安起来，内心此刻似有好几把鼓槌在七上八落地敲打着他的心鼓。

山娃与山花是在一块儿长大的。他俩从小就常在一块儿爬山、玩水、逮鸟、捉蛐蛐儿。小孩儿聚在一块玩过家家时，他俩还配对做过夫妻哩！后来他俩一块儿上学，而且是同一个班同坐一张桌子。他俩从小的形影不离和青梅竹马，无形中给周围的小伙伴留下了话柄，许多人总给他俩开玩笑，说你们俩真是郎才女貌天设地配、这辈子注定是天生的一对！开始的时候，他俩并没有往心里去。因为他们的年龄还小，压根不明白天生的一对是怎么回事，心想：俺们俩整天形影不离还坐一张桌子读书，不是一对还是什么？随着年龄的日渐长大，他们之间也才朦朦胧胧地逐渐明白男女之间的一对究竟是怎么回事。这么一来，他俩相处反倒没有以前那般两小无猜无拘无束不分你我了，他们的内心似乎无形中树起了一道美妙而又激动人心的情感之幕，说话办事时常有吞吞吐吐且羞涩脸红的时候。不过，他们之间却多了一种莫名其妙的相互依恋，虽都没有明说，却能清晰地感觉到谁都离不开谁。只要一天不见，他俩谁都会心神不定精神恍惚，似乎这一天是被抽了魂似地六神无主了。与此同时，他俩之间也开始懂得互相帮助。比如说，山娃时常帮助山花做功课、上学放学总像卫士般护送她；而山花则时常偷偷地给山娃捎几颗花生豆或帮他缝鞋子书包什么的。从小学以至初中，山娃的功课好是出了名的，他的各门功课在同级中总是数一数二，他的作文尤其突出，时常被语文老师当作范文在全班宣读，这一点让山花的内心多少生出许多的爱慕与敬仰。而山花的相貌在校园里则也独一无二。山花属于清水出芙蓉天然去雕饰的那种女孩，谁也想不到吕梁山区这种穷山恶水的地方会生出这么漂亮水灵的一个女孩，就连村里的老辈人都多次感叹：山花这姑娘，咱们村真是百年不遇呐！人们对山花美貌的赞叹的确毫不过分，山花长着一张圆圆的苹果脸，细皮嫩肉白里透红，小巧而挺拔的鼻子上方长着一双扑闪扑闪的大眼睛，双眼皮长睫毛，下边的那双大眼睛像随时都会说话。山花的这种美貌使他自小就生活在一种受羡慕与宠爱的氛围之中，她还有一口细密整齐的白牙和一副甜美的嗓音，笑起来咯咯咯的，银铃般脆响，歌也唱得不错。所以在学校里，山花是课余文宣队员。五一节国庆节元旦什么的，学校都会请她去参加演出，让她给大家唱唱歌。所以，山花在学校里有文艺才能但功课稍差，所以她时常要山娃帮助她指导她。不过，他俩这种寸长尺短的特点，无形中使他俩相处得更加如胶似漆，尽管他俩各自的家都很穷，但他们之间已然存在的这种情感依恋，使他们之间每天总能感觉到心情愉快生活充满阳光。

然而天有不测风云。一九九三年夏天，正当他俩满怀信心地准备迎接初中升高中的考试时，山娃的父母意外而不幸地双双被泥石流吞噬，山娃被迫失学。那一天，年轻的山娃哭得死去活来，他先是为父母的死哭，既而为自己轰然中断的学业哭。十六岁的他遭受如此沉重的双重打击，使他刚刚起步的人生之旅几近毁灭，他痛不欲生呼天抢地，喊天天不应喊地地不灵。出于同情，当地学校和希望工程倒是表示愿意支助山娃的学业，但山娃的家庭现状却使他仅有的一点奢望彻底破灭。山娃万念俱焚心如死灰。好在最痛苦的时候，是山花以自己的行动温暖着他本已冰凉的心。那些日子，山花也被山娃家里的不幸打击得痛苦不堪心慌意乱无心上课，好几天她都陪着山娃在村后的山坡上默默地淌泪。她含着泪对山娃说：山娃，你别太难过了，你虽然失去了爹妈，可这个世界上还有俺呢！你不是喜欢和俺在一起吗？有俺在，俺们还可以做许多许多的事，俺们不但要活下去，而且还要活得更好，你说是吗？说这番话的时候，山花一直用她那双含情脉脉的泪眼望着山娃。山娃终于无法抑制住内心百感交集的冲动，一把搂住自己心目中日思夜想无比美好的山花，一时间热血奔涌、泪如雨下。这也是他俩自小青梅竹马、朝夕相处十几年来的第一次拥抱。这次拥抱将他俩的情感推向了一个新的高度，他俩都明白，他们之间谁都更离不开谁了。

仿佛是多米诺骨牌效应，山娃的失学最终也让山花意外失学：她以一分之差没有通过初中升高中的升学考试，从而令人惋惜地告别了校园。这回轮到山花伤心了，而给她以抚慰的反而是山娃。山娃抚着她的秀发对她说：别难过，有我呢！一听这话，山花一下扑进山娃怀里，两个人抱在一起，一下子哭成了泪人……

五

夜色如墨。山村仿佛是整个儿掉到了漆黑的墨水之中，一下被黑色淹没了。

此刻山娃一个人站在黑暗之中，凭感觉他知道眼前那透出亮光的窑洞便是山花的家了。他是在家里料理完家务、自己都顾不上吃，便迫不及待摸黑来到山花家门口的。他已很久没来这里了。而山花去南方打工以前，山娃每天都会到山花家门口来。一想到日思夜想的山花此刻与自己已近在咫尺，山娃内心便有十五只铁桶在七上八落地打水，他觉得自己那激动的心都快要蹦出来了。但他还是极力控制着自己的情绪，屏心静气地攒积着力量和底气，然后用双手卷成喇叭顶在嘴边、鼓着气使劲吹——

咕咕——咕！

这是鹧鸪的声音。山村里有许多鹧鸪，鹧鸪清脆的啼叫声启发了山娃，山娃与山花热恋那阵，每逢约会，山娃就躲在山花家门口的小灌木丛中学鹧鸪叫，只要一听到这叫声，山花便心领神会地溜出家门来找山娃。

此刻，山娃静候着。他的两只眼睛像鹰隼的眼睛一样紧紧盯住山花的家门，他在盼望山花的倩影能像从前一样翩然飘出。

然而，没有动静。山花家的家门和窗口依然射出昏暗的灯光，不时还传来说笑声。山娃清楚地听到了山花那清脆的笑声，可就是不见她出来。

山娃又用手卷成喇叭，鼓足底气连吹数声——

咕咕——咕！

咕咕——咕！

咕咕——咕！

然而，依然没有山花的响应。山花的家呈现给山娃的依然是昏暗的灯光和他们一家人的说笑声。山娃急了，他真想喊出声来，大声喊山花的名字，甚至恨不得一下窜进山花的家去找她。可他没有这种勇气。山花的父亲一直是反对山花与山娃的婚事的。山花的父亲曾公开对山娃说：你不要再缠俺们家山花了，俺不会同意她嫁给你这样的穷光蛋！所以，山娃与山花的相恋，一直是背着他父亲在暗中进行的。现在，山娃自然不敢贸然行事。山娃想，或许是自己的叫声太低了，也或许是这信号对山花来说已太久远，山花已陌生了？总之，山娃想，自己应该大声地叫，不停地叫，一定叫到山花能够出来。于是，他又鼓足底气，竭尽全力，大声地叫，不停地叫——

咕咕——咕！

咕咕——咕！

咕咕——咕！

……

真是精诚所至，金石为开。山娃连续不断百折不挠的啼叫声，总算引起了山花的注意、勾起了她或许已经久远的记忆。山娃正鼓着腮梆面红耳赤声嘶力竭继续学鹧鸪叫的时候，山花的倩影便忽然间从她的家门飘出，并向小灌木林这边移动。山娃刹时鼓着眼睛，屏心静气地任凭山花那熟悉的脚步声由远而近一阵阵敲击着自己的心鼓。很快，一个声音在山娃的耳边炸响——

哟，是山娃吧？

是！山娃几乎是一跃而出，扑过来想搂山花。

不想山花双手一挡，惊叫起来：哎呀呀——怎么那么大的酸臭味呀？你……你可别过来！山花连连摆手。

山娃一下惊呆了。心想，以前山花可从来也不嫌弃俺身上的这股酸臭味儿的呀？不但不嫌弃，她还曾躺在俺山娃的怀里说喜欢闻他这股男子汉的酸臭味儿呢！可眼下她是怎么啦？他真想看清楚眼前的山花。但黑暗中，山娃看不清山花的真实面目。他反倒是清晰地闻到了山花身上飘来的一股浓烈的香味儿。他不清楚山花身上怎么会有这种香味儿，以前他可从未在她身上闻到这种香味儿。

愣了一会儿，山娃总算开口了：你——咋不给俺来信哩，回家也不先告诉俺一声？山娃艰难地咽下了一口唾液。黑暗中，他依然鼓着双眼望着对方。

山花低下头，沉默了。一会儿，她说：噢。是……俺太忙啦，咋样……你还好吗？

山娃心一酸，说：寡淡。寡淡是家乡方言，一般的意思。山娃原本想将家里的窘境告诉她。以前，他有什么心事或心里话都会毫无保留地告诉山花。但现在，他还是忍了忍，把想说的话咽了回去。此刻，他内心有一股强烈的冲动，他只想把山花搂进自己怀里，像以前一样尽情地揉她、抚摸她。于是，他鼓起勇气，一把抓过山花的一只手，在自己的手心轻轻地抚着、揉着。山花却嗯——地一声，执意将手抽回，嗔怪道：哼，瞧你！

山娃一愣，咽着唾沫，说：那……咱俩啥时候见面？

山花没有马上回答，她似乎有些心事重重。一会儿，她说：要不……明天吧，明天中午还是在老地方。

山娃说：你是说在咱村后的麦秸垛？

山花点头：嗯。

山娃激动得心都快要跳出来：太好啦！说着，双手又情不自禁抓住了山花的肩膀。

别——山花制止他。她望了望自己的家门口，压低声音说：小声点，可别让俺爹知道了！你……回吧。俺也该回去了。想迈步，却又回头对山娃说：记住，今晚可得洗个澡呵，俺可害怕你身上这股酸臭味儿！说完，她转身走了，倩影很快被眼前那口映出灯光的破窑洞所吞噬。

山娃浑身躁热起来。他愣愣地站在黑暗之中，久久不愿离去。

六

午后的太阳暖洋洋的，让原本寒冷的山村有了些难得的暖意。

山娃早早地守候在村后的那片麦秸垛边，心急火燎地等待着山花的到来。想当初，山花在家里那阵，他们俩都经常要到这里来聊天，甚至追逐、嬉戏。每逢中午，这里的幽静便成了他们俩天然的幽会场所。

此刻，山娃像热锅蚂蚁一样不停地在那片麦秸垛旁踱着步，并不时地朝村那边探望。从昨晚与山花见面直到现在，他的心一如经历了漫长的煎熬，他渴望着时间能够跳跃、自己能够早点儿跟山花见面。

终于，山花在山娃的视野里出现了。山娃刹时瞪大了眼睛，一动不动地盯着山花走来的方向，激动不安的心也刹时间提到了嗓子眼上。

山花的穿着打扮已大大出乎山娃的想象：她那件破旧的红色细花棉袄不见了，取而代之的是一件亮光闪闪的玫瑰红羽绒服；她那两根粗短的辫子不见了，取而代之的是一头飘逸潇洒的披肩发。而最明显的是她那张漂亮的脸怎么涂脂抹粉的变得那么光彩照人，一点儿也不像山村里的妹子了？而她的身上跟昨晚一样散发出来的那股香味儿，更是让山娃激动不已手足无措。

嘻嘻——山花，你……你咋变得跟电影明星似的，都快让俺认不出来哩！山娃呵着气，不住地搓着手。

是吗？山花笑了。她这一笑露出了一口整齐洁白的牙齿，在她那个迷人的酒窝映衬下显得更加楚楚动人。

嘻嘻——山花，你……你让俺都不敢碰你啦！

山花心一颤，扑闪着眼睛：是么，那……为啥？

山娃嘿嘿一笑，说：你……真的跟花一样漂亮啦！

山花松了口气，笑了。她抿了抿嘴：那好，咱俩只说话，可不许你碰俺！说着，她掉转身，装出要走的架势。

山娃急了，他一个箭步冲上前，拦住了她的去路：那可不行！他情不自禁，双臂一张搂住了她。

山花半推半就，此刻她的脸掠过一片红云，看上去显得更迷人了。两个人说说笑笑，不一会就来到最隐蔽处的一个麦秸垛。这里的前后左右，都有灌木丛和别的麦秸垛遮拦着，四周也静得出奇。

山娃迫不及待，一伸手就往山花的胸脯摸。

山花拦住他：别急，俺有话对你说。

山娃一愣，道：你说吧，俺听着呢！他的手依旧不老实地在山花的胸前晃着。

山花却没有让他前进一步。山花红着脸说：你……你只能碰俺这一次！

山娃并不在意。他以为山花是在跟他开玩笑，便笑嘻嘻说：好哩好哩，就这一次。说着，他已将手伸向山花的胸脯。这一次，山花没有阻拦，她任凭山娃的手伸进她的内衣、疯牛一样地在她那丰满的胸脯上揉搓。山娃像喝醉了酒一样，他一下将山花按倒在脚下的麦秸上，边揉边嗷嗷叫着。山娃说：哎哟哟山花，你的奶子咋软绵绵的没以前有弹性哩。

山花抿唇闭眼，没有回音。她清楚地记得自己第一次让山娃抚摸的时候，山娃说哎哟哟山花，你的奶子咋跟皮球一样那么富有弹性哩！

山娃并不在乎山花有没有回音。他只顾疯狂地在她的胸揉着，在他的脸上吻着。山娃说：哎哟哟山花，真奇怪，你……身上有一股迷人的花香味儿哩，俺说你……美得像花一样，真的是……一点没错，你身上……真的跟花一样，飘出……一股花香味儿哩！山娃像一头贪婪的猪一样，一边说着甜蜜的话，一边往山花的脸上、脖颈和胸脯哄。

山花依旧抿唇闭眼，没有回音。听着山娃那语无伦次的傻问，她差点想笑，她想山娃还是像从前那样憨，自己身上哪儿有什么花香味儿？那是香水味呢，山娃压根就不知道这世界还有香水这种东西哩。

山娃依旧不在乎山花有没有回音。他依旧是疯狂地在她的胸上揉着，在她的脸上、脖颈和胸脯吻着。山花的情绪显然也被调动起来了，此刻她涨红着脸，呼吸急促。她依旧抿唇闭眼。她那漂亮的脸此刻因为红润而显得更加楚楚动人。山花忽然搂紧山娃，闭着眼说：山娃，你要俺吧，你快把俺的衣服都脱了。

山娃一惊，抬起头问：啥——山花你说啥？

山花依旧抿唇闭眼、呼吸急促。山花说：你……你要俺吧，你快把俺的衣服都脱了。

山娃刹时瞪大眼睛，真有些疑心自己是否是听错了。他清楚地记得，山花去南方打工之前，自己每次与她亲热的时候，山花都坚守着她最后的那道防线。自己每每试图跨越那道防线的时候，山花总是生气地说你要是这样俺以后不理你啦！吓得山娃那膨胀的欲望迅速萎缩，手上的动作也再不敢有半点造次。可此刻面对着山花破天荒的许诺，山娃就像面对一块香味扑鼻、令自己早已垂涎欲滴的热豆腐一样又惊又喜。他没想到自己日思夜想魂牵梦绕的山花眼下将唾手可得，而且是她主动要求他的，他想到南方见了世面的人就是不一样哩，以前保守的山花现在咋变得这么落落大方了？但面对这突如其来的欣喜，山娃这所有的念头都一如匆匆过客，很快在脑子里稍纵即逝。此刻他只剩下唯一的一个念头，那就是要全力满足山花的要求，拥抱这突如其来的欣喜。或许是太激动了，此刻他所有的动作显得笨拙甚至有些手足无措，但很快他还是镇定下来。

他先是像老鹰做窝一样，用一捆捆的麦秸将自己和山花包围起来，围成了一个温暖的小茅屋，接着是将自己和山花脱得一丝不挂。当他将自己的身体与山花那洁白如雪又温暖如春的身体融为一体、而山花像美人鱼一样在自己的怀里快乐呻吟的时候，山娃感觉到自己已彻底坠入了一个幸福的深渊，这深渊让他激动无比快乐无比，这一刻山娃唯一能想到的是当男人真是他娘的太美妙了，自己能得到山花绝对是世界上最幸福的男人。为着这种幸福，山娃愿意为她去生为她去死，哪怕赴汤蹈火都在所不辞……

当他们俩个人趋于平静并都已穿上衣服的时候，山娃搂着山花，贪婪地说：山花，你嫁给俺吧，俺这辈子无论如何都离不开你！

山花低头掠着自己零乱的长发，摇了摇头。

咋啦——你不同意？山娃捧起山花那张白皙的苹果脸，他忽然发现：山花脸上刚才那楚楚动人的光彩不见了，取而代之的是满脸的阴云。

山娃惊叫起来：山花，你咋啦？

山花抬起泪眼望他，嘴角掠过一丝苦笑：没咋。她用手按了按自己的太阳穴，忽然说：山娃，俺……俺是来向你告别的！

啥——你说啥？！山娃鼓着眼珠，一双有力的臂将山花的双肩摇得像货郎鼓。

山花低着头，一字一顿地说：山娃，你听俺说，俺……俺是来向你告别的，刚才……俺已经把身子给了你，俺总算也不再欠你的情了。往后，俺……俺不能跟你在一起了，你……要多保重！

山娃如雷轰顶，他鼓着眼珠愣愣地承受着山花那狂风暴雨般劈脸打来的一连串话语。

山花抽噎着。她用手指擦了擦脸上的泪痕，然后将身边的一个塑料袋往山娃的眼前一摊，强颜作笑。她用手拨开了塑料袋的口子，对山娃说：呶——你瞧，俺……从广州给你买了一套西装，你试试看合不合身。俺……还给你爷爷带了两盒太阳神口服液，你拿回去，好让爷爷补补身子。还有，俺给你弟弟和妹妹买了些纸和笔，你拿回去吧，让他俩好好学习。她见山娃半天愣着没有任何反应，便掠了掠头发，一咬唇说：俺……该回去了。

不——！仿佛一声炸雷，山娃刹时间号啕起来。他歇斯底里吼声震天，他那双有力的手掐得山花的肩膀痛入骨髓：告诉俺，这是咋回事？这究竟是咋回事？！

山花低头抿嘴，竭力地忍受着山娃那双手给她肩膀带来的疼痛，慢慢地她抬起泪眼，冲山娃摇了摇头：求求你，你……你别问啦！说完，她使劲挣脱了山娃，一跃冲出山娃那用麦桔围成的暖窝，逃也似地向村里的方向跑去。

山娃跃出暖窝，在山花的身后捶胸顿足号啕大哭：不——不——不——！他的吼声震天价响，一时间惊飞了麦秸垛上觅食正欢的一群麻雀，也让年关在即的冬日山村掠过些许寒意……

七

这个春节，吕梁山区出奇地冷。连日几场大风，刮得山里天寒地冻，天地万物被冻得哪儿都嘎吱嘎吱响，仿佛只要轻轻一碰就会散架似的。吕梁山地区所有的村民，都感觉到这个春节真是冷入骨髓。

除夕夜。山娃一家总算又一次围坐到炕上吃团年饭，这么齐刷刷地围坐到炕上吃饭他们家一年也就这么一次，因为一年到头三百六十五天，也就这么一餐他们还能像模像样地炒几个菜。他们的团年菜虽然简单，但在他们全家人眼里已极为丰盛：一盘炒鸡蛋，一碗红烧肉，一盘花生米和一盘肉炒土豆丝。面对如此丰盛且香气扑鼻的菜肴，山娃的弟弟和妹妹一坐到炕桌前便两眼发直口水直淌，还没等哥哥坐稳屁股，他们俩便迫不及待争先恐后狼吞虎咽，好在山娃对此早有预料，他做的菜虽然就这么寥寥几个，但每个菜的菜量他是有所准备的，反正足够今晚全家四个人吃。

经过吃药调理，山娃的爷爷这几天咳嗽比前些天少了，脸色也稍稍有些红润，此刻他抖擞精神坐到炕桌前，眼看着小孙子和小孙女狼吞虎咽的样子，苍老的脸上露出了难得的笑意。

忙乎了一天的山娃总算也坐到了炕桌前，然而他却仍显得心事重重。自打那天山花跟他分手之后，他的心一如冷不丁被塞进了一团破棉絮，既乱糟糟的，又觉得堵得慌。这些天，他一直想见到山花，静下心来好好跟她谈谈，他要问问她究竟发生了什么事，可他压根就没法见到山花。他曾像原来一样在中午和夜晚来到山花的家门口，躲在小灌木丛里继续学鹧鸪叫，咕咕——咕，咕咕——咕，一遍又一遍地给山花传递信号，叫得嗓子哑了底气没了，可就是得不到山花的半点回应。气得山娃真想冲进山花的家将山花脆生生给拽出来，但这仅仅是他的一个大胆的念头而已。他压根就没这个勇气，以前他从来都没这个勇气的，更何况自己与山花那天中午已经在村后的麦秸垛中发生了那种事情？所以，每每叫得嗓子哑了底气没了的时候，山娃便只好愣愣地看着山花家的那口窑洞，瘦削的脸上倏然间生出些许绝望与惆怅。山娃也曾想到过自己要整天守在山花的家门口直到见到山花，无奈年关在即自己又是一家之主，家里的大小事情他都没法分身，只好作罢。此刻，山娃坐落在炕桌前准备吃团年饭，吃过这餐团年饭，他就该跨越十九岁的门槛了。一想到自己十九岁的门槛还未跨越便遭受这一连串不如意事的打击，进入新年之后又将继续苦苦地支撑这个上有老下有小的穷家，山娃内心一时间便百感交集。他打开一瓶刚刚买来的二锅头酒，也不顾爷爷的劝阻，大口大口地喝了起来。山娃平时是很少沾酒的，不是不想喝酒而是没钱买酒，所以此刻喝起来酣畅淋漓无比痛快，什么苦辣酸甜，什么烦恼忧愁，顷刻间通通跑得无影无踪。山娃忽然间感觉到自己恍恍惚惚飘飘欲仙。但很快，他便喝得酩酊大醉，而且最终哗哗地吐了一地，弄得爷爷和弟弟妹妹惊恐万端手忙脚乱慌作一团。而山娃自己却迷迷糊糊地躺倒在炕上，很快便鼾声如雷……

第二天是正月初一。朦朦胧胧中，山娃在睡梦中被外面的鞭炮声惊醒。没想他刚一起床，弟弟妹妹就缠着他要新衣服，弟弟妹妹一早便已从外面玩了一圈回来了。弟弟妹妹都说，过年了，外面的小孩都穿了新衣服，哥哥你说过俺们考试八十分以上过年就要给买衣服的，咋不见给买呵？一句话，仿佛挑开了山娃心头的一块伤口，让山娃心头一颤，一时间竟无言以对。沉默了半天，山娃一咬唇还是开了口：对不起，俺没那么多钱。年前挣的那一百五十块钱，给爷爷买药和办年货了，等俺再挣了钱，一定给你们俩买，好吗？没料妹妹一噘嘴说：哼，你说没钱，可你自己咋买新衣服啦？说着，妹妹将山花送给山娃的那套西装往哥哥跟前一摊，双眸咄咄逼人。山娃一惊，心想：这衣服自己是藏在柜子里的，怎么让妹妹给翻出来了？那天，山娃将山花送的那些东西拿回家之后，他只将两盒太阳神口服液以及给弟弟妹妹的笔和纸说了，自己的那套西装却悄悄地藏到了柜子里面。此刻面对妹妹的诘问，面对弟弟妹妹和爷爷那疑惑不解的眼睛，他只好如实说了：这是山花送给俺的。

屋子里刹时沉默下来。只有全家四个人八只睁睁而又愣愣的眼睛在彼此感受对方的存在。半晌，爷爷才嗄着嗓子说：山花这闺女呀……真是不错，不但人长的俊，心地又好。山娃，你……你跟她的事到底咋样了？

山娃咬了咬唇，没有说话。

弟弟却说：哥，俺听人说，广东那边都很富，山花姐到了那儿会不会……弟弟一抿嘴，将半截话咽了回去。

山娃没有说话，他知道弟弟要说什么。实际上，自打那天与山花不欢而散，他的内心就生出一个大大的问号，这个问号将他的整个身心全占满了。他三番四次地去找山花，为的就是要解开自己心头的这个大问号。然而迄今为止，他欲所不能。

妹妹这时却说：大哥，干脆你也跟着山花姐去南方打工吧。那样你既可以为咱家多挣些钱，也可以和山花姐在一起。

山娃内心一热，感激地望着年幼的妹妹。他没想到妹妹能说出这么让他受听的话，他自己何曾不想着这样呢？可是这样的一个家，自己又咋样能离得开呢？

妹妹似乎看出了大哥的心思。妹妹说：大哥，你就放心去吧，过了新年，俺和二哥又都长了一岁，家里有俺们哩。

弟弟也说：就是，家里的那些农活，让俺放了学去干，哥你放心走吧。

一听这话，山娃的心刹时涌来一股暖流，鼻子一酸，眼眶刹时间也红了。

他真的万没想到才又长了一岁的妹妹和弟弟能说出这样让他感动的话。过了年的弟弟已经十六岁，而妹妹也已经十三岁，按说山娃放手离家去南方打工，也是说得过去的。但为了他俩不耽误学业，山娃还是有些不忍心，更何况年近八十而又卧病在床的爷爷还需要他照顾呢。

就在这时，爷爷开口了。爷爷嗄了嗄嗓子，说：山娃，过了这个年，你想出去就……出去吧。也好，趁年轻，出去经……经经风雨，见见世面。只要你弟弟、你妹妹，能照顾好自己，俺……俺不要紧的咳——咳！……说着，老人又重重地咳嗽。

山娃赶紧给爷爷端过来一碗水，让爷爷喝。山娃一咬唇，说：爷爷，您别说了。俺……俺不走！话一出口，山娃的眼泪便在眼眶打转。

八

正月里，自打初一开始，山娃几乎每天都要到山花的家门口去，希望能见到山花。然而，他原本与山花约会时达成默契的鹧鸪信号已经彻底失效，而几次的守株待兔同样也没能见到山花。有好几次，山娃倒是利用夜幕的掩护大着胆子，蹑手蹑脚地走到山花家的窗前，不但清楚地听到山花与家里人爽朗的说笑声，而且只要是踮脚探脖子，山娃还能看到山花那张亲切的、让他顿生无限柔情与爱怜的面孔。然而，山花似乎是一夜之间便生就了一付铁石心肠，压根就不理会山娃在这个世界上的存在。更不会理会在这个世界上，有个叫山娃的小伙子此刻在对她牵肠挂肚并强烈地渴望见到她。这一点，让山娃伤心不已、也焦急不已。每每这个时候，山娃只能一个人站在黑暗寒冷的冬夜里干焦急，他既恨山花的绝情，又恨自己的自卑与怯弱。这样的心情好几天一直折磨着他，使他每次都是希望而来失望而归。这样的希望继而失望反反复复折磨了几天，最终是激起了他内心一股前所未有的勇气，他终于决定要堂堂正正地登门去找山花了。

这一天是正月初五。一早起来，山娃吃完早饭整理完家务，便乔装打扮了一番。他所谓的乔装打扮，实际上只不过是认真地洗了洗脸梳了梳头，然后穿了一件干净一点的旧外衣，那是一件已整整穿了三年的蓝色粗布夹克。山娃没有新衣服，他差点想穿山花送给他的那套西装，但他刚拿出来又放了回去。他想，只要山花与自己的事告吹，这套西装一定要退还给她。还有，山花买太阳神口服液以及给弟弟妹妹买纸和笔所花的那些钱，自己一定要还给她，山娃想。

当山娃鼓足勇气第一次堂堂正正地站到了山花的家门口时，首先跳入他眼帘的偏偏是山娃最不敢见、又不想见的山花的父亲。山花的父亲是吕梁山地区常见的那种典型中年汉子：干瘦的身躯，黄脸黄眼黄头发，皱巴的、营养不良的脸上长着稀落零乱的胡须，眼睛虽被皱巴的眼睑挤成一条缝，却还是透出了一股狡诈而逼人的气势。此刻，山娃见到了山花的父亲便有种骑虎难下的感觉，他的心先是扑通一跳，但很快嘴里就不由自主地迸出一句：大叔。

山花的父亲此时却如临大敌。见到山娃他便身手敏捷地走了出来，并用身体将山娃挡在门外：你——有事吗？声音和脸一样都是冷冰冰的。

俺……想找山花。山娃说。

你干吗找她？俺跟你说过，你别癞蛤蟆想吃天鹅肉老缠着俺家山花！

一听这话，山娃的感觉浑身的血直涌脑门，脸唰地红了：你——你别管！婚姻自由，这是婚姻法规定的，你知道吗？！话一出口，山娃自己都觉着后悔。他想这下糟了，自己是来找山花的，干吗与她父亲斗气哩？但说出的话就如脱缰的野马，直撞对方心胸。

嘿嘿！山花的父亲气得抖着山羊胡，他冷笑两声，手指差点戳到山娃的额头：好哇——你兔小子倒教训起老子来啦？啥婚姻自由？你有钱吗？有钱老子就给你自由！哼哼，你小子知道俺山花到南方挣回多少钱吗？老子明告诉你吧，山花回来光交给俺的现金就有一万，一万块呐！你们全家连人卖了恐怕都换不来一万块，你有啥资格来缠俺家山花呀？你快给俺滚！滚！滚！滚！

山娃像突如其来地遭受到一阵暴风雨般的组合拳，这阵组合拳劈头盖脸地打得他只有招架之功没有还手之力。他只好硬着头皮艰难地忍受着，直至暴雨过去风平浪静，山娃都没有勇气反击，甚至没有勇气争辩一句。他只觉得山花的父亲简直是一个暴君、无赖，自己压根就没法与他对话。此刻山娃潜意识中只想见到山花，哪怕跟山花只说上一句话。但山娃的目光往山花父亲的背后一扫，却只见到了山花的母亲、弟弟和妹妹，山花压根就没有影儿。山花究竟是故意躲在家中不肯出来还是本来就不在家，山娃一无所知，也没有勇气再问。山娃只好逃也似地离开山花的家门，此时的他脸上充满气恼和懊丧。

离开山花的家之后，山娃首先想到的是要去找山桃和山鹊，她俩和山花是一块去珠江三角洲的，山娃想去问问山桃和山鹊，山花到底是咋啦。

山桃却不在家。山桃的母亲告诉山娃：今天一早山桃和山花已经离家去南方了。一听这消息，山娃像被当头浇了一盆冷水，感觉从头到脚一下子都凉透了。但山桃的母亲说，山鹊没有走，听说山鹊不走了。这一消息，又让山娃内心升起一线希望，他立即来到山鹊的家找山鹊。

山娃总算见到了山鹊。但山鹊一脸的疲倦。山娃问山鹊：为何不跟山花山桃她们一块去南方啦？山鹊一咬唇，使劲摇了摇头：不去了，打死也不去了。然后山鹊便低着头，一语不发。

山娃一皱眉，问：咋啦，究竟是咋啦？你们在南方究竟出啥事啦？

山鹊一噘嘴说：你问山花去吧！你不是跟她好吗，你干吗不去问她？

好个鬼哟！她在家的时候俺一次次找她她都不理俺。山娃既委屈又愤愤不平。

山鹊这下睁大了眼睛：你——你说的当真？

俺要是骗你让俺雷打火烧！你都不知道俺这心里有多急，你能不能告诉俺你们在南方究竟是咋啦？

山鹊一咬唇：俺不说，俺不能说。山花山桃都不让说。

山娃说：哟——她俩还那么厉害呀，取消你的言论自由？俺就不信，你说了她俩能把你咋的？

山鹊望了一眼山娃，又抿着唇低下头，漫无目的地用自己的一只手搓着另一只手。末了她说：她俩都说了，俺要是说了她俩要找人杀了俺！

她们敢？！山娃脱口喊道，内心却怦怦直跳。他越来越感到事情的严重。

可越是这样，山娃内心越是急于知道事情的真相。由于此刻山娃和山鹊是站在山鹊家的屋后，此时山娃看看四周没人，便将一只手搭在山鹊的肩上，温柔地抚摸着。山鹊有些受宠若惊。山鹊与山花、山桃一样，从小都是与山娃一块长大的，上学时他们也一直在同一个班。可论长相，山鹊与山花、山桃比简直是一只丑小鸭。山鹊不但个子矮小皮肤黝黑，五官还长得不端正：鼻子扁扁的，眼睛小小的，外翘的下颚还微微将她的嘴巴挤歪了，笑起来嘿嘿嘿的，让人立即想起了又傻又蠢的笨熊。不过，山鹊其实不笨，在学校时学习成绩并不差。她做事还挺利索，有时还很大胆，比如她曾大着胆子给山娃递纸条，向山娃表露爱慕心迹，不过当发现山娃与山花好时，山鹊又找山娃把条子要回去了。这件事山娃一直没有跟山花说过，是山鹊求山娃别将这事说出去的，山娃做到了，这一点山娃现在想起来也暗自为自己庆幸。所以，山娃此时望着山鹊，眼里充满了柔情与自信。山娃说：山鹊，还记得你给俺递纸条的那件事吗？俺至今可从来都没向谁说过。俺对你这么讲信誉，你为啥不能对俺说实话呢？

山鹊一直愣愣地望着山娃，细小的眼睛流露出爱慕、期待与信任。迎着山娃那期待的目光，山鹊一咬牙，说：俺要是说了，你不能对第二个人说，行吗？

山娃坚定地说：俺一定做到，你尽可以放心！说着还使劲挥了挥拳头。

于是，他们俩个人来到村后的麦秸垛边，山鹊向山娃原原本本地讲述了自己与山花、山桃到南方打工所发生的真实故事。

九

南方的黄昏一如复活的集市。灯一亮，所有的马路便有鱼群一样快乐的人流在四处游动，汽车、摩托车、自行车的响声和震耳欲聋的音乐声响成一片。习惯过夜生活的广东人，每每这个时候便显出与北方人截然相反的活力与朝气。

这是山鹊、山花和山桃她们来南方打工一年半之后的一个周末晚上。晚饭后的山鹊、山花和山桃走出工厂大门，她们终于利用这难得的闲暇漫步于南方小城的大街上，悠闲地看着身边穿梭来往的车流人流，尽情地欣赏着南方这灯火通明乐声震天充满活力的小城夜景。

自打一年半前离开家乡来南方打工，她们三人一直在一家港商开的电子厂做工。她们的任务是装配电子器件，每天从早到晚要埋头干整整十三个小时，每月的工资是五百，免费食宿。但不能得病，也不能迟到早退，甚至连上厕所都有监工给你掐时间，稍不顺眼便大幅度地扣你的工资，有时候甚至一个月辛辛苦苦干下来，工资却被扣得一分不剩。弄得每个打工者每天神经都高度紧张，每天干下来都腰酸腿痛、头昏脑涨。山鹊曾对山花、山桃感叹说：以前咱们只在书本上知道资本家如何剥削工人，这回咱们可真是真正尝到了资本家残酷剥削的滋味！山花和山桃都有同感，但又说：怨不得人家老板，谁叫俺们家穷而自投罗网呢！

她们三个人沐浴着习习晚风，正充分地放松着因劳累了一天而高度紧张的肌肉与神经的时候，有一高一矮、一瘦一胖的两个年轻女人走上前来搭讪。这两个女人穿戴入时且都操着一口的普通话。她俩先是若无其事地凑过来对山鹊她们三人问道，听口音你们是山西人吧？山鹊她们三人都点头称是。她俩就不约而同地说哎哟哟那咱们可是老乡哩，接着她俩自称是太原人，也是来南方打工的，而且天南海北地聊起来。看着她俩热情而又无拘无束的样子，加上相互之间又同是女性，山鹊、山花和山桃忽然间便有种他乡遇故知的感觉。于是，她们之间也无拘无束地攀谈起来。那个瘦而高的女人自我介绍说她叫刘美丽，那胖而矮的女人则说她叫张美艳，并说她俩同在一家名叫新贵的娱乐城工作，月薪两千。这一说不打紧，却把山鹊、山花和山桃她们三人吓了一跳。山花说，俺们辛辛苦苦一天到晚干了十三个钟头才挣五百，你们在那儿干啥挣了这么多呀？刘美丽说：嗨，无非是陪客人唱唱歌跳跳舞。山鹊马上抢着说：哟——唱歌跳舞？那可是俺山花山桃最拿手的了，她们俩在学校时都是学校文宣队的！张美艳这一下眉飞色舞：嗨——我说你们俩咋长得都这么俊呢！其实要说俊，山桃比不上山花，但对方这么一夸，山桃也兴奋起来。刘美丽趁机说：你们要是想到娱乐城去干，我们俩可以回去跟经理说说。山桃说：你们经理能同意吗？刘美丽指着山花和山桃说：只要你们俩愿意去，保证没问题！山花说：那山鹊呢？刘美丽与张美艳交换了一下眼色，脸上现出难色。山桃立即说：俺们三个是一块出来的，要是山鹊不能去，俺们是绝对不会去的！不想张美艳马上说：没问题没问题，我们俩跟经理关系不错的，我们俩跟经理说说经理绝对会同意，谁让咱们都是山西老乡呢！说着，张美艳还伸出双臂将山花、山桃和山鹊三个人揽成一团，嘿嘿的笑着。山鹊一下闻到了她身上有一股浓烈的香水味儿。这时刘美丽也满脸堆笑地拥了过来，亲昵地说：怎么样？去娱乐城干吧，那样咱们这五姐妹就能天天都在一起啦！山鹊和山桃立时兴奋起来，都说好呵好呵！只有山花还皱了皱眉，有些犹豫。山花问刘美丽：去那真的只是陪客人唱唱歌、跳跳舞吗？刘美丽一歪头，嗔怪道：哟，说了半天你还不相信大姐的话呀？张美艳则嘿嘿笑着，亲热地说：咱们既是老乡又都是女人，同是天涯沦落人，我们干吗骗你们呀？！一句话，消除了山花心头的疑虑。山花立时舒展着清秀的双眉，对山鹊和山桃说：去吧，反正俺们三个人都在一起，相互间都能有个照应。何况在电子厂这么干不但工资低，而且确实也太累人了。山鹊马上冲山花扮鬼脸，一只手还差点戳到山花鼻头上：更何况老板三天两头的要找你去他办公室单独谈话、对你动手动脚的？三个人于是忍俊不禁，朗声笑了起来。刘美丽和张美艳也跟着笑。她们于是商定星期一去向电子厂老板辞职，同时跟着刘美丽和张美艳一块去新贵娱乐城寻找新的工作。

山鹊、山花和山桃万万没有想到，她们三个人这一次天真而又草率的选择一下子使自身陷入了难堪的境地。

星期一那天辞职离开电子厂之后，她们三个人背着行李跟着刘美丽和张美艳乘车来到了新贵娱乐城。这座娱乐城其实只是一个时下在南方常见的卡拉OK歌舞厅。但与其它众多的歌舞厅相比，这个新贵歌舞厅要豪华得多，而且所处位置可谓独辟蹊径，它远离闹市区而位于距小城约五公里外的一处山坡上。这里绿树成荫，青山环抱，环境幽静。然而一到晚上，这家歌舞厅却歌舞升平生意兴隆，靓女俊男比肩搭背进进出出。

山鹊、山花和山桃到达新贵娱乐城的当天晚上，不知怎么的歌舞厅生意更是异常热闹。刺耳的喇叭声反复地播送着这样的声音：好消息，吕梁山飞来金凤凰，娱乐城难忘看今宵！这样的声音让山鹊、山花和山桃多少感觉有些惶惶然。晚会开始，主持人刘美丽扯起响亮而又嗲气的声音将山花和山桃介绍给来宾，然后安排山花和山桃分别上台给大家唱歌。按照要求，今晚的山花和山桃不但都换了装而且都化了妆，她俩都穿上了娱乐城提供的袒胸露背的连衣裙，而且眉、眼及脸上都被张美艳涂了浓装，开始山花和山桃对这种打扮都不同意，但刘美丽和张美艳说这是老板的要求，说着还身先士卒对自己作了打扮。看她俩这个样，山花和山桃都不好再说什么，只好硬着头皮任凭刘美丽和张美艳她们摆布。轮到上台唱歌的时候，山花唱的是《都说山西好风光》，山桃唱的是《我家住在黄土高坡上》。但刚唱完，台下的男人便使劲起哄说不过瘾，于是有的说要唱《明明白白我的心》，有的说要唱《让我一次爱个够》，有的则干脆说唱越露的越好、怎么刺激怎么来。弄得山花和山桃手足无措浑身尴尬满脸通红，主持人刘美丽手持话筒走过来问她俩：怎么样，唱吧，唱一支能挣十块钱呢。山花和山桃双双摇头都说不会。刘美丽倒没有难为她俩，她直起身来满脸堆笑地对着话筒冲来宾说：请大家原谅，这两位小姐新来乍到的，许多歌她俩都不会唱，以后她俩再给大家唱吧。下面是自由娱乐时间，哪位先生或小姐想上台一展歌喉，请随意！虽然这时候台下还有人起哄，说不会唱歌让她们俩跳脱衣舞。但刘美丽还是不予回应便款款走下台来。

山花和山桃这下松了一口气，满以为自己的任务总算完成了。不想这时候老板走过来拍了拍她俩的肩，要他们到ＫＴＶ包间去陪客人，并吩咐刘美丽和张美艳带她们去。这时候刘美丽和张美艳都挤眉弄眼、神秘兮兮地对山花和山桃说：喂，挣钱的时候到了，你们要尽最大努力让客人高兴，越让客人高兴你们挣的钱也就越多。山花不解地问：不是固定每月挣两千块吗？刘美丽说：我说的是平均数，其实都不一定。你要是热情周到让客人满意，每月挣一万两万的都不奇怪；可你要是怕这怕那，恐怕一分钱都挣不到！听得山花和山桃目瞪口呆，不明白这葫芦里卖的到底是啥药？

山花和山桃于是又惶惶然地跟着刘美丽和张美艳来到一间ＫＴＶ包间。一推门，一股浓烈难闻的烟酒味扑鼻而来，两个油光粉面、大腹便便的中年男人嘿嘿笑着，一下将山花和山桃搂进怀里。山花和山桃像被蛇咬似地惊叫起来，一下挣脱对方的纠缠且没命地往外跑，不想刚冲出包间便分别被两个穿制服的保安堵住去路。那两个保安横眉怒目不由分说，像老鹰叼小鸡一样擒住山花和山桃的衣领将她俩往包间里塞。绝望的山花和山桃于是大叫刘美丽和张美艳的名字，不想刘美丽和张美艳都只是回头一笑，便若无其事地转身走了。

山花和山桃被强行推进ＫＴＶ包间之后，包间的门被反锁了。无论她俩如何呼救如何反抗都已难逃噩运，那两个喷着酒气操着广东口音的中年男人摸摸索索，强行对山花和山桃做着他们所要做的一切。当山花和山桃被折腾得气喘嘘嘘精疲力竭、最终如从恶梦中醒来之时，发现自己都赤身裸体地躺在沙发上，下身的隐秘处在隐隐作痛且淌着鲜血，而她俩的乳沟也分别夹着一叠钞票，每叠钞票是整整一千块人民币。

发生这一切的时候，山鹊开始一无所知。与山花和山桃不同，到达新贵娱乐城之后，山鹊被安排去女卫生间打扫厕所并接待女宾，她所要做的事，是当见到来宾进卫生间时满脸堆笑并主动给递上卫生纸，然后在客人方便之后，主动给打开水龙头让其洗手且主动关上水管。张美丽告诉山鹊：只要热情周到，你也能得到小费。山鹊自知自己是相貌的原因才没有像山花和山桃一样被安排去陪客人跳舞的，开始还有些闷闷不乐，直到山花和山桃从包间出来、并且丧魂落魄般在卫生间找到山鹊时，山鹊才知道刚才发生在山花和山桃身的一切，山鹊愤怒与同情之余，才暗自庆幸自己丑陋的相貌挽救了自己。她们三个人互报情况之后愤怒地找到了刘美丽和张美艳，想向她俩讨个说法。没想刘美丽和张美艳都若无其事且嬉皮笑脸。刘美丽说哎哟哟你们真不够意思，我们俩给你们介绍这么好的挣钱机会你们还对我发这么大脾气？张美艳则笑嘻嘻地说：嗨，女人早晚都是男人的玩物，干吗那么认真呢？不瞒你们说，我们俩刚来的那天晚上也不习惯，可第二天晚上也就习惯了。何况人家男人是给钱的，你看人家多大方，一下子便给了你们俩一人一千块？一千块你们在电子厂得拼生拼死干两个月呢！

尽管刘美丽和张美艳嬉皮笑脸巧舌如簧，但山花和山桃还是怒不可遏，大骂刘、张两人是骗子无赖女流氓，山花甚至还威胁说要去报警让警察来抓她俩。不想张美艳一听嘿嘿笑着，说你们这些新出来的山妹子真是太无知了，警察也是人，警察也喜欢女人哩。你们有本事就去告吧！你们知道今晚玩你们俩的那两个中年男人是谁吗？嘿嘿，说出来恐怕让你们吓一跳！山鹊忙问：他俩是什么人？你说呀！张美艳与刘美丽这时各自点燃了一支烟，挤眉弄眼，诡谲地笑着。张美艳说：甭问了，反正一个是大款，另一个是大官，不然他们俩怎么能享受你们俩这样的处女哟？你们知道处女的开红费要多少吗？张美艳正说着，刘美丽一瞪眼制止了她。刘美丽嘿嘿笑着，对山花和山桃说：行啦行啦，既然你们已经走出这一步，生气有啥用？告诉你们，这地方告也没人理你们。再说了，我和美艳不也是这么过来的？放心在这儿挣钱吧，反正你们俩都已被破了身子，不挣才叫亏呢！一听这话，山花、山桃如同被挑了伤口，哭叫着大骂刘美丽和张美艳是骗子无赖女流氓，而且动手追打对方，但很快被保安制服了。

第二天一早，山鹊、山花和山桃商量着要逃离新贵娱乐城，但刚一出门便被保安堵了回来。她们三个人这才发现自己是彻底地落入魔掌，身不由己了。

就这样，山花和山桃被迫当上了三陪小姐，每天晚上无可奈何地陪男人唱歌跳舞乃至做爱，慢慢地似乎也习惯了。山鹊则依旧在女卫生间侍候女客人，除免费食宿外，工资却依旧是五百元。山花和山桃的收入到底多少？她俩从来不告诉山鹊。但山鹊发现山花和山桃不久都披金戴银涂脂抹粉的，花钱都很大方，而且跟刘美丽和张美艳的关系也打得火热。山鹊还说，山花和山桃到后来还时常被男人带到外面过夜，第二天早上才回来……

十

山娃终于决定到南方去。

这决定是在山娃听了山鹊讲的一切之后当即作出的。那一天在村后的麦秸旁，山娃鼓着充血的眼睛一直听着山鹊的讲述，双拳掐得咯吱咯吱响，嘴唇被愤怒的牙齿咬出两道深深的血印。听完了一拳砸在身边的麦垛上，一边歇斯底里大喊：俺——操——他——祖——宗！喊完了，便急躁地在山鹊的跟前踱着步走圈圈，边走边嚷：俺操他娘的，这社会咋会有这种事？真他娘的太不公平了！末了又说：俺要去南方，俺要去把山花找回来！俺就是不相信，山花不会是这个样，山花不会变的，俺一定要去把她找回来！

山娃决意去找山花缘于山鹊的一句话。就在山鹊心情沉重地讲述山花与山桃的变化的时候，山娃按捺不住问山鹊：山花难道一点都不再想她与俺的事了？山鹊说：咋不想？俺和她同睡一个屋，有一天晚上俺听见她说梦话都在喊你的名字，一个劲地说山娃俺对不起你。第二天一早醒来，俺问她你这辈子究竟还跟不跟山娃了？山花无精打采地摇了摇头。她说不行了，俺已被弄脏了身子，俺对不起他，也不可能再嫁给他。说完，便一头扑倒在床上，抱头痛哭。一听这话，山娃的心便咯噔一下，像被谁猛然撞痛了，眼泪刹那间也啪嗒啪嗒往下掉。弄得山鹊睁大着眼睛看了他好半天，既感动又嫉妒。

尽管山娃在山鹊面前毫不犹豫地作出了去南方找山花的决定，但他很快又被自己眼前所面临的实际困难难住了。首先是经费，他眼下可以说是身无分文，他上哪儿去弄几百元的路费啊？还有，山娃这一走，家里的这一切谁来管？一连好几天，血气方刚的山娃却被眼前这实际困难死死地困扰着，弄得他整天心神不宁寝食不安，原本就消瘦的脸庞看上去就显得更消瘦了。

山娃当然没有把内心的痛苦与矛盾向爷爷说，更不可能让弟弟妹妹知道。山娃倒是将想去南方的事向山富说了，他当然也没有说山花和山桃在南方所发生的事，他只是对山富说想去南方找山花，可家里的事却放心不下。山富一听倒挺仗义，他当即拍着胸脯说：这点事有啥可为难的？都包在俺身上啦，你家里的农活俺干，你爷爷俺帮你照顾，你弟弟妹妹嘛，白天尽可以去上学，平时在家里让他俩学着做饭干干家务。一句话，让山娃感动不已。山娃紧紧抓住山富的一只手说：那……俺就太谢谢你了！话一出口，山娃的眼眶都红了。山富头一歪，嗔怪道：哎——谢个啥，咱俩之间有啥可谢的？只要你到南方去找到了山花，找到了发财机会，到时别忘了拉兄弟一把，俺就满足啦！山娃说：那没问题，俺绝对忘不了你！

有了山富的承诺，山娃的心轻松了许多。接下来，他开始琢磨着怎么筹集路费。过了年，他的确已穷得分文不剩。他将家里所有能换成钱的东西在脑子里清点了一遍，感觉极其懊丧：所剩的那点粮食和土豆总不能卖吧，要卖了全家人就只好去喝西北风；家里的那几只母鸡也不能卖，那几只母鸡的屁股三天两头的能下出鸡蛋来换几个钱，要卖了家里连买盐的钱都拿不出。要说值钱的东西，也只有山花送的那套西装了，可那西装总不能卖它吧？再说这穷地方谁还能愿意掏出几百元来买他的西装？……

真的是几百元钱难倒英雄汉。十九岁的山娃毕竟读过那么多的书，他家虽穷，但他有过崇高的理想，骨子里无形中也有了几分高傲的心气，他是最不愿意去求人的，实际上他也很少去求人。但这时候他所能想到的唯一办法就是必须去借钱。可找谁去借呢？山富是借不出钱来的，别的乡亲家里也都穷得叮当响。去找村长？也是白搭，村里也穷，不可能借给他钱。唯一能想到的，就是山鹊。山鹊刚从南方打工回来，挣了几千块钱。山娃曾问她不去南方打工了留在家乡有啥打算，山鹊说她想用挣来的钱去学点手艺，学裁缝或理发都行，要不然就在家里做点儿小买卖，反正是不愿意再到南方去受气了。这话从山鹊的口说出来，让山娃多少感觉有些吃惊，他感到山鹊比以前是成熟多了。可说实在的，山娃真不忍心、也不愿意放下架子去找山鹊借钱，因为以前自己多少是有些看不起她的，何况他和她之间还经历过那次递纸条的事？但人到无奈处，不能不低头。山娃左思右想都没有想出还有别的什么办法。

于是，有一天山娃找到了山鹊。

山鹊听了山娃的请求之后低着头抿着嘴，半晌说不出话来。

山娃对此早有准备。山娃说：山鹊，俺知道你会为难。可你也该知道，不到万不得已俺是不会向你开口借钱的。俺这辈子也就求你这么一次，你借给俺五百块钱吧，放心，俺从南方回来后，即便是砸锅卖铁也要把钱还给你。山娃艰难地咽了一口唾液，又说：山鹊，你就帮俺这么一回吧，俺……俺会记住你一辈子的！说这话的时候，山娃的眼眶都红了，声音已有些哽咽，就差没给山鹊下跪了。弄得山鹊都有些受宠若惊，山鹊从来是没有见到山娃以这种阵势对自己说话的。山鹊一咬唇说：山娃你别说了！俺借给你钱。只要你瞧得起俺，俺……做啥都愿意！山鹊那细小的眼睛此刻含情脉脉地望着山娃。山娃都受感动了。山娃感激地抓过山鹊的一只手，心想：要是山花这辈子真的不跟俺了，俺一定娶了她！但话未出口，山娃又咽了回去。

十一

山娃是在正月十六，即元宵节过后的头一天离家去南方的。

元宵节那天晚上，月亮格外的圆。皎皎明月早早地升起在吕梁山顶那洁净的天空上，撒下如水般温情的月光，将并不葱翠的吕梁山照得如同白昼。

按照村里祖祖辈辈的惯例，这天晚上山娃蒸了一块年糕，买了一斤肉，还买了一些祭祖用的纸钱和香火（钱都是从借来的五百元中抠出来的），然后带着弟弟和妹妹，上山到奶奶、父亲和母亲的坟头上去，给奶奶、父亲和母亲的亡灵祭拜，祈求前辈的亡灵能够保佑后辈的平安、发达。然后，他们回到家中与爷爷团圆，这是他们家继除夕夜之后又一次坐在一起吃团圆饭，往年的元宵节他们家除了祭拜，都没有这样吃过团圆饭。

当他们全家人围坐在炕桌前的时候，山娃说：爷爷，弟弟和妹妹，俺琢磨着明天到南方去，看看有没有啥挣钱机会。山娃没有把去找山花的事说出来。

一句话，让爷爷、弟弟和妹妹举起的碗和筷子一时间定格在半空，嘴巴都张得老大，三个人的六只眼睛一如照明弹一般亮熠熠地朝山娃望来。

迎着他们三个人的目光，山娃说：俺想明白了，要待在家里呀，照这个样子干下去，咱们家的穷日子还不知要熬到何年何日！他拿起筷子，夹起一根土豆丝在嘴里嚼着，边嚼边说：人家山花出去不到两年，过年给家里带回来一万块，一万块哪！嗯，就连山鹊，都……都挣了好几千！山娃尽量拣有说服力的事说，他担心爷爷不让他走。

不想弟弟和妹妹却哦——地一下欢呼起来，你一言我一语地支持哥哥的举动。弟弟说：哥你放心走吧，家里有俺呢。你到南方能给家里挣更多的钱，俺也不能光读书不顾家了。妹妹则说：大哥去南方不但能挣大钱，而且还能跟山花姐在一块呢，真是太好啦！

爷爷没表态，却是不停地咳嗽。

山娃望了一眼爷爷，又对弟弟和妹妹说：不，你们俩仍是要以读书为主。俺已经同山富哥商量好了，他表示要帮咱家干农活，还要帮着照顾爷爷。反正，大哥不在家，你们俩一定要互相照顾，一定要好好学习，放学回家不但要一块做些家务，更要照顾好爷爷，家里面有啥干不了的事，可以去找山富哥，让他帮帮忙，呵？

哎。弟弟和妹妹异口同声，都点了点头。

山娃又对爷爷说：爷爷，您本来身体不好，俺是不该离开您的，可如今家里连给您看病的钱都没有了，俺……俺是万不得已。俺去了南方，挣了钱就尽快回来。

爷爷叹了口气，半晌才说：唉，你……既然都决定要走，你就走吧。俺……俺不要紧的，俺……担心的是你年幼的弟弟和妹妹，还有你自个儿。对喽——你跟谁一块走呵？

山娃想了一会，撒了个谎：俺跟邻村的黑娃一块走，读书的时候，黑娃是俺的同学。

爷爷一听，点了点头：嗯，这就好。外边人生地不熟的，反正……得有个伴，这样好有个照应。俗话说，在家靠父母，出门靠朋友。钱挣多少是一回事，安全……还是最重要。你和黑娃呀，一定要互相照顾。

哎。山娃没想到爷爷会这么痛快就答应他走，所以感觉到内心一时轻松了许多。

但爷爷似乎不太放心。爷爷叹了口气：唉！在家百日好，出门时时难呐！俺年轻的时候，去外边给人家财主当长工，劳累不说，还……时不时遭人家白眼。俺这心里面呐，窝火着呢！可咱是出门人，又是穷人，有啥办法？俗话说，在人屋檐下，不能不低头。俺受了气，纵有天大的委屈，也……也得忍着呐！

咳——咳！……山娃，听俺说，你还年轻，还没见过啥世面，出门呵，千万不要意气用事，啥事最好都让着人点，宁可自己受点气，也不要在外面惹事生非。古人早就说过，识时务者为俊杰。要是受不了气呐，咱们宁可不挣钱，也要回家来——呵？

俺晓得。山娃听话地点了点头，但他的内心刹时也浮出一丝酸楚。毕竟长这么大，山娃还从没出过远门。说实在的，一想起明天一早自己要独身远行，他的内心既依依不舍，又有几分忐忑不安。但事到如今，他只好豁出去了。不过这天晚上，山娃躺在床上还是辗转反侧，怎么都睡不好觉。

第二天凌晨，鸡刚啼头遍，山娃便起了床，早早地收拾好自己的行李：一床旧棉被，几件旧衣服，十几个煮熟的土豆，还有自己用的毛巾、牙刷和一个水杯，他都通通装到一个黑色旧提包里。这个旧提包是他们家仅有的一个，还是山娃的父亲在世的时候用过的，上面已打了好几个补钉。唯一贵重的、最让山娃放心不下的，自然要数向山鹊借的那五百元（实际上只剩四百八十元了）。山娃长这么大还从来没有带过这么多的钱，家里从来都没有过这么多的现金，可千万千万不能丢失呐！山娃左思右想，将四百八十块钱分成两半，每部分二百四十块。他首先找来一块旧布，缝了一个小布兜，将其中的二百四十块钱装了进去，用针线将装钱的布兜缝到自己身穿的那个三角裤上。然后，他将另外二百四十块钱装进自己穿着的那件衬衣的口袋。因为是冷天，衬衣穿在最里面，山娃想钱装在那儿既安全，用的时候又方便。山鹊说，从离开村里到广州，光汽车票和火车的硬座票，就得花二百多元。山娃想，装在衬衣的这部分钱大概也够自己到广州路上的花销了。

离开家的时候，天刚刚大亮，爷爷、弟弟和妹妹将山娃送到了村口。山富和山鹊也前来送行。

山富送来了几只熟土豆，他一只手搭着山娃的肩，另一只手紧紧抓住山娃的一只手，使劲地摇：一路保重！有了挣钱机会，可别忘了拉老哥一把！山娃说：当然。俺家的事，可就拜托你啦！山富说：放心，俺会尽力的！

山鹊不但给山娃送来了几个熟鸡蛋，而且还给他送来了一双新布鞋和一张去广东找山花的详细路线图。山鹊低声对山娃说，那布鞋是这几天俺亲手纳出来，那路线图则清楚地注明了到山花那里得在啥地方转车，需要坐什么车。山鹊还对山娃说：你一个人出门，可千万要小心，外面可乱啦！说这话的时候，山鹊久久望着山娃，泪眼汪汪的。这使山娃心灵一颤，大为感动。当转身离开爷爷、弟弟、妹妹、山富和山鹊，朝通往村外那唯一的一条路走去的那一刻，山娃再也抑制不住离别时的伤感，眼泪扑簌簌地往下掉。可他不敢回头，他害怕让身后的亲人看见。他大步流星地朝通往村外那唯一的一条山路走去。

十二

自打离开家门，山娃便开始了他有生以来刻骨铭心的吃苦旅行。

由坐长途汽车到坐硬座火车，再由坐硬座火车而又坐长途汽车，旅途的颠簸和劳累自不必说。因为穷，在太原和广州转车的时候，他自然舍不得花钱去住旅馆，也舍不得花钱去吃一餐像样的饭菜，除了在火车上过了两夜，其余的几个夜晚他都是在车站广场上露宿，吃饭则用家里带的和山富、山花送的二十几个土豆和四个鸡蛋充饥。渴了，他找到有水的地方喝几口自来水。但这些都算不得什么，最让他接受不了的是一路上他几乎处处遭人白眼。最初是在太原挤公共汽车，他不小心碰了一位小姐，让那位小姐翻白眼并恶狠狠地骂了声土鳖！不仅如此，公共汽车的那位女售票员还强行要他买两张票，说是他带的东西多。而后是在太原车站广场露宿的那两个晚上，他多次遭到保安人员的驱赶。再后来他碰到的事是越来越让他伤心，也越来越让他感觉到耻辱。

他从没坐过火车，他拿着一张花了二百多元买的硬座票上了火车，之后却忘了换票，列车开出之后乘务员既没来找他换票，也没有告诉他必须换票，可他硬是被四号车厢的那位女乘务员狠狠罚了一百块钱。他是山里人，没见过世面，也不知道规矩，更不知道上火车没有换票并非犯了多大的罪、罚款的标准该是多少。他只是在面对那个蛮横的女乘务员时一下子显得手足无措，脸唰地红得像犯了天大的错。他不得不战战兢兢、可又磨磨蹭蹭地伸手从穿在最里面的三角裤上解下那个装钱的小布兜。当他极不情愿地将整整一百块钱掏出来的时候，尽管有一种被挖了心肝的感觉，可他还是顺从地将那一百块钱交了出去。他既不敢争辩，也没有想到要找列车长去说理，更不知道应该让收钱的女列车员给他开收据。直至在广州下了火车，同车厢的一位旅客从他的身后赶上来，告诉他是那位女列车员敲诈他的时候，山娃才恍然大悟并且刹时有种让人当众脱光了屁股且踹上一脚的感觉。他一下子气得牙痒痒，可毕竟已下了火车，他只好咬碎牙齿，将那股气往肚子里咽。

山娃怎么也没有想到，人在倒霉的时候随处都会撞上鬼，随时都可能碰壁。在广州转车时他立足未稳，身上剩下的钱便鬼使神差地被小偷洗劫一空。那时候山娃已走进了距火车站不远处的省长途汽车站的售票大厅，意欲寻求购买去珠江三角洲方向的长途汽车票。售票大厅里人头攒动人声鼎沸。他忍受着劳累与饥饿，花了近两个小时的时间站在售票窗口前排队。接近窗口的时候，山娃掏出小布兜里剩下的那些钱，正小心翼翼点着，冷不丁却被突如其来的第三只手抢走了。山娃只感觉到眼前的那个影儿一闪，一忽儿便不见了。他惊叫起来，本能地追着。但还没有追出大厅，他便找不到目标。他不得不收住脚步，歇斯底里地喊着，大声地呼叫着。但在眼前这人声鼎沸、车水马龙的繁华都市面前，他的呼叫声一如海啸中声音微弱的鸟鸣，不但显得势单力薄、而且压根就没人理会他，更没有人想到要帮助他。只有一些人睁大眼睛可又若无其事地驻足，像观看马戏团的演出般围着他看热闹，那一张张脸或者惊愕或者麻木。这一切，让山娃感觉自己像是突然间被抛至一个渺无人烟、孤立无援的荒岛上，四周电闪雷鸣、乱云飞渡，脚下惊涛拍崖、浊浪滔天。山娃伤心至极，绝望至极。他惊惧得嘤嘤哭着，泪水像决堤般夺眶而出。记不清是什么时候，他整个儿瘫倒在售票大厅的入口处，不知不觉地睡着了……

醒来的时候，山娃感觉到一阵钻心的饥饿感。他强撑着身体，艰难地站了起来。他意识到应该上哪儿弄点东西吃，手也下意识地放到脖颈的衣领处，往穿在最里面的衬衣的衣兜里摸。而后，他又细心地将自己身上所有的衣兜和裤兜通通掏了一遍。再细细一算，还好，还有两块五毛零四分钱，这是他身上仅有的费用了。

他走出售票大厅，发现街对面有几家小餐馆，便下意识地走了过去。

餐馆里不时飘出一股股饭菜的香味，这香味残酷地引诱着他、折磨着他。他的肠胃强烈地蠕动，发出咕噜噜的响声。他的唾液像快乐的喷泉，滋滋地往外冒。他多么想吃东西填一填辘辘的饥肠！然而，他走遍那几家餐馆，那些饭菜的价格都令他望而生畏。即便是吃一碗面条或一碗米粉汤，最便宜的也得三块钱！山娃吃不起，只好一边看着那些兴高采烈的食客，一边不停地咽着口水。他强迫自己退出餐馆，内心却是十二分的不情愿。这时候，他的身边恰好有几个食客已酒足饭饱，正欲离席而去。其中一个油光粉面、西装革履的男青年手一挥，喊：喂，小姐买单！立即就有一位穿白布兜的小姐拿着一个小本本走了过来。那小姐一看小本本，朗声说：您这一共是四百八十元！话音刚落，那男青年已唰地亮出五张百元钞票，潇洒地递给身边的小姐：给——剩下的二十块钱不要了，给你当小费吧！喂——咱们走！说完，男青年打了一个响指，另外的那一男两女也打着饱嗝，起身跟着他大摇大摆地往外走。他们身后的那张餐桌上，留下了一大堆香味扑鼻、让山娃说不出名字的美味佳肴。

这一切，让山娃看得瞠目结舌！他细细一算，发现那四个人这一餐每人就整整吃掉了一百二十块钱，这一百二十块要放在他山娃身上，那可是全家人整整一个月的生活费呐，山娃做梦都想不到这社会上竟有这么些有钱的人！此刻他惊愕地望着那四个人吃剩的那么些美味佳肴，不停地咽着口水。他多么想扑上前去，美美地饱餐一顿。可理智却不断地制止着他。他毕竟读了那么多书，知道自尊与自爱，知道什么叫荣辱与廉耻，何况此刻那位服务员小姐已站到那张餐桌前风卷残云般收拾着那堆剩饭剩菜。

不过，此刻山娃倒是冒出了一个念头，他走上前对那位小姐说：同志，俺……俺光买一碗米饭吃，行吗？那小姐眉一皱，像忽然间见到外星人一样惊愕地望着他：什么——你是说光吃饭不买菜？山娃像母鸡啄食，不住地点头。那小姐冷笑一声：哼——那哪行呵？我们这里从来就没这么卖过！山娃苦笑着，一脸的乞求：嘿嘿求您啦，跟您说实话，俺刚下火车钱就让小偷全抢走了，身上就剩下二块五毛零四分钱。可俺……俺实在是太饿了！

那小姐头也不抬地收拾着那堆剩饭剩菜，一脸的不耐烦：不行不行，你走吧！

没办法，山娃只得悻悻地退了出来，一脸的懊丧。没钱吃不了饭，钱少也吃不了饭，这叫啥道理啊？山娃越想越生气，越想越愤愤不平。望着大街上那些穿着时髦的男男女女、那来往穿梭的车流人流，山娃感觉到眼前的世界是越来越陌生，忽然间他就有一种被抛弃的感觉。

沿着大街，山娃有气无力地走着，漫无目的地走着。他的眼睛因绝望而显得呆滞。此刻他无限地想念爷爷，想念弟弟和妹妹。他终于真真切切地体会到爷爷对他说的那句话：在家百日好，出门时时难。但很快，他的这种思念又被强烈的饥饿感取代了。好在这时候他发现了街道附近的一间面食店，那面食店正在出售五毛钱一个的馒头，他眼一亮，激动得冲了过去，一下子买了五个馒头。他迫不及待地抓起馒头，大口大口地啃着，美美地嚼着，觉得可口无比。他一连啃了三个馒头，待饥饿感渐渐消逝，他这才意识到自己身上只剩四分钱了。四分钱是绝对买不上什么东西的，有四分钱跟没钱压根就是一个样。这么一想，他便消除了继续吃下去的念头。他想剩下的这两个馒头，就是自己最后的救命稻草了，不到万不得已，不应该再吃。

天黑的时候，山娃回到了广州火车站的车站广场。他圪蹴在众多不知是等候转车还是流浪的陌生人中间，昏昏沉沉地睡了一觉。

第二天醒来的时候，他忽然突发灵感、生出一个主意，他决定去卖血。这主意像是哪一本书、抑或是哪一张报纸启发了他，反正他知道这社会有一些穷图潦倒或被迫走投无路的人时常去卖血，他想自己眼下就是被迫走投无路的人，要解自己眼下的燃眉之急、继续去寻找山花的旅程，最好的办法自然是去卖血。他甚至为自己忽然间能想到这样的主意而暗自高兴。他想宁可去卖血，也绝不去乞讨。这么想着，他抖擞精神，充满自信地将自己昨天剩下的那两个馒头吃了。然后，他一个人沿着大街，不停地走，大约走了近一个小时，他终于走进一家医院。还好，他很顺利，他如愿以偿地卖了血，并且得到了三百块钱的报酬。

卖完血，山娃开始往回走。一路上他感觉到有气无力，脑子一片空白。原本很轻松的那点行李此时却变得异常沉重，他感觉到自己快支持不住了。他一咬呀，不得已走进附近的餐馆，花了五块钱美美地吃了一碗牛肉面。然后，他强迫自己抖擞精神，朝长途汽车站的方向，一步步艰难前行……

十三

山娃找到山花所在的新贵娱乐城的时候是离家整整七天之后的第一个黄昏。

这时候暮色如黛，但豪华的新贵娱乐城已华灯初上歌舞升平。刺耳的乐声从眼前这座青山环抱、绿树簇拥、气势非凡的三层大楼上飘出来，让土生土长且历尽旅途艰辛的山娃既兴奋又充满仇恨。

经过七天的长途跋涉，山娃已分不清什么是饥饿什么是劳累，也已分不清什么是耻辱什么是委屈了。如果说旅行对于那些有钱人来说是愉快的，那么对于借钱出门的山娃来说则注定要饱尝人世间的辛酸苦辣。但不管怎么说，这一切总算过去了。自己日思夜想、魂牵梦绕的山花已近在咫尺。一想到要见到山花，山娃内心一下子翻江倒海，那温热的、一言难尽的情感之水搅得他内心和鼻子都酸溜溜的。这时候他有一股说不出的冲动，他真的想哭，想喊——山花啊，俺来了！

然而，当山娃抖擞精神走近新贵娱乐城那扇金碧辉煌的大门时，两个身着制服、手持警棍的保安员却拦住了他的去路：你——想干什么？！

对方说的是广东话，叽哩咕噜的，山娃听不懂。但凭感觉，山娃知道对方大概在说什么，便说：俺要找山花。

两个保安员对视了一下。其中的一个用夹生的普通话问：你——是她的什么人，找她做什么?

俺……俺是她亲哥哥！山娃一嗫嚅，撒了个谎。并继续说：俺是从山西来的，俺来看看她！

两个保安员对视了一下，用广东话叽哩咕噜地交换着意见。然后，其中的一个转身走进娱乐城，不一会又走了出来，操着夹生的普通话，不客气地对山娃说：我们这里可没有什么叫山花水花的，你走吧！

山娃心一急，说：不可能不可能！求求你们放俺进去吧，俺要见她，俺一定要见到她。说着，就要往里闯。两个保安员却一人一只胳膊架住了他，双双将他往外撵。山娃急了，大声地嚷，歇斯底里地嚷——

山——花——！

山——花——！

山——花——！

……

这时候夜已完全黑了下来。眼前这座新贵娱乐城却霓虹闪烁鼓乐齐鸣，刺耳的乐声像狂鹜的幽灵冲天而出，在星星震颤的夜空中四处游荡。远处不时有三三两两的摩托车由远及近向娱乐城奔来，那些男人的狂笑声、摩托的轰鸣声连同其扬起的尘埃席卷而来，不仅淹没了山娃的叫嚷声，而且惊得他不得不连连向路边退缩。

可山娃并不甘心。他索性放下行李，双掌放在嘴边卷成喇叭状，冲娱乐城大声呼喊着山花的名字。

然而，没有山花的任何回音，只有刺耳的音乐和女人的嗲声男人的狂笑从里面飘来，让山娃生出无限的仇恨与懊恼。

当山娃喊哑了嗓子，喊得有气无力的时候，他终于退到附近的一处草地上，怏怏地坐下来，吁吁地喘着气。他绝没有想到自己千里迢迢、历尽千辛万苦，好不容易来到这里找山花，却吃了闭门羹。他内心充满了绝望，同时也滋生着仇恨。他用愤怒的目光注视着眼前这座疯狂的娱乐城。他忽然觉得，眼前这座所谓的新贵娱乐城就像一头张着血盆大口的怪兽，张牙舞爪，穷凶极恶。是这头怪兽吞噬了山花，践踏了山花那花一样美丽的青春，也彻底毁灭了俺山娃生活的梦想和一切的希望。可是谁放出这样的一头怪兽？又是谁让这头怪兽在这里为非作歹为所欲为？此刻，娱乐城刺耳的乐声和那些男人无所顾忌的狂笑声一阵阵刺激着山娃，使他那愤怒的眼睛涨得血红。他仇恨那些正寻欢作乐、无所顾忌地狂笑着的有钱男人，他觉得那些有钱的男人才是真正的罪魁祸首！这种仇恨的种子一旦在山娃那年轻的心灵中生根，就滋滋地疯长。

此时的山娃已忘却了饥饿，也忘却了旅途的劳累，所有的一切此刻在他的意识中都是一片空白。他心中只剩下一样东西，那就是仇恨。这种仇恨像热气球一样正在他的心中迅速膨胀。此刻他也只有一个愿望，那就是要寻找到一个目标，一个可以供自己发泄仇恨的目标。

这时候，新贵娱乐城依旧是那样的神态自若怡然自得。五彩缤纷的霓虹灯依旧闪闪烁烁。歌声和乐声依然是那样的刺耳。女人的嗲声和男人的狂笑声依然无所顾忌地不时飘来。三三两两的男人女人依然在霓虹闪烁的门口进进出出，他们所开的摩托车依旧像黄蜂一样嘟嘟地在通往城区的路上耀武扬威、穿梭来往……

对于眼前的这一切，山娃看在眼里，气在心头。他真想强行冲进去，将这座娱乐城砸个稀巴烂。但理智告诉他，不行，自己势单力薄，绝不能拿鸡蛋去碰石头。他决定离开娱乐城，迂回到这里通往城区的道路上。因为从娱乐城到城区之间，大约还有五公里的路程。这五公里的道路两旁，长满了树木和庄稼，他决定找一处隐蔽僻静的地方，瞅准机会冲那寻欢作乐的男人，狠狠地敲他一家伙。

借着南方夜空中的点点星光，山娃来到道路旁边的一块甘蔗园里。他先是用随身带的一把小刀挖了一支碗口粗、约两米长的甘蔗，然后抓起甘蔗，一个人静静地躲在道路旁边的一处灌木丛中，等待着出击的时机。

料峭春寒。春夜的道路两旁静悄悄的，只有蟋蟀和一些不知名的虫儿在永不疲倦地叫着。田野里不时掠过的阵阵寒风，让山娃不禁打了一个寒噤。山娃忽然感觉到有些冷，也有些饿。此刻，他抬头望了望星星点点的夜空，不由得又想起自己那遥远的家乡，想起自己的弟弟、妹妹和爷爷，还有山富和山鹊，自己离家这么多天了，他们都好么？自己这当哥哥的不在家，弟弟和妹妹学习还用功么？爷爷的病是否又复发了？一想起自己的亲人，再看看远远近近影影绰绰的楼群和灯光，山娃的心一酸，直想哭。但所有的这些念头很快便被由远及近的、轰隆隆的摩托车声冲散了，他立即警觉起来，睁大眼睛紧紧地盯着由远及近的目标。

不行。那是一串的摩托车灯，寡不敌众，没法下手。山娃泄气了。他低头一躲，眼睁睁地看着几辆摩托车在自己眼前轰鸣而过。

但仅过一分钟，山娃又发现从娱乐城那边驶来的摩托车，而且这回仅仅是一辆摩托车。此刻，那摩托车已越来越近，声音也越来越响。远远地还能听见那驾车的男人哼着粗俗的歌儿，什么何时君再来，你想我我就来；人生难得几回醉，女人最可爱……一听这刺耳的声音，山娃浑身的热血一下子沸腾起来。一想起山花已被这帮有钱男人糟蹋，他的牙齿咬得咯咯响。他猫着腰，攥紧早已准备好的甘蔗棍，瞅准那摩托车轰鸣而过的一刹那，他一跃而上，以迅雷不及掩耳之势，抡起甘蔗棍冲那驾车的男人狠狠的就是一棍子。

一声凄厉的惨叫刹时划破夜空，只见那驾车的男人连人带车滚落下来，撞得四周风声鹤唳。山娃总算出了一口恶气，然而他自己也紧张起来。因为此刻他清楚地看到那倒地的男人在痛苦地呻吟。山娃忽然间有些害怕，也有些后悔。长这么大，他从没干过啥伤天害理的事，甚至都很少与人吵过嘴。他弄不清自己刚才究竟是怎么啦，怎么懵懵懂懂、糊里糊涂地干出这种自己以前想都不敢想的事来？听着那男人痛苦的叫喊声，山娃此刻才清醒过来，他越想越害怕，越想越后悔。他本能地走上前去，想看一看那倒地的男人究竟伤得怎么样了。然而，他刚要弯下腰察看那男人的时候，忽然间便听得周围有响声和叫喊声。他抬头一看，发现几道明亮的手电筒光柱已齐唰唰地朝自己照来。他猛然一惊，撒腿便跑，朝甘蔗园里没命地跑。后面的人却紧追不舍，边追边喊，手电筒的光柱紧紧地照着山娃的后背。山娃却毫不理会，此刻他只有一个念头，那就是跑、跑！可没跑多久，山娃就听到身后砰砰的几声枪响，他还没来得及反应，便觉得眼前一黑，自己的身体像被谁狠狠撞击并撕裂了一样，紧接着他一头重重地栽倒在地，失去了一切知觉……

第二天晚上，南方这座小城在电视台的晚间新闻节目中播出了这样的一则新闻——

严打专讯：昨天晚上九时四十分，我市通往新贵娱乐城的道路上发生了一起严重的刑事案件。一名内地流窜来的犯罪分子强行抢劫一辆路过的摩托车，被我巡逻的公安干警及时发现，罪犯却企图逃跑。我公安干警在鸣枪警告无效的情况下，将抢劫罪犯当场击毙。经查，该罪犯名叫山娃，男，十九岁，是昨天刚从山西吕梁地区流窜来我市作案的农民。这是我市自今年三月份开展严打专项斗争以来当场击毙的第十三名罪犯，也是我市严打斗争中取得的又一重大胜利。我们严正警告一切敢于顶风作案、破坏社会治安、破坏人民美好生活的犯罪分子，你们必须悬崖勒马，主动向我公安机关投案自首，否则将遭到法律的严惩！

这则电视新闻播出的时候，山花正赤身裸体地躺在当地一个名声显赫的中年男人怀里。几个月来，山花一直被这个中年男人包租着。这时候山花是在这个中年男人豪华的住宅里，她刚刚与这个中年男人在经过一阵狂风暴雨般的纵欲之后，用摇控器打开了席梦思对面的画王彩电，无意间看到了这则新闻。电视画面上山娃被击毙的那种惨景让山花突然间惨叫一声，手中的电视摇控器重重地摔落在地板上，发出咣当的声响。那中年男人被她反常的表现震惊了，他本能地一跃而起，光着身子扳过山花光洁柔嫩的胴体不住地摇：山花你怎么啦你怎么啦——？

山花没有回应。此刻她紧闭眼睛，双掌捂脸，身子像筛糠一般强烈颤抖，一时间泪如雨下……

补记

那天，那位陌生朋友的讲述让原本热闹的餐桌骤然静了下来，十几位原本叽叽喳喳聊得正欢的朋友，齐刷刷地将目光投向了我不认识的这位陌生朋友。

我也不由自主抬起头来，认真端详着那位陌生朋友。他约莫四十来岁，男性，长脸，短发，不胖不瘦，留着发黄的山羊胡子，紫铜色的脸上落满岁月的尘埃，显得成熟而干练。面对在座众多朋友探询的目光，他如实相告，他就是自己刚才所讲述的故事中的山富、那个已经死去的男主角山娃的生前好友。

在座所有的朋友不约而同“啊”的一声，精神为之一震，都惊愕地屏住呼吸，睁大着眼睛注视对方，仿佛心灵深处都经历了一次震颤。

山富继续说，山娃出事之后，山娃的爷爷因一直等不到山娃的消息、更等不到山娃寄来的钱治病，病情恶化生活陷入绝境，数月后便不幸离开人世，留下山娃的弟弟和妹妹两个未成年孩子。是山富出于同情信守自己当初对好友山娃离别时的承诺，主动接济、承担起山娃家里的绝大部分农活，才让山娃的弟弟妹妹勉强活下来的。山富还说，山娃出事数月之后，山花也出于同情给山娃的弟弟妹妹寄来了两千元，那两千元是寄给山鹊、由山鹊转交给山娃的弟弟的。山花同时写信将山娃在南方出事的消息告诉了山鹊，但山花没有说出山娃出事的真相，只是说山娃意外出车祸死了，山花要山鹊尽可能帮助山娃的弟弟和妹妹。山娃出事的消息无异于晴天霹雳，让山鹊一时间悲痛欲绝，泪如泉涌，她一下子瘫在地上。山鹊之所以如此绝望，不仅因为她意识到自己借给山娃的那五百元钱已经打了水漂，更因为她内心深处原本对山娃的那一线情感奢望从此彻底破灭。尽管如此，善良的山鹊还是遵从山花的嘱托，将山花寄来的两千元如数交到山娃的弟弟手里，并且打那以后的漫长日子，时常接济、帮助着山娃的弟弟和妹妹。山鹊是用实际行动怀念着自己曾经深深爱恋的山娃。正是山富、山鹊和山花的无私帮助，才使山娃的弟弟和妹妹逐渐摆脱绝境并双双读完了高中。

山富说，山娃的弟弟山根和妹妹山草学习成绩都不错，并且一直品学兼优，都有望考上大学。但懂事的山根高中毕业却放弃考大学，主动挑起家庭生活的重担和抚养妹妹的重任，独自干起家里的农活并全心操持家务，还时不时外出打短工挣钱供给妹妹山草上学，直到山草读完大学参加了工作。山草大学毕业后在吕梁市的一所中学当教师，山根后来则跟着山富到北京干装修工。

山富说到这里，在座的我熟悉的一位朋友主动介绍说，山富现在是北京一家装修公司的项目经理，山根是他手下的一名员工。山鹊目前也与山富一同在北京的装修公司工作，干的是刷墙工，至今未嫁，仍然单身。

我问山富：山花呢，这些年还有没有山花的消息？山富望我一眼，狠狠地吸了一口烟，又狠狠地掐灭了烟蒂，使劲点了点头，又摇了摇头，说有，也没有。最初的时候，有同在广东珠江三角洲打工回家过年的乡亲说，听说山花和山桃在当地公安机关的一次大规模扫黄时都被抓去劳教了。也有的说，山花因被一位贪官包养，那位贪官被查时牵涉到山花，两人正赤身裸体在床上翻云覆雨时双双被抓了现行。但上述两种说法，都仅仅是传说，未得到可靠证实。因为山花和山桃多少年了都未曾回家探亲或过年，包括山富和山鹊在内，全村人都没一个知道山花和山桃的确切消息，据说甚至连她们的家里人也一直不知道她俩的真正下落，山花和山桃仿佛从这个世界上消失了。

山富话音刚落，餐桌上所有的人又齐刷刷望着他，再一次陷入沉默。但此刻，我想在座每一个人的内心肯定不会平静，他们的内心深处或许正电闪雷鸣、风雨交加，我也一样。虽说人如蝼蚁、命如草芥，但即便蝼蚁，多数也能排除万难爬至生活终点。即使草芥，多数也能承受风霜雨雪顽强地活着。而对于所有遭受意外伤害、不幸夭折的生命，难道就理该被这个世界轻而易举遗忘？我想不能，也不应该，因为即使生命卑微，甚或卑贱，他们也能化作淤泥，滋养新的生命、孕育新的生机。更何况，每一个生命的意外离世，无论何种原因，都值得我们活着的人总结、记取，唯其如此，我们每个人才能在世界上活得更美好。

是为记。

（原载《长城》2016年第3期）

短篇小说

情梦

明君是六月二十日凌晨零点停止呼吸的。

六月十九日晚，周刚从南方采访归来，八时许回到家中。一切都准备好了；炒鸡蛋、烫菠菜、青豆肉丁，还有周刚最爱吃的炸鸡块都已香喷喷地摆在圆桌上。明君像一滴清澈的水一样，静静地端坐在桌子旁边，等待着丈夫的归来。

周刚一周前就从杭州给妻子发了一封信，告诉她自己将在今天归来。但他没有告诉她坐哪次列车，他不想让妻子气喘吁吁地挤着公共汽车去车站接他。他怕她累着。

这次出差，他一去就是二十几天。他太想家了，想自己那平静温柔如水的妻子。结婚两年，他几乎是每两个月出一趟差，与妻子住在一起的时间，算起来也只不过一年出头吧？这没办法，他是一家杂志的记者，当记者自然是要东奔西跑的，他也乐意跑。外出也并不都是坏事，老人们都说“久别胜新婚”，这一点周刚可是每每感受到的。他像往常一样，极力屏住内心奔涌的情潮，尽量促使自己放松脚步，蹑手蹑脚地推开自己的家门。一切都在意料之中，一切也都在意料之外。妻子在家静静地等待他，那双有些内凹的大眼睛依故如水，也依故如火。他一见便禁不住震颤，内心骤然间升腾起一股无限的温馨。但他怎么也没想到这一次妻子早已摆好了饭菜，他强烈地感到自己内心的悸动。他将肩上的提包往地上一卸，扑上前将妻子紧紧地搂在怀里，疯狂地亲她、吻她。妻子轻轻地扭动着，喘息着，同样报以灼热的吻。两双眼睛长时间、近距离地对视着，一双灼热，一双温柔……

之后，明君挣脱周刚的拥抱，起身来到厨房。周刚也跟着起身，帮着妻子把桌上的饭菜重新热了一遍。明君还端来早已炖好的藕块鸡汤。小两口接着便共进晚餐，叙说久别之情。

大约是九点半钟的时候，夫妻俩吃罢晚饭，将饭桌、饭碗洗刷完毕。妻子突然捂着胸口强烈地喘息着，而且事情发展之快令人咋舌：只不过五分钟时间，妻子便瘫倒在沙发上完全失去知觉，浑身上下冰凉，心脏隐隐约约地狂跳！周刚一下慌了手脚。他紧紧搂着妻子歇斯底里地摇着，呼喊着。

惊心动魄的叫喊声搅碎了夜的宁静。左邻右舍、楼上楼下的邻居闻讯赶来，十几平方米的小屋骤然嘈杂起来，人们招呼、张罗着将明君送进医院……

一切都已经晚了！

“只能打开胸腔实施急救，”医生用尽可能平静的口吻对周刚说。一张直系亲属签名表也送到了周刚跟前。

一切也都来得太快了，一切都令你措手不及！自从事情发生到现在，周刚已近乎丧失理智，思维一片苍白。此刻，他睁着血红血红的眼睛盯着眼前的签名表。他内心明白，这是最后的选择了。不到万不得已，医生是不会递上这张表让他签名的。他是记者，是大学毕业生。他断不会像以前他在医院见到的市民那样，在这样的关键时刻还缠着哀求医生，发出“难道就没有别的办法了吗”那种歇斯底里、可又无济于事的求救。但此刻，他还是无论如何抑制不住内心的颤抖，他无论如何阻挡不住那把名为救死扶伤、实则毁灭生命践踏美丽的手术刀的出现。他的眼前似乎已开着膛、冒着血。他的心在颤抖，他在想如此重大的裁决他最好能告诉岳父岳母。实际上岳父岳母住的也不算远，他们也同在这座城市，只不过岳父岳母住在西城区而自己住在东城区。自从事情发生直到现在，他还从没有想到要先找岳父岳母，他所有的思维都集中在尽快抢救妻子上。他似乎也记起事情刚发生时邻居有人找他要岳父岳母的姓名住址乃至电话，但邻居究竟找到岳父岳母了没有？至今他仍一无所知。此刻，他想他应该给岳父岳母打个电话了。他眼睛下意识地向四周逡巡电话机，同时脑子也紧张地在破碎的记忆中寻找电话号码，但首先意识到的难题是自己已无法准确地说出岳父岳母家的电话号码来了。究竟是“654320”还是“563420”？脑子强烈地发胀，几乎要爆炸！雪白刺眼的签名表又一次递到了眼前，医生再次提醒他应该签字了。他抬眼望医生，医生是位中年男子，眼睛灼热，充满诚意，也充满同情。周刚意识到，一切都来不及了，他当务之急是应该尽快签字，此外别无选择。此时他清楚地感到：妻子是自己的，自己应该尽快抢救妻子……

手术室关闭了，大夫们正紧张地工作着。

周刚被大夫拒于手术室之外。有几位邻居在外面陪着他，但这些邻居都是谁周刚毫无意识。此刻他只感到自己浑身冒烟心头绞痛发胀，他一千次一万次地祈祷着大夫能妙手回春妻子能起死回生……

大约过了四十分钟，手术室的门开了。几位大夫同时走了出来，神情木然。

周刚睁大着眼，张着嘴，木然地盯着眼前的几位大夫。少顷，他大嚎一声，发疯地冲进手术室，歇斯底里地摇撼着妻子，失声痛哭！

同来的邻居破门而入。不久，岳父岳母连同小姨子也赶来了。手术室里呼天抢地，唏嘘一片……

人生真是太短暂了！一个人的死说到底也像一只青蛙或一条鱼落到人的手一样简单，由生到死只不过是一眨眼功夫。

明君死时才二十五周岁。她的死，就如同一朵美丽的君子兰盛开之后一夜之间凋谢了一样，令周刚的邻居们不可思议。周刚自己则不然，明君毕竟是他的妻子。妻子虽然死得过于突然，但细想起来，这样的结局也隐隐约约有其必然性。

周刚同明君原本并不相识。他们的结合不属于那种青梅竹马、水到渠成或者说瓜熟蒂落之类。他们的结合完全是一种天意，一种偶然。就因为他们各自都有父母，朋友，或父母的朋友，或朋友的朋友，就这样，十亿分之一和另一个十亿分之一（若局限在这座城市之内，则是一个一千万分之一和另一个一千万分之一）便这样连结了。

第一次见面是在一位朋友家。见面时两人都面颊飞红，两人都平静如水。说说笑笑的倒是那对朋友夫妻和他们那个三岁的小男孩。尽管如此，这样的气氛仍然无法掩盖两位当事者彼此间的羞涩。明君的羞涩完完全全是她性格的写照。周刚的羞涩就有些怪。大学毕业干记者多年，工作中接触的女性不少，不论是年老的还是年轻的，周刚都能在他们面前说笑自如，毫无拘束之感。可这回不行，或许是因为这样的场面他第一次亲历，也或许周刚一见到明君就确确实实有了好感？反正周刚自己也说不清，心里没想好的话题从嘴里冒出来后，不是走了调就是说了第一句却忘了下文。好在朋友夫妻俩不断提示插话，否则周刚和明君也许会一直窘下去。

第二次见面他们约在紫竹院公园。那天是星期天，天气极好。阳光温柔。熏风温柔。这次见面，两人都一改第一次见面时的窘态。明君虽仍话语不多，但说出的话都极有分寸，而且表情自然，尤其是时不时流露出的笑容和那眼神，令周刚难忘。周刚的话语则比第一次见面时多得多。他谈工作，谈生活，谈自己对一些社会问题的看法，可谓表情自如，神态自如。明君静静地听，但她也不排除一切可以插话的机会发表自己的见解，甚至也禁不住冒出一些自然愉快的新鲜话题。两人谈得十分投机，十分融洽，彼此间已有些依依不舍。最后他们谈了各自的家庭。

分手的时候，周刚仍神采飞扬。他主动提出下次见面，两人一块去音乐厅听音乐。明君表示赞同。但她并没有用心思去考虑上音乐厅的具体时间，她正在考虑另一个问题，一个她觉得应该早一点告诉周刚的问题，那就是自己的先天性心脏病。这种病并没有什么可怕的外在表现，只不过是天气闷热时呼吸加快，干重活时呼吸也加快，想了一会，她把自己的这种健康状况告诉了他。

周刚“噢”地一声，表示自己已听明白。接着他说，“这没什么。”

“不！我应该告诉你，第一次同我认识的那个男友，就是在知道我有心脏病之后不辞而别的。我同他一共见过三次面，每周一次，前后不到一个月。”明君的眼睛很大很亮，但却平静如水。

周刚第一次发现，明君的眼睛深不见底，有一股特殊的魅力。“这，并不影响我们之间的相识，”他说。他说这话不知是指明君的心脏病还是指明君那双充满魅力的眼睛。

“你还是认真考虑一下为好。”明君淡淡一笑。

有情人终成眷属！世间一些男女的结合，确确实实是这样的。周刚和明君的结合便属这一类。

自打那次分手之后，周刚并不是没有好好想过明君的心脏病的。他甚至还不由自主地去查阅《辞海》，知道先天性心脏病辞典中叫“心脏畸型”，其症状是心脏供氧困难，也就是说人体呼吸困难，严重时会窒息致死。尽管如此，两天之后的一个夜晚，他还是持着两张预先买好的音乐会入场券，很自然地找到了明君。他觉得自己是无法不去找明君的。既然已经相识、既然上次见面已谈得很投机，他怎能像明君说的那个男人一样一下就躲得远远的、而且是不辞而别呢？这多功利！这多不好！他天生就有一副好心肠。他是在福建农村长大的，小时候在水田里打滚，那些小伙伴逮到一只小青蛙小飞虫什么的便一脚踩死，甚至是一块块撕碎逗乐。周刚无论如何做不到这一点，他一见小伙伴那样作孽，自己便躲得远远的，心在颤抖。不过周刚很自然地来找明君绝不仅仅是因为他有一副好心肠，还因为明君那双深不见底充满魅力的眼睛，自然还因为明君那平静如水又温柔如水的气质。他觉得爱就是实实在在的爱，任何功利意念的出现都是对爱的亵渎。

明君对周刚的出现似乎并不感意外。她欣然地跟周刚去了音乐厅，尽情地欣赏小泽征尔精彩的指挥和外国音乐团的演奏。晚会结束，周刚主动送明君回家，明君没有反对。晚上，明君说：

“我们真的能同行吗？”

“永远同行！我绝不让你干重活，”周刚说。

分手的时候，明君紧紧地拥抱了周刚，异常大胆异常热烈。这是周刚渴望做而又不敢主动做的。一切都来得太突然，一切也都来得十分自然。周刚紧紧地将明君搂进怀里，吻她、抚摸她……

命运就这样将这对纯情的青年男女紧紧连在一起。一年之后他们结了婚。结婚时明君二十三岁，周刚二十七岁。两年里他们没要孩子，因为明君年轻，因为周刚想好好干几年事业。他俩原本商定明年要孩子的，明年周刚三十岁，周刚希望自己三十而立、三十得子。可他怎么也没想到此刻命运之神如此恶毒地将自己的梦撕得破碎。他平生第一次感到命运的乖蹇。他的眼在流泪、心在滴血……

丧殡仪式在明君死后的第二天便陆续安排。首先是遗体告别和追悼会，明君和周刚双方单位的同事们都来了，唱主角的当然还是周刚、岳父岳母和小姨子。周刚家远在农村，他的家里人都来不及赶来。火葬场的一间小礼堂挤满了前来送葬的亲属、朋友和同事。

小礼堂正中悬挂着明君的遗像。遗像上的明君像活着时那样静静地笑着，这是她常有的姿态。她的笑依然平静如水。她的眼神依然平静如水。

明君的遗体安放在小礼堂的正中。遗体是经过化妆师化妆的。明君现在穿着一套乳白色高级真丝连衣裙，那是她生前最喜欢最合适穿的一套，那套裙最能衬出她窈窕的身段。并表现出她文静纯真的性格特点。连衣裙的外面又套着一身橘黄色进口的高级呢子套装，那套装也是明君活着的时候最喜欢穿的，只是那套装适合在初春或深秋穿。现在是盛夏，明君的穿着按理说有些不伦不类。但眼下她已是死者，周刚执意让化妆师给她穿上这两套高级服装。明君的面部也是经过化妆师精心化妆的，略施粉黛，唇膏也施得淡淡的。她那鹅蛋脸也经过精心修饰，看上去像活着的那样，白皙丰腴、平静安详。

会场异常肃穆。明君生前所在的出版社社长读完简短而评价甚高的悼词，人们便排着队一个接一个走过来，向明君告别，小礼堂又一次呜咽起来。明君的父母和明君的妹妹哭得死去活来。周刚则已欲哭无泪。作为男子汉，这些天他的眼泪都哭干了。现在他只是感到内心抽痛。他已经连续两天没有睡觉，也几乎是连续两天没有进饭了，他感到自己整个儿晕晕乎乎飘飘欲仙，脑子一片空白。

明君快要被送去火化的时候，检殓员找到周刚，提议将明君脖颈上那条价值一千五百元的金项链取下来。他说明君既然已死，戴这么昂贵的金项链一块火化，没太大意义，而且可惜，不如将项链留下来，周刚执意不肯，一个劲地摇头。他说那项链是两个月前他用攒下的稿费为明君买来的，那项链戴着漂亮，明君也极喜欢，他怎么也不能在明君归天时把项链留下……

丧事一连忙了三天。同事、朋友们都已渐渐散去，各自回单位上班去了。只剩下周刚及明君的父母和妹妹。

明君的骨灰盒暂时安放在骨灰保管厅。周刚已托朋友到市郊买了一块二千元的理想坟地，打算过些天将明君的骨灰盒安葬在那块坟地上。在这一点上，周刚的朋友与周刚发生分歧。出于好心，他们反对用那么多钱去买一块坟地，死者已逝，万事皆空，花活人的钱，实在没必要，周刚执意这么做。这四千块钱是他这几天办丧事之后剩下来的。如果不是这意外的打击，周刚和明君商定的目标是到明年年底攒足一万块钱，同时生个宝贝儿子或宝贝女儿。现在，梦都已破灭。剩下的四千元留着何用？周刚觉得他有责任为死去的妻子找一个尽可能舒适的安身之地，这样做既是要告慰死者，也是要寄托自己的思念之情……

一切都安置停当之后，周刚终于回到他那间十几平方米的家。现在只有他一个人了，他的家已不像家，心上人人去房空。脑子是空的；心也是空的。他感到自己仿佛刚刚去了一趟地狱，心和筋都被魔鬼掏空抽尽，生活的支柱没了，人生的一切乐趣也不复存在。

屋子像地狱一般零乱，也像地狱一样死寂，令人毛骨悚然。他浑身一阵冷战，感觉到冷，也感觉到累。他疲惫不堪地瘫倒在床上，一下子昏睡过去……

朦胧中他感到有人在轻轻喊他，一遍、两遍……他艰难地撑开沉重的眼皮，意识到眼前站着的是一个女人。没错，嗯，是邻居那个女人，是鞠兰，他的同事。

床头桌上冒着热气，是一碗飘着油香的鸡蛋面。周刚一骨碌爬了起来。

“你的门一直敞开着，我……我便进来了，”鞠兰说。

周刚感激地望了一眼鞠兰，咬了咬唇，欲言又止。

“事情既然已经发生，而且已经过去。你……你要节哀，千万别糟踏自己。”鞠兰说着将一双筷子递给他，示意他吃。

周刚这才意识到自己都快饿慌了。好几天没吃过一点像样的饭，上午回到家，一躺下就起不来。看看墙壁上的挂钟，噢，都快到晚上九点了。

“谢……谢谢你，”周刚终于说话，声音喑哑。

“没什么。需要帮忙，说一声，客气是用不着的。”鞠兰边说边把地上几件衣物捡起来，说声，“我去洗洗。”接着折身走了。

周刚没说什么，也不去阻拦。他直愣愣地望着鞠兰飘逝的身影，心中只有感激。此刻他也才隐约记起出事至今的这几天，鞠兰总是为他忙着什么。

实际上鞠兰的生活也过得不容易。她三十二岁，结婚已经七年，可至今还没有孩子。她是青岛市人，“文革”后头一届顶呱呱的大学中文系毕业生。她生性开朗，富于幻想，能力在杂志社里没说的，许多人也说她是女强人。她的婚姻很奇特，有次上街遭几个流氓侮辱，一位剽悍青年挺身而出，只几下拳脚便打得那几个流氓抱头鼠窜，那青年是一家重型机械厂的汽车司机，后来成了鞠兰的丈夫。他们的婚事曾经上了晚报，轰动了新闻界同行。有人赞扬鞠兰的丈夫风格高尚，有人则赞扬鞠兰讲仁义，有道德、敢于冲破世俗的偏见嫁给工人。为此，鞠兰的丈夫曾被突击入党，鞠兰自己则成为单位里的“模范党员”、本系统评出的“优秀妻子”。如今七年过去，鞠兰脸上的笑容日减，性格似乎也不如以前开朗。单位的住房吃紧，周刚结婚两年，一直与鞠兰合住一套房，两屋一厨，鞠兰住大间，周刚住小间，厨房厕所合用。两家住在一起，彼此间自然很难遮住家丑。鞠兰小俩口的吵声隔三差五地从屋里传出来，令周刚小俩口茫然。虽然听不太清楚对方究竟吵些什么，但周刚猜想，他们吵架大概是因为没有孩子。两个月前鞠兰的丈夫还不辞而别，据说是辞职到海南替一家公司跑运输去了，月薪500元，他至今未回过家，也不给鞠兰来信。

周刚实在是太饿了。他已顾不得多想，端过鞠兰送来的那一大碗鸡蛋面，哧溜哧溜哧溜，眨眼工夫便吃了个精光。吃完用手将嘴抹了抹。他浑身无力，碗也就懒得去洗，要在以前，明君会静静地将碗端到厨房洗的。尤其是晚上看书写作的时候，十点半钟一到，明君就会准时把点心静静地送到周刚的写字台工，待周刚吃完，碗又被静静端走。结婚两年，周刚一直履行着他的诺言，不让明君干重活．买米买菜几乎都是他一个人干的。只要手头没活，他就帮妻子下厨，干点洗菜淘米之类的杂活。两年的夫妻生活，他也从未发现过妻子有什么异常征兆的，只是知道她天热时有时呼吸急促，有时活干多了也呼吸急促。所以他经常劝她少干多歇，只要有空他也尽可能自己去干而不让妻子干，他绝不是个大男子主义者，也从不后悔与明君的结合。他觉得既然爱就得全心全意去爱，只有这样才能进入爱的最高境界从而获得爱的最大快乐，那种只求索取不求奉献的爱是无法感受到爱的真正快乐的。他们小俩口的生活过得极其幸福极其和谐，就像一首优美迷人的小夜曲。他们两人一个是记者，一个是出版杜资料员。周刚从明君身上获得了妻子特有的温柔和写作时需要的一些资料信息，明君则从周刚身上感受到一个男子汉对女性的特有温存和对事业执着的献身精神……

可这种生活毕竟太短暂了！

周刚怎么也想不到朋君会这么早就离开他，他俩相处的时间实在是太短了！假若早有预感，他是断不愿为工作东奔西颠的，更不会在这个夏天去南方出差。回想起来，他感到纳闷的是这次回家时明君是将饭菜做好了的，而且是端坐在桌旁，眼睛向着门口，静静地等候着他。常听人说，一个人快要告别人世的时候总是有这样那样的预兆的！难道这次回家时明君的举动和神态便是这样的一种预兆？明君啊，你怎么不早点告诉我呢！

墙上的挂钟嘀嘀嗒嗒地向前赶路。挂钟的对面，是周刚和明君一幅放大了的半身结婚照。照片上的明君穿着礼服，淡淡地笑着，依偎在周刚的身旁。那样子，就像早晨绿叶下静静开放的茉莉花……

周刚愣愣地看着照片，看着明君这朵已经凋谢的茉莉花，眼睛渐渐模糊了，两行混浊的泪，慢慢从眼眶冒出来，越过宽厚的脸颊，静静地滴落在衣襟上。就这样，周刚久久地对着照片出神，脑袋异常沉重。不知不觉，他又昏睡过去。

门已被鞠兰带上。灯却没关。屋子里昏暗零乱，一派凄然……

第二天。大约是上午九点，周刚才迷迷糊糊醒来，慢腾腾地支起自己沉重的身体。 屋子里依旧零乱，他仍没心思去整理。

门外一只小木凳上放着一个饭盒，揭开一看，里面是两个馒头，还有一小撮咸菜，显然又是鞠兰上班前留给他的。他盖回去，并没有想到要吃。

他觉得他今天应该去看望自己的岳父岳母。于是，他胡乱刷了刷牙，洗了把脸，饭也不吃便抬脚要走。待即将关门，忽然想起了什么，又折回屋。他走到写字台旁边，打开左侧的一个抽屉，取出几盒蜂王精和一个精致的小塑料袋，塑料袋里装的是十几颗加拿大产的西洋参。将抽屉关好，又把蜂王精和西洋参装到一个写着“法国大将军”字样的乳白色塑料手提袋里。这次岳父岳母经受的打击，一定像自己经受的打击那样沉重，他们都是上了年纪的人，连着折磨了几天，没准都病倒了。自己是他们目前唯一的女婿，理应去看他们。

周刚骑的是自行车。半小时后，岳父岳母的家到了。

开门的是明华，明君的妹妹。明华将姐夫让进屋里。

岳母果然卧床不起，岳母撑起半拉身子，止不住抽噎起来。周刚赶上前去扶住她。但他一时竟也说不出什么安慰的话。

明华端过来一杯开水让妈妈喝，周刚帮着接住，端到岳母跟前。岳母喝了一口，强烈地咳起嗽来。明华赶紧将水端开。

周刚这才记起自己手里的塑料提袋，忙说：“妈，爸，这些蜂王精，还有西洋参，您老人家补补身子。”说着他把提袋递给明华。

岳父仍吧哒吧哒地抽烟。一会儿，他叹了口气，说：“明君出事前说什么没有？”

“没……没有，事情发展得太快了。”周刚使劲摇头。他隐约记起岳父这种提问已不止说一遍了。

“出事前没有什么征兆吗？”这样的话岳父似乎也不止问过一遍。

“没有，”周刚说，“啊，不！’他忽然想起自己回家时明君摆好饭菜待他归来时的情景，这才细细地从头到尾描述了一遍。出事前后的那几天，他脑子乱哄哄地，加上忙乱，他并未向岳父岳母说起这些细节。他不知道这些细节是否就是岳父所想知道的那些征兆。

“嗐，我的命真苦呀！”岳母听完周刚的描述，忽然又抽噎起来。岳母过去是部队文工团的一名演员，曾经跟岳父的部队走南闯北，七十年代末才跟着岳父转业到城里定居的。岳母比岳父小十岁，今年才四十九，她是万不该在这种时候失去自己女儿的。本来岳母当过演员，懂得保养，看上去要比实际年龄年轻得多。可眼下明君离去，这意外的打击，似乎一下子使她年老十岁。人啊，是万万经不起天灾人祸的打击的。

岳父仍在抽烟，一根接一根。屋里烟雾缭绕，很闷。

明华这些天也经受了一场严酷的霜打，像一朵花一样骤然间失去了许多光彩。她长得像她姐姐，但比她姐姐更白皙好看，性格比姐姐活泼，她眼下是一所大学外语系三年级学生。此刻，她蔫坐在沙发上，样子凄然。这个家的两位老人，风风雨雨经历了这么多年，眼下可就剩下这么个女儿了。想到这，周刚内心又冒出一股辛酸之情。他哽咽着说：

“爸、妈，明君去了。往后，我……我就是你们的亲生儿子！”说着说着，他自己止不住哭了起来。

岳母、明华也跟着哭。岳父则不住地叹气。

过了一会，周刚止住哭，站起身说：“我……我该走了。往后，我会常来看望你们！”说这话时，周刚发现明华正泪汩汩地望着他……

周刚没有食言。他真的每三天去看望岳父岳母一次。有时候还两天一次。周六晚上和星期天，他几乎是整个儿泡在岳父岳母家的。

每一次去，他都要顺路捎上些水果蔬菜什么的。到了岳父岳母家，便尽可能争着活干。买米、换煤气罐等体力活，几乎都是他一个人包下来的。他甚至还帮着岳母下厨、洗菜以至洗衣服。干完活，他便坐下来，尽可能找些宽心的话题同岳父岳母聊，要么就是静静地陪着岳父岳母坐上一阵。岳父岳母家有个彩电，日本东芝二十吋。有时岳父岳母在看电视，他也陪着看一阵，但实际上他心里很乱，怎么也看不进去。

自从明君出事到现在，他已经有一个月时间没去出差了，本来是应该出差的，但领导照顾了他。这段时间，他没有一点心思写东西，只是偶尔到编辑部里看看稿子。明君的骨灰盒已安放到市郊去了，那坟地不错，坐落在一块向阳的山坡上。坟的背后是一片茂盛的枫林，正下方一马平川，能远远地看到市区。明君的骨灰安放至今不到十天，周刚已去了两次。每次去，他都要献上一束鲜花，陪明君静静地待上两三个小时。除此之外，他几乎将剩下的精力都倾注在岳父岳母身上。他觉得明君已一去不返，自己应该全力替明君为父母尽一份孝心。

这段时间，明华也不住学校。只要没课，她就往家里跑，书也带回家里来。星期天，明华、周刚都在，家里不至于清冷，两位老人的心也渐渐宽下来，只是时不时要将明君过去的照片翻出来看。

日子渐渐地平静。可没多久，大约是过了两周之后，周刚隐隐觉得，自己那平静下去的日子又越来越不平静！

这种感觉主要是在岳父岳母家获得的。

那天下午，周刚没去编辑部。上午他约稿去了，而且见到一个外地来的作者，那位作者同他谈起一个第三者插足导致婚姻破裂、酿出人命案的选题，有具体事件，那事件就发生在那位作者所在省份。周刚听了很感兴趣，觉得这是一个不错的线索和选题，便约定作者写此稿，并具体指出了一些采访设想和文章的侧重点，谈得兴致勃发。分手之后他才发现日头已经过午，粗短的身影整个儿被自己踩在脚下。他伸手看表，时针已指向一点。他这才发现自己没请那位作者吃中饭真有些失礼，这种情况以前他可是很少有过的。自从明君出事之后，他真是鬼使神差似的生活失去了规律，装进脑子的事情很快就忘，要不就是根本就没有意识到。不仅如此，夜晚他还时常作噩梦，不是梦见呻吟中的明君就是梦见那把开过明君胸腔的手术刀……他在马路旁边的一间小副食商店买了几袋方便面，回家后就打开了其中的两包方便面，放进白色的瓷盆里泡开水吃。吃完便躺倒在沙发上蒙头睡觉。醒来时已经是下午三点。他猛然起身，决定去看望岳父岳母。

他像往常一样骑着自己那辆暗绿色飞鸽牌自行车上路。路过菜市场时他下了车，买了两斤西红柿，两斤鸡蛋和一串香蕉，这一次他还买了两条硕大鲜活的鲫鱼，然后心情舒畅地赶路。

岳父岳母均在家，但他们对周刚的到来置之不理，既不打招呼，也不让座。两人都冷冷地瞟了周刚一眼便顾自看电视。周刚开始并不在意。他径自把买来的菜放到厨房里，把两条还活着的鲫鱼放进盆里，加凉水养着。然后洗了洗手，将香蕉送到岳父岳母眼前："爸、妈，吃香蕉吧。"没有任何反应。周刚硬着头皮坐下来看了一会电视。但电视上放的什么他一点也不清楚，他只感到电视屏幕上的图像一晃一晃地不断变换，变换的同时还有一阵阵不知所云的声音传出，当然这是他的感觉。他知道实际上那个电视机并没坏。他索性站起身，一个人来到厨房洗菜、杀鱼，直至把饭菜都做好端上饭桌。

明华回来了。她并不知道家里的异常气氛，一进门便有说有笑。吃饭的时候爸妈是明华请来的。饭桌上也几乎只有明华的声音，周刚只是随着明华的话题礼节性地应着。周刚怎么也不知道岳父岳母生的什么气，几次想硬着头皮问，又碍于明华在场。他干脆闷头吃饭。吃完饭，周刚同明华一块将碗洗涮完毕，便去向岳父岳母告辞。这回岳母终于开口说话了："下次来，别忘了将明君的东西带来！"声音冷冷的。周刚赶紧点头称是。明华闹不清是怎么回事，看着姐夫急匆匆离开家门，不住地眨着那忽闪忽闪的双眸……

第二天中午，周刚就把明君的一些东西给岳父岳母送了过来，有衣服和明君用过的一些小物品。实际上在此之前，周刚已送来不少明君用过的物品，有箱子、书籍和部分衣物，那些东西都是明君结婚时从家里带过去的。明君死了，周刚自然想到要把这些东西送回岳父岳母家。而眼下他送来的这些，都是明君结婚之后购置的。

“就这些？”岳母翻看一阵，劈头就问。

“就这些，也许明华还能挑着用，”周刚说。

“我问你什么来着？”岳母不由分说，声音明显升高。

周刚愣了一下，意识到自己确实有些答非所问，才说：“明君的衣服我留下两套，一套冬装一套夏装，我想留作纪念。看着它，我就会看到明君生前的音容笑貌。”

“留什么？都给我送过来！”岳母气咻咻的。

“这……”周刚语塞，他感到纳闷，他不知道自己的岳母怎么会变成眼前的这个样子。但他不敢惹她，答应把那两套衣服给送来。他想先把衣服放岳母家也好，待岳母气消，再把衣服取回去。

又过了两天。周刚顺从地将明君最后的两套衣服给岳母送去，而且依旧买了一些蔬菜、水果。

推门进屋。周刚发现岳父一个人在看电视，一边吧哒吧哒地抽闷烟。岳父见周刚进来，很不自然地“唔”了一声，大概算是打招呼，然后又纹丝不动地看电视。周刚这才记起，近来岳父基本上都是以这种神态来对待他的。

岳母在床上半躺着。见周刚来了，她二话不说，连忙起身抢过周刚手中明君的那两套衣服，左看看右瞅瞅，说：“还有明君的什么东西没有？”

“没……没有了，”周刚尽可能平静地说。

“这么说，剩下的东西都全归你了？”岳母怒目圆睁。

“不，不是的。剩下的东西，都……都是我和明君两个人的。”周刚涨红着脸，极力辩解。当记者虽然多年，见的世面也已不少，但眼前这种局面他可从来没有经历过。

“明君走了。你把明君的东西都给我搬回来！”岳母的口气不容置疑。

“这……”

“这什么！你敢情想一个人独吞啊！”岳母的声音骤然间高了八度，一边说一边还挥着胳膊。

“您怎么这么说话!”周刚满脸通红。

“我这么说怎么着?你这个伪君子、流氓!”岳母大概是疯了。她高声叫喊，脸已扭曲。

“您……您这是什么意思?”周刚这下急了，他已抑制不住满脸怒气，声音骤然间也高起来。

“什么意思?未登记结婚便同我女睡觉！还有，我……我女儿是怎么死的?你敢情还不明白啊！”眼前的这位岳母，可真让人难以理解了。周刚感到她说的这番话，仿佛是用千万把刀子戳他的心肺，又仿佛是什么人当众把他的衣服扒得精光!

周刚睁大着眼，瘦削的脸庞白一阵青一阵的。他真想挥起巴掌抡过去，抡出满腔的怒气。但理智不断提醒他:眼前是明君的母亲，是自己的岳母，自己那可怕的念头是万万使不得的。

他睁大眼睛，久久地看着自己眼前这位既熟悉又陌生的岳母，看了足足有一分钟，脸部的肌肉也长时间地扭曲着。末了，他苦喊一声，甩手便走。

身后响起“笃笃”的响声，是岳父用烟筒敲击鞋底的响声。

他落荒而逃，夺门而出，迎面撞上刚从学校回来的明华，明华惊愕地大声喊他。他瞥了明华一眼，痛苦地咬了咬牙，头也不回地推起自行车往前赶路。

他说不清自己是怎样离开岳母家的。他骑车像骑着一股风，眼前的这座城市模糊了，整个世界似乎已不复存在。回荡在耳边的只有呼呼的风声，萦绕在心头的只有速度！速度！他恨不得自己的身上能插上翅膀装上马达，快快地，远远地离开刚才的那个是非之地!“伪君子……流氓……未婚与我女儿同居……明君怎么死的……你自己还不明白啊……”多么恶毒的语言!多么揪心裂肺的语言!生活怎么会是这个样子?善与恶、亲与仇，一眨眼之间便翻了个儿?真令人迷惑!真令人难以置信！他极力鼓起勇气，强迫自己去品味那些恶毒的，令人伤心的字眼。

……“伪君子”……“流氓”……这无疑是与“未婚同居”连起来的。可那是怎样的一次“未婚同居”啊！

那是夏天，是两年前的夏天，明君的父母和妹妹到外地避暑去了。家里剩下明君一人，明君同周刚正进入了热恋，明君要周刚晚上去陪她。周刚去了，每次去，都是聊天、看书、看电视，当然也有玩耍的时候。他们热恋的最高潮，也无非是长久的抚摸、拥抱、接吻，两人从未、也不敢去跨越那条界线。晚上十一点一到，周刚便起身告辞，一个人骑车返回自己的集体宿舍。是的，他住的是集体宿舍，他是怎么也不愿让别人做非分的猜想的，这是他恪守的信条。可那一次，就是明君的父母和妹妹从外地归来最后的那个晚上，周刚正依依不舍地要告别明君时，忽然屋外飞沙走石，雷声大作，天骤然间暴雨如注——那是近几年来下得最大的一场雨，第二天的晚报大张旗鼓地报道了这场暴雨以及暴雨给市区带来的损失——刚欲跨出门的周刚被雨挡了回来。他焦躁不安地等待着暴雨的过去，然而雨不停地下，直到凌晨一点两点还没有停下。明君已有些怕，她紧紧地依偎着周刚，她不让周刚走。于是，周刚索性没走。他俩紧紧地依偎着，屋里的灯也没关，俩人就这样一直依偎到天明。大约是早上六点钟，明君的父母和明华回来了，他们是提前两天回来的。明君喜出望外。周刚则感到意外，感到尴尬。明君的父母发现周刚，似乎也并不在意，他们被久别回家的喜悦包围着。听明君说，后来她的父母也只字不问此事。可现在，明君去了，岳母反提及此事，周刚纵有一千张嘴，也解释不清啊！

……“明君是怎么死的？”……“你自己还不明白啊？”——这可是更令周刚站栗的提问！

明君的死周刚自然是明白的。他是明君的丈夫，明君从开始出事到告别人世，他可是一直跟着的呀，他自己怎么能不明白？他不明白倒是岳母那兴师问罪的怀疑，那欲置人死地的提问！这样的提问好像频吐绿芒、逞凶而来的毒蛇，想起来令他后怕，令他站栗！他真庆幸明君死在医院时有人提醒他——对了，正是鞠兰提醒他的，感谢鞠兰！——鞠兰提醒他最好让法医验尸，他当时犹豫了一会，后来还是同意了，也是鞠兰去替他找的法医。法医验证的结果证明凶手除了病魔之外，再也没第二个凶手，别的人，包括医生都是清白的。这一点，明君的父母不是不清楚。难道，明君的父母还怀疑自己不成？对明君，自己是问心无愧的。明君有病，自己并未在恋爱时退却，自己爱的是明君甚至包括明君的病。从那时起自己就是打算作出牺牲的。这一点，自己确确实实问心无愧！自己的善良，自己的责任感、自己对明君真挚无私的爱，与“伪君子”“流氓”之类无论如何是放不到一块的。自己同明君婚后的生活之所以像一首迷人和谐的轻音乐，之所以令人留恋，也正是因为问心无愧！

他怎么也想象不出自己一向敬重的岳母为什么会对自己反目成仇！他越想越觉得伤心，越想越感到生活的险恶。看着眼前“突突”行进的汽车和不断闪过的人流，他感到满脑子发胀。他不知道茫茫人海中是否也有人像他一样不幸……

回到家中已是晚上八点。屋子很乱，他懒得整理，也懒得开灯。鞠兰给他送来一盒饭，他拒绝接，更懒得去吃，鞠兰刚退出，他就“砰”地将门一关，倒在床上蒙头睡觉。屋子死一般阒寂，生活除了伤心烦恼，一切都枯燥无味。他忽然突发奇怒，决定明天去出差，躲开这屋子，躲得远远的！

出差那天他没有买票，也没有目标。上午到单位借了六百块钱，下午便径直去了火车站。他托一位熟人买到了一张站台票，便没头没脑地往里钻。来到一个站台，发现人们正在上车，他便掏出记者证去缠列车长。车长是个女的，三十上下，长一头齐耳短发，大大的眼睛端庄善良，她见眼前这个记者丧魂落魄似的，看样子真有些急，便动了铁石心肠，同意了。周刚愣头愣脑地上了车，熟练地挤到一节卧铺车厢上，找到了一个座位。一直等到列车开动之后，他才知道这趟列车是开往武汉的。一听武汉他就浑身冒热，眼下逢盛夏，怎能往“火炉”钻？他有些后悔，可后悔也来不及了……

人要在倒霉的时候可真是从头到脚倒霉个透的！周刚进入武汉时便实实在在尝到了“火炉”的厉害。走在大街上就像走入一个干热的蒸笼，整个城市到处是白晃晃一遍刺眼阳光，大街小巷汽车人流乃至树木上上下下都冒着袭人的热气。一眨眼工夫周刚就感到自己浑身上上下下都湿汗淋漓，白衬衣紧贴在背上几乎掀不起来。就连裤裆也湿漉漉的，令你怀疑起自己是否憋不住尿湿了。周刚在东大门附近找到了一个小旅馆住下来，然后开始在武汉的一些新闻单位间奔跑想摸些采访线索。可没跑两天他就整个儿病倒了，症状是鼻塞感冒发热，晚上发高烧达三十九度。饭没法吃，一吃就哇哇往外吐。睡着的时候也叽叽咕咕地说着一些让同屋听不懂的昏话。好心的服务员知道他是记者，便把他送进附近的一家医院。一周之后，他总算清醒过来，热已退尽但却浑身无力。最糟糕的是他带的六百块钱由于他的住院费和药费，扣除后只剩下一百来块，他已无法在这里采访了。于是，他托一家刊物的一位编辑买了一张火车票，惶惶然上了列车。在武汉他一共待了十天。

列车抵达城里时是星期天下午三点。周刚背着简便行李有气无力地回到家时，发现自己家的门板被人用什么东西撞得伤痕累累，门被人用纸条封上了。他一看就心里冒烟，浑身怒气奔涌。鞠兰告诉他，自周刚走后，明君的母亲好几次到这里来撞门，说是要拿走明君的东西，一边撞还一边大骂周刚，把鞠兰都吓坏了，是鞠兰找来其他的邻居前来阻拦、好说歹说把她劝走的。但明君的母亲硬要在门上封上纸条，说是不准周刚进来。

鞠兰说这些情况的时候两眼冒着泪光，说话时犹犹豫豫，好几次欲言又止、欲止又言。她仿佛刚刚经受一场灾难，仿佛明君的父母撞的封的是自己的门而非周刚的门。

周刚睁大眼睛忍着性子听着，牙帮子咬得直响。听完了大吼一声，把行李往地上一摔，扑上前把封门的纸条撕得粉碎，然后撞门而进。他整个儿疯了，进屋之后他把桌椅乱推乱踢，把衣物一件一件地扔，将桌上的玻璃杯什么的一个个往地上掼，屋子里瞬间山崩地裂！鞠兰惊叫着扑上前去，大声喊他，死死地抱住他。他不管，拖动着鞠兰的身体仍发狂似地一个个掼。掼着掼着他突然愣住了，竟捂着眼睛呜呜地哭出声。鞠兰回过头，这才发现地上有一个破碎的镜框，镜框中周刚和明君的一张全身结婚照片，歪歪斜斜地被压在玻璃碎片下。鞠兰走过去，将照片捡起来，转身放到桌子上面。

周刚仍在哭，那哭声悲楚，凄凉。那种哭声，那种发自男子汉肺腑的哭声，鞠兰平生以来还是第一次听到。她感动了，深深被眼前这位男子汉的哭声所感染。于是鞠兰也哭起来，哭得更酣畅淋漓，哭得更悲楚凄凉！

真是幸福的人总是相似的，不幸的人各有各的不幸。作为女人的鞠兰，她人生上的辛酸、婚姻上的辛酸，又何尝比周刚少呢？她天生是个开朗活泼、纯真浪漫的女孩，她对爱情婚姻的追求，就如她的性格。她鄙视世俗，崇尚纯而又纯的感情生活，可这种感情生活去哪里找？自从她冲破世俗，怀着神圣的报恩之情将自己的满腔纯情和全部的身心献给丈夫之后，她便发现自己进入一个令人揪心的误区。丈夫不但是个天生的阳痿病患者，而且是个性格暴躁浅薄无知的男人。他救她只不过是一次偶然的行为、一次人性良知的偶然迸发。他的一切并不像鞠兰当初想象的那样完美，那样值得爱，更不像报纸宣传的那样品格高尚。新婚之夜没能过上正常的夫妻生活，鞠兰曾经陷入长时间的痛苦。可她是个要强的女人，能够忍辱负重的女人，她不愿让世人耻笑，不堪让周围的人耻笑。她极力地泯灭着自己作为一个女人天生的欲望，默默地吮吸着生活的苦汁，一心一意去侍候丈夫，想伴随丈夫走完人生的路。可她的一番真诚并没有得到应有的回报。丈夫无休止地抽烟、喝酒，偶尔还到外面参加赌博，下了班回家就像个大爷，一切都要鞠兰供着，甚至每天的洗脚水也要鞠兰倒。生活所需要干的一切，里里外外几乎都是她鞠兰一个人包下来的。这样的境况，一时半载还能够维持，可时间长了，鞠兰哪受得了？她是个女人，她有她的工作！她不知已多少次找丈夫谈，甚至是苦苦求他，要他做个知情入理的丈夫，要他帮着拉一把在生活的路上已走得很累很累的妻子。可他简直像个木头人，怎么也听不进去。谈多了他还烦，甚至拳脚相见。细算起来，近两年鞠兰挨丈夫的耳光已不下十次了。最后一次，鞠兰忍无可忍，她第一次不做饭，一连两天不做饭，自己也实行绝食。可恶的丈夫对她不但置之不理，反而一个人不辞而别，到海南闯荡去了。她是后来从丈夫的一位朋友口里得知丈夫去海南跑运输的。她好伤心啊！她看透了，她已决定豁出来与丈夫离婚，不顾一切地离婚！可丈夫一去已三个多月，如今杳无音讯，她去找谁离啊……

鞠兰倚在桌子旁边尽情地哭着。她用哭来倾诉自己满腔的委屈、满腔的辛酸，她在丈夫面前也从未如此酣畅淋漓地哭过。

周刚被眼前发生的一切搞蒙了，他不明白鞠兰为什么会如此动情地哭、而且哭得比自己还要伤心。他停住哭，慢慢地走到鞠兰跟前，默默地、长时间地看着她哭……

终于，鞠兰哭够了。她停住抽噎，抬起头来，这才发现周刚站在自己的跟前，泪汩汩地、深情地望着她。她站起来，清了清嗓子极不自然地笑着说："其实，我……我也是很不幸的。"说这话时，她咬着唇，力图控制自己过分的悲伤。

周刚不由自主地伸出手来，扶住鞠兰，示意她重新坐下。他自己也在床沿坐下来。

渐渐地，他俩趋于平静。他俩慢慢地交谈着。鞠兰第一次毫无保留地向周刚谈自已婚姻的不幸，周刚则向鞠兰谈自己满腔的委屈。

不知不觉，夜已深了。墒上的挂钟已指向十二点，他俩似乎忘记了困，忘记了饿。

这一夜，他俩没有分开。

这一夜，鞠兰真诚大胆地主动拥抱周刚，第一次热切、尽情地享受了一个女人所没有享受过的一切。

第二天是星期一。周刚去编辑部上班时发现桌子上的一封信，是明君的妹妹明华的来信。他猛然打开这封来信——

哥哥、亲爱的哥哥：

您好！几次去找您您却外出未归，只好先给你写信。

我知道自从姐姐告别人世之后，您的心里很苦很苦的，后来我还知道您受到了许多许多不该受的委屈，我深深地同情您、理解您。但有些事我也得告诉您。自从姐姐不幸夭折，爸爸妈妈的心也是很苦很苦的，他俩所经受的打击也不比您少。尤其是妈妈，因为失去姐姐，她的精神失常了，她表面上怨您、恨您，甚至发疯地逼您要姐姐的东西，但她的内心深处还是深深地惦记着您的。她已不止一次在梦里一遍遍地呼唤您的名字，梦呓中念起您的真诚、善良，您对姐姐和我们全家的好处，念起要同您一块去郊外看望姐姐……人活到这种年龄，经受了这么巨大的意外打击，他的灵魂怎么能够安宁呢？哥哥，我的好哥哥，您在我心目中一直与姐姐在我的心目中是同样的，我请求您一定要理解爸爸和妈妈！

这些天家里的生活全乱了，妈妈仍心神无措、精神异常。爸爸还是整天叹息，发呆。我自己也坐卧不安，无心向学。多么希望您能来看我们一眼啊！因为家里除了您这位哥哥、这位最亲最亲的亲人，就再也没有第二个直系亲人了。盼您能早日归来！

您的妹妹：明华

这封信，周刚读了一遍又一遍。他的心忽然间像被塞进一团乱麻，乱透了、糟透了。想起昨天夜里的经历，他感到脸上发热，手足无措。自己这么快就忘却亲人，另寻新欢，这无论如何是对不起明君的。他感到后悔，感到痛心！他并不怪鞠兰，也不该怪鞠兰，人都是有自己的感情，有自己的七情六欲的。他只是深深地责怪自己，责怪一时的冲动。可眼下，责怪为时已晚，也毫无用处。他必须尽快考虑去看望明华、去看望岳母岳父！然而，该怎么去？什么时候去？去了会不会更加刺激岳母岳父？……这所有的问题交织在一起，不断地在脑子里变幻着。他在办公室里犹豫不决，不断地踱着步，惹得几位同事窃窃耳语，面面相觑。他于是走出办公室，漫无目的地推起自行车。

跨出大门的时候，他又茫然：去哪里呢？

——对啦，就去那！去郊外，去看明君！一个强烈的愿望驱使着他。他已经有半个多月时间没去看望明君了，出差前本应该去看望明君的，但他没去。此时此刻，周刚感到自己实实在在是对不起明君的！

他骑着车，在一家私营花店买了一束鲜花，然后，他径直向郊外奔去。

来到明君坟前，已是午后一点钟，烈日灼人。他把坟上坟前的枯叶片清理完毕，然后把鲜花给明君献上。再然后，他在坟前跪了下来，默默地流泪，默默地祈祷，忏悔。

也不知是什么时候，鞠兰也悄悄地来了。她也带来一束鲜花，也庄重地把鲜花给明君献上。然后，她在周刚旁边并排跪了下来，也默默地流泪，默默地祈祷。

阳光直射在草木茂盛的山坡上。远远望去，白晃晃一片，无比灿烂无比辉煌……

（原载《作品》1989年第10期）

中篇小说

疤

缘分不是擦肩而过，而是彼此拥抱。你踮起脚尖，彼此的心就会贴得更近。你弓着腰，彼此终将离心离德。

——题记

一

假如没有那次邂逅，贾增城不会有偷腥的欲念，更不会因此而付诸行动。

那是因为参加一次朋友的聚会，十来个人进入朋友提前预订的餐厅雅间，热热闹闹的寒暄中，贾增城经做东的朋友介绍，与一位年轻美貌的女子认识，目光相遇的那一刻，他的魂魄一如铁屑遇到磁铁，刹时便被对方紧紧吸引住了。那女子叫杨妙丽，柳眉杏眼，皮肤白皙，身材窈窕，笑起来甜美迷人，那双杏眼更是出奇的传神，乌黑明亮，熠熠生辉，深不可测又脉脉含情，很容易让人想入非非。贾增城以前只从小说中知道世间有一种美丽的女子长着会说话的眼睛，可年近不惑的他从来没遇到过。要不是这次聚会意外邂逅杨妙丽，他还以为世间根本就不可能存在会说话的眼睛，如有，那纯粹是作家们瞎编的。可是眼见为实，眼前的杨妙丽眼睛确实太勾人了，与她握手的那一刻，虽然对方仅仅是不经意的一瞥，却足以让贾增城想入非非魂不守舍。席间，虽然众友人不断推杯换盏，雅间里觥筹交错，说说笑笑热闹非凡，可贾增城的心思却全在杨妙丽身上。隔着满桌的美味佳肴，贾增城时不时拿眼瞅她，带着爱慕欣赏她的美貌和身材，内心也氤氲着久违的缱绻柔情。巧的是，他每次偷偷看他，每次都被杨妙丽发现，仿佛杨妙丽身上装着雷达似的，这让他多少有些不好意思，每次他目光被她捉住时，他眼神都有些慌乱，内心扑扑狂跳。幸好每次杨妙丽都报以迷人的微笑，那眼神还闪出善意与暧昧，仿佛还传递出感谢与鼓励，这让贾增城兴奋不已惊喜万分，心想这莫非是自己此生的又一次艳遇？

贾增城决意不放过这次艳遇，尽管他早已经是有妇之夫，而且也已经是一个七岁儿子的父亲。尽管他也曾经多次对妻子发誓过此生会忠诚于她，一辈子只爱她这个女人，相依相伴白头偕老。但此刻杨妙丽的美貌却宛若能量巨大的核弹一般，眼看着就要击穿他的诺言和底线，至少在心理上已经让他不能自已。此刻他起身绕着圆桌，一一向每一位友人敬酒，当然这仅仅是出于礼节和掩饰，他最终的目的，是要与杨妙丽多聊几句并获取她的联系方式。让他欣喜的是，他的目的达到了，他在酒桌转了半圈之后，与坐在他对面的杨妙丽敬酒，握手，还与她互换了手机号和微信号，一切都顺理成章，水到渠成，原本生怕对方拒绝的担心，瞬间在他内心深处烟消云散。他心满意足、心旌摇曳地回到自己的座位上。为了进一步引起杨妙丽注意，平时在大众场合不喜欢言辞的贾增城也不甘落后，决意要像桌上其他人一样插科打诨一回，他喝了一口红酒，清了清嗓子提醒诸位安静，他要讲一个笑话。他讲：一老外被狗咬伤了，赶到医院治疗，医生问怎么回事？老外不知中文“咬”怎么说，就解释道：一只狗在我腿上吃饭。贾增城话音刚落，众人大笑，杨妙丽也笑。有人嫌不过瘾，怂恿他再来一个，他瞥了一眼脉脉含情的杨妙丽，鼓起勇气接着讲：话说有一回，葛优上厕所回来裤子湿了，朋友问：怎么啦？葛优说经常的！朋友不解，葛优说经常是旁边的人撒着尿突然转过身来大叫：“我靠！这不是葛优吗？”哄堂大笑，在座有人跺脚，有人敲桌子，一个个笑得前仰后合。杨妙丽边笑边用手捂嘴，笑得花枝乱颤，一头秀发四下飘逸。那飘逸的秀发，强烈地、久久地搅动着贾增城的春心。

美人是男人最好的兴奋剂，此刻贾增城的激情被杨妙丽进一步激发了。为了进一步赢得杨妙丽好感，待众人笑别，贾增城又举杯面对大伙：“哈哈，开个玩笑开个玩笑，各位可别见怪。这样吧，我再讲个正经的故事：话说一只狐狸发现一窝鸡，因为太胖钻不进去，于是饿了三天终于进入鸡窝，可饱餐后太胖又出不来了，只好重新饿三天才出来，最终这狐狸唉叹自己在这个过程中除了过个嘴瘾，基本上是白忙活了。其实，人生何曾不是如此！赤条条来，赤条条去，无人能带走一生经营的财富与功名。用青春赚的钱，难以买回青春；用生命赚的钱，难以买回生命；用时间挣来的钱，难以买回时间；即使用一生得到全世界的钱，用全世界的钱也难以买回自己的一生。所以我奉劝各位，该工作时工作，该休息时休息，开心活好每一天。健康，快乐，活着才是人生的真谛。来，我再向各位敬一杯，祝各位健康快乐，笑口常开！”

众人一片喝彩，纷纷举杯与贾增城相碰。觥筹交错中，贾增城注意到杨妙丽久久地注视着他，目光柔情似水，似乎还传达出欣赏和爱意，这令贾增城欣喜不已，内心美美地久久回味……

二

贾增城此生的第一次艳遇，是在一九九七年夏天，香港回归中国之后举办的一次画展。贾增城是市文化馆的一名年轻画家，他的国画《燕归来》，夹带着画面中阳光明媚、春风和煦和万物复苏的气息参加本次画展。登上飞往香港的航班，与他邻座的是一位年轻长发的陌生女子，年龄与他相仿，抑或只比他小几岁。开始他与陌生女子之间并不搭话，只是航班起飞之后，那女子不停地哼唱张艾嘉那首《爱的代价》，那深情忧伤的旋律，深深地搅动着贾增城内心深处的波澜，他时不时地侧着脸瞅他，内心也不由自主地跟着她哼唱。一曲终了，贾增城情不自禁夸奖：“真好听！张艾嘉这首《爱的代价》，我也喜欢。”一句话将邻座的那女孩惊着了，女孩侧过脸，扑闪着眼睛审视他，原本略带忧郁的脸荡漾着友善的微笑：“谢谢！这么说，你也会唱这首歌？”

贾增城笑着点头：“会啊，只是我唱得不如你好听。”话音刚落，他也说不清哪儿来的勇气，轻轻地哼唱起来：

还知道年少时的梦吗，
像朵永不凋零的花，
陪我经过那风吹雨打，
看世事无常，
看沧桑变化。
那些为爱所付出的代价，
总是永远都难忘的啊，
所有真心的痴心的话，
永在我心中，
虽然已没有他。
……

唱到这儿，女孩也情不自禁地跟着他唱，本来是男声独声变成了男女声二重唱：

走吧，走吧，
人总要学着自己长大。
走吧，走吧，
人生难免经历苦痛挣扎。
走吧，走吧，
为自己的心找一个家，
也曾伤心流泪，
也曾黯然心碎，
这是爱的代价。

两个人的合唱，委婉深沉，忧伤动人，让机舱中的许多乘客侧耳倾听，频频注目。待他俩唱毕，周围骤然响起热烈的掌声，掌声惊动了他俩，让他俩面面相觑，相视而笑，俩人的脸倏地都红了。

也正因为这首《爱的代价》和这次未曾约定的合唱，他俩一见如故，彼此间很快打开了话匣子，一路聊天，无所不谈，越聊越欢，越聊越觉得投缘，越聊心贴得越近。言谈中，贾增城知道了女孩叫刘秀美，是市某重点小学的一名音乐教师，母亲是中央某部委驻香港办事处的一名干部。刘秀美本次去香港，是利用暑假时间去看望母亲。聊得久了，刘秀美的形象慢慢走进贾增城心里。刘秀美长得很美，她身材高挑，一头秀发乌黑铮亮，密麻麻从她的头上倾泻下来，像黑色瀑布，潇洒飘逸，美丽动人。她白净的鹅蛋脸上，一双眼睛清澈明净，忽闪忽闪的，仿佛镶嵌在她眼眶里的一对明珠，纯洁，美丽，炯炯有神。她笑的时候天使一般，天真无邪，只是眼里似乎隐隐约约透出一丝忧郁，有些像林黛玉，让人喜欢和怜爱。那时候还是单身贵族的贾增城，不由得怦然心动，一种以前从未有过的柔情，水漫沙滩一样慢慢地充溢了他的全身。

航班抵达香港的时候，他俩彼此都有些留恋，贾增城更是对她频频注目，难舍难分，百般殷勤。分手的时候，他抢着为刘秀美拎箱子，主动为她让路。刘秀美并不推辞，但报以感激的目光和善意的微笑，那目光和微笑，欲说还羞，含蓄真诚，楚楚动人，让贾增城春心萌动。好在飞机上他俩彼此都互留了电话，让贾增城已经放飞的情感风筝没有断线。

半个月后，刘秀美从香港回来，贾增城趁热打铁，主动出击，打电话联系刘秀美，频频与她约会，刘秀美每次都欣然应约。几次约会，贾增城知道刘秀美至今也是单身，这让他大喜过望。在一次约会到北海公园划船时，他要了个滑头，欲擒故纵，刚见面就对刘秀美说："糟了，我忘了今天应该与女朋友约会。"

刘秀美一愣，警惕地问："你——有女朋友啦，她在哪儿？"

贾增城卖起关子，狡黠地审视她："你想看看她吗，我手机里有她照片。"

刘秀美眉头一扬，眼里掠过一丝云翳，瞬间转为惊奇："想看。"

贾增城打开手机，调出照片，毕恭毕敬地将手机递给对方。刘秀美一看，"呀——"地大叫起来，疑惑的脸刹时绽成明媚的花朵，她边叫边锤打贾增城，边打边说：“你真坏你真坏！”

贾增城却顺势抓住刘秀美锤打他的手，一把将对方搂进怀里，这是他俩几次见面之后的第一次拥抱，刘秀美幸福地迎合着。原来，贾增城手机里给对方展现的，正是刘秀美的照片，那是上一次约会时贾增城为她拍摄的。意料之外的惊喜，让刘秀美激动不已，她在贾增城怀里快乐地扭动着。贾增城紧紧地搂着她，疯狂地抚摸她、吻她，一边喃喃地说：“亲爱的，你就是我的女朋友，要知道我是多么多么地爱你！”……

打那以后，贾增城与刘秀美的关系更亲了，心也越贴越近。每逢周末，他们约会，逛街，购物，出游，K 歌，划船，看电影，下馆子……天底下恋人们该有的节目他俩都有了，但天底下一些恋人们有的节目他俩迟迟没有，这就是男女之间的肉体之欢。准确地说，贾增城早就想有，但刘秀美不让有。他俩除了拥抱，抚摸，接吻这些恋人常有的肌肤之亲，刘秀美一直死守着女人的那条底线，无论贾增城如何激情澎湃甜言蜜语，也无论贾增城如何毕恭毕敬恳切哀求，刘秀美就是不让他穿越那条底线。刘秀美的理由很充分，我不是动物，也不是妓女，这么神圣的事应该是结婚之后。婚姻是情感的结晶，男女间的肉体之欢是爱情的最高境界，没有结晶，也未到达那个最高境界，我不能做那个事。刘秀美从小接受母亲的传统教育，打小就听母亲说女人最重要的，就是要自尊、自爱、自重，一定要守住自己的贞洁，不能随随便便与男人做那种事，不然男人就看低你。女人的身体，只能奉献给自己最心爱的男人，没有婚姻的肉体之欢是不道德的……所有这些教育，自小就如春天播下的种子，在刘秀美幼小的心灵里生根发芽，长大了更是根深蒂固。可到底谁是自己最心爱的男人呢，贾增城吗？像，可也不像。至少，现在他还不是。未来他是不是？刘秀美也说不清，她还需要观察。从内心上说，刘秀美是喜欢贾增城的，喜欢他的风趣、幽默、潇洒以及他作为画家的浪漫气质。可也正是这种浪漫，让刘秀美既喜欢又多少有些担心，因为她认为，浪漫的人往往缺少真诚，贾增城真的缺少真诚吗？刘秀美也说不清，至少，她也还要观察。

对贾增城来说，他真是爱刘秀美吗？这在他看来，答案是肯定的。她天生丽质，纯真美丽，明眸洁齿，秀发飘逸，身材颀长，前挺后翘，该凸的凸，该凹的凹，那浑身的曲线美，简直就是模特胚子，一看就让人想入非非。重要的是，她还是音乐教师，天生一副清亮甜美的歌喉，贾增城心想：自己是画画的，如果与刘秀美结为终生伴侣，那简直是才子佳人，绝配。所以从内心深处，贾增城已经认定此生非刘秀美不娶了。可刘秀美真的愿意嫁给他吗，他该如何真正赢得对方的芳心呢？贾增城已经坠入情网，陷入苦恼，与刘秀美约会之时，他不断观察、琢磨着对方的心思，苦苦地寻找机会和答案。

贾增城发现了刘秀美的生日，是一起逛街购物的时候，刘秀美看中了一条红色裙子，贾增城抢着为她付款，却让刘秀美执意制止。但她自己刷卡付款的时候，他一眼瞥见她钱包上的身份证，眼尖的他一下子记住了她的生日：5月20日。520，520，那不是我爱你的谐音吗？这个生日太好了，太美妙了，太浪漫了！此刻的贾增城表面不动声色，内心却热血沸腾。他开动脑筋，策划着另一种浪漫，他要给刘秀美一种惊喜。

5月20日那天一早，刘秀美一觉醒来，便收到贾增城祝贺生日的短信，并提醒她上午八点打开收音机，调至FM97.4兆赫，说是刚接到单位领导通知，上午八点中央有重大新闻，全国人民都会侧耳倾听。刘秀美既开心又疑惑，开心是因为贾增城给她的生日短信，疑惑的是他怎么知道我刘秀美的生日呢？八点中央又有什么重大新闻，即便有又关我什么事呢？刘秀美对此虽然是一团雾水，但好奇心还是促使她八点钟准时打开了收音机，并调至FM97.4兆赫。不料收音机传来的是一位男播音员浑厚悦耳的声音："听众朋友上午好！现在是听众点歌节目时间，今天是5月20日，520，谐音我爱你，多么美好浪漫的日子！今天是刘秀美小姐的生日，她的男友贾增城特意为她点播了一首爱情歌曲：《月亮代表我的心》。现在我们就为刘秀美小姐播放这首歌。祝刘秀美小姐生日快乐！祝天下有情人终成眷属！"男播音员一番话语，如和煦的春风吹拂大地、艳阳驱散寒冬，一下子激发起刘秀美内心深处的无限柔情，这柔情像美酒下肚瞬间温暖全身，令刘秀美心都醉了。此刻的刘秀美内心痒酥酥，脸颊红扑扑的，既羞涩又幸福。虽然这天并非周末，刘秀美还得到学校上音乐课，但这天的音乐课她上得异常快乐，学生们都发现刘秀美老师一进教室便满面春风，笑脸盈盈，教唱的每一句歌曲都充溢着喜气，仿佛她浑身的细胞都被快乐激活了。不仅如此，这天下午放学，贾增城捧着一束鲜花，早早地等候在刘秀美学校门口迎接她，那是他一早预订的一大束红玫瑰，整整九十九朵。刘秀美走出校门，接过贾增城递上红玫瑰的那一刻，她内心阵阵狂跳，幸福的浪潮席卷全身。那一刻，她有一种冲动，她恨不得当着校门口来来往往的同事和学生，一头扑进贾增城的怀抱。只是这种冲动刚刚冒头，便被理智的铁钳紧紧地箍住了，代之以甜甜的微笑和一句淡淡的“谢谢！”她这个举动，让贾增城多少有些意外，那样子一如音乐奏响演员登台正要表演时剧场突然停电，他原本已经张开准备迎接拥抱的双臂尴尬地垂了下来。

三

自从那次朋友的聚会上邂逅杨妙丽，贾增城内心深处那沉睡多年的欲望激情又被唤醒了。他每天除了上班、画画，其他时间都心神不宁，满脑子都被杨妙丽那双会说话的眼睛，迷人的笑容，白皙的皮肤和窈窕的身材占满了。尤其是杨妙丽丰满挺拔、走路时仿佛藏着一对兔子上下乱蹿的胸部，那笑起来窈窕婀娜的身姿，让贾增城时常不由自主想入非非，浑身燥热，男人的隐秘处也时常生机勃勃蠢蠢欲动。晚上做梦，他都想着杨妙丽。他满心思都在琢磨着如何约杨妙丽单独见面。

好在眼下正流行微信，不像当初刚认识刘秀美时只有短信。微信为他接近杨妙丽提供了便利条件，因为微信有各种表情。那天晚上刚在朋友聚会的场合认识杨妙丽，回到家他就迫不及待地给杨妙丽发微信。他先是发一束鲜艳的红玫瑰和一颗红心，接着发”认识你真高兴”和相见恨晚的表情，虽然对方隔了好久时间都未见回应，甚至睡觉前他查了发给她的微信依然未见回复，可贾增城并未灰心。他查看了杨妙丽的个人相册，发现她是一家出版社的美术编辑，因为她在微信上不断晒出自己设计的图书封面、还有她个人写真照和出游的各种照片，照片上杨妙丽的风采每每都让他怦然心动，也更坚定了主动进攻的信心。入睡之前，他禁不住又给杨妙丽发了晚安的表情照片。这还不算，第二天一觉醒来，他又迫不及待地给杨妙丽发了早上好的表情，那是一簇鲜艳的红玫瑰，“早上好”三个字一圈接一圈地旋转，红玫瑰一下接一下地盛开，仿佛美丽少女早晨忽闪忽闪睁开的眼睛，圣洁美丽，楚楚动人，贾增城自己都被感动了。但他很快发现杨妙丽也被感动了，至少她不再无动于衷，因为她回复了一个表情，那是两束一上一下举起的鲜花不断闪出的两个字：“谢谢！”贾增城喜上眉梢，他立即微信发出邀请：“妙丽好！下午下班后是否有空，欢迎到我画室来看看我的画作。你是搞设计的，我是画画的，算是同行，咱俩应该会有共同语言，没准未来还能找到合作机会。”令贾增城意外和欣喜的是，杨妙丽竟然爽快地答应了。其实，杨妙丽那天正为一个封面设计发愁，她一直未找到好的创意，既然贾增城发来邀请，她想不妨出来放放风、透透气，寻找寻找灵感。

那天傍晚下班后的见面，是贾增城与杨妙丽第一次单独约会，这次约会，将他俩的关系一下拉近了。杨妙丽来到市文化馆贾增城画室之前，贾增城早早下楼等候她，将她接上楼。贾增城的画室在市文化馆大楼四层，面积足有三四十平米，那是文化馆为他提供的创作室。画室中摆满了贾增城最近创作的国画，有山水，花鸟。既有写意画，也有工笔画。山水画或烟雨迷朦，或气势磅礴。花鸟画或灵秀清新，或栩栩如生。写意画或浓墨重彩，或简约传神。工笔画则精雕细刻，美轮美奂。贾增城像一位优秀的导游，一幅幅展示着自己的得意画作，一边眉飞色舞、侃侃而谈地讲解着。杨妙丽一一欣赏，内心像被风掀开的书页，波浪起伏。应该说，她被贾增城的才华折服了。她的内心深处，隐约也燃起了爱的火焰，那是对异性久违的向往与爱慕。这种爱的火焰，她内心深处曾经燃过，不止燃过，还曾经如火如荼，而且还持续了两年。但一起意外事故，不仅导致她身体的伤害，而且毁灭了她短暂的婚姻，那位曾经信誓旦旦、苦苦追求了她多年才成为她丈夫的男人，竟然狠心地离她而去。之后直至今天的两年，杨妙丽内心深处的爱情之花一如遭遇风霜雨雪，垂头丧气，它能重新打起精神、灿然开放吗？内心深处，杨妙丽期待着。眼前这个男人，论相貌比前夫一点不差，论才华则比前夫强多了，可他能真心待我、守候我一生吗？杨妙丽一边听贾增城讲解，一边审视着对方，内心不停地琢磨着，仿佛考官全方位考察着考生。贾增城呢？此刻真的很像赴考的考生，他精神饱满，神采飞扬，侃侃而谈，竭尽全力展示着自己的才华，他渴望自己能在杨妙丽这位美丽考官的考察中获得通往爱情的合格证。

参观完贾增城的画室，杨妙丽不失时机，从随身背的女包里取出她刚为一本小说设计的封面草图，递给贾增城说："这是一本官场小说的封面草案，我不太满意，想听听你这位画家的意见。"

贾增城接过草图，呈现给他的是烟雾燎绕、众声喧哗的会场。他立即摇头说："这画面太闹、太杂了，不好。官场小说，虽然写的是官场，但说到底是写人生和人性吧？建议把画面简化，不要会场，也不要留下那么多人，背景最好是空白，只留下两个背靠背，各自叼着烟，各怀心思，侧脸彼此斜视对方的主角就可以了。这样的画面，既揭示出官场的心怀叵测、尔虞我诈，又透出官场勾心斗角、凶险多艰的人生况味。"

贾增城话音刚落，杨妙丽就欢叫起来："哎呀你说得太好啦，这几天我一直感觉原来这封面草案不理想，可就是想不到更好的主意。真太谢谢你啦！"杨妙丽向他投出赞赏和爱慕的目光，贾增城意识到，这是他进一步走进她情感世界的最好前奏。面对这种目光，他得意地笑了。

四

那天贾增城为刘秀美预订的生日晚餐，是在动物园附近的莫斯科餐厅，这家餐厅已经有半个多世纪的历史了，上世纪五十年代北京最著名的西餐厅，不少北京人亲切地称之为老莫餐厅。贾增城知道刘秀美爱吃西餐，尤其喜欢吃老莫西餐，以前他俩已经来过多次。

走进老莫西餐厅，刘秀美的心情随着餐厅中播放的音乐欢快起来，那是钢

琴王子理查德 · 克莱德曼的《爱的协奏曲》，此刻钢琴王子指尖上弹跳出来的旋律优美动听，那梦幻般温馨的情调、浪漫快乐的韵味，让刘秀美如沐春风，心情激动。捧着贾增城递给她的那束鲜花落座时，刘秀美感觉幸福无比。那一刻，她几乎要醉了。幸福的女人，一如春天盛开的花朵，美丽，娇艳，芬芳迷人。坐在餐桌对面的贾增城，此刻静静地欣赏着刘秀美，眼中溢出阵阵爱意，那爱意随着他明亮的目光潮水般不断涌来，一如甘霖降落，让刘秀美这朵鲜花在橘红色的灯光映照下，更加楚楚动人。

餐厅服务员递过来菜谱，问他俩想吃什么，贾增城将菜谱递给刘秀美，说："亲爱的，想吃什么，你做主吧，今晚你是主角。生日蛋糕我已经提前预订了。"刘秀美接过菜谱，感激地望着对方，她也不推辞，很快点了她爱吃的俄式鹅肝、罐闷牛肉、含羞草沙拉、莫斯科式奶油烤鱼和一份红菜汤，贾增城补充说还要一瓶红酒。

举杯的时候，贾增城说："来，秀美，祝贺你，生日快乐！"两杯相碰，杯声清脆，如布谷鸟叫春，此刻的莫斯科餐厅让他们俩感觉春光明媚，芬芳四溢。

贾增城说："秀美，刚才捧着鲜花在校门口迎接你的时候，我多么想拥抱你啊。我以为你也会投入我的怀抱，可我张开怀抱的那一刻，你怎么改变主意了呢？"

刘秀美笑了："哟——，看样子你还耿耿于怀呢，你没看见校门口那么多教师学生？"

贾增城说："那怕什么，难道咱俩不是恋人吗？"

刘秀美说："当着学生的面，当然不行。毕竟，我是教师，教师要为人师表，不是吗？"她注视着贾增城，反问，一时让对方无言以对。实际上，刘秀美的理由，她只说了一半。更重要的理由，还在于迄今她还未决定向贾增城托付终身，她喜欢他，也知道他爱她，可又不能确定他是否能爱她一辈子。

贾增城举起杯，久久地注视刘秀美，眼中溢出无限温情："秀美，要知道，我是多么的爱你，自打在飞机上与你相遇，我就感觉你是上天派来的天使，冥冥之中走进了我的生命，这是机遇，也是缘分，我不能错过，更不能放过，错过或放过你我一定会终生遗憾。求你了，快答应我，嫁给我吧！”

迎着贾增城的热辣辣的目光，刘秀美也抓起杯，却没有举起来。刚才贾增城的一番表白，拨动了她内心深处的柔情，令她浑身如沐暖阳，无比温馨、舒畅，她不禁有些感动。但她依然保持矜持，并且认真地审视着对方：“增城，谢谢你！你……是真心爱我吗？”

贾增城拍着胸脯，说：“当然！难道，你觉得我爱得还不够真心吗？”

刘秀美含着笑，美美地耷下眼帘，沉吟片刻，问：“你……爱我什么？”

贾增城说：“美貌，歌声，才华，气质，等等，你身上的一切，我都爱！”

刘秀美脸上掠过一阵羞涩，笑着说：“其实，你……对我并不完全了解呀？”

贾增城捉住对方眼神，认真地说：“这不重要，我也不在乎。我在乎的是你的爱，在乎的是实实在在的你。至少，你这个大美人眼下实实在在坐在我的跟前，不会是假的吧，不会是孙悟空的化身吧？只要你答应我，接受我的爱，这就够了。秀美，相信我，我会让你幸福的！”

贾增城情意绵绵，目光灼灼，可刘秀美的杯仍然没有举起来，内心正翻江倒海、电闪雷鸣，两种声音在不断打架、争吵：答应他，还是不答应？论长相、职业与才华，眼前这个男人还有什么可挑剔的呢？可答应他，此生就交出去了，他能真对我好吗？他能真心实意与我风雨同行、守候我一辈子吗？可话说回来，你不步入婚姻殿堂，不在一起生活，谁能知道行还是不行？换了谁，你不一样会面临同样的问题吗？两种声音争斗的结果，逼迫她内心涌起一种冲动，她决定答应他。但转念之间，她说的话却是：“增城，你……这是算正式向我求婚吗？”

贾增城说：“是，也不全是。”

刘秀美有些疑惑：“这话——- 怎么讲？”

贾增城说：“我怕你拒绝我，所以这还不是正式求婚。”

刘秀美笑：“嘻嘻，这么说，你是在试探、预演。那么，要是正式求婚，你会以什么方式？”

贾增城说 :“你希望看到我正式求婚吗？”

刘秀美抿着嘴，不置可否，脸却霎时红了，眼中柔情似水。迎着贾增城期待的目光，她终于举起酒杯，相碰，一饮而尽。放下杯，贾增城不失时机，从怀里掏出早已经准备好的一个精美小盒，起身绕过餐桌，来到刘秀美这边，然后单腿脆地，双手托着那个精美小盒举到刘秀美跟前，毕恭毕敬地说 :“秀美，请接受我的定情物。此生我非你不娶，快答应我，嫁给我吧！”

刘秀美又惊又喜，“呀——”地一声尖叫起来，内心扑扑狂跳。她将信将疑，小心翼翼地接过精美小盒，打开，原来是一条金灿灿的黄金项链，项链上还缀着一颗心形红宝石挂坠。刘秀美将项链从小盒中小心翼翼地拎起来，此刻项链在橘红色的灯光映照下熠熠生辉，美轮美奂。刘秀美喜欢极了，她俯视着单腿脆地的贾增城，终于说出那句萦绕在心头的话 :“增城，你起来吧，我决定嫁给你！”

贾增城欣喜若狂一跃而起，他张开双臂旋风一样将刘秀美拥进怀里，两颗灼热滚烫的心紧紧地贴在了一起……

五

杨妙丽那天参观完贾增城的画室，夜幕已经降临，贾增城邀她上街吃晚饭，杨妙丽欣然应允。毕竟，她已经好久没同异性单独到外面吃饭了。自打丈夫离她而去，她的内心就如受伤的河蚌，紧紧地关闭了坚硬的蚌壳，一个人躲进自家的天地里独自舔伤。尽管表面上看，性格开朗的她每天依然笑容满面准时到出版社上班，与人打交道时也依然是有说有笑，但那一半是强打精神极力装的，另一半则是性格使然，因为她的性格打小就像喜鹊，天亮就打鸣，见人就欢跳，直到长成大姑娘都是这样，总之每天欢欢乐乐、叽叽喳喳叫个不停。虽然婚姻变故使她这种性格收敛了不少，但毕竟秉性难改。再说，丈夫离开她之后，虽然她一度伤心，但毕竟已过去两年，时过境迁，如今的她内心有了新的期待，这样子一如旱地久盼春雨，春笋渴望破土，何况她一个大活人、尤其还依然是一个三十出头的怀春女人，能给憋死吗？虽然将近两年的时间里，有不少男人也向她表达爱意，还有不少热心同事和朋友穿针引线，给她介绍对象，但她都一一谢绝了。倒不是没有她看中的男人，而是此前她一直没心情。眼下贾增城的出现，终于勾起了她内心深处久违的情感欲望，那种欲望一如春天万物复苏，开始发芽开花、拔节生长，顺理成章，水到渠成。何况，贾增城的年龄、相貌、职业和才华，看样子与她杨妙丽还算般配。贾增城的年龄可能会比她杨妙丽大十来岁，可那有什么关系呢，这样的男女落差，社会上比比皆是。当然，贾增城肯定也结婚了，甚至可能已为人父，可那又怎么样？在杨妙丽眼里，天底下优秀的男人、成熟的男人大都是结了婚的，四十出头的年龄如果还不结婚，那不是人渣就肯定是生理上有缺陷，反正杨妙丽是这么想的。无论是已婚还是已为人父，只要两情相悦，擦出火花，抓住机遇重新组合新的婚姻，也未曾不可，你看社会上离婚再婚的人多的是，人家管这叫"重新优化组合"，再婚后比原来幸福的人也大有人在。茫茫人海，婚姻既是缘分，也是选择。许多时候，并非你先选了就是最佳，其实是再选可能才是最佳，反正这时候的杨妙丽是这么想的。就说前夫吧，原本与她也是信誓旦旦、相亲相爱的，可后来说走也就走了，凭什么他可以重新选择，我杨妙丽就不能呢？这么一想，杨妙丽更是坚定了信心，她要与贾增城试一试，看能否重新组合成幸福婚姻。

走下办公楼，贾增城带杨妙丽上了他的凌志轿车。发动机预热的时候，他问："妙丽，你喜欢吃什么？"

杨妙丽笑答："随便。"

贾增城说："别介，请你吃饭，就是要吃你喜欢吃的，否则岂不是白请了？"

杨妙丽说："那就吃西餐吧。"

贾增城心一动，马上说："那就到动物园那边的莫斯科西餐厅如何？"

杨妙丽欢呼："太好啦，我就爱吃老莫西餐厅的西餐！"

贾增城打了一个响指，说："OK，咱们就去老莫餐厅！"望着杨妙丽开心的笑容，贾增城心想真是怪了，怎么那么巧。刘秀美爱吃西餐，而且爱去老莫餐厅。杨妙丽也爱吃西餐，也爱去老莫餐厅。莫非女人都爱吃西餐，也都爱去老莫餐厅？看样子，老莫餐厅真有女人缘，都快成恋人西餐厅了。贾增城一边想一边乐，与杨妙丽说笑着将车开出办公楼，往莫斯科西餐厅的方向驶去。

路上，贾增城表面上开着车，还与杨妙丽说些不着边际的笑话，一边却想起了刘秀美和儿子，心忽然间像沸腾的开水，怎么也平静不下来。按说，他现在已经有一个幸福家庭，有一个美丽妻子，还有一个聪明可爱的儿子。当音乐老师的妻子与他是自由恋爱，情投意合，一个唱歌一个画画，都拥有艺术细胞，可谓珠联璧合。七岁的儿子也已经上小学二年级，学习成绩很优秀，还当了少先队中队长，儿子就读的学校就是刘秀美所在小学。儿子每天跟着刘秀美上学、放学，早出晚归，基本用不着他贾增城操心。如此的家庭，贾增城还有什么不满足呢？是啊，这一切在外人看来，是多么美满，贾增城是应该知足了。然而，贾增城的内心却有难言之隐，那是新婚之夜留下的内心伤疤。结婚那天，他俩的婚礼办得隆重，喜庆，热烈，双方的父母和亲朋好友上百号人前来祝贺，将预先订的皇苑大酒店中餐厅变成了欢乐的海洋。之所以大张旗鼓举办婚礼，是因为他俩都看重婚姻，都认为结婚是人生头等大事，婚礼既是结婚的重要仪式，又是婚姻的重要明证。贾增城和刘秀美婚前都商量好了，婚姻不是儿戏，庄重、热烈、喜庆的婚礼必不可少。为此，他们不惜重金将婚礼委托给专业婚庆公司，还请了专业主持人。一切都如原先预料的那样，婚礼办得喜庆热烈，顺风顺水，异常成功。可当客人散尽、他俩情意绵绵双双进入洞房，宽衣解带开启男女肉体之欢模式时，贾增城意外地发现刘秀美的第一次没有预期中的见红。在贾增城印象中，刘秀美是一个传统女孩，恋爱时除了正常不过的拥抱、接吻，他一直坚守着女人的那条底线，绝不让贾增城突破那条底线。这样子虽然时常让贾增城欲火难捺、百爪抓心，贾增城最终却还是尊重了刘秀美，他极力控制自己，让理智战胜了欲望。而且，他由此也进一步了解了刘秀美，觉得刘秀美这样的女孩将来当妻子才更加令他放心，也更加值得他爱。谁能想到，刘秀美的新婚之夜却出乎他贾增城的意料呢？要知道，贾增城虽然是搞艺术的，可他也是个传统男人。他的父母是中学教师，打小他也接受家庭的传统教育，恭良温俭让、仁义礼智信的传统美德，母亲从小就灌输给他。两性关系上，他也反对杯水主义，崇尚两情相悦、感情专一。认识刘秀美之前，贾增城虽然也有过短暂恋爱，但也只是若即若离那种，女方都是同事或朋友介绍的，见面时都勉勉强强，没真正找到感觉，更从未有过男女之间的肌肤之亲，甚至连拥抱都没有过。他与刘秀美的邂逅则完全是一见钟情，立马就擦出火花。他不明白，自己一直钟情的恋人，怎么会是这样？刘秀美到底有过怎样的过去，她有什么隐瞒着自己的新婚丈夫呢？那天晚上，尽管贾增城与刘秀美的肉体之欢，依然像大多数新婚男女一样激烈，欢愉，尽兴，但高潮过去、曲终幕落之时，筋疲力尽的贾增城没有回报新婚妻子应有的爱抚，而是滚落在妻子的身边气喘吁吁，心中满是疑问。他很想问问妻子，问问她的过去，但这种想法刚刚冒出，便被他强行按压下去。他不想破坏新婚的喜悦，也不想让新婚妻子难堪。甚至结婚这么多年，他都没敢下决心问妻子，他不敢想象如果他向妻子抛出这个疑问，妻子会作何反应。何况后来他们很快有了儿子，一切都木已成舟，问又怎样，不问又怎样？怎么说，他都不想让眼下自己这个其乐融融的三口之家出现难堪。只是妻子留给他的疑团，从此一直萦绕在他的心中，成为留在他内心深处的隐秘和疤痕。直到邂逅杨妙丽，贾增城内心深处的这块疤痕又重新浮现，而且还隐隐作痛，这导致他强烈地渴望亲近杨妙丽，甚至想得到杨妙丽，个中原因，是出于补偿还是疗伤？贾增城感觉自己都说不清，反正两者似乎都有一点。

六

贾增城和杨妙丽走进莫斯科餐厅时，餐厅里悦耳浪漫的音乐春风般拂面而来，巧的是，音乐依然是钢琴王子理查德·克莱德曼奏出的曲子，贾增城听出来了，这回不是当初他向刘秀美求爱时播放的《爱的协奏曲》，而是《 爱如潮水》，但无论是哪首曲子，钢琴王子的钢琴曲总是那么悦耳、浪漫和温馨，这样的曲子配上眼前忽明忽暗、曼妙迷人的灯光，总是令人春心荡漾，难怪恋人们都爱来老莫餐厅。

杨妙丽此刻更是情绪高涨，刚一步入餐厅，她的心便伴随着浪漫的音乐和曼妙的灯光怦怦狂跳、波浪起伏。这种久违的感觉令她感到亲切、舒畅，内心忽然间对贾增城多了一份好感。她感觉自己似乎正一步步重回幸福的梦境，而引领她走向幸福的正是领着她走向雅座的中年男人贾增城。

落座之后，贾增城依然是绅士地将菜谱递给杨妙丽，示意她点菜。杨妙丽也不推辞，一声“谢谢”便接过菜谱，点了她喜欢吃的俄式鹅肝、罐闷牛肉、含羞草沙拉、莫斯科式奶油烤鱼和一份奶油蘑菇汤。贾增城发现，除了奶油蘑菇汤，杨妙丽点的其他几个菜，居然同当初自己向刘秀美求婚时刘秀美点的菜一模一样，这种发现令贾增城感到惊奇，莫非冥冥之中，刘秀美和杨妙丽这两个女人，此生注定与他贾增城之间有某种缘分，否则她们之间在西餐的嗜好上为何那么相像呢？这么想着，贾增城更加兴奋，他感觉杨妙丽或许是上帝送给他的第二个女人，他与杨妙丽之间注定要发生点什么。

这天晚上，老莫餐厅里的客人并不多，服务员很快将菜都端上来了，贾增城斟上红酒，一杯递给杨妙丽，另一杯留给自己，然后端起酒杯对杨妙丽说：“妙丽，认识你真高兴，谢谢你的赏光。来，为咱们的相识干杯！”

迎着贾增城灼灼的目光，杨妙丽也端起杯，随着一声“谢谢，我也很高兴与你相识”，他俩之间目光彼此相接，两只杯也“当”的一声碰到一起，而后俩人都一饮而尽。酒一下肚，贾增城的话也多了起来，他深情望着杨妙丽，感慨说：“妙丽，认识你真是缘分。佛说，前生五百次的凝眸，换今生的一次擦肩，这就是缘分。仔细想想，茫茫人海，芸芸众生，每个人所见所遇到的似乎都早有安排，一切都是缘分。但缘分，需要你静静等待，就像等待花开的时刻。我于是虔诚地祈祷，静静地等待，终于在那天朋友的聚会中与你不期而遇，你就是让我虔诚祈祷、静静期待并且终于在我面前盛开的花朵。说真的，第一眼见到你，你真的就让我怦然心动……”

贾增城涎着脸，竭尽所能，滔滔不绝，努力寻找着一切能博取对方好感的辞句。他这番甜言蜜语，杨妙丽听着很受用，也很开心，但她还是禁不住打断对方：“增城，谢谢你的好意。不过，难道……在此之前你对见过的女性，没有这种感觉？”此刻她的表情严肃认真，带着探询，像极了考场上的考官。

贾增城愣了一下，很快淡定下来，摇着头笑：“有，也没有，因为没有像见到你时这么强烈。其实，我现在也已经有家。但有家不等于有爱情。其实，人生，是一场又一场的相遇，换句话说，是一次又一次的缘分。缘分，没有好与坏，没有对与错，只有短暂还是持久。缘分来了，好好相待。缘分尽了，自会分离。”

杨妙丽内心的琴弦被拨动了，感觉贾增城的这番话，似乎正触到她自己内心的旧伤。她自己先前的婚姻，岂不就是缘分尽了，才彼此分离？此刻她内心一热，感慨道：“是啊，缘分是件很奇妙的事情。很多时候，我们已经遇到，却不知道，然后又转了一大圈，又回到原点。一切的一切都是机缘，抑或是定数。所以，我们生命中遇到的每个人，都应该珍惜，因为你不知道这种短暂的相遇或许一去不复返。”

贾增城一拍手掌，竖起拇指称赞：“对，你说得太对啦！真没想到你这位美女，也有哲学家的睿智！”

杨妙丽羞涩地笑：“哪里，刚才你讲得那么好，你才是真正的哲学家呢。”

贾增城高兴地端起杯：“好，俗话说，不是一家人，不进一家门。咱俩，都是哲学家，一家人。来，让咱们为哲学干杯！”

杨妙丽笑脸相迎，两只杯又欢乐地碰在了一起。这时候的老莫餐厅，客人逐渐多了起来，贾增城发现进来的客人中，有几位女士路过时不停往他这儿张望，他感觉那几位女士有几分面熟，好像以前在哪儿见过，但一时又想不起来。他只好不予理会，与杨妙丽边吃边说说笑笑，话题也极其广泛，上至天文下至地理，奇闻轶事名人近况，无不涉猎，甚至还说到前不久环球传媒大亨默多克和邓文迪结婚又离婚的事。

杨妙丽说：“默多克都多大了，还离婚又结婚，真是不可思议。”

贾增城说：“这不稀奇，当初杨振宁与翁帆结婚不也八十好几了，翁帆的年龄都可以当杨振宁的孙女，可他俩结婚后相亲相爱形影不离，过得那么幸福、那么甜蜜。这就是我刚才说的，人生是一场又一场的相遇，都是缘分。其实，这么看来，缘分没有最好，只有更好。要是……咱俩也能走到一起，肯定也会更好。”贾增城此刻的眼神，一半火焰，一半海水，既柔情似水又咄咄逼人，不断地挑逗着杨妙丽。

杨妙丽的目光不时地躲闪，又不时地迎合对方的目光。她白皙的脸红得像盛开的桃花，白里透红，清秀芬芳。此刻她瞥一眼贾增城，嗔怪道："看样子，你是个情种，说话那么直截了当，赤裸裸的，真让人难为情。”嘴这么说，内心却花香拂过一样受用。毕竟好长时间，她都没有享受男人的奉承了。

贾增城得寸进尺："哈哈，你说对了，我就是个情种，但并不是所有土地都适合我。说真的，只有像你这样美丽丰饶的女人，我才真正喜欢，才会真正心生爱恋，也才可能发芽、生根。”

杨妙丽一听，脸更红了，红得由桃花变成玫瑰，她捂着嘴，羞涩地笑，珠落玉盘般咯咯咯的。笑完了，她抬起眼审视着他，认真地说："谢谢，你这么说，我听着都快醉了。不过，我可没你想象的那么好，真要是在一起生活，没准会把你吓跑。”

贾增城拍起了胸脯："怎么可能？能与你这样的美女在一起，那是三生有幸，求之不得，珍惜都来不及呢！”说完，他为杨妙丽挟菜，边挟边劝她吃，末了他说："我给你讲个笑话如何？”

杨妙丽眼睛一亮，说："好啊快讲，我就爱听笑话。”

贾增城讲：一外国友人体验北京公交，彻底晕了，他说全世界有一个最牛的公交站名，包含了东西南北四个方向，叫做北京西站南广场东。去一趟北四环更有意思了，安慧桥东，安慧桥西，安慧东桥东，安慧东桥西，安慧西桥东安慧西桥西。另一个最考验外国人汉语听力的报站，叫做“前门到了，请你从后门下车”，晕！

杨妙丽听罢，乐不可支，接话说：可不，以前听说有一个河南口音很重的民工，在北京坐公交时从公主坟去建国门。买票的时候身上没零钱，遂掏出一张五十元面额的票子递给售票员，一个劲对售票员说："建国门建国门”，因口音太重，售票员听成“见过吗见过吗”。售票员一脸疑惑，瞪着眼睛问："啥，你说啥？”那民工还是举着五十元的票子不停说："见过吗见过吗”，售票员立马火了，他一不做二不休，索性掏出一张百元大钞票冲那河南民工扇子一样扇了扇，大声嚷：“妈的瞧你这土老冒，这你见过吗你见过吗？！”那民工见状，搞不清到底怎么回事，彻底傻了。

贾增城听罢，哈哈大笑。边笑边说：“来，喝酒，喝酒！”俩人又碰杯，喝酒。喝下一口酒，贾增城兴致倍增，自告奋勇说我再讲一个吧：北京有一位局长，时常赶场忙应酬，有天晚上，司机将他从朝阳门那边的一个饭局送到和平门烤鸭店，因为一会儿还得赶第三个饭局，局长让司机在餐厅楼下等着，他上楼敬完酒就下来。局长上楼进入雅间，双手抱拳连连作揖：“各位，实在对不起实在对不起，让大家久等了。”说完局长让服务员斟上酒，说我先自罚三杯，完了再向各位敬酒。他果真先自罚三杯，又向大家敬了一杯，然后频频作揖向大家告辞：“实在对不起实在对不起，我还得赶到另一个饭局，那边也还有重要客人在等。”说完，局长匆匆下楼，钻进轿车。司机发动车，问局长上哪儿。局长手一挥，醉醺醺嚷：“走，上和平门烤鸭店！”

贾增城话音未落，杨妙丽已经笑得春风扬柳，边笑边喊“笑死啦笑死啦”。

贾增城自己也笑，边笑边端起酒杯，招呼杨妙丽：“来，喝酒，喝酒。”俩人又碰杯，喝酒。贾增城咽下酒，嗞嗞地呵着气，搓着手说：还有更逗的呢。一女浴室起火，里面的人乱作一团，赤身裸体往外跑，只见大街上白花花一大片。一老者大喊“快捂住”，众裸女忽然醒悟，但身上要紧部位有三处，手忙脚乱捂不过来，不知所措。

讲到这儿，贾增城忽然停住，色迷迷地看着对方，故意卖起了关子：“你猜怎么着，裸女到底该捂哪儿？”

杨妙丽正听得入神，忽然听贾增城问她，笑眯眯注视着对方，摇了摇头，期待着他的回答。

贾增城狡黠地笑，顿了一会才给出答案：众裸女正不知所措呢，在场的那位老者却大喊：“捂脸就行，下面都一样！”说完意味深长地看着她，一脸坏笑。

杨妙丽剜他一眼，捂着嘴极力控制自己，瞬间还是憋不住“扑哧”一声，笑喷了，笑得直喊肚子疼。贾增城见状，更开心地笑，洋洋得意，像欣赏自己的奖励品，心想今晚请杨妙丽出来，就是要让她开心。看着她乐不可支的样子，他乘胜追击 ：“妙丽，来，喝酒，喝酒。”杨妙丽经不住劝，又端起酒杯。俩人又碰杯，又喝，而且是一饮而尽。越喝，兴致越浓。

贾增城问杨妙丽 ：“怎么样，好笑吧？”

杨妙丽的脸红扑扑的，一脸喜色，一脸兴奋 ：“好笑，好笑，真是笑死我了咯咯咯。”

贾增城酒劲渐增，兴奋都收不住了 ：“怎么样，还想听吗？”

杨妙丽乐呵呵地望着对方，心想这男人真逗，太有意思了，真想不到他这么幽默，竟然藏着一肚子笑话，听他讲笑话真是开心极了。自打两前年与丈夫离婚，她从来没有这么开心过，今晚她打算豁出去了，她要好好享受这种开心。于是她怂恿他 ：“想呀，你继续讲。”

贾增城喜不自禁。借着酒胆，他趁热打铁，继续讲，这回讲得有些诡秘，有些离谱：某学院进行解剖学考试。试题之一，请画出男性生殖器官。考试中，一男生边画边拉开裤子拉链，悄悄叉开双腿偷看。一女生发现后，大声举报 ：“老师，有人偷看标准答案！”

杨妙丽又一次笑喷，这回不仅喷出嘴中的美食残渣，而且还呛了嗓子，不停咳嗽，咳得满脸通红。贾增城见状，心疼地问：“哎哟我该死，惹你呛成这样，要紧吗？”杨妙丽刚说“不要紧”，却又咳嗽，一次，两次，都没有停下来的意思。贾增城赶忙为她倒了一杯茶水，起身绕过桌子，端到她的跟前，说喝点水吧，一只手还轻轻地拍打着杨妙丽的后背，想帮助她尽快平复身体。这也是他第一次触碰杨妙丽的身体。他感叹杨妙丽的身体真是柔软，还散发着诱人的体香，果真是美人胚子啊，只有美人的身子才如此丰腴柔软，香气迷人。他浑身不由燥热起来，男人的隐秘处忽然间昂首挺胸，禁不住活泛起来。杨妙丽身体渐渐平复，她轻轻地挪开贾增城的手，感激地望着他。贾增城这才眨了眨眼，狡黠地说 ：“你笑成这样，快吓死我了，你要有个三长两短的，我可不得悲痛欲绝？”

杨妙丽依然不住喘气，哼哧哼哧地乐 ：“嘻，唉呀呀那怎么可能，笑还真能笑死吗？我不信。你这人真逗，真好玩，我好久没这么开心了，我应该谢谢你！”这回是她主动端起酒杯。

两杯相碰，四目相对，彼此都一饮而尽。贾增城说：“我不能再讲笑话了，要讲也该你讲了。真的啊，说了半天都是我在讲，这回该你讲了，怎么样，你也讲个笑话吧。”

杨妙丽醉眼朦胧，含情脉脉，脸上的笑引而不发。

贾增城痴情地注视她：“真的，你也讲一个吧。”

杨妙丽经不住怂恿，迷人的眼睛流光溢彩，说：“行，那我也讲一个。”于是她讲：最近，朋友圈里老爱玩“连发三次‘老公，我爱你’”的游戏。一群不同年龄的男人在喝酒，有人突发奇想，相约给各自老婆发个短信，写“我爱你”，看看各年龄段女人的反应，结果回复的短信果然大不一样！20来岁的女人：“我也爱你！”30来岁的女人：“酒喝多了吧？”40来岁的女人：“你没病吧？”50来岁的女人：“发错人了吧？看回来怎么收拾你！”60来岁的女人：“退休了闲得慌是不是？快爬山去吧。”

“嘻嘻，你猜七八十岁的女人作何反映反应？”杨妙丽故意停下来，问贾增城。

贾增城正饶有兴致地听着。见杨妙丽也卖起关子，故意装思考状，皱了皱眉，又摇了摇头，末了眼睛一亮，说：“哼，依我看呐，七八十岁的老太太根本就懒得回复短信，要回也只能说：死老头儿，俺老啰，实在不行啦，你这老不死的爱谁谁吧……”贾增城故意学着老太太的腔调，拉着长腔，怪模怪样的，样子有几分滑稽。

杨妙丽忍俊不禁，嗔怪道：“去你的吧，瞧你一肚子坏水！”她被他逗笑了。笑了一会她才给出答案：70来岁的女人是不回复短信，直接给儿子打电话说：“儿啊，你爸可能没几天了，赶快准备后事吧！”80来岁的女人则自言自语：“唉，今天老头子一定是忘了吃老年痴呆药了！”

贾增城听罢，哈哈，哈哈，竖起大母指夸奖说：“高，实在是高！你这笑话智慧，高端，幽默，简直太逗了。来，我得敬你一杯。”他端起酒瓶为杨妙丽斟酒，又为自己斟，两杯都斟得满满的。末了举杯邀杨妙丽："今晚真是开心，来，干一杯！"杨妙丽兴致正浓，喜不自禁，于是端起酒杯与贾增城""的一碰，仰起头一饮而尽。瞬间，她的脸红若玫瑰，艳若牡丹，朦胧的醉眼，在时明时暗的灯光照耀下越发楚楚动人。

贾增城酒劲渐增，他痴痴地望着对方，忽然大着胆子说："妙丽，今晚我不想回家了。一会儿我到附近的香格里拉饭店开房，只是我一个人住那么大的房间，太浪费了。我想请一位自己心爱的姑娘共度良宵，你……是否愿意陪伴我？"说完，他眼睛热辣辣的直逼对方。杨妙丽像被烫着了，眼睛慌慌地躲闪着，但很快又镇定下来，接住对方目光，眼中柔情似水，灯光下波光潋艳，仿佛就要溢出眼眶。对贾增城出人意料的邀请，她有些惊喜，也有些慌乱，可她既不点头，也不摇头，盈盈的笑脸，洇出阵阵红晕。她的目光，兴奋中透出暧昧，半推半就的。看得出，她今晚喝多了，已有些不能自已。贾增城的喜悦，瞬间闪电一样在内心掠过，令他无比兴奋、激动。因为他意识到，男女之间的这种事，女方不反对便算是默认了。于是他当机立断招来服务员，结完账，挽着杨妙丽双双步出了莫斯科餐厅，打了辆出租车径直向香格里拉饭店驶去。

七

那天晚上，贾增城欲望奔涌，血脉贲张。他带着杨妙丽心急火燎地在五星级的香格里拉饭店开了房，俩人先后洗漱完毕，正要宽衣解带上床时，杨妙丽忽然醉眼朦胧、娇嗔地对贾增城说："请你先把灯关了。"声音虽然不大，口气却不容置疑。

贾增城一愣，亲热地搂着她问："为什么呀？"

杨妙丽撒娇说："嗯——儿——，开着灯那多难为情，我不习惯。"

贾增城双手捧着杨妙丽圆润俏丽的脸，亲了一下说："可是，我特别特别想亲眼欣赏你美丽的裸体啊。"

杨妙丽嘴一噘，威胁说：“哼，你要是不关灯，我可就走啦。”

一句话戳中对方软肋，此刻的贾增城正欲火攻心、火急火燎呢，怎么肯让到手的鸽子飞了？他立马缴械投降，母鸡啄食般连连点头：“行行行，我这就关灯。”说完他迅即关闭了床头的开关。屋子瞬间一派漆黑，借着窗外透进的微弱亮光，他俩彼此只能隐约感觉到对方的人影和气息。

伴随着黑暗的降临，杨妙丽内心深处女人对男人那特有的渴望像魔鬼出窍、蛇一样张狂起来，这魔鬼曾经让她神魂颠倒，又爱又恨，既痛苦又快乐。这魔鬼曾经把她带上快乐的巅峰，也曾经将她摔进痛苦的深谷。当然，假如没有那次意外，做晚饭时她一个趔趄将一锅滚烫的肉汤碰翻到自己身上，造成胸部至腹部的大面积烫伤，她不可能遭到前夫的抛弃，原本的幸福也不至于离她而去。尽管经过半年多的治疗，包括皮肤移植等高难度手术，杨妙丽总算保住了生命，但胸部和腹部留下的巨大伤疤，却从此永久地烙在她原本美丽丰腴的胴体上。随着丈夫的离去，女人对男人那特有的欲望从此也像被大石压灭的火焰，渐渐地熄灭了。假如没有贾增城今晚的甜言蜜语和竭力挑逗，杨妙丽内心深处那女人的本能和欲望，也不可能死灰复燃。虽然从性格上讲，杨妙丽性格开朗，内心坚强，经历肉体的伤痛和婚姻的变故之后，她在外人面前一如既往，表现得乐观、热情，无忧无虑，仿佛若无其事，但对男人的渴望早已被她强行冷冻，好长时间不再复活。今晚，她对男人的渴望却意外地被重新唤起，一如春风化雨、枯木逢春，也仿佛经历冬眠的蛇蝎遭遇暖阳，渐渐苏醒并迅即活泛起来，甚至在此刻达到了癫狂，她强烈渴望得到男人的爱抚、挤压和撞击，重新赢回女人应有的快乐。她回味着自己当初由少女变女人的经历，面对强壮、火热的男性裸体，她既渴望又害怕，既激动又担心，那情形如同在名山大川攀登险峰欣赏美景，经过小心翼翼、战战兢兢和千辛万苦的攀爬之后终于登上顶峰，那种一览众山小的激动，那种无与伦比的风光和美景，那种从没有体验过的美妙与幸福，是多么动人心魄刻骨铭心啊！此时此刻，杨妙丽是多么渴望重温那种激动、美妙与幸福，黑暗中她宽衣解带，将自己脱得一丝不挂，张开双臂投进了贾增城的怀抱。她期待着对方的爱抚与温存，初始对方也确实给了她爱抚和温存，因为她分明感觉到男人灼热的体温和强悍的气息，那体温和气息像一团正在燃烧的火焰，紧紧地包围着她，拥抱着她，仿佛要将她点燃。当两团火焰相拥着双双滚落在床上时，杨妙丽却感觉到对方那只强悍的、原本在她身上不断游弋的手忽然间停了下来，一个声音随之在她的耳边炸响："咦，你怎么还没脱干净啊？"是贾增城的声音。

杨妙丽愣了一下，回答说："脱了的呀。"

贾增城的手窸窸窣窣摸着她的胸部和腹部，说："你骗我，瞧你这儿，还有这儿，都格格楞楞的像蛇皮一样，好像还穿着什么，怎么能说是脱了呢？"

杨妙丽心一沉，不知如何回答。想了想她灵机一动，决定将计就计，遂狡黠地说："嘻嘻真让你说对了，我……我确实没都脱，我不习惯都脱，都脱……多难为情啊。"

贾增城说："可我正相反，我不习惯没脱干净。这么美好、刺激的事，不脱干净怎么能够尽兴？"

杨妙丽在他怀里扭动，喘着气撒着娇说："嗯——儿——，可……可我真的不习惯都脱嘛。"

话音未落，贾增城就说："傻瓜，都这时候了还不脱，那哪行啊，不行！"说着一只手粗暴地摸索着要剥杨妙丽的"衣服"，却怎么也找不到下手的地方，那"衣服"死死地贴在对方身上，怎么抓、怎么扒都找不到抓手。这样子让贾增城不由得联想起传说中印度的贞洁裤，说的是印度的少女为防被男人性侵，商家为她们设计了一种带锁的贞洁裤，这种裤穿在身上异常牢固，如果没有特制钥匙，无论如何是脱不下来的。莫非杨妙丽是穿了贞洁内衣？这么一想，贾增城一时起急，不由分说揿亮了床头的灯光，想探个究竟。随着灯光闪亮，眼前的一切让他大吃一惊：杨妙丽美丽的脸庞之下，胸部至腹部竟然是暗褐色一大片丑陋不堪的疤痕！几乎是同一时间，杨妙丽一声尖叫从床上弹了起来，以迅雷不及掩耳之势推开对方，闪电般一把扯过床上的被子紧紧盖住自己的裸体，另一只手"啪——"地一声掴了贾增城一记耳光，一张因愤怒而扭曲的脸冲对方狂喊："你干吗呀你？臭流氓！"声音歇斯底里，震耳欲聋，此刻她的脸不再温柔，也不再美丽，她怒不可遏的样子一如怒发冲冠的母狮，眼看着就将发起攻击。

贾增城被眼前这突如其来发生的一切惊呆了，原本极度高涨的情绪和燃烧着的欲望像冷被不丁浇了一大盆冰水，瞬间从巅峰跌入低谷，渐渐熄灭下来……

八

贾增城落荒而逃，他甚至忘记自己应该到饭店前台结账，扔下杨妙丽一个人匆匆打车回到自己家中。已是午夜时分，妻子和儿子早已入睡，他做贼心虚，一个人诚惶诚恐、蹑手蹑脚洗漱完毕，进入卧室悄悄钻进了妻子的被窝。此刻，妻子刘秀美酣睡正香，他自己内心却忐忑不安，像十五只铁桶打水，七上八下，丁零当啷的怎么也平静不下来，刚才发生的一切在他的脑海不断回放、闪现，循环往复，周而复始，赶赶不走，忘忘不掉，这一夜，贾增城彻底失眠了。

第二天，贾增城依然心神不宁，却还接二连三遭遇烦心事——

一大早，打开手机，他看到的第一条微信是杨妙丽发来的："贾增城，原来是假真诚！你人面兽心的好虚伪啊，自打认识我你就心怀鬼胎花言巧语勾引我，真没想到原来你却是个十足的伪君子、废物、阳萎患者，没有金刚钻就想揽瓷器活？就你这种严重阳萎的垃圾男人，还想寻花问柳？你去死吧你，你早晚都得遭车撞雷打、不得好死！你给我记着：你如此卑劣耍弄我，我不会饶过你，我会记恨你一辈子！"这则微信，贾增城看得胆颤心惊，他感觉这哪里是语言，分明是一支支毒箭，箭箭射中贾增城的要害，几乎是万箭穿心。看完这则微信，贾增城内心扑扑狂跳、心阵阵刺痛，却感觉有苦难言、无言以对。这回他着实领教到了，外表漂亮的女人，一发起狠来真是可怕，难怪老话奉劝好男不跟女斗。况且自己此种德性，能算好男吗？想想与杨妙丽认识的前后经历，再想想自己背叛妻子、与杨妙丽昨晚的拙劣幽会，一向春风得意、开朗自信的贾增城忽然自惭形秽，感觉到自己这回是实实在在栽在一个女人手里，一种挫败感油然而生，瞬间占据了他的全身，让他平生感觉到自己第一次无地自容、威风扫地。面对杨妙丽的谩骂与羞辱，别说申辩，更别说反击，就连重新见杨妙丽的勇气他恐怕都已经没有了。

中午时分，他接到一个陌生电话，是香格里拉饭店的前台打来的，一位男声问他房间还续订否，如不续订必须立即前来结账付款，否则将以骗逃房费论处，酒店将依法在二十四小时内报警。接完电话，贾增城才恍然大悟，意识到昨晚自己狼狈不堪落荒而逃，竟然忘记结账了，而自己的身份证和押金都还押在饭店的前台，已经超过约定的退房时间。虽然他自己压根就没想到要故意逃缴房费，但被对方软中带硬的电话追索，贾增城还是感觉到外界对他的敌意和压力。经历了昨晚的狼狈与不堪，潜意识中他似乎感觉到自己的卑劣和不可饶恕，要不然怎么连五星级饭店服务员对他都这么不客气呢?

这还不算，傍晚下班回到家里，一向温柔的妻子刘秀美见了他却冷眼相对，见面就冷不丁冒出一句 :“你昨晚干吗去了? ”

贾增城愣了一下，内心故作镇定 :“没干吗，跟几个朋友聚会去了。”这时候他才想起来，昨晚与杨妙丽如胶似漆约会的时候，只顾与对方亲热调情，竟然忘记给妻子打电话或发短信打招呼了，这在以前他可都从未有过。看来昨晚自己确实是被欲火烧晕头了，真是该死！此刻他内心直喊后悔。

刘秀美却不甘罢休，还一脸鄙夷 :“哟我说贾增城——什么时候你也学会撒谎了，你说你昨晚跟几个朋友聚会? 哼，骗鬼去吧！你别以为我不知道，有人看见你昨晚带着一个女人在莫斯科餐厅约会，还不知羞耻的亲亲热热黏黏乎乎的，之后你俩还一起打车走了，我说的没错吧? ”刘秀美此刻横眉冷对，怒目圆睁，平素美丽温柔的脸完全扭曲，那样子像极了昨晚的杨妙丽。一想起昨晚的杨妙丽他就不寒而栗，没想到现在又来了个刘秀美，两人对待他如出一辙，都凶神恶煞，自己到底是怎么啦，怎么会如此倒霉沦落到此种地步? 此刻面对妻子咄咄逼人的质问，贾增城如骨鲠喉。他艰难地蠕动着喉结，咽下唾液，竭力想申辩，想说点什么，却发现放学的儿子也在身边。此刻儿子正瞪大眼睛看着他，儿子的眼里充满疑惑与惊诧，隐隐约约似乎也对他这个当父亲的投来鄙夷和不信任。那一刻，贾增城这个男人的内心和自尊全线崩溃。他脸一黑，二话不说，“啪”地一声扔下每天上班带的公文包，一转身头也不回地弃门而出。

这天晚上，北京城寒风凛冽。贾增城冒着寒风，一个人在大街上踽踽独行，漫无目的地走。走累了，感觉冷了，他才踅进街头的一家小酒馆喝闷酒，喝得酩酊大醉。他跌跌撞撞地走出酒馆，不一会便一个趔趄，摔倒在马路牙子旁边，脸颊被马路牙子磕出一个约两寸长的裂口，满脸是血，幸好没多久他便被路过的巡警发现，是巡警将他送进了附近的医院救治，并按着贾增城迷迷糊糊中提供的电话通知他的妻子刘秀美。贾增城在医院住了一个星期，脸上的伤口虽已愈合，却留下一条长长的疤痕。

经历了这次风波，贾增城内心的疤痕更加严重：他的性格变了，无论在家还是在单位，原本开朗幽默的他从此变得寡言少语，脸上难得一笑。更糟糕的是，打那以后他对过去热恋的夫妻生活兴致全无，甚至见到女人内心都有说不出的反感与抵触。他时常感觉自己忧心忡忡，对此种状况，他自己都有些担心，以至于有一天他一个人悄悄到北京的一家男性专科医院看医生，诊断的结果是：男性性功能障碍。看着诊断书上白纸黑字写着的这个结果，贾增城脸上现出疑惑和茫然，他将疑惑和茫然的眼光投向了为他作检查的医生，那位五十出头的男医生语调低沉地告诉他：“很不幸，你阳萎了。”医生的眼里流露出遗憾与同情。贾增城如雷轰顶，触电般呆呆地望着医生，那一刻他感觉自己如坠深渊，内心深处升起强烈的恐怖与深深的绝望。

此后好长的一段时间，贾增城四处求医，他几乎跑遍了京城众多知名的男科医院，求助于众多的男科专家，甚至还听信朋友的介绍到一些私人诊所求治，尝试过数不清的祖传秘方，可一切的努力都无济于事。他那男性性功能一如尘封千年的僵尸，再也没能被唤醒，他也再没有重新获得男人应有的性福。从此，贾增城心如死灰，郁郁寡欢，他每天除了关起门来画画，几乎断绝了与朋友们先前的交往。即使在家里，面对妻子和儿子，他也更加沉默寡言，脸色阴郁，先前的欢声笑语再难得一见，仿佛跟他的性福一起被残酷尘封了。

两年后，妻子刘秀美到法院提起诉讼，要求离婚。尽管贾增城开始不同意，对妻子苦苦挽留，但刘秀美去意坚决，法院最终判决他们离婚，未成年的儿子也判给了刘秀美。

画家贾增城的罗曼史就此宣告结束。

（原载《芒种》2016年第12期，《中华文学选刊》2016年第12期转载）

短篇小说

夹缝人生

党员都该归属党的基层组织比如说党支部党总支。

可他却是个例外。

我不知道眼下中国大陆上有多少个党员是游离于党组织之外的，但我确实知道这么一个他——实在是对不起我这人向来不爱刨根问底，尽管他目前就在我们单位可我一直只知道他姓沈也只知道他是党员，为方便计我们就称他为沈党员吧！——沈党员绝对是个共产党员可眼下他又绝对没有党的上级组织，就是说没有哪一个党支部管他，他是身不由己地被弃之于党组织之外。

沈党员原是北京近郊部队的一个志愿兵。那一年我们单位后勤缺人，准确地说是单位里编制臃肿人员懒惰人浮于事一下子再进人不太可能，于是单位里的几个主要头儿一合计便决定到附近部队去借调一个。借调的这个人自然是要挑好的具体地讲是要挑能干听话、政治素质好的。因为我们单位是一家全国性大报属中央直属单位党的重要喉舌——不挑好的倒是能挑个坏的让一粒耗子屎败坏一锅粥咋的？林社长瞪眼捋袖唾沫星子横飞，一副慷慨激昂的样子。

报社办公室周主任到附近部队一说，部队里的后勤部长拍着胸脯大声说没问题没问题！于是后勤部长指派出沈党员，于是第二天沈党员便卷铺盖儿奔报社而来。

沈党员年龄不满二十八岁身高约莫一米六五，宽脸白牙不胖不瘦也极少说话，能干恐谈不上但却确确实实听话。他来自山西雁北农村志愿兵已当了五年，同乡的连长说过了再干下去你是能提干的。沈党员的最高理想便是渴望着提干，一提干就意味着他能留在部队，意味着他日后有可能把家里那个娶了三年的农村媳妇和那个满两岁的儿子带出来，因此在连队里众多的志愿兵中数他最听话干得也最卖劲。后勤部长指派他来报社时据说他不太乐意，这倒不是因为他对来报社不感兴趣，而是他极担心错过年底的提干机会。但指派他到报社帮忙也是部队的命令，他深知假如他不服从命令那他提干将更是一句空话。好在同乡的那个连长安慰他说借调是部队的需要，表面上看你不在连队里干工作，但你的工作也算连队里工作的一部分。再说你到报社要干好了到时候报社招工转正没准还有你的份儿，要那样你还能留北京，那敢情比在连队里提个排长什么的也强着呢！这么一开导沈党员便觉着有理儿，于是他高高兴兴地向后勤部长拍胸脯说保证不给部队丢脸。之后，他便离开连队到报社来了。

沈党员不愧是军人，他第一次来到报社的那天是上午八点。上午八点钟的报社里除了传达室里那个值班老头之外，其他的人一个也不见踪影。老头也才刚刚起床，告诉他：早着呢，不到九点钟谁也不会来的！老头说时不紧不慢一副习惯成自然的神情。沈党员则大吃一惊：这么晚才上班呀？！不愧是中央大单位哩，要在咱的部队哪儿成啊？不论是春夏秋冬早上五点半军号一响，你要不起床你就等着挨处分吧！

真是百闻不如一见。沈党员心一热，着实羡慕起报社来。眼下离九点还整整一个钟头，无事可干沈党员真有些不习惯。眼看着传达室门口七零八落地堆着些果皮烂纸，他忽然间灵机一动将行李一卸，捋起袖卷抄起门口的一支竹子扫把大步流星地蹿将过去，唰唰唰地扫起垃圾来。扫完这边又扫那边，扫完院子他又扫楼道，甚至连男厕所也冲洗得一干二净。什么用过的手纸编辑记者们吃不了胡乱遗弃在水池里的剩菜残渣，他都用手捞到簸箕上然后冲洗水池，再然后又把厕所楼道和院子里扫成堆的垃圾一一送到报社门口的垃圾桶里。沈党员所有这一连串举动几乎使传达室的那位老头目瞪口呆，他可从没见过有人这么卖命干活哇！不说动手干，平时那帮编辑记者们要能讲点公德不胡乱丢废纸废物糟踏地板就已是万幸的了！

九点钟以后，报社里的人陆陆续续地跨进报社的大门来了。最先跨进大门来的正是报社的林社长，林社长刚钻出皇冠便不由自主地满院子继而是满楼道睃视，他发现今天的报社竟然如此破天荒的干净就如老天爷刚用清风玉雨洗过一般，于是林社长满眼闪亮满脸灿然生辉。他正兴奋得什么似的心想这一定是传达室那位老头干的，自己应该好好表扬一番那老头，没想一转眼却见男厕所里有个军人正在低头洗手。林社长于是待在厕所门口，待军人洗完手时便堵住他——

你……你就是我们报社借调来的吧？

是的俺就是。那军人双掌使劲地甩着水滴。

刚才这楼道还有那院子是你打扫的？

是的。不过这没什么反正你们还没来俺又觉得无事可做。军人似乎在用平静的口气说。

噢——原来是这样！太感谢你啦你贵姓？林社长上来握住军人的手。

俺姓沈，军人笑着说。

是党员吧？

是的。您是……？军人说着渐渐收敛了笑容。

噢——难怪难怪，既是军人又是党员你的觉悟就是高啊！林社长并不理会对方的提问，他兴奋不已激动不已于是满楼道嚷逢人就说今早咱报社来了个党员军人……叫沈党员，一早便带来了部队的好传统好作风，你瞧他一大早便将咱整个报社打扫得一干二净，往后我们要好好整顿社内的脏乱差风气，无论如何要向人家沈党员学习……人们于是便也知道报社里来了个沈党员。

沈党员来到报社后安排在食堂帮厨。众所周知我们报社后勤所有的活中数食堂里的活最脏最累，食堂是新建的没有煤气管道，因而最脏最累最令人头痛的活是要拉煤铲煤末了还要刨煤渣，自然还要买菜洗菜烧饭刷碗清理污垢。不论是春夏秋冬，你要摊上了这活得整天忙累浑身油腻。再说上百人的饭众口难调，饭菜做好了似乎理所当然但要做不好你就等着挨骂吧！所以那次食堂里的两个老师傅退休后，社里要在后勤人员中物色两个接班人，几乎没人愿意干。唯一一个表示服从组织安排的是原先在收发室分发信件的小岳，小岳年龄三十五六，平时少言寡语，一副与人为善厚道本分的佛相。小岳答应服从组织安排去食堂工作，这举动使林社长很感动，于是在一次全社职工大会上大肆表扬且当场发给奖金五十元。

沈党员被安排到食堂则是顺理成章的事儿，用不着做工作更用不着发奖金。不但如此，沈党员被授以任务去厨房之后还笑容满面兴奋异常，似乎他是早有准备或者是本就该干这行活一样。他去食堂后干得也远比小岳卖劲，于是小岳也鼓足热情去干活。于是食堂里终于能准时开饭，饭菜质量虽不如那两位老师傅退休以前，但卫生条件却大大提高。于是林社长极其高兴，报社里大大小小的编辑记者们的怨声也明显地比以前少了。

沈党员自打第一天来报到后便在报社住了下来。报社的院子里有许多简陋昏暗的平房以前一直没人住，至多是搁一些零乱的杂物废品。办公室周主任派人腾出来一间在里面装了灯安了床，沈党员于是住了进来。别人都说这房子矮小简陋昏暗，可沈党员自己却很满意。在部队里十几个人挤在一块，而眼下自己能独住一间，可报社里的人还嫌不好，沈党员大惑不解他暗地想报社那些人真是太傻了！沈党员自己住进了那间房子之后，就像自己突然间拥有一块新手表或一辆崭新的自行车一样心里总是美滋滋的。他每天干完活回到自己的房子里便浑身轻松起来，睡觉也睡得特别香。一周两周……一转眼一个月过去了。他在自己的房间里虽然仍睡得香但却越来越睡不着，晚上闭了灯在床上躺下来望着黑乎乎的屋顶，他便要不由自主地想起黄土高原的那个小山旮旯，想自己那住在那个狭小破烂低矮昏暗的窑洞里的媳妇和那个满两岁的儿子。沈党员的父母早已作古，他的两个哥哥以前娶了媳妇便都另起炉灶各顾各去了，眼下就自己那媳妇带着儿子在那个窑洞里过日子。沈党员每次回家探亲总是欣喜而去败兴而归。自己那媳妇一个妇人家，既要耕作责任田又要带孩子，再要想发家致富，丝毫也不现实。沈党员之所以要当志愿兵，最大的愿望就是想提干留部队再然后把媳妇儿子接出来。

沈党员凝望着黑暗而空旷的屋顶，辗转反侧怎么说也睡不着，他又突发奇想，设想这时候自己那媳妇那儿子要能到这里来同他住在一块那该多好！这种愿望在心里孳生之后，便迅即长成一条不安分的大虫不断地折腾，以致第二天一早他便大着胆子蹑手蹑脚地推开了林社长的办公室大门，涨红着脸结结巴巴地将这个愿望告诉了他。末了他说，反正俺想俺媳妇俺儿子来了也不多占房子，再说俺……俺会管理好她俩的，保证不给报社找碴儿。

嗐！我说小沈呵你太规矩也太拘谨啦——林社长边说边摘下眼镜——夫妻团聚是你们的权利呵，你咋不早说呢，早知道你家里这么困难那我早就让你把妻儿接出来了，你说对啵小沈？哈哈哈哈……林社长笑得很开心笑得沈党员感激不已。

沈党员于是在星期六下午下班后急急地赶回了家，于是新一周的星期一人们上班时便发现院子里多了一个年轻妇人和一个满地跑的小男孩儿。

沈党员的媳妇是个年轻的女子，看样子比沈党员至少小五岁吧？她梳着一头发黄的短发披着一条红色头巾，一张圆脸红扑扑一笑露出一排黄牙，她整个儿看上去就像被太阳晒熟晒裂了嘴的石榴，只是这颗石榴多少有些羞涩，于是也平添了许些农村少妇的可爱之处。

沈党员那个刚满两岁的儿子长得十分可爱活泼，小手儿小脚丫小脑瓜，脑瓜刮得发亮活像个光洁的葫芦。入秋了小家伙还光着屁股甩着脑瓜像甩着货郎鼓一样满院子跑，见了人还咧着嘴露着几颗鱼齿一样的小龋牙嘻嘻地笑。小哈蟆一样搭在脸正中的鼻子则欢快地甩出两条长龙似的鼻涕，鼻涕不住地渗进开裂的小嘴然后又同口水汇合在一起再然后又顺着小下巴欢快地往下淌。他的红花布小夹袄上被口水溅湿了且又被滚上无数的尘土，那样子既像一只狡黠滑稽的小猴，又像一条笨拙可爱的小狗一样逗人。

我记得那会儿正是开午饭的时间，前去就餐的同事们男来女往，路经院子时纷纷禁不住被眼前这个小家伙吸引过来。大伙儿看着眼前这个浑身上下脏兮兮的小家伙前颠后蹿满院子打滚，几乎是一个个都喜出望外，一个个脸上大放异彩。他们当中有人起哄，更多的人是喝彩。小家伙受了鼓励之后闹得更是起劲，围观的同事们于是也更开心地哄然大笑。有一个女同事将一个剥了一半壳的鸡蛋递了过来。小家伙先是一愣，紧接着受大人们的鼓舞便一把抓过鸡蛋往嘴里塞，他边塞边笑不一会便把手里的鸡蛋吃了个精光，那只抓过鸡蛋的小手不停地往胸前蹭。另一个男同事似乎被逗乐了，他见小家伙如此爱吃，于是心血来潮把自己那个刚咬了一口的馒头递了过来。小家伙这一回毫不客气蹿上前去一把抓过馒头便往嘴里送，大伙儿又是一阵开心，笑声和欢呼声此起彼落，院子里真是欢快极了！

然而正是在这时，我清楚地发现人群外沈党员正瞪着眼远远地看着这边发生的一切。许是为了顾及面子抑或是不想一下子扫眼前这些编辑记者们的兴，沈党员没有马上走过来阻止儿子的胡闹。然而待到我的那些同事们尽兴之后慢慢散去，我才亲眼看到沈党员气咻咻地蹿过来挥起硕大的巴掌一下接一下地扇儿子的屁股，扇得小家伙嗷嗷直叫，沈党员却毫不手软边打边把儿子往自己的那个房间拽。

令我感到意外的是沈党员那儿子似乎有些不屈不挠，抑或是睡了一夜之后便把白天屁股上的阵痛彻底地忘了。第二天小家伙又极其活泛地满院子满楼道蹿，又是蹦又是跳，仍旧是光着屁股穿着又脏又黑的红花布小夹袄。也不知是什么原因，我后来也未曾再见到沈党员拿巴掌管教自己的儿子。久而久之那孩子便习惯成自然似的，每天都成了我那些同事们的玩物……

沈党员的媳妇在报社住下来之后，沈党员似乎明显地消瘦了，脸的颧骨突出，不到三十岁额头上却聚了不少的皱纹，眼角似乎也深陷下去。那会儿同事们一下班上了班车之后又有了新的话题，那位瘦丁瘦丁的曾被报社众多的人拥为“侃爷”的新闻记者一上来又是嘴不饶人：嘿！我说哥们儿你们发现没有，沈党员最近特瘦，看样子瘦了不下十公斤吧？我本人左思右想总整儿不明白，不知他究竟为啥会瘦，大伙儿谁知道谁说说？说完了“侃爷”便狡黠地挤挤眼睛，脸上的笑随时都将突围出来。

后座不知是谁立即反应：我说“侃爷”你今儿是喝胡了马尿咋的？你不看看人家都把媳妇接来了咋能不瘦?!

“哄——”地一声，一阵疯狂的野笑差点儿掀开车的顶棚。有几个女同事朝后瞪了一眼丢下一声“讨厌”，再然后便捂着嘴竭力想抑住自己的笑，没想抑制不住于是嘴角便冒出一阵阵“嘻嘻嘻”的笑声来。司机也笑着将引擎一开，桑塔纳豪华轿车便欢快地向前疾驰。

这时候我才发现同我并排坐着、紧挨着我身边的小岳一直默不作声，他丝毫也没有笑却毫无表情地瞪着坐在斜对面的“侃爷”。我有意碰了他一下问他怎么啦，是不是哪儿不舒服？

小岳一惊侧过头来对我说了声没什么，接着便摇头苦笑。再接着他又侧过头来对我说：其实人家也着实过得很不容易。我一下子明白过来紧接着问沈党员怎么了？小岳看了我一眼接着叹了口气，说：这些天沈党员总是把自己在食堂分得的那份饭菜端回房间去，此外每次卖完饭桶里菜盆里的一点剩饭剩菜他都打扫得一干二净，然后装进碗里端回房间去。要在以前这些点残汤剩菜剩饭，我都通通倒泔水桶里给扔了。小岳说完看着我，然后又是摇头又是叹气。末了他又说：你千万别再向别人说了这事，沈党员求过我，他是党员说出去怕会损坏党的形象，他说他确实是没办法才这么做的。小岳说这些时极其动情，眼里潮红且闪着泪光，似乎是他在求我办什么事似的，也许沈党员求小岳别把事情说出去时就是这副神情。

看他那样子我浑身一激灵，心也跟着热乎起来，我说小岳你放心我保证不说。我问小岳，沈党员在这儿干每月给多少工资？小岳说他是借调来的他没工资，他领的仍是军饷。我问沈党员领多少军饷，小岳说他也不清楚，他说最多也就几十块吧？于是我没再追问下去，内心却热辣辣不安起来。我自己每月的工资表上收入是一百五十元，却还总嫌不够花，我怎么也想象不出沈党员用几十块钱怎么能养活他一家三口人？

我曾经向小岳拍胸脯说保证不向任何人说沈党员的事。可第二天上班时我便怎么也抑制不住自己的冲动，我决定要把沈党员的处境向林社长反映，要不反映我他妈就没有良心，也他妈不配是党员！我终于迫不及待地推开了林社长的办公室，接着又迫不及待地激动不已地将事情的来龙去脉向林社长说了，我说这些时感觉到自己满脸通红浑身燥热就差声泪俱下了。林社长这才慢吞吞摘下老花眼镜，说是吗事情果真是这么糟吗？尽管他仍不紧不慢，可我已很满足并且对这次谈话的效果充满信心，要知道林社长向来就不正面听我的意见，虽然我都快三十岁了，可他一直把我当小青年看。

这回我倒是平静下来，我说林社长信不信由您，您调查去吧，反正我希望咱这家堂堂的大报，应想办法为沈党员解决点实际困难。林社长没有作答，他只是瞪着眼睛将信将疑地看着我，我觉得我的使命已经完成，于是便说了声再见吧社长。

过了两天，我便听小岳说沈党员那媳妇已被聘为临时工，每天负责到锅炉房烧开水，同时负责打扫报社的公共卫生，每月给工资一百块钱。小岳说报社咋那么快就知道沈党员的情况呢，这回好了，沈党员也快过上好日子了！听着小岳喋喋不休的述说，我没说什么，内心只感到一阵欣慰。不管怎么说这回林社长是实实在在地采纳了我的意见的，我应该深深地感谢林社长。

又过了些日子，我发现沈党员脸色又渐渐红润起来。

沈党员自打来报社之后，几乎是每个星期天都要往部队跑。他主要是回自己的连队去看看自己的战友和老乡，特别是去看望后勤部长和其他首长，向他们汇报自己近一段的工作和思想。沈党员自然也没有忘记自己的身份，每月回连队领了军饷之后总忘不了向党支部的组织委员递交党费。沈党员的顶头上司对沈党员的表现也还算满意，每次听完了沈党员的汇报总是夸奖了一番并鼓励他好好干，同时他们每次也都叮嘱沈党员要同报社和社长总编辑等人搞好关系，最好让报社找机会报道咱们部队。沈党员自然是点头称是，每次回报社后总是要瞅准空儿钻进林社长和赵总编的办公室。

那一次仍是星期天。沈党员回部队时连队的报道员小王便送来了一篇稿子，那稿子是报道他们部队领导如何抓后勤工作如何抓部队的战术训练的，其中重点写了后勤部长等几位领导。小王把稿子交给沈党员，说是小沈在报社已待了一段时间跟报社混熟了稿子交给他总比寄出去便当登的希望也大些。

沈党员离开部队赶回报社时，一路上忐忑不安心像煮沸的水一般翻腾开了。他衣兜里揣着一篇近三千字的有关自己所在部队报道的稿子，就像揣着一块巨石一样沉重。他感到自己责任重大，担心这任务要完成不砸了他将不知如何向后勤部长交待。公共汽车“突突”地向前开着，沈党员的脑筋也“突突”地开动起来。下车后他看见人们在抢购新来的新疆哈密瓜，每斤两块钱。他站在那里犹豫了一会然后便下决心从人缝中挤了进去，掏出刚刚回连队领到的军饷买了两个大小差不多的新疆哈密瓜，然后便飞快地赶回报社。

沈党员那儿子见爸爸回来了高兴得直蹦儿，又是跳又是叫。小家伙见爸爸抱回两个大东西，于是扑过来抱起一个噘着小蛤蟆一样的脏鼻子使劲嗅，然后便闹着要吃。沈党员却“呼”地一声蹿过来挥起巴掌便往小家伙的屁股扇，小家伙“哇——”地一声哭起来嗷嗷直叫。沈党员那媳妇走过来把孩子抱到门外去了。沈党员于是也赶快弄来两张旧报纸，一张一个地把哈密瓜精心地包扎起来然后又用绳子分别捆好，将其搬进柜子并加了一把锁。

第二天是星期一，沈党员瞅准机会将两个包好的哈密瓜抱了出来，分别送给了林社长和赵总编。沈党员说这瓜是他新疆的一个战友刚从新疆带来的您尝吧这瓜可甜了，林社长二话不说便收下来了。赵总编则说这瓜你还是拿回去留孩子吃吧，沈党员忙摆着手说家里还有呢可不敢让孩子吃多了，吃多了饭都不想吃哩！赵总编见小沈这么说便也不再推辞。沈党员这时掏出稿子说这篇稿是写俺们部队的您看看能不能用？赵总编接过稿子扫了一眼，然后就说你送到军事部去吧，说完便把稿子塞了回来。沈党员好扫兴好悲哀，他本来想向赵总编要求照顾发这稿子的，但赵总编头也不抬地坐回自己的位子看样子正在写着什么。沈党员感到自己不好再开口，于是便恭恭敬敬地退出赵总编的办公室然后直奔军事部。军事部的李主任热情地给沈党员让座。他听完了沈党员的说明之后，便说你来得正好，我们的“子弟兵”专版正缺稿呢，说完便将沈党员的稿子留下了。

过了两天，沈党员送来的那篇三千字稿子便几乎原封不动地登在当天的报纸上，连题目也没有变动，只是个别字句作了调整和删节。部队的几位首长高兴得什么似的，当天便纷纷给沈党员打电话说小沈呵你干得好，这可是咱们部队几十年来第一次上全国性大报哇！这一切来得这么快这么顺利，沈党员既感到意外又感到兴奋，此外又像是经历了一场虚惊一样，他的内心多少浮现出一种莫名其妙的惆怅。第二天他曾对小岳说他昨夜一夜没睡着，只可惜小岳正埋头炒菜并不怎么理会，于是也就没有追问。

沈党员借调到报社一晃便过去了好几个月。时值严冬季节，白绒绒的雪花一天天地下一天天地飘撒。眼瞅着就快要到年关了，沈党员的心一天接一天地焦灼起来。他依旧是瞅准星期天或节假日往部队跑。这个年底有最后一批人提干或转为技术干部，要提不了转不成干，他们这批志愿兵便都已期满便都得解甲回家了。沈党员极其焦灼地关注着连队里的情况，急切地盼望着自己这次能够提干，所以他每次回连队主要是想探探信息。终于有一天，沈党员回连队打探到消息之后脸一下子便阴了下来，同乡的连长向沈党员透露了提干和转干的名单，名单里却没有沈党员！沈党员感到自己的心像被压了一块大石一样几乎透不过气。他嚯地站起来既而满脸通红地找到了后勤部长，然后冲口便说——

部长怎么提干的名单没有俺呵您说这是怎么回事？

什么你说什么谁向你透露名单的？部长叉着腰睁圆着眼。

沈党员一下被噎住了，他这才意识到自己怎么如此冒失？愣了一会他才语无伦次地说，噢对不起对不起，俺是在路上听到的。说完他便逃也似地退了出来。他也没敢再去找自己那个同乡连长，一个人沮丧地赶回了报社。

又是一个星期天。沈党员赶回连队时，提干和转干的名单都已真相大白公诸于众，名单中果真没有沈党员的名字。沈党员气咻咻地找后勤部长，可后勤部长已不见人影，人家说后勤部长前天调上级去了。沈党员一下傻了，他的气没处出火没处发于是便顺着鼻孔“哧呼哧呼”地往外冒。他找到了同乡连长。连长说部队没考虑你提干转干的原因，是认为你在报社已混熟了，说你连老婆孩子都带来了，发稿子都那么容易将来转业到报社是没问题的，提干和转干的名额留给别人吧！连长这么说沈党员的头一下蔫了下来，他只感到心里又气又恨又可笑又悲哀，自己就只能自认倒霉啦！

沈党员回报社后便像被霜打了一样一直蔫着头，原本就极少出现的笑容这一回消失得更是无影无踪。食堂的小岳最早发现沈党员的情绪变化，于是下了班走上班车时他忧心忡忡地把这情况告诉了我。于是第二天我便又开始在打饭时观察沈党员，以后几天也连续如此，小岳所说的情况每天都得到了印证，这使我的心也莫名其妙地不安起来。

大约又过了一周，一向对部下的情况反应迟钝的林社长竟也发现了这一情况。于是中午他端着饭破天荒地走进了沈党员一家三口住的那间房子，开口就问小沈你怎么啦刚才打饭时我发现你情绪不对啊？

沈党员一家三口正在吃饭。沈党员自己正闷闷不乐地啃着一个干馒头，见林社长来看望他心一酸差点没哭出声来。他忙不迭地站起来喉咙哽咽着说坐吧坐吧林社长原来是您哇！说完了却没了下文，潮而红的双眼怔怔地望着林社长。林社长见状饭也不扒了他张口说怎么啦小沈你究竟是怎么啦？沈党员终于又哽咽了一下紧接着便把事情的来龙去脉一字不漏地说了，直说得坐在一旁的媳妇不住地抹眼泪而那个脏乎乎的儿子也睁着小眼直愣愣地盯自己的父亲。

林社长听完了大腿一拍一边摇头一边叹气，他说唉小沈呵这事情你怎不早点告诉我呢，告诉了我也好向你部队的领导打招呼让他们照顾你呵！可他也知道说这话已经晚了丝毫解决不了问题。于是他想了一会便说，事到如今都怪我们借调了你让你委屈了，说实话我们也有责任，这么着吧你离开部队后仍在我们这里干吧，每月也给你一百元工资，以后的事再看着办……

沈党员终于是彻底地离开军营回报社来了，他来报社当的仍是临时工。临时工就像搭在牛背的尘土一样随时随地都可能被甩掉。可他原本是军人是党员，他有人事档案以及组织关系。沈党员当即向报社请示，没想报社说哎哟你不是正式工报社怎能接纳档案呢，调档案事关重大这可不是闹着玩的！没办法最终还是部队作出让步说那就暂且封存在部队吧，末了又强调说不过部队仅仅是封存而已实际上你已不再是部队的人了，啥时候找到单位你就啥时候让有关单位把档案调走吧！

沈党员像断线的风筝一样自由了，但他却因羽翅不丰薰风不足所以一时间似乎怎么也飞不起来。不管怎么说他只是个临时工，于是他感到自己像是被抽掉了脊髓一样骤然间没有了依靠，于是浑身轻飘空虚起来；他想按说报社也还是够照顾的了，自己和媳妇的每月工资加起来二百块养三口人比回老家还是强多了，可不知怎么他横竖就是感到不踏实。不说报社里的正式工每月的奖金编辑费报刊费交通费孩子入托费，还有每周末分的水果饮料以及各色食品与自己无缘，就是党的组织生活以及与党员有关的各种政治学习，这回竟也没了他的份儿！说实话他眼下倒是羡慕起政治学习来，他觉得要能参加政治学习那也是一种资格一种依靠。那一次报社党员政治学习时，他羡慕不已以致抑制不住地来到报社会议室门口然后在门口不住地转悠。在里面开会的军事部主任从窗口处发现了他，于是李主任悄悄地溜出来问小沈你怎么啦你有什么事儿？沈党员怔了一下，他浑身不自在于是忙不迭地说：呵没事……俺只不过是来这儿转转。说毕他便急匆匆地离去。

政治学习不能参加组织生活也不让过，这本就够伤心的，可就连党费也没处缴啦！部队支部说你的档案已经封存你已不是部队的人，我们也不再收你的党费，而报社说你的组织关系不在报社报社哪能收你的党费哇？……总而言之无论如何沈党员感到自己已越来越不像个党员啦，他好悲哀好伤心以致连续几天既吃不下饭也睡不着觉！沈党员的媳妇见丈夫像丢了魂似的，便叹着气说唉算了吧缴啥子党费哟不缴党费每月省一毛钱一毛钱还能给俺娃子买根冰棍呢！没想沈党员却破口大骂说你快给俺住嘴，你一个妇人家能懂个屁！沈党员那媳妇倒也不恼，嘻嘻地笑着。实际上媳妇的建议沈党员自己也不是没想过，不过那是赌气想的办法就是不可靠。真要那样六个月后自己便真的不是党员了，六个月不交党费便算自动退党，这点常识他沈党员还是明白的。要说退党沈党员可不同意，他曾在部队奋斗了七八年才入的党，入党岂是像买根冰棍那样容易的吗？于是他煞费苦心左思右想终于想出了个办法，他决定自己收自己的党费。于是星期天他专程上了一趟街跑了许多商店，终于买到了一个小孩子储蓄用的留有一狭窄小开口的瓷猫和一个红色塑料笔记本，然后郑重其事地拿出两个五分的硬币投入里面，再然后又用圆珠笔在红色塑料皮笔记本的首页上记着1989年3月20日交本月党费一毛钱。末了，他便将瓷猫和笔记本收起来，然后一块儿放进木柜，再然后上了锁。

以后的日子，沈党员每月领到工资，他都如期地交了党费，他想有朝一日自己要成了正式工，自己一定要把党费交给新单位的党组织……沈党员带着自己的媳妇儿子就这样在报社待下来了。

在拥有百余号职工的偌大报社中，沈党员在人们心目中被真正地视为党员是夏天发生的那件事情。

那时候北京经历过一场举世皆知的骚乱之后，报社领导便轰轰烈烈地着手开始整顿报社近一年来职工的懒散作风，以办公室周主任为首的领导小组紧锣密鼓地调查着本社一年来违反社纪社风的问题。报社三位门卫之一的崔大钢因为值班期间报社曾发生失窃事件，调查组于是把他作为首要的审查对象。审查过程中调查组又发现了新的问题：司机班反映说昨天停在院子里的一辆三轮摩托车不知被谁发动了，摩托车的引擎已被扒坏早上院子里也发现一圈又一圈的摩托车车辙，司机班要求调查组予以查清。——这会是谁干的呢？昨天下班后留下来值班的正是崔大钢一个人，除此之外报社里就剩沈党员一家人了。调查组于是问崔大钢是否与此事有关？崔大钢说这怎么可能呢连摩托车停在哪里我都没发现，摩托车一定是早就坏了的。崔大钢这么说调查组便也没再进一步追问，他们转回头去问司机班说摩托车是否是你们自己弄坏的？司机班说这怎么可能呢绝对是别人弄坏的而且弄坏的时间绝对是在昨天下班之后，司机班还说与这事情有关的人百分之九十九可能就是崔大钢，因为崔大钢曾要求过司机班长让其学开摩托车但司机班长没有同意。调查组于是找到了沈党员，问他昨天是否发现崔大钢在院子里玩摩托车？沈党员犹豫了好一阵子，然后才说看见了。事情终于真相大白，调查组于是提审崔大钢说崔大钢你还是放明白点你私自开摩托车怎么还矢口否认？崔大钢却仍矢口否认说我明明没动摩托车你们凭什么说我开的摩托车你有证人吗？

没办法，看样子只能让沈党员出来作证了。一想到让沈党员作证周主任的心便不踏实，他想崔大钢人高马大脾性暴戾，到时候他要搞报复沈党员一家是经不起他折腾的。但他确实没别的办法，他不让沈党员出来作证事情就没法进行下去自己的面子也过不去。没想沈党员听周主任诉说完自己的难处之后，便毫不犹豫地说：周主任您这么为俺着想俺真太感谢您了俺怎能无动于衷呢？俺一定作证同坏现象作斗争本就是善良人的职责，再说俺好歹还是个党员呵！说毕他袖子一捋便说周主任走吧俺作证去。

事情于是很快了结。崔大钢当着沈党员和调查组周主任等人的面，第一次承认摩托车确是他弄坏的但他说只想玩玩没想到摩托车会坏。周主任怒发冲冠桌子一拍大声痛斥说，崔大钢你他妈给我闭嘴你演的戏该结束了！说毕便责令崔大钢退场。

第二天报社即召开了全社职工大会，周主任在大会宣读了报社对崔大钢的处理决定；给予崔大钢严厉的行政警告处分，记大过一次，同时扣发第二季度的全部奖金二百元！与此同时，报社还作出奖给沈党员二百元奖金的决定。当周主任点名让沈党员上台领奖金时，全报社的职工热烈鼓掌并纷纷对他投去赞赏的目光。没想沈党员却不敢上台，他原地站着满脸通红，两只手绞在一起笨拙地扭动着。周主任却激动地走下台来亲手把包着二百元奖金的红纸包塞到沈党员手里。末了他回到台上慷慨激昂地说：在这次审查崔大钢问题的过程中，小沈充分表现出一个共产党员所应有的觉悟和正义感，我希望我们报社的党员乃至全体职工要向小沈学习！会场于是又报以一阵热烈的掌声。这掌声也有我的一份而且我当时鼓得很起劲，不过我虽鼓掌但内心却是十五只铁桶打水——七上八下地翻腾开来……

那次大会之后，我一直担心着崔大钢会对沈党员搞报复。直至今天已整整过去三个月时间了，令我欣慰的是我发现自己的担心成了多余，崔大钢仍满脸笑容大大咧咧地守着大门，看样子真有些想悔过。而沈党员也依故是神情木然地去食堂干他这个临时工所应干的工作……与此同时，我对崔大钢也关注起来，我一直感兴趣是崔大钢这个一向粗暴鲁莽的青年汉子，性情怎么会一下子变得这么温顺且富于人情味？

前些天报社组织全体职工去八宝山参观，路上我正好与崔大钢紧挨在车的相邻座位上。我主动给他递了根万宝路，两人点燃烟不知不觉地聊起来。聊到兴头上，我试探性地问他为什么没对沈党员搞报复？我说你少领二百元你不心痛？他说嘿反正我并不吃亏，再说人家沈党员也没得到好处。我一下糊涂了，我说崔大钢你这话该怎么理解？他轻松地笑着，末了侧过身在我的耳边低声说：开完会那天晚上我值班时，沈党员便将那二百元奖金给了我啦！我心一格登，将信将疑地说他妈的是你威胁他才把钱给你的吧？崔大钢却矢口否认，他说真是沈党员自己送来的要骗了你我他妈是王八蛋！我于是没再追问，内心却像打翻了五味瓶一样酸甜苦辣真不是滋味。这时，崔大钢却郑重其事地对我说：那天晚上沈党员送钱来时他很感意外，他原本怎么也不敢收这钱的，可不收下沈党员便不肯走，沈党员一个劲地向我道歉说他出来作证也确是迫于无奈，说他绝不敢同我过不去。他说沈党员几乎是央求我把钱收下的我没办法只好收下了。崔大钢又说：这事我很感动我觉得人与人活在世上都很不容易，人与人彼此虽不能都做到互相提携互相帮助，但却绝不该钩心斗角绝不该背后捅刀子——这应该是能够做到的吧？末了，崔大钢说我想我应该改掉自己以往的各种毛病否则我他妈的就不算个男子汉！说毕，他狠狠地吸了一口烟吐着。

我默默地听着崔大钢并无做作的述说。看着他那张涨红的脸和他那双略显湿润的眼睛，我竟也被深深感染了，但却说不出内心究竟是什么滋味，真的，我说不清自己对沈党员究竟是鄙视还是同情。我甚至想沈党员要不是党员事情也许会明白些，那样我没准会同情他。

我和崔大钢终于沉默下来。旁边的几个人正在兴致勃勃地玩“拱猪”，还有两个人正用扑克玩算命。更多的人则嘻嘻哈哈地在一旁围观起哄。再往前，那些年老和年轻的女同事一边说说笑笑，一边在悠闲自得地打着毛线。我回头看崔大钢，发现他对眼前的一切无动于衷，他双臂交叉着，侧着头久久凝视着窗外，似乎已陷入了沉思。

（原载《作品》1990年第3期）

中篇小说

日出日落

一个不大不小的消息冷不丁在寨仔山村的几户人家中流传着——

“珍珠返来了！”

“乜事呀，珍珠当了娼还敢返家？”

“珍珠还不敢返家，她在崩山拜百爷公呢！”

“是么，青文知不知道？”

“谁知道啊！青文……可能还不知吧？”

“是么？唉……”

“唉……”

寨仔山村的几户村民在慵懒中不住流传着珍珠返回的消息。村民中有惊奇、有淡漠，有关心、有慨叹……

珍珠返回的消息传进珍珠的丈夫巫青文耳朵时，巫青文正扛着锄头挑着粪箕、带着大女儿大妹出得门来，父女俩要到自家的田里给长得正旺的番薯秧除草松土。有关珍珠的那消息钻进巫青文的耳朵时，巫青文的耳洞里像忽然间爬进了一条软绵绵的什么虫子，他斜歪着脑袋喔着鼻、眯着眼凝视着前来报信的堂弟巫惠安，然后甩了甩脑袋说：

“乜事——你说乜事？”

“珍珠返来了！”巫惠安平静地又说了一遍。

巫惠安这么一说，站在巫青文身后的大妹浑身一激灵，扛着的锄头后面所挂的粪箕差点没掉到地上。二妹三妹四妹五妹以及巫青文那唯一的儿子宝仔“噌噌”地蹿出门来，一下把爹和惠安叔团团围住，小家伙们纷纷睁大亮闪闪的眸子，瞅瞅惠安叔，末了一动不动地注视爹。

头发蓬乱、满脸风尘的巫青文丝毫也不去理会自己身边的那六个奴仔（奴仔：潮州方言，意即孩子）。他仍斜歪着脑袋，皱着鼻眯着眼凝视着巫惠安，一边慢腾腾地吐着烟雾，那样子像在竭力回忆昨夜里刚刚逝去的梦。

巫惠安急了。他一跺脚上前推了巫青文一把——

“嘿——你……你倒是说话呀！珍珠返来了，你打算咋呢办？我还忙呢，我没工夫等你！”

巫青文这才如梦初醒。他猛然挺起头，眨了眨眼，甩了甩头道：“啐——勿理她，我无这工夫，我和大妹得去除草！”

他回头瞟了一眼身边的一群奴仔，瞪着眼喝道：

“你们跟着我咋呢？通通给我进屋去！可不许乱跑，可不许让那老娼进家门！老娼撇下你们一走三年，她不是你们的娘！”

巫青文言毕，望了望仍愣着的惠安，欲言又止。末了，他摇了摇头，叹了叹气，然后便头也不回地奔田里去。大妹咬了咬唇，默默地跟在爹身后。父女俩拉下了长长的两个身影。

日头已升上三竿。

日头像个幸灾乐祸的无赖，把白晃晃的、令人厌倦的光线照射到地上，照射着整个寨仔山村和巫青文的家门口。巫青文的堂弟巫惠安不见了。巫青文的家门口只留下巫青文那大大小小的五个奴仔，二妹三妹四妹五妹和巫青文唯一的那个儿子宝仔都极委屈地噘着嘴望着远去的爹和大姐，满脸哭相……

一

爹和大姐消失了，走到天边去了。

十岁的宝仔猛然抬起头来，对二姐三姐四姐和妹嚷："我要去看俺娘，你们——谁跟我去？"

二姐三姐四姐和妹妹眼睛一亮，纷纷抹了抹泪痕，来了兴致，但那丝丝兴致却如同雨天里的闪电，稍纵即逝。她们的脸上很快又阴沉下来。爹有言在先，她们知道自己要跟着宝仔去看娘，会是乜样后果。

宝仔望了一阵姐和妹，不见回音，一跺脚嚷："蚊子胆！你们不敢去，我自己去！"言毕，宝仔一甩手，"噌噌"地离家而去。

姐和妹四个人跟着宝仔的方向挪了挪步，却不敢跟着去。她们知道，宝仔是爹的宝贝，宝仔是跟宝贝一样的禾埔仔（禾埔仔：潮州方言，即男孩；禾埔即男人）。在爹的心目中，宝仔和她们这些姿娘仔（姿娘仔：潮州方言，即女孩；姿娘即女人）不一样。宝仔去就去了，爹知道了也不会怎么着他。可她们是姿娘仔，是一点不宝贝的姿娘仔，她们可不敢去。她们都怕爹。

宝仔一个人吭哧吭哧连走带跑地甩下了近两里小路，小路是从宝仔家门前逆小溪伸延上来的。

一幕橘红色的屏障蓦然挡住了宝仔的视野，遮住了蓝蓝的大半个天空。

宝仔收住了脚步。宝仔的眼前便是崩山。

顾名思义，崩山原是一座几百米高、一平方公里见宽的红土山包。山包因当地农民建房取红土、日积月累被挖去了一大角，成了陡峭的红土悬崖。上百年前始，当地人便不敢来崩山刨红土了。因为每刨红土必有人死，陡峭的红土崩塌下来，把刨土人死死地埋了进去，便再也钻不出来。也有人万幸刨了红土运回家去，垒墙垣时却总莫名其妙地出事故：不是墙垣崩塌就是施工人从高处一阵晕眩摔了下来。当地人惊恐万状，纷纷满脸虔诚地四处求神拜佛问神仙。"神仙"捋须捻珠、闭眼静听，末了双手合十道：

“阿弥陀佛！尔等百姓冒犯地龙。地龙者，土地爷也。土地爷乃百姓居住生存之根本。唉——罪过罪过！”

求拜者听罢，大惊失色。纷纷哭丧着脸，问：

“吾辈该死、该死！敢问神仙有何贵教？”

神仙微微睁目，道：

“尔等百姓快快修庙供奉土地爷，世代朝拜、不可不诚也！”

求拜者听罢，遂返家传告乡亲百姓。百姓既惊且喜，顷刻间潮水般自发涌至崩山红土崖下，修庙供奉土地爷。不能前往者则捐钱捐物，焦虑虔诚之态溢于言表。

神圣的土地爷庙很快矗立于崩山红土崖下。自此以后，当地百姓朝拜者不绝如缕，且不限于逢年过节。谁家平时遇上红白事，都会带着或厚或薄的祭品前来朝拜求签，祈求神明点拨迷津。土地爷也不负众望，频频显灵保佑百姓。百姓对土地爷崇敬虔诚之心拳拳，遂尊称土地爷为“百爷公”。意指土地爷百事皆通，神灵无比，乃诸神（爷）之公也……

此刻，红土崖高耸入云，红土在日头映照下灿然如血。

宝仔站在红土崖下，仰着头眯着眼望了望如血的悬崖，状如蜡像。宝仔的视野里忽然间掠过几道黑色闪电，闪电在如血的悬崖中划过并扔下一串“吱呀吱呀”的声响。宝仔一阵惊颤，清醒过来。宝仔发现悬崖下有乌鸦在叫、在盘旋；悬崖下一片空寂，不见人影，也不闻人声。古老的暗灰色的百爷公庙赫然矗立于悬崖脚下，远远望去，庙里隐隐约约飘出来缕缕青烟。

宝仔咬了咬唇，怯生生地一步步朝百爷公庙走去。

宝仔来到百爷公庙门口，立住了。宝仔的眸子颤了颤、睁了睁，一动不动地望着庙内那个穿红格布衫的脊背。

庙内没有别的脊背。穿红格布衫的脊背此刻跪在地上，一下接一下朝百爷公叩头。宝仔内心一阵悸动，小脚丫不由自主地往前挪了挪，却又收住了。宝仔激动得张开嘴，想叫声“娘”。嘴张开了，却还是没叫出声来。宝仔只好合上嘴，压着唇，压得好紧好紧，把眼泪也压出来了。宝仔的眼泪沿着他那张脏兮兮红扑扑的脸往下淌，他没有哭出声来。宝仔愣愣地看着庙里那个穿红格布衫的脊背。

穿红格布衫的脊背叩完头，跪在地上歇息着，末了她端起签筒，双掌合抱，“咔嚓咔嚓”地一前一后甩动签筒，这叫摇筒筛签。庙宇霎时充满了“咔嚓咔嚓”的声响。响了一阵，便不响了。穿红格布衫的脊背愣愣地望着那唯一一支从签筒冒出来一大截的灵签，双臂木了，也不再动，那支冒出的灵签上赫然地标着这么个字样——廿，这是灵签的号码。

穿红格布衫的脊背双腿跪地、向左挪了挪，将那支廿号的灵签捧给庙里唯一的一位老者。当地人叫“地宫”。那地宫伯寿眉长须，一直闭目捻珠念经。地宫伯闻跟前有生灵移动，便睁开眉目接过灵签，瞅了瞅，问：

“这位大嫂，你卜婚姻，还是生意？”

“婚姻。”穿红格布衫的脊背答。

地宫伯很快递过来一张红纸条，上面标着“廿 · 婚姻”，这是按灵签相应号码校出的签诗。签诗曰：

许了因何又不从
只因年命不相同
莫教勉强心无定
人忌相逢在梦中

穿红格布衫的脊背打开红纸条看了看签诗，问：“签诗看了，咋呢解释？”

地宫伯闭目答：“婚姻不成。虽然已相许过，但因年命不同、小人重重，若做成也恰似在梦中。”

穿红格布衫的脊背一激灵，愣愣地望着地宫伯。她的背后，宝仔站在门口，泪流满面，却仍纹丝不动。穿红格布衫的脊背咬了咬唇，问：“我已出走三年，今想返回，好么？”

地宫伯眯着眼望了望对方，沉思片刻。少顷，地宫伯又递过来一张红纸条，上面标着“廿 · 谋望”，这也是按灵签相应号码校出的签诗。签诗曰：

千谋万计事难成
枉走江山万里程
不如抽身且守候
不然别有事来惊

穿红格布衫的脊背看完了签注，又问：“签注看了，咋呢解释？”

地宫伯闭目答：“卜谋事难成。时运不到，应耐心等待。若要谋之，恐有惊阻祸非失财之危险。”

穿红格布衫的脊背听罢，望着地宫伯，愣了。愣了好久好久，状如木雕。

宝仔蹙了蹙眉，死死地盯着那穿红格布衫的木雕。盯了好久好久，宝仔才发现那木雕缓缓挪动腿，站了起来。木雕掏着钱纳了金，转过身。她忽然睁大眼睛，死死地盯着倚在庙门口的宝仔。

宝仔那芋头般的脑袋倚在门柱边，脏兮兮的脸忽然涌起一阵激动，小巧的嘴唇翕了翕，却仍旧没叫出声来。宝仔神情木然地望着娘，宝仔发现娘的脸没变，娘还是娘。娘仍长着一张粉嘟嘟的脸，娘的目、鼻、嘴粉嘟嘟的，像家里过年过节时做过的米粉馃。可家里已很久没做这种馃了，娘离家后，家里便没人会做。

娘忽然惊叫起来，一阵风扑到宝仔跟前。娘双手钳住宝仔的肩使劲摇——

“宝仔宝仔，我是娘呀！你……你不认识娘啦？！”

宝仔抿了抿嘴，忽然低下头来。宝仔脏兮兮的脸上淌着眼泪。

娘一把搂过宝仔，娘将宝仔搂起来跑出庙门。跑了一阵，娘圪蹴在红土地上。母子在红土地上一阵抽噎。末了，娘渐渐静下来，娘放下宝仔，捧着儿子的脸问：“宝仔，你……真的不认识娘啦？！”

宝仔望着娘，不予回答。宝仔只是朝娘点了点头。点完了，宝仔的头便低垂着。宝仔双手摆弄着自己那脏兮兮的衣襟。

娘急了，娘捧起儿子低垂的脸说：“宝仔，你——你倒是说话呀！你不要娘啦？”

“要！谁说不要你了？是你不要我们！”宝仔忽然冲娘嚷，宝仔说，“爹说，你扔下我们不管，你不是我娘！”

娘浑身一激灵，说：“你爹这么说，你就不要娘啦？”

宝仔说：“要！可……你咋呢扔下我们，你去哪块啦？”

“娘去好远好远的地方，娘是被你爹打才跑到好远好远的地方去的。娘对不起你，对不起你姐姐和妹妹。”娘一边说，一边用手绢擦儿子脸。

宝仔说：“可我爹说你当娼去了。娘，娼是做乜事的呀——”

娘猛然用手掌捂住宝仔嘴：“可不许你胡说！你甭听你爹胡说！”娘凶着脸嗔怪宝仔。末了，娘搂过宝仔，失声哭起来，哭了好一阵。

宝仔不哭，宝仔久久地望娘。待娘安静下来，宝仔拽了拽娘衣襟，说：“娘，我们返家去吧？”

娘掠了掠额角上的一绺头发，问：“你爹在家么？”

“不在，他带大姐铲番薯草去了。”宝仔说。

娘抬头望了望日头。日头毒辣辣挂在东天，日头还未行至头顶。娘的心松弛下来，娘的脸现出一丝不易觉察的红润。娘高兴地朝宝仔点了点头：“好哩，我们返家。”

母子俩于是双双顺着小溪往家走。溪水潺潺流着，溪水欢快地追逐着小路上的母子俩。

二

田野一片翠绿。时值初夏，早稻已抽穗扬花，正铆足劲争先恐后往稻穗里灌浆。番薯秧也旺旺地伸展着自己的藤蔓，在脚下的垄和沟铺着浓绿色的地毯……

巫青文和大女儿在自己的番薯地里挥着锄“嚓嚓”地铲着草。巫青文一家原本有十一口人，父母、弟、老婆和巫青文那大大小小共六个奴仔。老婆和最后生的两个奴仔却一直是没有户口的黑户，他们三人不能分地。巫青文全家只有两亩地的责任田。几年前父母先后去世，老婆珍珠也跑了，父母死后的责任田又尚未收回。死的跑的，也正弥补了家里土地的缺口。巫青文的两亩地一亩种水稻，一亩种了番薯。本来是该多种水稻的，但家里人多地少，番薯产量又高，巫青文只好每年多种番薯，他们家里每天的主食，都是离不开番薯的。

巫青文和大女儿在自家的番薯地里默默地铲了一阵草，巫青文自己便停下来，随口对旁边的女儿道：“大妹啊，歇一会儿吧，歇一会儿再做。”言毕，他径自将锄横架在番薯垄上，坐下来，然后从腰兜掏出烟丝盒卷起喇叭烟。他点燃烟，深深地吸了一口，抬起头“呼呼”地将烟雾吐了出来，却发现女儿仍埋头铲草。

“大妹啊，歇一会儿再做！”巫青文又嚷。

大妹却既不抬头、又不吱声，她仍“嚓嚓”铲草，且离父亲越来越远。巫青文木了，夹烟的手指停在半空，他发现女儿不时用手背擦眼睛。

巫青文恼了，他“呼”地一下站起来，蹿到女儿跟前，夺下女儿锄头——

“你哭乜事！你还在想那位老娼啊！？”巫青文嚷，他以为女儿在想她娘。

女儿忽然抬起头来，噘着嘴涨红着脸争辩：“谁想她啦？！”女儿的眸子噙满泪水。

“无想她，无想她你哭咋呢？！”

“我……我想报名考初中！”女儿说完，“呜——”的一声哭开了。

巫青文粗短的眉颤了颤，喉结一阵律动，声音缓慢下来：“唉！大妹啊，我不是跟你说过嘛！你今年十六岁，不小啦，你应该返家帮我料理家务！”

“我读书就不理家务啦？我放了学返家哪有一点工夫闲着？呜呜……”大妹说完，又一阵呜咽。

巫青文一皱眉，耐着性子说：“你是没闲着，可你要再读书，家里没个大人看着我就离不开家，我不能去油漆挣钱，咱家只能穷下去！”

“那你咋呢不让我娘返家？呜呜……”大妹没好气地说。珍珠出走两年后，忽然给女儿大妹偷偷写信，表示要回来，可巫青文就是不同意。

“住嘴！老娼扔下俺家当娼去了，你还认她是娘啊？！”巫青文横着脸喝住女儿。

大妹撑起眼皮瞟一眼爹，继续争辩：“反正我要考初中，人家水莲和惠妹成绩不如我，都去报考了。”

“人家是人家！人家的爹有本事，你爹没本事，好了吧？！”巫青文仍冲女儿嚷，“可话又说回来，你姿娘人读那么多书咋呢？你又无保证能一直升高中考上大学，是乜？！”

大妹噘着嘴瞟爹一眼，噎住了。大妹圆圆的苹果脸布满乌云，她不时用手背擦眼睛。

巫青文将锄头柄推给女儿：“我劝你别再胡思乱想了，好好给我做家务！”言毕，他瞟一眼女儿，气咻咻地走回到自己的位置上。

大妹不再言语。她揿了一把鼻涕，瞟了一眼父亲，嘟着嘴继续干活。

巫青文“刺刺”地吐着烟，叹着气，一边眯着眼望了望埋头干活的女儿。视野里却忽然出现了一高一矮的另两个人，那俩人从村子里那边的路上走过来，在巫青文那浑黄的瞳孔里渐渐放大。

“青文啊，铲番薯草哪？”那高个子远远地朝这边打招呼。巫青文这才发现，是村里的建筑包工头巫初发领着自己的儿子四狗朝这边走来。

“哟——是初发哪！你……咋呢返家啦？”巫青文走上路来，满脸惊诧。巫初发曾是他小学时的同学，这些年率村里的建筑队去深圳做工，发了一大笔财，平时却极少见他返家。

“嗨！我这屌仔不争气——”巫初发拍着儿子的肩膀道，“考试总是排倒数十名之内，按成绩规定不能报考初中。这不，我领他去公社给说说情！”巫初发说着，将手里的东西拎到巫青文眼前，晃了又晃，是茅台酒，一共四瓶。四瓶茅台酒被主人捆成一束，像随时都会爆炸的手榴弹。

巫青文心一激灵，颤了颤眉问：“你……这是去送礼？”

“不送礼咋行啊？唉，千怪万怪，都怪我这屌仔不争气，成绩总上不去！”

巫初发说着，满面春风地递过来一支“万宝路”。他儿子四狗耷拉着肥胖的脸，一下接一下地踢着脚下的杂草。

巫青文接过烟，掏出火机“咔嚓”一声亮出火苗，先递给对方，然后再点燃自己的烟，道：“送了礼，四狗就能上初中了？”

“上个屃！哼，八字还不到一撇呢！我是想争取这屃仔能有资格报考初中。”巫初发吐着烟说。

“要……要是考不上，你……不是白送礼啦？！”巫青文皱着眉，喃喃问。

巫初发一听，倒是大度地笑：“哈，话可不能这么说！俗话说舍不得孩子套不住狼，我能争取到哪步算哪步。再说这世上的事像这五月的天，说变就变，谁能保证谁就一定能考上啊？华罗庚是数学家，可他还考不上大学呢！嗨，话倒说回来，我这屃仔要考不上，也只好认命了。”

“依我说考上了就上，考不上也没啥。你只不过小学毕业，眼下不也照样挣大钱？”

“勿提啦，我只不过是瞎猫碰死老鼠——靠的全是运气。可运气这东西像天上的云，说来就来说去就去，你不可能让它总定在你头上吧？你不知道吗？眼下外边讲的是真才实学。我靠那么些土经验在外边混饭吃，也是兔子尾巴——长不了！”巫初发说完，“哈哈”笑着。忽然，他望了望远处的大妹，问：

“哦——你家大妹报了名没有？听说她成绩不错呢！”

“嘿嘿，还……还未去报呢！”巫青文尴尬地笑着。

“那还不赶快去报名？听说今日是报名的最后一日啦！”巫初发说着，开始向巫青文告别。

巫青文“嗯嗯”地应着，朝对方摆了摆手。望着巫初发父子俩远去的身影，巫青文的笑僵住了。他回过头来望着自己的女儿，脸如岩石。

大妹原本也呆呆地望着同学四狗和他的父亲。此刻，她见自己的父亲正注视着她，便慌张地低下头来，挥着锄继续铲草。大妹的锄铲得脚下杂草乱飞，铲得草和土天翻地覆。

大妹的锄把却忽然间被什么东西挡住了，一个声音同时在耳边回响——

“大妹啊，你……真还想读书？”

大妹抬起头来，发现是父亲挡住她的锄把，父亲正满脸通红地问她。

大妹咬了咬唇，点了点头。

父亲道：“那我可有话在先，你考上了，就继续读。要考不上，可不要再怨我，得死了心返家料理家务？”

大妹破涕为笑，使劲点头。

“我这就去给你报名！”父亲把烟蒂狠狠一扔，转身便“噌噌噌”小跑起来。

大妹眼泪汪汪地望着父亲远去的背影。

三

黄昏，巫青文从公社回来了。此刻，巫青文那张原本黝黑苍老的脸正灿烂得像西天的红霞，兴奋而好看。

巫青文刚一踏进家门便咧着嘴对大妹嚷：“大妹啊，我给你报上名了！嘿嘿，我去得还算及时，差一点就不让报呢。”

大妹“嗳——”的一声迎上前来，那张圆圆的脸也难得地绽出笑来，看上去像熟稔的石榴。大妹泪眼汪汪地望着父亲，慌慌地问：“爹，您……您送礼啦？”

巫青文噘起嘴“嗤——”了一声，不屑道：“送块屄礼，你的成绩不是符合报名的规定嘛！哼，别人倒是有不少要去送礼，替儿女报名的呢！哈，跟你说，巫天多那杂种倒是为他那狗孙子送礼去了呢！”巫青文得意地对女儿笑。巫天多与巫青文父亲是同一代人，双方曾有一个共同的祖父，双方的父亲后因分家时闹财产分配不公的矛盾而结仇。

巫青文难得喜悦地同大女儿乐了一会儿，忽然怔住了。因为厅里此刻正飘着悦耳音乐，二妹三妹四妹五妹和宝仔此刻正围在八仙桌前摆弄着什么。巫青文快步走过去，这才发现自己的儿女们正兴奋地摆弄着一个不新不旧的录音机。

“你们哪块弄来的录音机？！”巫青文喝道。他这一喝，吓跑了厅里叽叽喳喳的笑声噪声，大大小小五张脸此刻也僵在他的面前。

“咦——你们哑啦？我问话呢！这录音机咋呢来的？”巫青文板着脸追问了一句。

大大小小的几张脸怯生生地你看看我，我看看你。末了还是宝仔开了口：

“是我娘带来的！”

如炸雷一声，响在巫青文耳际，可耳际很快便只有音乐。巫青文皱了皱眉，“腾”地上前拔下电源，板着脸问：“老娼敢来呀，谁允许那老娼进家的？！”他鼓着眼瞪儿女，瞪得儿女们一个个蔫下了脑袋，巫青文再猛一瞧，发现家里收拾得干干净净，二妹三妹四妹五妹和宝仔都换了衣服，脸也都没了鼻涕和污迹。巫青文张了张嘴，还想说什么，却见弟弟青武挑着空尿桶进门来了，便只叹了口气，不再吱声，他转身进屋去了。

晚饭是大妹做的。这顿晚饭有肉，肉是珍珠带来的，炒在自家种的竹叶菜里，竹叶菜便比平时香了许多。但珍珠自己没吃上，她不敢待在家里，她躲到凤娇婶家去了。巫青文和弟弟巫青武也不吃，但巫青文并不阻拦自己的儿女们吃。巫青武于是不满地瞟了一眼哥哥，连竹叶菜也不吃，他情愿啃萝卜干。巫青文娶珍珠时，弟弟巫青武曾竭力支持，后来却慢慢地对嫂子有意见，嫌她不像原来那样温顺勤快。珍珠出走之后，巫青武对她的恨比哥哥是有过之而无不及。

吃完晚饭，巫青文抹了抹嘴，连打了两个咸菜嗝，便走出门口，坐在门槛上慢吞吞地卷着喇叭烟。巫青文刚点燃烟，一抬头便瞅见迎面走来了凤娇婶。凤娇婶刚一瞅见巫青文，便笑呵呵打招呼：

“哟，你咋呢一个人待在门口抽闷烟哪，唔食饭啦？”

巫青文急忙站起身说：“哪呀，我已食过了，你食未？”

“我食了。”凤娇婶说。

巫青文要把凤娇婶让进门，凤娇婶往里一瞅，却忽然拦住他说：“算啦算啦，屋里奴仔嘈杂，咱就在这里说吧！”巫青文于是收住脚步，走回到凤娇婶跟前。

凤娇婶叹着气道："唉！其实我不说你也知道。珍珠今日返来了，眼下在我家里。你……你看是不是把她接回家？"

"哼！凤娇婶啊，你问她认错家门没有？她想进我家呀，没门！"巫青文吐着烟，瓮声瓮气地说。

"行啦行啦！走长路也得有个歇站的时候，你别老倔着性子，一条巷子走到黑。俗话说，伸手不打笑面人，何况她还是你老婆？！"凤娇婶不满地瞪巫青文。

"呸！她是老娼，她要是我老婆能那么狠心扔下这个家和奴仔，一走三年啊？"

"哎呀，你咋呢就拽住人家辫子不放？你当初咋呢打她啊？你就不检查检查你自己！"

"老娼干活由着性子，说她她还犟嘴，我能不打她？"

"嗤——她是你养大的咋的？她不是奴仔，她是你老婆！你哪有动不动打骂的理儿？"

"那我不管！我……我这人性子急，我性子一急可唔管那么多。"巫青文涨红着脸争辩。

"哼，这就你的不是了吧？"凤娇婶嗔怪道。她见巫青文一时无话可答，便缓和声音说："不过话说回来，好马也有个失前蹄的时候，谁能保证自己身上总不会出错？错了就改呗！你看，人家珍珠就知道认错。俗话说，一日夫妻百日恩。再说你那未成人的六个奴仔也都需要娘。你……你就那么狠心想将人家珍珠往绝路上逼？！"

"谁逼她了？是她自己心野，愿意去当娼！她要只是扔下这个家两年还好说，可她是去当娼、跟那个杂种光棍流氓鬼混，我要是再捡破鞋一样容许她回来，我……我这张老脸该往哪块放？！"

这回轮到凤娇婶答不上话了。她翕了翕嘴、涨红着脸，憋了半天才又挤出来话题："珍珠这么做是不对，可人家已经认错了嘛！再说珍珠是一时糊涂，那家伙又是她前夫，情……情有可原！眼下你这家没有她又不成个家样，你……你就心胸放豁达一点，把她接回来呗！”

巫青文苦着脸道：“嗨，凤娇婶啊，你的心意我领了。可我不能让她进家，要让她进了家，我……我这张脸就无处放，我还咋呢在街市上行走？！”

“唉！你呀你，你咋呢就死抠这一点？”凤娇婶急得直跺脚，“珍珠不就是只跟过那唯一的一个禾埔嘛！以前她逃离前夫家，你磨蹭了几个月，最终也都娶了她，她为你生了整整六个奴仔，眼下你让她返来，跟……跟娶她时还不是一个样？！”

“那可大不一样！”巫青文涨着脖颈据理力争，“番薯未熟可以回锅再煮，可人不是番薯，天底下老婆不忠哪有再让丈夫收留的理？我要是同意了还能是人吗？！”

“我哥说得一点没错！”巫青武忽然走出门来，站到凤娇婶跟前，“凤娇婶啊，你的心意我们领了。可要做有辱家风名誉的事，我哥不会同意。你……你甭说了！”

凤娇婶和巫青文同时一怔，不约而同地瞅了瞅巫青武。凤娇婶一急，冲巫青文嚷：“青文啊，接不接珍珠回来，反正是你自己的事。你还是自己想想吧，我可没那么多工夫和你磨嘴，我得赶快返去！”话音刚落，凤娇婶便头也不回地走了，身影很快消失在黑暗之中。

四

凤娇婶一走，巫青文便忙开了。

每天晚饭后，巫青文的闲暇只有一支烟工夫。一支烟吸完了，大大小小的六个奴仔也才分别抹了抹嘴，依依不舍地离开饭桌。饭桌上的饭碗、菜盘和竹筷大都被舔得一干二净。家里人口多，粮食虽也勉强够吃，但总是紧巴巴的，剩饭剩菜在巫青文家便很少见，穷人的孩子不挑食嘛！再说那些盘碗舔干净了，刷起来倒也方便了许多。想想，巫青文忧愁中也有几分自慰。

不过，盘和碗舔得再干净，也得有人刷。珍珠在家的时候，这些事从来是用不着巫青文这么个大男人去操心的。吃完饭，巫青文尽可以抹抹嘴、打着饱嗝走出家门，一边卷着喇叭烟神仙般到寨内转悠串门去了，直到大小奴仔都呼呼入睡的时候才悠闲自得地返回家来。自打珍珠出走之后，巫青文却是既当爹来又当娘，他无可奈何地被拖入琐碎得令人厌烦的家务之中，白天的忙碌更不必说。晚饭后，他只能忙里偷闲抽支烟，然后便得返回屋里，督促奴仔擦桌扫地、刷锅刷碗、饲猪饲鸡等等。珍珠在时，巫青文从不知道这些不起眼的家务有多么了不起，珍珠走后他才忽然间感觉到这些细小家务的沉重，就连奴仔们也感觉沉重。光刷碗一项，奴仔们一开始便互相推诿、吵架，吃完饭都逃得远远的、谁都不愿问津，几次都是巫青文指定大妹去刷。但看得出，大妹不大情愿，因为家务事不仅仅刷锅刷碗一项，她确实也忙不过来。没办法，巫青文只得制订措施，让奴仔们分工合作。六个奴仔中除宝仔和五妹外，大妹二妹三妹四妹一律分工、且责任到人：大妹负责饲猪饲鸡，二妹负责刷锅刷碗，三妹负责擦桌扫地，四妹负责烧开水及洗浴用的热水。巫青文自己充当总监督并督促宝仔和五妹洗浴。

巫青文的弟弟巫青武则比较超脱。巫青武只管忙地里的活，家务事他是从不问津的，他认为不该他做。

巫青文把大大小小六个奴仔打发去睡觉时，山村已万籁俱寂。他一个人坐在昏暗的屋子中间，又一次卷着喇叭烟。抽完烟，他感觉到困。他小心翼翼地上床，在宝仔和五妹身边躺下来，想好好睡上一觉。可他刚一闭上眼睛，眼帘便左闪右突地现出各种图案，脑子也过电影似的不由自主跟着转。自打早上听巫惠安说起珍珠，巫青文曾极力强迫自己不去理她，他要把那老娼赶得远远的。但那老娼却鬼使神差般地执意往他脑子里钻。只要他巫青文稍有闲暇，那老娼便会不失时机地出现在他的眼帘和脑荧屏上……

珍珠最后一次在巫青文眼皮底下的形象的确令巫青文不愿回味。珍珠蓬头垢面，是他巫青文打的。珍珠此刻已停住哭，但满脸泪痕，嘴角淌着血。珍珠此刻的目光中交织着哀怨、绝望与愤怒。但渐渐地，珍珠目光中的愤怒掩盖了哀怨与绝望。珍珠最后竟敢当着众多的建筑师傅冲丈夫骂："青文啊青文，你……你看你像个丈夫的样吗？你——你是头牤牛！我瞧不起你、恨你！"珍珠言毕，进屋拎了几件衣服，任凭大妹二妹三妹四妹五妹和宝仔怎么纠缠怎么啼哭，她都铁了心，匆匆地逃离家门。

珍珠的身后，是哭声四起的儿女们和一时竟不知所措的丈夫。

事情是由做饭引起的。

巫青文全家节衣缩食，经过多年奋斗建起了一座包括有两房一厅一天井一大门脸式的瓦房，当地人称这种结构的瓦房为"下双虎"。因钱力不足，瓦房只建了墙垣而未能盖厝顶，厝顶只用简陋的甘蔗叶盖着。这些年政策放宽，巫青文凭借自己的一技之长外出干油漆活，既生养了大大小小的六个奴仔，也攒足了一点钱请来本村的建筑工，为他那座"下双虎"盖厝顶。

丈夫忙于粗活，做饭炒菜招待建筑师傅的事全落到珍珠一个人身上。那天中午，珍珠一边洗菜一边做饭。珍珠做的是大米捞饭。做捞饭不同于做焖饭。做捞饭时要多放水，大米熟了，便用漏勺将煮熟的饭粒捞起，成了捞饭，除了捞饭还有米汤。男人们干了重活，喜欢吃捞饭而不喜欢吃焖饭，因为吃了捞饭还能喝上一碗香喷喷的米汤。但做捞饭也有学问，煮饭前米和水的比例要适中。水少了剩下的米汤太稠太黏，不好喝；水多了那米汤则淡然无味。假若开始水放得不够而中途加水入锅，做出的捞饭没黏性、不香，剩下的米汤就更没法喝了。所以，做捞饭最忌讳中途加水。

可那天中午，珍珠做捞饭时却偏偏加了水。珍珠加水时却偏偏让小叔子巫青武撞见了。其实即使巫青武没亲眼撞见，中途加没加水，做出的捞饭和米汤一尝便知。昨天中午，师傅们吃饭时便尝出来了。人家也还算有修养，吃饭时并未吱声。吃完饭，工头才单独找到巫青文，善意地提醒他做捞饭时不要加水。事后巫青文便对珍珠说了，要她做捞饭时千万不要加水，珍珠也点头说："以后我注意就是了。"实际上，珍珠也不是故意加水，做捞饭对她来说并不是什么难事。但她太忙了，六个奴仔中大的都去上学，小的不但帮不上忙，还缠手缠脚。珍珠一边烧饭，一边还要洗菜、宰鱼切肉，此外还时不时要跑出门外照看一眼在门口玩耍的奴仔，生怕他们跑丢了或跟别人家的奴仔打架。珍珠一个人忙得团团转，稍不注意那正煮着的捞饭水一下便少了。水一少，饭便太黏，漏勺捞起来那饭也成了干粥，珍珠就不得不加水。昨天中午的捞饭，珍珠便是这样被迫加水的。今天一开始珍珠也反复提醒自己的，没想自己一忙，转眼间锅里的水又少了。珍珠直后悔，她不得不操起水瓢朝锅里加水。加水时，珍珠不小心碰到了沸腾的蒸气，手一下被烫红了。

小叔子巫青武是回家喝水来了。进门时，巫青武并未看见珍珠烫了手，他只看见珍珠手里的水瓢从沸腾的锅上退了下来。巫青武霎时睁大眼睛，道："咦——你……你咋呢又往饭锅里加水哪？！"

"水少了，我不加水咋呢捞得起饭？！"珍珠瞟一眼巫青武，扭过头嚷。珍珠被烫的手痛入骨髓，她有些不耐烦了。

"嘿！你食错药啦？你加了水还有理啊？！"另一个声音在响。

珍珠抬起头来，发现丈夫巫青文也进来了。珍珠心头一颤，却还是嘟起嘴嚷："我就加水了，咋呢？谁让你们不过来帮忙啊？！"话一出口，珍珠自己都愣了。她有些后悔，却又无法收回，也不想收回。自打踏进巫家，珍珠便马不停蹄地为丈夫生儿育女，整天除了家务还是家务，她心都烦了。

"你说咋呢——？！"巫青文的心头霎时燃起一股怒火，旁边同胞弟弟巫青武那看似超然却充满讥讽的目光像一阵风一样推波助澜，巫青文感觉到自己心头的怒火已无法扑灭。他此刻的意识和行动全部被那股往上蹿的怒火支配着。他几乎来不及细想，突然蹿过去一挥手把那只粗重的手掌狠狠扇在珍珠的脸上。珍珠那张粉嘟嘟的脸不知留下了丈夫多少唇印，而此刻苹果脸上又绽出一朵鲜红的掌形花，那掌形花很快便被珍珠自己的手背掩住了。

"畜生！"珍珠一边掩脸，一边歪斜着半边扭曲的脸冲丈夫骂。她一气，索性把手中的水瓢"嘭"的一声摔到地上。

几乎是来不及细想，巫青文一挥左手，粗重的左手掌迅雷不及掩耳般落到珍珠的另一边脸上。这一掌好重好重，珍珠那原本掩在脸上的一只手被震落了，嘴角霎时还冒出来一滴血，珍珠的头发也全乱了。

站在一旁的巫青武既不吱声也不劝架。他极超然地愣着眼，像欣赏一场精彩的拳击赛一样看着他面前发生的一切。倒是门外的建筑师傅闻讯赶来，他们想赶来劝架，却晚了。他们看到的是前面所述的那个场景，他们跟主人巫青文一样来不及细想，只是直愣愣地望着珍珠逃离家门，离开了这座仅有几户人家的寂寞山村。

珍珠一走，巫青文家便乱了方寸。家里没个婆娘当家，家便不成其家：没人洗衣做饭，年幼的奴仔还不时啼哭，梦中也叫嚷要娘。要在平时，这一切忍一忍，也就过去了。可眼下家里盖厝顶，请那么多建筑师傅前来施工，总不能让工程半途而废吧？巫青文本以为珍珠拎几件衣服出走只不过是装装样，哭一阵转一阵就会回来的。要说打骂老婆，巫青文以前并不是没有过。他心眼并不坏，但性子暴，动不动发火。以前好几次都是因为珍珠不听话，巫青文一发火便动手打她或骂她。每次珍珠都是哭哭啼啼一阵，赌气到外面转一阵，风波便算过去。但这次却大不一样，巫青文也承认自己出手太重了些，而且是当着弟弟巫青武打她。巫青文微微有些内疚、有些后悔，可他也从没想到珍珠的心这次会那么野，一去便无影无踪，弄得他巫青文多么狼狈！那些日子，他不得不撤回家里，把做饭炒菜侍候建筑师傅的活揽了起来，洗衣刷碗、饲鸡饲猪等碎杂事则交给大妹二妹三妹做。尽管如此，家里仍一派忙乱、一派狼藉，那样子一点没个家样，倒像个杂货店。工程好不容易完工了，巫青文却仍没能清闲下来，家里总还是那么忙乱，给人一种动荡不安的感觉。最致命的是珍珠一走，巫青文便不能外出当油漆工，给人家漆家具挣钱。弟弟巫青武虽也是四十岁的人了，但生性孤僻笨拙，他只干地里的活。弟弟的样子就像一个长期借宿的过客一样，巫青文没敢把这个家扔给他，给他他也挑不起来。

巫青文的处境就像谁用绳子套住他的脖子把他挂到悬崖上，收也收不得、松也松不开。他只好把满腔的怨恨和怒火通通强加给珍珠。他恨珍珠心野，开始也盼珍珠回来，他曾托人捎信带给珍珠，要她回来。珍珠是找到了，也托人捎回了信。但那信说：“我想回去。可我碰上那杂种，我让那杂种缠住了，无法脱身。”

巫青文一瞧怒火攻心！他差点昏倒。珍珠信中所说的杂种就是珍珠的前夫。前夫游手好闲、好吃懒做，珍珠才偷偷逃离前夫重新嫁给巫青文的。巫青文娶了珍珠之后，那杂种曾多次前来寻衅闹事。眼下珍珠落入那杂种手中，能有什么好事？！

“十成也有五成是珍珠主动找那杂种鬼混的！”巫青文想。一想到自己的老婆眼下正让那杂种肆无忌惮地玩弄，巫青文就像喝了辣椒醋一样，浑身火辣辣极不自在。他感觉自己的手心和头皮都麻了，所有的毛孔都惨然张开。他眼前不由得想象着那杂种骑在珍珠身上作威作福的情景，耳边也不由冒出那杂种杀猪般的狂笑。巫青文咬牙切齿！他是无法跑那么远的地方去揍那杂种的，大概也揍不过他，因为那杂种是个十足的亡命之徒。再说一定是珍珠主动去找那杂种的，巫青文恨珍珠，这种恨深深地嵌入他的心灵深处。

巫青文打消了让珍珠回来的念头。他下意识地把珍珠从家里的名册上抹掉了。珍珠为他生下的那六个奴仔，在他的意识中同时也被占为己有。

五

珍珠又一次来到自己熟悉的、这座自己生活了多年的“下双虎”砖瓦房门口。

这座砖瓦房确实是变样了：屋瓦灰白整齐，屋檐气派雄健。高大的木板门也漆刷一新，门脸上“勤俭持家”的几个字虽显朴拙，却让珍珠的心温热而又有些酸楚。珍珠原本是这个家的主人，家里除了财权和主事权，其他的一切家务事基本是由她一个人撑着的。珍珠刚来那阵，曾经为自己能成为这个勤劳本分的农家中的一员而高兴。因为她此前所在的家是个让她没有安全感的家，男人好吃懒做、隔三差五去外面小偷小摸，要不就是赌博打架，总让她提心吊胆。珍珠从那个不安定的家走进了截然相反的另一个家：这个家所有的人都勤劳、善良、本分。这个家虽不富有，却让珍珠感觉到极度安定，那感觉就像从颠簸的甲板走回到博大坚实的大陆上一样。但久而久之，珍珠又感觉到沉闷枯燥，因为她生活的全部只是为巫家生儿育女，还有就是没完没了地做那日日如是、琐碎单调、毫无新鲜感的家务。珍珠本来就有些厌烦，可丈夫巫青文一点也不去关心她、理解她，有时反而还拿她出气。丈夫那天给她的那重重的两掌，使她伤心透了！她一伤心，原本时常支撑她的耐心和忍让便一时分崩离析、土崩瓦解。她唯一可以作为反抗的手段，便是出走。

那天珍珠是想跑回娘家去的。珍珠是客家姿娘，娘家在另外一个县。珍珠怀里揣着平时从鸡屁眼抠出来、盐罐子酱瓶里节余下来攒出的二十几块钱路费，坐上长途车一路颠簸最终站立到自己家乡县城的土地上。那时候，夕阳已在西天消失了。珍珠正想去转车，坐上一小时的车返回娘家，刚一转身却鬼使神差地撞上了前夫胡汉三。胡汉三是前夫的外号（前夫的真名珍珠都想不起来了），胡汉三的外形与电影中的胡汉三几乎一模一样：五大三粗、满脸横肉、眼珠大而突出。此刻，胡汉三拦住了珍珠的去路，那熟悉可怕的眼神居高临下地死死箍住了珍珠，仿佛箍住了她的灵魂。珍珠双腿一软，不由自主地打了个寒战。

“哈哈——真是冤家路窄，咱俩总算又见面啦！”胡汉三一声奸笑，死死地盯着珍珠。

“你……你想咋呢？”珍珠一张口，感觉自己声音发颤，腿也发软。

“嘿嘿，你勿惊。再咋呢说，咱俩也曾夫妻一场呀！”胡汉三笑得十分开心。

珍珠畏惧地望他一眼，埋下头说：“放我走吧，我要返娘家去。”

“咋呢，你要返娘家？哈，返娘家咋空着两只手，难道就带着你这只发肿的苹果回家孝敬你父母不成？！”胡汉三说着，粗大的一只手掌捏住了珍珠那张仍发肿的脸。珍珠霎时感觉到自己的脸还隐隐作痛。胡汉三突然用什么坚硬的东西顶住珍珠脊背，那张猪头般笨拙的脸霎时凶悍起来：“放老实点，快跟我走，不然我捅了你！”

珍珠原本还想抵抗或逃避的意识霎时全线崩溃。她不想做别的选择了，再说她还在生丈夫巫青文的气。此刻她有个奇怪的念头，她倒要看看前夫究竟能把她怎么样。反正她眼下是跑不脱了，她准备豁出去。

珍珠跟着胡汉三来到他居住的屋子，是单元楼中的一套。楼外人声嘈杂，楼道却异常寂静。珍珠跟着胡汉三进了屋子，房门一关，珍珠倏忽间感觉自己像被关进一座坟墓。随着门“咣”的一声震响，珍珠那颗悬着的心“怦怦怦”地狂跳起来。

房子是珍珠熟悉的，珍珠以前就在这里住过，且跟胡汉三生过一个儿子，可儿子不到一岁就病死了。房子是胡汉三父亲单位分的，他父亲以前是镇派出所所长，眼下已退了下来。胡汉三以前是派出所门卫，后来他想当正牌的公安人员，却不够格。他索性辞了职，成了游手好闲的无业游民，一直靠倒卖车票和电影票乃至靠坑蒙拐骗过活，珍珠那次就是因为劝说他、让他改弦易辙做点正事，却挨了打而逃离他的。

“我说珍珠，你又回家了！咋样，你是不是该高兴高兴啊？”胡汉三刚进门便一只手抬起珍珠的下巴，得意地笑。

珍珠畏惧地说：“我……我饿了，有食的无？”自打负气走出家门逃离寨仔山，珍珠连口水都没喝过，她的确饿了。

“哈，你饿了？勿急，在我这里还能把你饿死？等会儿食吧！”话音刚落，胡汉三“嚓”地撕开珍珠的衣服，撕得一丝不挂。继而，自己赤条条把珍珠扛到床上，肆意蹂躏。开始，珍珠极力挣扎，但她的挣扎就如弱草之于铁蹄的无情践踏。她索性瘫下身子，任凭对方暴风雨般地一次次洗劫，都无动于衷。她所有的感觉只有这么一个字：累。

胡汉三却如一头精力过剩的猛兽，一次完了，他还要来新的一次。他那样子如同把珍珠当成一个排泄污物的器皿，他似乎要把多年来的怨气和欲望通通排泄到他身下的这个器皿上。好在珍珠生下五妹时便已做了结扎手术，此刻她对胡汉三厌恶、却并不担心会怀上恶种。

当胡汉三自己从珍珠身上完全瘫下来时，胡汉三说：“你快去煮面条吧，厨房里有鸡蛋和挂面，老子也饿了！”胡汉三说着，用尽余力狠狠推了珍珠一把。

那时候珍珠只剩下意识，她浑身几乎已全无知觉。她真想死死地睡上一觉，但她饿得浑身发虚，她担心自己会睡死过去，从此便告别人世。她可从未想到要告别人世，至少眼下没想。她还有六个奴仔，她只是被迫赌气离开寨仔山而已，她想自己迟早还是要回去的。她可以离开丈夫，但她无论如何离不开自己含辛茹苦生养的那六个奴仔。此刻，珍珠怕不听胡汉三的话，会遭一阵毒打。所以，她强迫自己支起身子，下床去厨房煮面。

鸡蛋面很快做熟了，珍珠毫无表情地将面条端到桌上。胡汉三见状，懒洋洋地打了个呵欠，爬下床来。

珍珠跟胡汉三坐在一块吃面条。屋里很安静，只有面条被迅速卷入嘴巴“吱溜吱溜”的串串声响。这一男一女的确饿了、累了，吃面条时都懒得说话。所不同的是珍珠吃时只看着碗里的面条，而胡汉三除了看面条，还时不时撑起懒惰的眼睛去瞅珍珠。

吃完面条，珍珠这才抬起头望一眼胡汉三，有气无力地说：“这回该放我返娘家了吧？”

胡汉三抹了抹嘴，一连打了两个饱嗝说：“行啊，你要走，我跟你一块走。”

“我返娘家去，你去咋呢？”珍珠几乎尖叫起来。

“去当女婿啊，咋呢说我还是你们家的女婿啊！”胡汉三漫不经心地说。

珍珠不由自主地倒吸了一口凉气，头皮也一阵阵发麻。胡汉三曾经是珍珠的丈夫，他眼下还攒着他与珍珠的结婚证。尽管那结婚证还在，他俩的婚姻因长期分居而名存实亡。但对珍珠来说，那结婚证是个难以解脱的重轭。珍珠在此重轭面前又一次不知所措，她一时说不出话来。

“咋呢，不愿意啊？”胡汉三点燃一支烟，奸笑两声，道，“嘿嘿。不愿意就老老实实给我待着，老老实实侍候老子。姿娘嘛，老子倒是不缺，可老子缺一个每天给洗衣做饭擦屁股端洗脸水洗脚水的保姆。哈哈，我看你就老老实实给老子当保姆吧，想当初你不是把我侍候得很好嘛！”胡汉三说着，将那张面目狰狞的脸凑到珍珠面前，粗硬的络腮胡子不停地扎来。

珍珠一边躲着，一边皱着眉争辩：“那……那不可能，我……我还得返家照顾奴仔呢！”

“我 × 你母！”胡汉三“啪”地扇了珍珠一巴掌，恶狠狠地说：“你再提你那群杂种，老子就去把他们通通杀了！你是老子的老婆啊，你跑去跟人乱搞生了那一群杂种，老子本来就恨不得杀了你！你现在返来给老子当保姆，已经抬举你了你知唔知？实话跟你说，你要是还识相，这回返来还是老老实实侍候老子吧。只要你老老实实跟我过，我保你甭愁食甭愁穿。可你要是不老老实实给我待着，哼，我把你全家杀光！”胡汉三忽然凶相毕露，他将一把三角匕首“咣当”一下拍在桌上，凶恶的眼睛骨碌碌地瞪着珍珠。

珍珠见状，只感觉自己的双腿不住打颤，一股凉飕飕的冷气沿着她的脊背“嗞嗞”地往上爬。所抱的愿望又一次全线崩溃了，她只好屈从了他。

珍珠又一次成了胡汉三的女人兼保姆。她晚上陪胡汉三睡觉，白天则守在屋里为胡汉三洗衣做饭。胡汉三却坐不住家，他行踪诡秘，三天两头往外跑。也三天两头地带回来穿着妖艳的年轻女人，俩人进里屋鬼混，却让珍珠侍候他们，给他们做吃的，端喝的。珍珠大惊、大怒，却敢怒不敢言。不但不敢言，还不敢违抗胡汉三的指令，极不情愿地充当起他们的保姆。她感觉到胡汉三比过去有钱多了，也比过去更加放荡了。但令她百思不得其解的是，胡汉三除了凶悍未变，却变得比以前慷慨大方了。他除了让珍珠好吃好喝、成套成套地给珍珠带回来时装，竟还时不时给珍珠钱，每次给至少几十或是上百。胡汉三给珍珠钱是想让珍珠寄些钱回娘家去，但他不许珍珠寄钱给寨仔山的丈夫巫青文和珍珠生下的那些奴仔，更不允许珍珠跑。珍珠捉摸不透前夫胡汉三眼下怎么变成了这么一个人。跟胡汉三生活在一起，珍珠感觉自己活脱脱像只掉进粮缸的老鼠，你尽可以放开肚皮大饱口福，但吃饱之后却又满腹忧伤，因为你难以逃脱。曾经有多少次，珍珠想到了跑，但这种念头却像雨天里沼泽地上的火种，刚点燃便自动熄灭了，珍珠最害怕胡汉三的凶悍，她深知他是个少见的亡命之徒，杀人放火的事他眼都甭眨便会干的。与其给自己的亲人带来灾难，不如自己硬着头皮跟胡汉三熬下去，等待机会再跑。可珍珠这么一熬，一下便过去三年。这三年对珍珠来说，仿佛整整过去了三十年……

现在，珍珠站在眼前这座“下双虎”砖瓦房门下。这是她继昨日之后第二次来到这栋熟悉又陌生的门下。早上，丈夫巫青文又外出了，是宝仔跑到凤娇婶家告诉她的。珍珠一听就显出几分激动，早饭只扒了几口便跟着宝仔来了。像昨天一样，珍珠来到这栋门下时又一次百感交集！刚刚逝去的这漫长三年，她每天只要一做梦，脑子便满是遥远的寨仔山巫家的这家门栋。尽管珍珠不识几字（因为她只上到小学四年级便失学了），但她还是偷偷地用自己认识不多的那么些字句三番五次地给丈夫巫青文写信，说自己出走是一时冲动，自己现在好后悔好后悔，自己现在想回去却身不由己，她希望丈夫能够原谅她。可自打巫青文知道珍珠已落入胡汉三的手，巫青文对珍珠的信便置之不理。当他收到珍珠的第十封信时，他不耐烦了。他提笔回了简短的一封信，那封信就如巫青文扔给珍珠的一颗炸弹，火爆火爆地让珍珠差点儿憋不过气来。那封信几乎句句都骂珍珠是“老娼”，骂完了便说：“你既然当娼就甭想回来，甭想辱没我巫家的门风。你敢回来看我不打断你的腿！”珍珠见信后深深地倒吸了一口冷气，她无比伤心。但她还是好几次写信要巫青文原谅，她想尽管巫青文眼下比胡汉三穷，但跟他一块过用不着提心吊胆。相比之下，她更愿意过那种穷而稳定的日子。更重要的是自己亲生下来、一把鼻涕一把屎尿拉扯大的那大大小小六个奴仔都在巫青文家，再怎么说她都割舍不下自己的那些奴仔。她想，姿娘人一生除了自己生的奴仔，还有什么东西可以依托呢？现在，珍珠终于见到自己这多年来朝思夜想的奴仔了。近半年来胡汉三时常出远门，胡汉三对珍珠的看管也渐渐放松了，因为胡汉三并不缺女人，他缺的是一个能为他洗衣做饭端洗脚水的姿娘。胡汉三一出远门，便不怎么顾及珍珠了。珍珠是利用胡汉三去深圳的机会偷偷逃回寨仔山的，胡汉三已整整一个月没回家了，而且只字也不给珍珠捎信。

珍珠终于又一次跟着儿子宝仔迈进丈夫巫青文的家门，大妹二妹三妹四妹五妹见状都亲昵地围了上来，左一句“妈”右一句“妈”的，那叫声不但让珍珠感到应接不暇，而且感觉心底里像灌满了蜜，浑身上上下下都甜透了。四妹和五妹一人抱住娘的一条腿，像抱住一棵参天大树，仰着头笑。珍珠内心霎时生起一股温热，这温热波浪起伏，很快弥漫全身。珍珠幸福地笑了，但她的眼睛却噙满酸楚的泪水。

珍珠同自己的六个奴仔亲昵了一阵，便分头打发大妹二妹三妹和宝仔去上学。她自己留下来刷锅洗碗、饲猪饲鸡以及照看尚未上学的四妹和五妹。忙完手头的活，她又去洗衣挑水，紧接着又抄起扫帚里里外外打扫庭院。总之，她手头有忙不完的活，心头却无比愉快……

六

日头下山的时候，巫青文才回得家来。

他是上墟购买化肥去了。眼下抽穗灌浆的早稻正等着追肥，他必须购买化肥。今天清早，鸡刚啼头遍，巫青文便起床了。他胡乱擦了把脸，刷了刷牙，进厨房揭开锅抓了两个昨天夜里吃剩的熟番薯便早早上路。但巫青文赶到墟上专供化肥的供销社时，还是晚了。供销社门口早已排起望不到头的长龙。巫青文叹了口气，硬着头皮站到队尾上排队。有门路的人却不时拿着批条，用不着排队便从供销社的后门大包小包地买到了化肥。排队的人满腹牢骚，却没敢直截了当上前制止。他们知道说了也没用，弄不好人家还故意治你，有化肥却不卖给你！再说这种事大家都见惯了，于是便没有人敢挑头去发泄自己的不满。巫青文也耐着性子在烈日下站着队，站了整整一天。轮到他购买时，化肥却都卖光了。售货员见巫青文和巫青文后面的十几个人大汗淋漓、疲惫不堪而又怒目圆睁，不知是怕他们闹事还是无意间动了恻隐之心，便说："你们这十几个人明日来吧，明日一早来我们优先卖给你们。"末了还写了号码，一人发给他们一张，巫青文拿的是第一号。

尽管如此，巫青文却还是感觉到内心有一股说不出的烦躁，那烦躁"吱吱"地在胸中往上冒。他想人活着真他娘的不容易！上帝似乎有意让他巫青文活着却不想让他哪怕有一天的舒服。反正他觉得这辈子自记事以来，自己几乎一天还都没舒服过。

巫青文满心烦躁地走回寨仔山村时，一抬眼却发现弟弟巫青武正躺在村口的一棵荔枝树下，满脸不悦地望着走进村口的哥哥。

“咦——你咋呢躺在这里？”巫青文收住步，扯着干涩的嗓子嚷。

巫青武依旧躺着。他不大情愿地瞟了一眼哥，噘着嘴道：“我不躺这里躺哪？家里又无我待的地方！”

“咋呢无你待的地方？！”巫青文双眉像烫伤的蚯蚓，使劲缩着。

“哼，你自己去看呀！”言毕，巫青武跷起二郎腿，脸偏向另一边去了。他中午从地里干完活回家，一眼瞅见珍珠，心里不悦又不好发作。一赌气，他饭都不吃就跑到这里睡觉，直到现在。

巫青文双眉一挑，把一口苦涩的唾液咽了回去，连同想说的话也咽下了。巫青文马上明白过来，知道是那老娼趁他不在又进他家门了。一股无名之火霎时从他的胸中生成，灼灼地往上蹿。

巫青文气冲冲迈进家门时，一眼瞥见正圪蹴在天井里刷锅的珍珠。这是夫妻俩分别整整三年之后他第一次见到珍珠。他一瞥见珍珠就像瞥见小偷一样，看都不想细看便扯开嗓门火爆爆地吼：

“喂——你认错家门无？谁让你进来的？！”

——晴天霹雳！珍珠浑身一震，被震得抬起了头。大妹二妹三妹四妹五妹和宝仔也纷纷跑上前来，大大小小的六双眼睛都惊恐地望着站在门口勃然大怒的父亲。

珍珠红着脸怯生生地望着进门的丈夫，一时显得手足无措。她尴尬地朝丈夫一笑，慌慌地埋下头继续刷锅。

巫青文却“腾”地一下蹿上前来，一把夺过珍珠手中的锅盖并将她拎了起来，凶狠地将她往门外推搡。一边推搡一边破口大骂：“你这不要脸的老娼你快给我滚！”

珍珠像被一阵突如其来的飓风卷着推着。她想站站不住，想说话对方却不给说话的机会，她只有招架的工夫。她一步步后退着很快被撵出门外。她本以为丈夫会打她的，她早就做好挨打的准备。她想这次丈夫要打她她绝对不喊不哭，也不再逃跑，只要忍一忍总会过去的，她知道丈夫不会将她往死里打。但丈夫眼下采取的这种方式却完全出乎珍珠的意料，她不知道该怎么对付。她急得满脸通红，浑身像着了火。当她完全绝望、眼看着自己快要坠入深渊时，忽然感觉到自己的身子被什么东西缠住了，耳边哭声大作。她一定神，发现大妹二妹三妹四妹五妹和宝仔都哭哭啼啼地追出门来，丈夫被大妹二妹三妹拦开了，而她自己眼下则被四妹五妹和宝仔死死抱住。邻居有几位乡亲此时也纷纷赶来，有的围观有的劝架。

珍珠掠了掠额角零乱的头发，眼泪汪汪地望着怒气冲天的丈夫。

丈夫此刻被大妹二妹三妹和几位乡亲拦着，但他仍想往前蹿，一边吹胡子瞪眼："你这老娼真不要脸，你要知趣你就滚坟头去，你要敢再进我家门看我不打断你的腿！"

这时候凤娇婶也赶来了。凤娇婶见巫青文被众人拦着却仍骂骂咧咧，一撇嘴冲巫青文嚷：

"青文啊，我看你不要太过分！珍珠再咋呢说也是这六个奴仔的亲生娘。你以为你当着奴仔和众人的面满嘴脏话骂这六个奴仔的亲生娘就有脸面、就知趣啊？哼，你要当心这六个奴仔日后看不起你，甚至都不认你当爹？！"

凤娇婶连珠炮般的一席话，竟把巫青文噎住了。巫青文张着嘴，脸呈猪血色地望着凤娇婶。在场的乡亲有的点头，有的则不满地瞪着凤娇婶。

凤娇婶却似乎不管那么多，她气咻咻地转身对珍珠说："走，你到我家去！"说完，她扒开宝仔和四妹五妹，边扒边说："你们的爹不让你们要娘，我可得把她领走！"凤娇婶一使劲，拉起珍珠就走。珍珠无可奈何地被凤娇婶拉着走，但她眼泪汪汪、一步三回头。

被撇下的奴仔们放声大哭，哭声搅乱了山村的黄昏。哭声的后面，是不知所措的巫青文和那些看热闹的乡亲……

天完全黑下来时，巫青文和他的六个奴仔断断续续地进屋了，巫青文也进了屋。

晚饭早已做好，是珍珠做的。但六个奴仔与往日截然不同，没有一个主动想吃。他们一个个泪痕满面、垂头丧气地或坐着或站着。巫青文也没去顾及他们，他毫无表情地坐在饭桌前抽烟。

只有巫青武一进屋便想到要吃饭。他大概是饿疯了，他进屋后只瞅了一眼没精打采的哥哥和六个垂头丧气的侄子侄女，微微皱了皱眉，然后不声不响地径自走到桌前添粥。这回他一点也没去顾及这饭菜是否出自珍珠的手，反正他只管吃，只管狼吞虎咽。吃完了，他用手背抹了抹嘴，鼓着脖颈连连打着饱嗝。然后转身望了望神情依旧的哥哥和侄子侄女，犹豫片刻，走出大门回自己屋去了。巫青武还没有成家，眼下他住着一间旧屋，是父母留下来的。

巫青文抽完烟，把烟蒂扔到地上，狠狠地踩了踩。踩灭了，便抬头招呼奴仔："喂，都过来食，食完快去洗浴！"言毕，他首先坐到饭桌前，"嗞嗞"地喝了一大口粥，啃了一口咸菜。嚼了又嚼，忽然又停下来。他发现饭桌上只有他一个人在吃。

他霎时回过头嚷："嘿——你们都还傻愣着咋呢，还不都赶快过来？！"

巫青文吼声如雷。大妹二妹三妹四妹五妹和宝仔这才稀稀拉拉围拢过来，围坐到饭桌前吃饭。个个却都神情木然、满脸泪痕，吃得也很沉闷。

吃完饭，大妹站起来，打算去饲猪，二妹也伸手收拾碗筷。巫青文却一下拦住她俩——

"等一下——你们都通通坐下，我有话说。"

大妹二妹于是皱了皱眉，坐了回来。

巫青文点燃一支喇叭烟，一阵吞云吐雾。透过烟雾，他拧着眉扫视了一圈自己的儿女，道："你们别都那么丧气！你们那位所谓当娘的，那么狠心扔下你们，扔下这个家，当娼去了，且一当三年。我这当爹的撵她骂她，不让她进家门，完全是出于无奈！那老娼心那么狠、那么野，不该骂不该撵啊？我说她活该！可你们要是不愿意，可以表个态。你们到底认不认那老娼当娘，现在都表个态，免得日后都埋怨我。"言毕，巫青文注视着桌前的六个儿女，等待着回话。

大妹二妹三妹四妹五妹和宝仔怯生生地望了一眼爹，又都埋下头来，没一个带头回答。

“嘿——你们都哑啦？！”巫青文拧了拧眉，道，“你们都说呀！你们说认那老娼当娘，也行。不认她当娘，也行。没人会去打你们骂你们，你们都说话呀！？”

大妹二妹三妹四妹五妹和宝仔偷偷瞥了一眼爹，抿了抿嘴，依旧埋下头来。

“大妹你先说！你说认不认那老娼当娘？”巫青文已有些不耐烦，他开始指名道姓。

大妹双眉一挑，不由得撑起眼皮望爹。转瞬间，大妹的目光像烫了火似的慌慌逃开了。她埋下头，咂了咂嘴，红着脸说：“我……我听爹的，爹咋说就咋行。”说完，便不再吱声。

“好！”巫青文一拍大腿，转脸对二妹说：“二妹，该你了！”

二妹怯生生望了眼爹，红着脸说：“我……我也听爹的，爹咋说就咋行。”

巫青文接着又接连问三妹四妹和五妹。三妹四妹和五妹的回答与大姐二姐如出一辙：“我听爹的，爹咋说就咋行。”

巫青文皱了皱眉，转脸问紧挨着他身边的宝仔，低下头问：“宝仔，你呢？”

宝仔没抬头。宝仔不住地摆弄自己的指甲，脸憋得像熟透的番茄。

“嘿——你说呀！”巫青文扳起宝仔的小脑袋，放缓口气说，“你快说，你究竟认不认那老娼当娘？”

宝仔竭力挣脱爹的手掌，熟番茄般的脸蛋上那双眼睛充满亮闪闪的泪水。宝仔扁了扁嘴，忍住泪说：“我……我不知道……”他用手背抹了一下眼，“我……我在学校，别人都骂我……骂我是无娘养的……他们动不动欺负我……我也不知道日后还会咋样！”宝仔每说一句，都哽咽“哼啊”一声，抹一下泪。他那细小的胸腔沉重地喘息着，鼻孔里两条长龙一样的鼻涕一起一落。

巫青文那古铜色的脸霎时僵住了！他那粗短的眉头麻花般拧了拧，直愣愣望着宝仔。眼缝里霎时冒出一串温热的泪水，但他竭力将泪水往回抑。

大妹二妹三妹四妹五妹先是惊诧地注视宝仔，此刻却惊诧地纷纷望向自己的爹，一动不动。

巫青文紧紧抚着宝仔的脑袋、愣了半天。他咂了咂嘴，抽了抽鼻翼，忽然使劲挥了挥手——

“你们都愣着咋呢？去！去！你们都快去饲猪洗碗，该洗浴的快去洗浴！”

众奴仔一惊，纷纷起身离桌，忙着做自己该做的那份家务去了。四妹五妹和宝仔也都知趣地纷纷起身，走开了。

巫青文眼缝里那汪了半天的眼泪此刻像开了闸的泉水欢快地往下淌。巫青文急忙背过脸，慌慌用手背去擦，竭力使自己镇静下来。

已经离开饭桌的宝仔、四妹和五妹却还是清楚地瞥见爹在抹泪，但他们很快也慌慌地走开了……

七

夜很黑，天和地都涂满了黑墨水。

窗外的蟋蟀“吱呀吱呀”叫着，叫来了山村的一派死寂。

身边的宝仔和五妹响着轻微的鼾声，满脸宁静。巫青文自己躺在床上却辗转反侧，他又一次失眠了。

晚饭后，宝仔的那番话直至现在仍潮水般敲击着巫青文那粗犷的胸膛。巫青文做梦也没想到宝仔会是这样的一番回答。巫青文刚听完宝仔那番话时，心头霎时涌起一股说不出滋味的温热——有苦，有辣，有酸，有涩。那温热不住扩散，巫青文感觉自己那冰凉的心被一阵阵融化了，很快成了泪水。那泪水不住在胸间翻腾着，“嗞嗞”地往外冒。要不是当着自己的那么多儿女，巫青文真想痛痛快快地大哭一场！他哭不是为宝仔，也不是为那老娼，而是为他自己、为自己乖蹇的命运！此刻，巫青文又一次下意识地摸了摸自己嘴边左上角那颗豆大的黑痣，这黑痣是从娘胎里带来的。小时候，别人就时常偷偷议论他嘴角上的这颗痣，都说是苦命痣，他不信。过了十五岁，有一次他跟人去墟上玩，让一位看相先生看他那黑痣。那先生一见便不住摇头，支吾了半天，最终还是说出口来，说他那痣是典型的苦命痣。巫青文不信，还生气。巫青文瞅准那先生不注意，随即从地上抓了把泥沙，“噗”地一下撒到看相先生脸上。然后便没命地跑，一口气跑回寨仔山，脸都紫了。娘见状大惊：“你跟人打架啦？”巫青文瘫在门槛上喘了半天，才上气不接下气说：“无……无，我跟别人捉迷藏，追着耍呢！”说完，又不住喘气。娘白了儿子一眼，骂：“你食饱了撑的？追着耍也那么凶啊！”骂完，娘又忙去了。

现在，巫青文摸着自己那颗豆大的黑痣，内心油然生起一股难言的酸楚。一连串的问号此刻不住涌向脑际。他在想：难道自己长的真是颗苦命痣？他还是不大相信，可又不得不相信。

巫青文与珍珠的结合，说起来真是阴错阳差！

三十二岁时，巫青文还是麻秆司令——光棍一条。这主要不是因为巫青文家穷，更主要的是因为他嘴边左上角那颗致使的苦命痣。本村或邻村的姿娘知道他那颗苦命痣，纷纷像躲瘟神一般躲得远远的。即便如此，巫青文也不都是没有过舍弃当光棍的机会。二十岁和二十五岁时，都曾有人登门给他介绍对象。

二十岁那年，邻村有一农妇刚生下姿娘仔便赶上死了丈夫，农妇膝下还有三个年幼的奴仔，农妇孤身一人要拉扯起这大大小小的四个奴仔。她怕了，她无能为力，她托人把刚满月的亲生姿娘仔送出去，人家便找上巫青文家门，说让巫青文收留下来当童养媳。二十岁的巫青文见状大怒，大骂来人作孽！同时也动了恻隐之心，巫青文对来人说：“你让那大婶把这刚满月的姿娘仔养着，她田里的活要忙不过来，我可以去帮忙。”来人被巫青文骂得心服口服，遂把姿娘仔送了回去。巫青文后来果真常去帮那农妇干活，那农妇便是眼下与巫青文一家关系亲密的凤娇婶。凤娇婶被巫青文的行为所感动，但总觉得过意不去。她见巫青文心善、人品好，又勤快，有一天做完活便私下许诺说：“我这亲生的两个姿娘仔，你要看上哪一个，长大了我把她嫁给你。”巫青文听罢怒目圆睁，眼珠差点没蹦出来。巫青文冲凤娇婶吼：“你……你咋呢这么说话？你可别隔着门缝看人，把我看扁了！你要是这么想，往后我决不踏进你家门！”言罢，巫青文气冲冲离去。后来是凤娇婶再三向巫青文道歉、解释，巫青文才又常去帮凤娇婶干农活的。一直干到凤娇婶的大儿子长到了十八岁，巫青文才慢慢地隐退了，因为凤娇婶也不肯再让他帮忙。

巫青文二十五岁那年又有了一次摆脱当光棍的机会。一天，墟上的一个人贩子给他领来了一个十七八岁的客家姿娘，那姿娘虽不俊秀，但脸蛋红扑扑的，浑身上下泛着青春的光泽。人贩子说："只要交两百元钱，这姿娘便归你了。"巫青文有几分动心。巫青文的父母乐呵呵地旋即爬上阁楼打开那个落满灰尘的木箱，吭哧吭哧地扒着木箱里的衣服，从最底层掏出一个整整包了四层的红布包，取出红布包里全部的两百元钱，然后吭哧吭哧地要把家里仅有的这两百元钱交给人贩子。巫青文却一下把父母拦住了，巫青文见那客家姿娘从一进门便不住抹泪，心便七上八落跳开了。人贩子见状满脸堆笑："嗨，她就这样！姿娘人出嫁哪有不装装样落几滴泪的？可那是雷阵雨，眨眼就过去了！嘿嘿，反正要不要全由你们。"末了吊着眉、满不在乎地等着巫青文回答。巫青文的爹竭力想要，老汉压低声音对巫青文说："反正钱一交你就甭当光棍，管那么多咋呢？！"巫青文却压低声音搪塞父亲："姿娘一进门便哭，丧气哪，绝不能要！"言毕，巫青文固执地把对方支走了，气得父亲一天吃不下饭。然而，巫青文还不肯就此罢休。对方刚一走，巫青文便心急火燎地走了十里地，到公社派出所报了案。当晚，派出所便抓到那人贩子，第二天那客家姿娘被送回原籍。

巫青文却因此继续当光棍，直当到三十二岁，桃花运总像躲瘟神般再没光顾过他。巫青文却似乎一点不在乎。他是个乐天派，一有空闲他便去找本村或邻村的光棍讲古说笑话。巫青文讲古说笑话在本地可是出了名的。

巫青文讲：某瞎子食炒田螺，刚吸出的田螺肉不慎掉到地上。瞎子摸索着蹲下来从地面捡回那田螺肉，往嘴里一塞旁人才提醒说："你捡错了，那不是田螺肉，而是桌子下正寻食的母鸡屙下的鸡粪！"瞎子却边嚼边固执地说："你们甭想再坑我，我食的就是田螺肉！只是……那田螺肉刚掉下他娘的咋呢就有些变味哇？"

巫青文还讲：有好友共三人，夜间去看电影，摸黑返家时，走在最前面的那位见路边有一团大而圆的东西，高兴得直嚷："哟，这儿有一顶帽子！"弯腰一捡，抓到的是牛粪，站起来却说：“算了，懒得拿！”第二个人兴奋地说：“嘿，你不拿我拿！”弯腰一捡，内心直喊上当！却回头对第三人说：“算了，这帽子有点破！”第三个人听罢，乐颠颠说：“你们不要我要！”遂弯腰去捡。结果三个人都抓了一手牛粪，却都哈哈大笑……

如此等等，都是巫青文讲的。反正巫青文一讲笑话，在场的人无一不弯腰捧腹。

巫青文还会绘画，什么才子佳人、山水花鸟，他都绘得唯妙唯肖。所以巫青文还是个无师自通的油漆工，本村或邻近乡村的乡亲谁要遇上婚丧嫁娶，都要请他去漆家具。只是那时的报酬极低，巫青文再怎么干也成不了富翁。

一转眼巫青文却过了三十三岁大关。这一年，也是巫青文命运转折的关键一年。

那天，巫青文外出回家，却意外发现家里来了位年轻姿娘。那姿娘扎一根辫子，圆脸圆嘴圆鼻子，长得粉嘟嘟的，脸颊泛着红光，身材丰满窈窕。此刻那姿娘正与巫青文的父母说说笑笑，一边还帮着母亲淘米。巫青文的脚步刚一响进家门，屋里霎时静了下来。父亲和母亲笑呵呵地望着儿子。那姿娘刚一瞥见巫青文，圆圆的脸霎时红得像三月的桃花。那姿娘埋下头继续淘米。

巫青文像进错家门一样先是一愣，继而退出门外，拔腿便走。他急急地走上台阶走进自己住的屋子，一头倒在自己的木板铺上想心事。

房门却“咯吱”一声开了。巫青文的父母双双走进屋。巫青文见状，一骨碌坐了起来。

母亲满脸慈爱，笑呵呵凑近儿子：“文啊，凤娇婶给你介绍来一个客家姿娘，人你刚才也看到了。唉，她虽……虽然是嫁过人——”

“咋呢——她嫁过人？”巫青文像被蛇咬了一样立时惊叫起来。

巫青文的母亲嗔怪地瞥一眼儿子，继续说：“鬼仔！你先听我说，她虽嫁过人，却不带奴仔。你瞧她多勤快，一进家门就脚来手到，帮着我担水洗衣做饭、乜事都做。再说，凤娇婶说了，娶这姿娘用不着花钱。这姿娘是白送上门来的。”

“哼，白送？白送无好货！我堂堂一个男子汉去捡人家的二手货？笑话！”巫青文白了一眼母亲，扭着脸吼。

巫青文那一直站在一旁的父亲这时喝道：“× 母仔！你顶真啥，顶真咋呢至今还光棍一条？有本事你把老婆娶来呀？！”

“我宁肯打光棍也不娶二手货！”巫青文“腾”地站起来，对父亲吼了一句，然后摔门而出。

巫青文的父亲气得直跺脚，他紧追出门直戳儿子脊背：“你……你给我返来哎哟——”话没说完，老人一脚被绊倒在门外的石阶上，摔断了一条腿。

父亲摔断的那条腿成了促成巫青文婚姻的关键因素。那些日子，巫青文满怀负疚与忧伤想侍候父亲治腿，父亲却怒气冲天不让巫青文接近，父亲非要巫青文答应娶那客家姿娘不可。客家姿娘却主动承担起侍候巫青文父亲的任务，她整天为老人送饭喂药、洗脸擦背，洗衣担水做饭饲猪饲鸡等活几乎也全被她一个人包了。原来忙得团团转的母亲一下轻松下来，又喜又忧。母亲每天几乎都要数落巫青文：“你这剁头仔，你瞧这么好的姿娘上哪块去找？你咋呢就那么铁石心肠哟！？”弟弟巫青武也怂恿哥：“鱼漂沉了，得知道往上钓。这姿娘是难得。”巫青武话语不多，脸却通红、着急，那样子像恨不得替哥哥去娶那客家姿娘。但那不可能，哥未成家，弟便得老老实实排队，这是当地风俗的一般规矩。

巫青文却并非铁石心肠。整整一个月来，客家姿娘的一举一动他都看在眼里。

那天，巫青文又挨父亲骂，正躺在自己的房间怄气，门却“咯吱”一声开了，进来的竟是那年轻的客家姿娘。那姿娘将一大碗番薯粥放到铺前的一只小木桌上，番薯粥冒着热气，上面有几瓣咸菜。

“你……你快食吧，可别饿坏身子！”客家姿娘看了一眼巫青文，怯生生地说。

巫青文内心涌起一阵温暖。他坐在铺沿上，不大自然地望了望对方，却没说话。

客家姿娘低着头问：“你……讨厌我？”

巫青文撑起眼皮，咂了咂嘴，欲言又止。他索性将脸偏向别处。

姿娘抿了抿唇。犹豫一会儿，她转身欲走。

“等一下！”巫青文忽然喊住她。

姿娘收住步，诧异地望着巫青文。

巫青文注视她：“你……你叫乜名？”

“珍珠。”姿娘大方地说。

巫青文皱了皱眉，审视着眼前这年轻的客家姿娘。他觉得她长得名如其人，身体上下各部位都圆滚滚的。

“你咋呢到这里来？”巫青文问。

“我挨他打了，便跑出来。”珍珠说。

“你咋呢挨打？”

“他牤牛，是流氓，打我是常事。”

“还有别的原因无？”

“他好吃懒做，家本来就穷，却整天还在外面浪荡、惹是生非。”

“我家里也穷。”

“可你勤快，又会油漆。凤娇婶说，你是难得的好人，跟你将来甭愁吃穿。”

“你甭听凤娇婶瞎说。我命苦，喏——”巫青文把脸端给珍珠，指了指嘴角左上方那颗豆大的黑痣说，“我这儿有粒苦命痣，算命先生说的。我们这儿的姿娘都怕我，看不上我。”

“可我不怕。”珍珠说，她泪汪汪地望着巫青文。

巫青文内心一阵温热，暖融融的。他望着珍珠，却还是说：“我真的苦命，我……我不想成家！”

珍珠抿了抿唇，忽然说：“你嫌我嫁过人吧？”

“不是不是不是，我……真的是苦命！”巫青文忽然站起来。他语无伦次。他不敢望对方。末了他说：“你……先走吧，我得好好想想。”

珍珠不无深情地瞥了一眼巫青文，转身走了。

隔天一早，巫青文要出门上墟卖猪仔，珍珠忙为他送来一个草帽。

“天太热，戴它吧，免得晒晕了头。”珍珠说。

巫青文心一热，见母亲和弟弟不在场。便说：“你……真想嫁给我？”

珍珠一激灵，眼眶红了。她鸡啄食般使劲点头。

巫青文说：“你跟我一块上墟吧，我……我给你铰两件新衫。”

珍珠猛一愣，激动得既点头又掉泪。那张粉嘟嘟红扑扑的脸霎时兴奋得红霞纷飞。她连蹦带跑回屋里与巫青文的父母打了招呼。自己也戴了一个草帽，喜滋滋地跟着巫青文上路。巫青文的母亲和弟弟站在门口，远远地望着巫青文和珍珠，两张脸乐成了两朵花。

巫青文带着珍珠上墟卖了猪仔，然后一块上百货店铰了几尺花布、几尺蓝布，又一块去缝衣店量了身长、订了衣服样式。接着，俩人满脸喜悦地往回走。他俩手中还拎了一块猪肉、一条猪尾骨，猪尾骨是为父亲买的。

回到家里，全家人过节一样喜不自禁。卧床的父亲脸上也第一次有了笑容。

这天晚上，珍珠跟巫青文住到一起去了。巫青文把自己几年前就做好的眠床搭了起来。眠床是请木工师傅做的，漆和画则是巫青文自己的手艺。眠床屏上画有戏水的鸳鸯，床座正前方则是双凤朝牡丹，所有这些都象征着夫妻恩爱和睦、富贵幸福。

没有婚礼，没有繁缛的请客送礼仪式。巫青文用与众不同的仪式娶了一个与众不同的新娘。巫青文觉得自己没有脸面像别的新郎一样去向亲戚朋友通风报信……

八

巫青文一夜没睡好。早上起来，他感觉脑子死沉死沉，里边还嘤嘤嗡嗡，像有无数蚊子在叫。

巫青文强制自己挺起精神，他必须赶紧去买化肥。

女儿大妹今天起得奇早，早饭都做好了，巫青文大感意外，问：“你……

咋呢起这么早？”

“嗯，反正也睡不着。”大妹头也不抬地说。她把脏衣服一一装到桶里，准备去溪边洗衫。

巫青文瞥一眼女儿，微微皱了皱眉，也不再问。他漱了漱口擦了擦脸，坐到桌前胡乱喝了碗粥，匆匆上墟去了。

到了供销社，门前跟昨日一样已排起了长龙。巫青文紧紧攒着昨天售货员开的号码字条、使劲挤上前递给售货员。真是谢天谢地，那字条果真起了作用！

巫青文搂着十斤新买到的尿素，像搂着金娃娃一样喜滋滋往回赶。路过公社派出所，巫青文遇上赶来买化肥的堂弟巫惠安和巫惠平。

巫惠安一见巫青文就问：“珍珠处置了么？”

一句话，把巫青文脸上那刚买上化肥的喜悦赶跑了。巫青文的脸霎时阴了下来：“还未。唉……”他叹着气，一时无言。

“嗨，你叹乜气呀！珍珠那样一个抛夫弃儿的臭姿娘难道你还想收留？！”

“我……哪能收留啊？”巫青文此时的样子极像小偷，既急且慌。“可家里那些剁头奴仔，怕……怕是不太愿意哪！”

“哼——奴仔，奴仔晓乜事？”巫惠平插上来冲巫青文嚷：“我说青文兄啊，看你以前也是个顶真人，可自打娶了珍珠你就成了个囚犯似的乜事都能忍受，好像被人捆绳子、挨过数次罚款。而现在，你要还想收留那抛夫弃儿当了三年娼的珍珠，别怪我们这些比你小几岁的兄弟看不起你！”言罢，巫惠平和巫惠安丢下巫青文，匆匆走了。

巫青文霎时愣在那里，久久地望着巫惠安巫惠平那渐渐消失的背影。回头时，他不由自主地打了个寒噤——他瞥见镇派出所的大门。他下意识一抬腿，抱着那十斤尿素逃也似的走开了。

巫青文对派出所一点没有好感，甚至畏惧，因为他曾同珍珠一起被五花大绑进了镇派出所大门。

那是巫青文与珍珠还在度蜜月的时候，忽一日他们那甜蜜祥和的日子骤刮飓风——珍珠前夫纠集十来条汉子寻上门来了，为首的是珍珠的原配丈夫胡汉三。他们是苦苦寻了两个多月才寻到珍珠的去处的。他们要找巫青文算账，要把珍珠夺回去。

巫青文迅即凭借地利人和纠集来一帮人与之对峙，巫惠安巫惠平兄弟俩自然也在其中之列。

双方剑拔弩张、怒目圆睁，一场残酷的打斗眼看一触即发。但最终，对方还是知趣地先软了下来，他们大概如梦初醒，知道了“入人地盘如落陷阱”的古训和利害。他们突然改变了策略，将事情告到当地的派出所。胡汉三指责巫青文霸占民女夺他老婆。派出所见对方来了那么多人，怕事情闹大，不得不出面处理纠纷。

巫青文和珍珠被公安人员捆到了派出所，因为珍珠的原配丈夫胡汉三掏出了自己与珍珠的结婚证。

巫青文却矢口争辩：“珍珠是我老婆！”

执法人员说：“凭啥证明珍珠是你老婆，你俩有结婚证吗？”

“咋呢要结婚证？结婚是我们自己的事，关你们乜事呀？！”

“你老实点！”执法人员“啪”地给了巫青文一巴掌，“不办结婚证结婚就违法，懂吗？！”

巫青文瞪对方一眼，问：“我要是跟珍珠有结婚证就行啦？”

“那当然。”打巫青文的那个执法人员说。

“不对吧——？”另一个执法人员说，“那……那女方不成重婚罪啦？”

执法人员面面相觑，然后便笑。

“好像是这么回事！”一个说。

“好像是这么回事！”另一个说。

巫青文板着脸说：“反正珍珠喜欢我，是她自己找上门来的。不信你们问她愿意当谁的老婆！”

珍珠说：“我是青文的老婆！”她指着自己原来的丈夫胡汉三骂，“他动不动打骂我，他是混蛋，他不是我丈夫！”

珍珠又哭又闹，派出所里一片混乱。

最终，派出所不同意珍珠让对方带走，理由是珍珠死活不愿走，派出所怕珍珠挨打。但派出所罚巫青文两百元，这两百元一百元赔偿给珍珠的原配丈夫，一百元作扰乱治安费。发生这事时是二十世纪八十年代初期的中国南方农村，罚款两百元对巫青文来说已经是个不小的负担了。

巫青文不服，却没法抗拒。他不大情愿地倾尽家中的大部分积蓄，交完罚款，总算获得释放。

巫青文的日子却并未因此获得安宁。一连几年，珍珠的原配丈夫还时不时来人寻衅闹事。直到珍珠生下三妹，事情才渐渐平息下来。不过，巫青文后来因为超生、躲避甚至对抗计划生育而再次被拘留过，还被三次罚款。生宝仔时，巫青文被罚款两百，可他被罚得心花怒放，他逢人便说：“罚两百元却总算让我生了个禾埔仔，值！”生完宝仔，巫青文很快又让珍珠挺起肚子，他觉得一个禾埔仔太少。大队要他带珍珠做引产，巫青文却让珍珠躲到娘家去。大队前来搜查，要他交出珍珠，他和父亲持刀威胁，结果父子双双被拘留，罚款四百，珍珠当年生下的却不是禾埔仔而是四妹，生完四妹，珍珠被迫做了结扎手术。手术做完不到半年，珍珠那肚子却又奇迹般地鼓了起来。外人都惊诧万分，巫青文心中暗喜，但不敢声张，因为他花了整两百元事先买通了做结扎手术的医生。巫青文指望珍珠能为他再生下个禾埔仔，结果却生下五妹，再次被罚款两百元，最终珍珠还被强行架往公社医院做了绝育手术……

巫青文大汗淋漓地往回赶，他径直到责任田为抽穗灌浆的水稻追肥。一路上，他遇上了数不清的乡亲，也有数不清的乡亲好心地问：

“珍珠那事还拖着哪？”（几乎是千篇一律！）

开始，巫青文满脸难色：“是啊，你看我该咋呢办？”

回答几乎又是千篇一律：“哼，那不是秃子头上的虱子——明摆着。那种姿娘，你还想收留呀？！”

后来，巫青文索性不开口了。别人问他，他只是“嗯”“呃”支吾了事。

在巫青文印象中，只有凤娇婶的话微微有些特殊："珍珠出走是不对，可不管咋呢说，你那些奴仔离不开她，俗话说'子不嫌母丑'嘛！看在奴仔面上，此事啊，你……你得好好合计合计，啊？"

田野一派碧绿。没有风，庄稼被灼热的太阳晒昏了头，大都是垂头丧气。路边的蝉儿被晒痛了，吱吱嘁嘁地喊叫，叫得巫青文脑子异常地乱、心异常地烦。

巫青文在自己的稻田上撒完尿素，已是大汗淋漓、满脸通红。他解开腰间的浴布，朝脸上擦了擦汗，便浑身疲惫地往回走。

刚一迈进家门，巫青文便触电般立住了，他鼓着眼睛愣愣地盯着正在给五妹做针线活的珍珠。四妹和光着屁股的五妹都叫了一声"爹"，胆怯地一左一右挽住了娘的臂膀。

珍珠抬起头来，脸飘过一片红云。一会儿，她慌慌埋下头来，继续飞针走线。

巫青文横眉抖嘴，欲言又止。他忽然慌慌地走进里屋，好久不见出来，也没有吱声。

珍珠愣了一会儿，继续做着针活。她做完针活，站起身，嘱四妹和五妹到一边玩，自己掠了掠头发和衣襟，放慢脚步走进里屋。刚一进屋，她一眼瞥见丈夫一个人坐在屋子里"吧嗒吧嗒"抽喇叭烟。

犹如电磁感应一般，巫青文那双探照灯一样的眼睛亮灼灼照得珍珠一时抬不起头来。

珍珠翕了翕嘴，红着脸说："文啊——"

"滚坟头堆去！谁认账你啦？！"晴天霹雳，巫青文鼓着粗大的脖颈朝珍珠吼。吼完了，那探照灯便更强烈地照射珍珠。

珍珠一阵晕眩。她怯怯地瞥一眼丈夫，重新鼓起勇气："我……要走啦，我……我怕那流氓一返家会寻到这里来闹事。"说完，珍珠从厨房的什么地方取来一个破旧的布袋，打开扎了几圈的绳子，布袋很快露出来一把明晃晃的东西和一粒铜褐色的东西。

巫青文“霍”地站起身，那探照灯又一亮，却不由得皱了皱眉：“你——想咋呢？！”

珍珠说：“我把那流氓藏在家里的一把匕首和一粒子弹偷来了，我……我怕他寻事。”

巫青文眉一舒，那探照灯微微减弱了强度。

珍珠又从裤腰里掏出一沓钞票，说：“我……本来想给六个奴仔买些布，一人做一套衫裤的。可我要买了布，也没时间做。我……把钱留下了，你抽空带奴仔上墟去，买成衣吧。大妹二妹三妹长得快，她们那衫裤快不能穿了。宝仔、四妹和五妹那衫裤也无一件不带补丁，该换些新的啦。”缓慢低沉地说，珍珠把钱放到桌上。

巫青文那双探照灯直愣愣望着珍珠，一时无语。

珍珠望着丈夫，继续说：“我……这就走了，我知道你恨我。可看在奴仔的分上，要打要骂由你，我……我总归要返来的。那流氓哪日要在外边挺了尸或坐了牢，我……我就哪日返来。”

“谁要你返来！你要返来，我咋呢做人？”巫青文突然吼。

珍珠惊恐地望着丈夫，眼光突然暗了下来：“你要是不让我返来，我就只返来看看奴仔……”珍珠一咬唇，没说下去。她转身走出里屋。她走到厅堂亲了亲正在玩耍的四妹和五妹。然后便走，眼泪汪汪地走。

巫青文走出里屋，心潮起伏。他呆呆地望着走出家门的珍珠，不追又不言语。喇叭烟此刻“吱吱”地往上燃并亲热地舔了一下主人手指，主人一声惊叫，烟蒂很快被抖落地上。

四妹和五妹惊异地望着满脸苦相、不住呵着手指的父亲……

九

一觉醒来，天已大亮。

巫青文一骨碌坐起，腰肢却像被缠了绳子，感觉既累且酸。

坐在一旁的五妹怯生生地对巫青文说："爹，你……你又尿床啦！"四妹坐在五妹身后，却不敢吱声，她也怯生生地望着父亲。

巫青文下意识一伸手摸到自己裤裆，发现自己的裤裆既湿且黏，像被谁泼了胶水。他猛一惊，双膝不由自主地支起来挡住裤裆，既而冲四妹和五妹嚷：

"去去去！谁让你俩醒了还赖在床上？还不快走！"

四妹五妹一惊，双双爬到床尾下了床，睡眼惺忪地跑屋外去了。

巫青文狠狠地骂了声"× 他母"，不由得满脑懊丧。他终于记起自己刚刚是从梦中惊醒的，自己正鬼使神差地搂着珍珠那雪白柔软的身子痛痛快快地满足着时，却不知怎么地就惊醒了。自打珍珠出走至今，巫青文便隔三差五地要做这种梦，而且对象一定是珍珠。昨天珍珠站在这屋里说话时，巫青文心头曾涌起阵阵冲动。他恨珍珠，可内心又赶不走珍珠，有几次真想扑上去把珍珠按到床上，狠狠地满足一阵，可最终他还是控制住了自己。一想到珍珠弃他而去，让胡汉三那杂种重新发泄兽欲，巫青文内心那燃着的灼灼欲火便像被突然泼了水，霎时冷却下来，既而化作满腔的愤恨。但他没想到自己做梦时却又鬼使神差地搂上了她，他说不清这种梦已是第几次了。更令他羞愧懊恼的是，这种事发生也让四妹五妹看到好几次了。

巫青文满脸懊丧地下了床，趿着拖鞋穿上外裤外衣，疲惫地往外走。

大妹已煮好了粥，此刻她将粥端到大厅里，那粥热腾腾冒着蒸气。二妹也饲完了猪、鸡，三妹四妹五妹和宝仔都已围坐在饭桌前，等待着吃饭。

大妹把一盘刚撕好的咸菜端到桌上，见爹已走出屋，便说："爹，你们去食吧，我该走了哈哧——！"大妹说着连打了几个喷嚏，打得龇牙咧嘴，头也抬不起来。

"你咋呢啦？"巫青文皱着眉问。

"无咋呢。昨晚好像着了点凉。"大妹说。

"那……你食未？"

"不食了，来不及。"大妹用手背擦了擦鼻，转身去背书包。今天她要到镇中学考初中，连考三天。

巫青文愣了一会儿，回屋拿了两元钱塞给女儿："拿着吧，到镇上买点食的，可不能无食就进考场。"

大妹接下钱，点了点头。二妹三妹四妹五妹和宝仔都怔怔地望着大妹。

巫青文犹豫一会儿，又说："去吧！你要好好考，考上了，是你的福分。考不上，也就认了，你得返家一心一意料理家务。"

大妹咬着唇，点了点头，转身走了。

大妹刚走出大门，巫青武也睡眼惺忪地进得门来，他刚刚起床。

吃完早饭，二妹、三妹和宝仔上学去了。

巫青文返屋里掏出一沓钱，数了又数，共五百块，是眼下家里的全部积蓄，从阁楼的箱底里掏出来的，其中有两百元还是珍珠留下的。巫青文将钱用自己那红方格浴布包起来，紧紧掖到腰上，走出里屋对弟弟说："走吧，咱们去上墟。"言毕，巫青文和巫青武双双走出大门。巫青文一转身把大门带上，又上了锁。锁声刚落，屋里便响起双重哭声，是四妹和五妹的哭声。巫青文皱了皱眉、咬了咬唇，犹豫片刻，却还是走了。家里没有大人，他不得不把年幼的四妹和五妹锁在家里。

巫青武挑着扁担和一只竹筐，跟在哥的身后兴冲冲地走。他俩要去墟上买电视机，为的是准备巫青武相亲的第一步——看家私。潮汕农村娶新娘的第一步，是先让女方委托亲戚朋友来男方看家私，看上了，才让男女双方相亲。前几次女方刚一来看家私，便都直摇头，人一走便如一阵风——吹了。宝财叔，也就是巫惠安和巫惠平的父亲，昨天托媒人牵了线，说好下午来看巫青武家私的。自打珍珠出走，宝财叔便一直在为巫青武的婚事操心。当年巫青文娶珍珠时，宝财叔极力支持、劝说，还曾骂巫青文不识趣。但眼下，宝财叔最反对让珍珠返巫青文家，他认为巫青文要是让珍珠返家，那是真正的败宗辱祖。宝财叔是巫青文的亲叔，也是巫青文家族中眼下最具权威的长辈，宝财叔断不会在世时允许巫家下代败宗辱祖。不过，宝财叔也知道巫青文眼下的难处：家无姿娘理家，自然不成家样。但宝财叔极力主张让巫青武娶上新娘，以代替珍珠撑起巫家……

日头当顶时，巫青文和巫青武兄弟俩满脸喜色、大汗淋漓地抬着电视机回家了，是黑白电视、十四寸的，共四百元钱。四妹和五妹本来满脸泪痕，见爹和细叔抬回来个奇怪的黑匣子，便都咧嘴笑了。四妹和五妹知道这东西是电视，他们在别人家见过的。

二妹三妹和宝仔放学回家，也高兴得直蹦。

只有大妹一个人不露喜色。大妹一进家门，冷冷地瞅了一眼兴高采烈的弟弟妹妹，便回自己屋去了。

巫青文一眼瞅见大妹的脸色，但他不知道大妹究竟是没考好试还是因为她知道那电视是打肿脸充胖子买来的。大妹知道娘曾给爹留下一笔钱。娘曾给她写信，说那钱是留给他们几姐弟买衣服的，可大妹就是没听爹说起买衣服的事，她也不敢问。大妹知道电视是为细叔娶老婆买的。

巫青文追进屋，问："大妹啊，你咋呢不高兴，考得不好？"

大妹望一眼爹，摇了摇头。眼泪汪汪的，就差没掉下来。

巫青文伸手摸女儿前额，惊叫："哟，你——你发烧啦？"他赶忙劝女儿往床上躺，一边还张罗着去为她煮蛇舌草（蛇舌草：潮汕地区用于降火消暑的青草，叶如蛇舌状）水。

午饭是二妹做的。爹早就吩咐：大妹考初中时二妹和三妹要多承担家务。二妹于是也自觉起来，放学回家便忙着洗菜做饭。三妹则抓紧去溪边洗衫。巫青文嘱咐完二妹为大妹煮蛇舌草水，自己也忙着去饲猪了。

巫青武也忙着打扫大厅和房间，平时他除了做农活，家务事他可是一点不管的。宝仔惊奇地望了望细叔，像见到外星人。一会儿，宝仔也抓过一把扫帚帮着细叔打扫房间，不过他并不知道细叔是为了相亲。

中午，大妹喝了蛇舌草水。又喝了碗粥，吃了两个鸡蛋（是巫青文嘱二妹为大妹煎的），便支撑着身子要去考试。

巫青文皱了皱眉，问："你感觉行么？"

大妹先是摇头，忽然又一咬唇使劲点头："行。"言毕，便走出门。

二妹在身后喊："姐，等一下！"末了她转身回屋，给大姐送来一个草帽。

大妹感激地望了望二妹，接过草帽戴在头上，转身走进灼灼炎阳之中。

二妹三妹和宝仔紧接着也去上学了。巫青文和巫青武又把房间和大厅里里外外地打扫了一遍。

大约是下午两点来钟，宝财叔领着一位中年汉子迈进巫青文家。那汉子肥头肥脑，据说在镇饮食店工作，叫林德福。林德福是为外甥女红花前来相亲看家私的。

令巫青文和巫青武意外的是，林德福一进屋便满脸堆笑，像干部视察那样一边听宝财叔介绍一边不住点头。林德福把巫家里里外外巡视了一遍，还上下左右瞅了瞅巫家新买的那台黑白电视，最后仰起脸问：

“不错不错，贵府高庭阔院，二位兄弟又都壮壮实实，敢问贵府年收入多高？”

巫青文见状，满脸堆笑：“嘿嘿，要是家运顺，我们弟兄俩同心协力，赚他个三五千的不成问题。”巫青文把年收入翻了个番，此也是这一带农村男方相亲时的一种普遍诀窍，为的是希望尽快把新娘娶到手。

林德福听罢，蹙着眉，眼珠转了转，不住点头：“嗯、嗯、呒错呒错！”他自然知道对方说的会有水分，却还是满意地笑。

说话间，巫青文已为客人端来热腾腾香喷喷的甜鸡蛋。甜鸡蛋象征吉利，是本地一带招待贵客的佳品。做法是：先煎好新鲜鸡蛋（要求煎得又圆又漂亮），然后加水、白酒和白糖，煮开即可。

几个人于是喜洋洋地坐下来食甜鸡蛋。客人碗里每人两个，而巫青文和巫青武兄弟俩却只是象征性地喝着汤，林德福见状便要让出鸡蛋，说自己食一个即可。宝财叔也附和说：“我也食一个吧？”

巫青文和巫青武不约而同连连摆手：“嘿嘿，好事成双——哪有食一个的理？”巫青文还接着说：“我俩中午刚食鸡蛋，都不想食了。你们俩甭客气！嘻嘻。”

巫青文这么一说，林德福和宝财叔一点都没再推辞，都夹起鸡蛋往嘴里送。

巫青文和巫青武也都开始喝又香又甜的鸡蛋汤。那汤一进肚，巫青武便喜上眉梢，显然享受到了那鲜美的味道。巫青文喝着汤，却满脸沮丧，似乎丝毫没享受到那鲜美的滋味。因为中午他和青武并未食鸡蛋，家里仅有的四个鸡蛋，本打算留给大妹这几天考试时食的，眼下那四个鸡蛋却正被别人往嘴里送。不过，一想到那鸡蛋是为了给青武娶老婆，巫青文脸上的沮丧霎时间消失了，代之以笑意。

食完鸡蛋，林德福美滋滋抹了抹嘴，站起身准备告辞。

宝财叔忙放下碗筷，问："嘿嘿，德福兄，你看青武与你外甥女红花的事，能……能成么？"

林德福瞅了瞅巫青武，笑道："红花那边没问题，我回去说说，择个吉日让你俩见见面。不过……"

林德福没说完，巫青武一转身已把一包白糖送到林德福面前："嘻嘻，您……您给红花家带去吧！"

林德福犹豫了一会儿，喜滋滋接下了。那白糖约斤把重，用报纸包成长方形，用红布绳扎了个"十"字。十字绳的正中还夹了一小张长方形红纸，象征大红大喜。

巫青文忽然皱了皱眉，问林德福："您……您刚才说'不过'，是乜意思？"

林德福眉一颤，露出来一嘴黄牙："嘿嘿，无乜事无乜事。我是说你俩可以择个吉日见见面，不过……不过我那外甥女红花可是有些怕见人嘞！"

"哟——看你这话说的！姿娘人怕羞好，怕羞才是好姿娘嘛！"宝财叔"嘿嘿"笑着。

林德福眯着眼瞅宝财叔，连连附和："嘿嘿，那倒是、那倒是。要说性格呀，红花是甭说的，肯定温柔贤淑！只是……"

"只是乜事？"巫青武和巫青文满脸疑惑。

"嘿嘿，只是……只是红花的一只腿走路不大自然，小时得了小儿麻痹症。"林德福说。

空气一下凝固了。几个人都怔怔地睁大眼睛。

林德福一阵尴尬，紧接着说："嘿嘿，不过红花那腿一点不碍事！除了不能担水，做饭洗衫缝缝补补，能干着呢！尤其是绣花，啧啧，她可是一把好手嘞！不过说来说去，这事还是得由你们定，你们要是觉着可以，我就回去说一声，你们可择个吉日见个面，咋样？”

这回轮到主人尴尬了！宝财叔、巫青文和巫青武你看看我，我看看你。最后还是宝财叔先开口：“唉！此事你事先无说，我一点也不知道。这样吧，你先把糖带走，我们这再商量商量，然后通知你们，好孬？”

“行、行！那……我先走一步啦！”林德福说完，匆匆忙忙退出门外，转身走了。

宝财叔送走林德福，回过头发现巫青文巫青武兄弟俩正冷冷地望他。他叹了口气，低着头走回到厅上，道：“唉，德福这 × 母！也不事先说一声。不过，依我说呀，那位红花要是像德福说的那么能干，我看也不妨先见见，你们说呢？”

“哼，老热呶（老热呶：潮汕方言。大意是：岂有此理，哪有这等事之意）！我再笨再穷也不至于去娶个拐脚（瘸子）姿娘！”巫青武气咻咻，冲宝财叔嚷。

巫青文也说：“算啦！家里本来就是缺个理家干活的姿娘，咋能再娶个拐脚的做呢？！”他点燃一支烟，狠狠吐着，像吐着满腹烦躁和忧郁。

宝财叔一时语塞，只好悻悻告辞。

十

夏收了，田野一派繁忙。

老天爷今年又开了恩，没把台风和暴雨抛到这潮汕平原上来。电台上预报的几次台风，据说在粤东海边耍了耍威风，便远远地奔别处去了。雨虽下了几场，但都不大，既绿了庄稼，又无伤大体。可不，眼下这遍野的稻穗，金灿灿沉甸甸的，硬是把平整的大地铺成了一块巨大的金黄色地毯。间或有绿的猩红的点缀其间，那是甘蔗、番薯和各种蔬菜。

每年到这个光景，乡亲们便都放心了，那一直悬着的心便都找到了歇息地、有了着落。老老少少男男女女便都喜滋滋地涌到田野上，挥着镰刀收割这金色的希望。

此刻巫青文巫青武兄弟俩也正在自己的稻田里割稻。大妹二妹三妹和宝仔也在割稻，因为学校已经放暑假。就连四妹和五妹也来了，但她俩太小，帮不上忙，此刻她俩在田埂上极开心地捉小青蛙。

别人的田头上不时有笑声和歌声。这里却是一派沉闷，只有“嚓嚓”的割稻声和“嘭沙嘭沙”的摔稻声。以前在生产队割稻，脱谷用的是脱粒机、脚踩的那种。分田到户之后，生产队仅有的两台脱粒机都折旧卖给了个人。多数人家收稻谷便重新启用了原始的摔斗：一个两尺高、三尺见宽的木桶，中间架一小木梯，四周围以一人高的竹席，以防谷粒外溅。一把把地将割下的水稻抓在手上往木梯摔，谷粒便哗啦啦地落往木桶。

巫青文和巫青武默默地割稻、摔稻，谁都懒得说话。自打那天宝财叔带林德福来家里之后，巫青武那升起的希望又一次成了泡影，他气得好几天都成了哑巴。巫青文内心自然也灰暗下来，因为他盼望家里能有个姿娘把家撑着，他自己好外出油漆挣钱。

大妹自打考完试，也很少说话。那些天她是强撑着自己身体，顶着感冒考完试的。每考一门，那些题虽也都做了、答了，可她脑子迷迷糊糊、一片迟钝，她也说不清自己到底是答错了还是答对了。

二妹三妹和宝仔开始叽叽喳喳地说着话。见爹、细叔和大姐都默不吱声，这会儿便也都闭上了嘴，默默干活。

日头转眼已爬到头顶，烤得人脊背发痛。没有风，那汗便从额、颊、脊背乃至全身所有的毛孔往外泄，上衣很快都洇湿了。

人多地少，巫青文家仅有的一亩地水稻很快便割下了一大半。巫青文仰起头来，看看日已近午，便说：“大妹啊，日午了，你先返家煮饭吧！”

大妹“哎”地应了一声。直起身子，伸了伸腰，准备返家里煮饭。一抬眼，却发现那边四狗正噌噌地往这边跑。

“大妹啊，放榜啦、放榜啦！”四狗走近大妹、气喘吁吁、大汗淋漓。

“咋样，我……我家大妹考上了么？”巫青文见了四狗，情绪霎时高涨起来，此刻他两眼放光地等待四狗回答。

“无……无考上。”四狗仍气喘吁吁，满脸通红。

大妹柳眉一颤，明亮的眸子像转瞬间落了一层灰。

巫青文却睁大眼问：“乱说！你……你听谁说的？”

“嘿！我骗你咋呢？”四狗畏惧地望了一眼巫青文，继续道，“我……我刚去学校看过，水莲、惠娟的名字都已上了榜，大红大红的榜，贴在学校门口！可我使劲寻却就是无寻到榜上有大妹的名字。我以为老师搞错了，还专门去老师那儿查，却还是无大妹的名字。我还遇到水莲和惠娟，她俩都去领通知书了！”四狗吭哧吭哧喘气，像刚跑完一千五百米。

巫青文皱了皱眉，心霎时沉了下来。

站在一旁的巫青武忽然问：“那你呢，你考上啦？”

“考个鬼！”四狗这才红着脸、低下头来。“大妹都考不上，我……我哪还得考上啊？”四狗说着，把脚下的一只小青蛙狠狠踢到水田里。那青蛙被踢了个四脚朝天，四狗得意地笑。

巫青文厌恶地望了眼四狗，目光转移到大妹身上。

大妹咬着唇木在水田里，头埋得很低很低，胸脯紧张地一起一伏。大妹此时都被所有的人装进瞳孔里。

沉默。

巫青文蹙了蹙眉，道：“大妹啊，算了！命里有时终须有，命里无时莫苦求——古人说得千真万确！谁叫你考试那几天偏遇上感冒啊？算啦算啦！正好你可返家里看家理家务！”

“就是！”四狗这时也插了话，“大妹啊你甭难过，我不也没考上嘛！再说考上了又咋样？我还不稀罕呢！”

“呜——”的一声，大妹突然哭了。那哭声破口而出，且很长很长，显然是憋了很久很久，最终没法控制才迸发出来的。泪水从大妹那红扑扑的苹果脸一泻而下，像决了口的堤围。少顷，大妹又使劲捂住自己的嘴，转身踩着水田抽抽噎噎地跑回家去了，水田里搅起了一串混浊的水花。

巫青文呆呆地望着大妹的背影，心乱如麻。全家人的目光此时也都被大妹的身影拽远了。

一只手忽然从背后伸过来，拍了拍巫青文肩头。他回过头来，发现是巫初发。

巫初发道："大妹无考上，我也没想到，不过你还是要开导开导，多安慰她，别再说让她伤心的话。"

"你……都知道啦？"巫青文说。

"早知道啦，我听说今日放榜，一早便领着这奴仔去学校探听消息，无想不行就是不行。唉，都怪我这奴仔不争气！"巫初发用一只手指啄了啄身后的四狗。

"唉，我家大妹不也无考上嘛！"巫青文叹着气说。

"是啊是啊。"巫初发给巫青文递过来一支"万宝路"，又递给巫青武一支，"我总算明白啦，奴仔不争气，咱们这些做父母的，急也无用。"

身边的几个奴仔此刻都仰着头看着三位大人点烟。

巫青文点燃烟，问："你打算咋呢安排四狗，带他出去？"

"不带不带。"巫初发说，"我还想让他补习一年，下年再考一次。"

"有补习班吗？"

"无。我想让他插班，重读一年小学六年级。"巫初发说。四狗一听，不满地瞅了一眼父亲。刚才的兴奋劲儿都不见了。

巫初发忽然问巫青武："嘿——听说你前些天相了亲，情况咋样？"

巫青武使劲摇头："勿提啦！那是个拐脚姿娘，我哪能要？"

巫初发道："你今年多大？"

"唉，四十出头啦！"巫青文替巫青武答。

巫初发皱了皱眉，忽然又舒展开来："依我说呀，青武你干脆到外头去闯闯，见见世面，没准能遇上个喜欢你的姿娘。要不老窝在家乡这山旮旯里，人都快麻木了，一点活力都没有，还想娶老婆？"

巫青文道："你让他上哪块闯啊？"

"眼下这社会，哪块不能闯？"巫初发吐着烟，转身对巫青武说："要不你先上我的工地，做砖瓦工，每月除食外，给你两百元，咋样？"

"初发兄您要是能带我出去，那我可太感谢您啦！"巫青武霎时乐了，他那张粗糙黑亮的脸此刻眉开眼笑。

巫青文却皱着眉说："你……你看他行吗？"

"咋呢不行，有体力不就行了？"巫初发说，"我是看在你面上，想拉青武一把。"

"那我多谢你啦！"巫青文说着，内心却嘀咕开了。他希望青武好，到外面闯能挣钱娶上老婆，但又担心青武这么一走，自己更难以脱身去外边油漆。巫青武与巫青文比，虽缺少灵性，可他要留在家，田里的活巫青文便轻松多了。

巫初发见巫青文沉默，不知他是否另有打算，便说："这事你们商量商量看。若想走，夏收一过就得动身。我走啦，我那稻谷也还未割完呢！"

巫青武忙说："初发兄，您家要忙不过来，等一下我去帮忙！"

巫初发道："哈！我儿子四个，还用得着你呀？你们快忙吧，我这就走。"言毕，巫初发领着儿子四狗顺着田埂走了。

巫青文全家站在发烫的水田里，愣愣地望着巫初发父子俩远去。一会儿，他们又纷纷弯腰埋头，继续割稻、摔稻。四妹和五妹又开始逮小青蛙，是爹让逮捉的。家里那头母猪又怀猪仔了，捉了小青蛙好煮熟喂猪，小青蛙能养奶。

日头挂在中天，灼灼地喷下满地烈炎。蝉儿被灼痛了，"吱吱吱"叫着。田野里白晃晃一派忙碌，挤得人满眼发酸……

十一

溪水潺潺流着。

清澈的溪水映照着大妹那张圆润而又很青春的脸。那脸木然如雕、毫无表情。那脸映照在清澈如镜的水面上，显得端庄、和祥。

大妹却很快把自己的脸揉碎了，她抖着衣服拍起水花，把自己的脸搅得支离破碎，她似乎不愿意看到自己那张端庄和祥的脸。自打她考初中落榜，她便毫无退路地当起了家庭妇女，她只能当家庭妇女。从早到晚，她总是在跟油盐酱醋打交道，总是要洗衫担水做饭饲猪饲鸡、打打扫扫洗洗涮涮照看弟妹……所有这一切琐碎，毫无新意，每天都不断重复，单调枯燥，却又无法拒绝地构成了她生命中新的里程。娘在家的时候，大妹丝毫体会不到做家务时的沉重和烦躁，对娘每天所做的一切熟视无睹，就像看屋外的景物和眼下这潺潺河水那样自然。以至于有一次，娘大白天偷偷跟别的姿娘跑到镇上看了一场电影，回来晚了，耽误了担水做饭，被爹好一阵辱骂——就那么一次，大妹都没有同情娘。自打娘出走之后，大妹才慢慢同情起娘、理解起娘来。而且在姐弟六人之中，她认为眼下只有她才真正能理解娘。所以，她也才背着爹一直偷偷地跟娘通信。大妹没有想到自己这么快便担当起接替娘的那种角色、成了家庭妇女。她是渴望上初中的，爹只给她唯一的一次机会，可这唯一的一次机会却被一次意想不到的感冒断送了！她恨那次感冒，进而恨自己，恨自己的命。她懒得说话，她成了木头人……

大妹一个人弓着腰圪蹴在小河边，使着劲“嚓嚓”地搓洗着衣服，满脑子胡思乱想，思绪飘得很远很远。

“噗——”的一声，水面忽然溅起一朵水花。

大妹抬起头来，四周阒无人声。她皱了皱眉，又埋下头继续搓衣。

“噗——”的又一声，眼前的水面再次溅起一朵水花。那水花溅到大妹脸上，溅得她满脸水珠龇牙咧嘴。耳边却忽然响起朗朗笑声。

大妹一睁眼，瞥见四狗在小溪对岸开心地笑。四狗拿着竹枪，笑得前仰后合，显然他是用竹枪逗她。竹枪是用毛竹枝做的，空心的毛竹枝可当枪筒，再用大小适中的实心竹筷当撞杆。子弹则用浸湿的废纸，揪一颗湿纸往枪筒里塞，用撞杆顶至末端。顶入第二颗湿纸时，第一颗湿纸受气流挤压、喷射而出发出“噗——”的声响，那飞出的湿纸团便成了子弹。潮汕这一带的奴仔常用自制的这种竹枪玩打仗。子（纸）弹只要不打到眼睛，不会伤人，只是一阵疼痛。

四狗笑毕，道：“你咋呢这时候洗衫呀？”末了便挤眉弄眼。

大妹白一眼四狗，没理他。她埋下头继续洗衫。她知道四狗这么问她，不怀好意。

“嘿——咋不吱声哩！落了榜怕见不得人，故意等这么晏才来洗衫是不是？”

大妹脸一沉，憋不住冲四狗嚷：“讨厌！谁跟你一样那么厚脸皮啊，落了榜还去插班重读？！”话一出口，大妹自己都觉着别扭。她渴望也能重读一年，可这种渴望就像头顶的日头，每天能见到，却永远抓不着。

“嘻！咱俩可不一样，你原本是咱们班里第十名，我却是倒数第十。我考不上，谁也不会笑话，你呢？嘻嘻。”四狗依然挤眉弄眼。

大妹的心像被蚊虫叮了一口。心一酸、差点儿没掉下泪来。她一咬唇，噘起嘴嚷：“你死猪不怕开水烫！知道考不上，咋呢还去插班？”

“嘿——我是无办法，老家伙逼的！可我现在也不去读了。”四狗说着，一猫腰想跳到小溪这边来，却踩了个空，摔了个狗落水——浑身湿了个透！

大妹忍俊不禁，“咯咯咯”地笑，心豁然开朗起来。她已说不清自己多少天没笑过了。这一笑，她感觉自己憋闷的胸膛像眼前这阳光明媚的天气，亮堂亮堂。但很快，这亮堂又被乌云盖住了。她不由自主地收住笑，只是开心地望着在水里挣扎的四狗。

四狗自己也很开心。他浑身淋漓地爬上岸来，一边拧衣襟上的水一边冲大妹笑。

大妹一咬唇问：“你……刚才说不去读了，是真的？”

“你看我像个读书的样吗？不然我还能待在这里？今日又不是星期日！”四狗说着，在大妹身边坐了下来。

“咋回事，你爹不是又送了礼让你插班了吗？”大妹那眸子扑闪扑闪。

“可我昨日就被开除了，上课时我用竹枪打前排的脑袋。”四狗若无其事，仍笑。

大妹睁着眼瞪四狗，瞪了很久。忽然说：“你真不是人！你……你应该读书，你不怕你爹知道了揍你？”大妹气喘呼呼，说完又“嚓嚓”搓洗着衣服。

“我不怕！”四狗说，“反正我爹大半年回不了一次家。他要是回来，我就说是学校看我爹一外出又不让我读。再说，我一坐到教室里便头痛。”

“你有书不读，真没出息！”大妹头也不抬地说，她仍“嚓嚓”搓洗着衣服。

“依你说，读了书就有出息啦？”

“那当然。”

“屁！咱学校的邱老师头发都白了，邱老师以前教过我爹，可他咋比我爹穷？”

“你咋知道邱老师穷？”

“邱老师不穷？不穷他咋呢寻我爹借钱？！”

“你——你瞎说！”大妹偏过头来。

“骗你我是小狗！我亲眼看到的就有两次，过年时一次，我考初中时一次。”

“邱老师咋呢借钱？”

“我不太清楚，好……好像是说他家里要建房子。”

“那是建房子，不算！”

“那我家建房子，咋呢就用不着借钱？我家还有彩色电视、摩托，可学校的老师咋呢就无？我爹说，他只有小学毕业呢！”

“……”大妹一时语塞。大妹怔怔地望四狗，末了她涨红着脸争辩：“反正，读书比不读书好！”

“好在哪块？”

“好就是好，我也说不清。要不，你爹咋总想让你读书？”

四狗语塞。四狗耸了耸眉，使劲拧衣襟，拧得水“哗哗”地落到地上。

大妹得意地瞟一眼四狗，埋下头继续搓衣，搓得溪水哗哗作响。

日头像一盏挂在天幕上的大气灯，把橘红色的光线投射到地上。溪水波光粼粼，一片氤氲。光斑跳跃的水面上勾画出大妹和四狗的身影。

一会儿，大妹又问：“四狗你不读书，打算做乜个？”

“不做乜个。我先要几年，再出去赚钱。”

“跟你爹出去？”

“我才不跟他呢！他像座大山，老管我、压我，烦死了！”

“那……那你咋样出去，咋样赚钱？”

“嘿——多着呢！做工、跑买卖、跑运输，哪样不能赚钱？”

大妹想了一会儿，道：“你要真不读书，不如早日出去赚钱！”

“急乜个？要一阵再说。”

“山村里尽是土坷鸡屎狗屎，那山、那溪、那房子和树木天天都一个样，有乜个可耍？”

“嘻，我做啥要那些？我要华尔兹、迪斯科！”

大妹那睫毛使劲扑闪：“乜个？叫乜个华耳之、敌师课？”

“嘿——你不知道呀！就……就是一个禾埔抱一个姿娘嘭嚓嚓。还有，就是自己扭脚仓（脚仓：潮州方言，指屁股）伸腰的那种舞呀！”四狗说着，怕大妹不明白，索性站起来扭脚仓伸腰，引得大妹咯咯咯地笑。笑声朗朗冲天而上，惊飞了溪边凤尾竹上的一群麻雀。

“丑死了！你……从哪块学来的？”大妹气喘吁吁。

“电视上天天在教，你不知道？”

“真的？电视上咋呢教这些不三不四的动作呢，丑死了！”

“丑啥？可舒服了！你一跳，啥烦恼都跑了。我考不上初中，挨我爹骂，烦死了！爹一走，我便照电视上教的跳，一跳浑身轻松！”

“你现在天天跳？”

“当然！六弟、五牛、七猪和四花整天上我房间去跳，他们都跳疯了！”

“真的？四花也去？”大妹满脸惊奇，四花是她和四狗的同学，四花考初中也落榜。

“我咋呢骗你？说真的，大妹你别整天做婆婆妈妈的事，像个大嫂子似的。你才十六岁，怕以后没活做？嘿，依我说，你该要就要，该轻松就轻松，别老愁眉苦脸的。你要有空，也去我家耍耍，咱们几个人一块跳舞。”

大妹沉默了。大妹红润的苹果脸上，那双眸子如两泓秋水，飘过几道涟漪之后，整个儿被眼睑罩住了。大妹既不点头也不摇头，她“嚓嚓”继续搓洗衣服。接着又漂洗衣服，漂得溪水哗哗作响……

十二

日头落山的时候，巫青文家里收到了两封信。

第一封是珍珠写来的，是珍珠那天走后的第一封来信。信不长，只有一页信纸。信上说：

“看到奴仔六个都长大了，艮（很）高兴。我流（留）下的钱，给奴仔胶（铰）了三（衫）裤没有？很想念……我还是想回去的，你打我马（骂）我都亍（行），只要不巴（把）我干（赶）出家门。旦（但）现在还不能回，我白（怕）那十（杂）种会戈（找）麻环（烦）……”

巫青文黑着脸看完第一封信，鼓着腮帮把信揉成一团，扔到了地板上。他开始看第二封信。

第二封是巫青武写来的，是他跟巫初发外出做工之后写回家的第一封信。信极简短：

“我艮（跟）初发兄出来，一切都好，此（比）在家里好得多，匆（勿）念。”

末了便无话，这封信便算完了。巫青文拧着眉，拧得眼珠子一转一转。从头到尾又把信看一遍，他那粗糙的眉又拧又一转一转。他觉得这信不该这样就算完了，可这信却偏偏就这么算完了。他把信翻了个底，背面竟一片空白。再撑开信封口，信封里也只有空气。巫青文索性把信往桌上一扔，脸霎时阴沉下来。巫青武长了四十岁，还从来未离开过家。巫青文想，青武这一下从小小的寨仔山到了遍地高楼、遍地车声歌声的深圳，不详细说说那里的情况，至少也该问一句家里的情况啊！莫非青武这么一走便把这个家忘了？更令他不悦的是，青武咋呢一点也无提到赚钱的事，更无提及要寄钱回来。青武离家时不是不知道家里无钱，初发说青武这一去除食外，每月净赚两百元的呀！莫非青武想把钱攒着，过年返家时一块带回？这么一想，巫青文的心便稍稍平静下来。吃完晚饭，巫青文抹了抹嘴，不让奴仔们离开饭桌。

巫青文说："你们都听着！明日起我要去东园油漆，白天做事夜里返来。我不在家，你们都要老老实实待着，不许吵架，更不许打架，听见无？"巫青文双目如探照灯，亮灼灼把六个奴仔扫视了一遍。

大妹二妹三妹四妹五妹和宝仔都点了点头。

巫青文又说："大妹眼下不读书，这个家就算交给你了。你要多干活，要把这个家照看好。"

大妹望了眼爹，点了点头。

巫青文又说："二妹三妹和宝仔读书，放了学要准时返来，帮大姐干活，听见无？"

二妹三妹和宝仔点了点头。

巫青文又转向四妹五妹，说："四妹五妹，你俩人待在家里，不许跑远，不许吵架打架，要听你大姐的话，听见无？"

四妹五妹都说："听见了。"

第二天天蒙蒙亮。巫青文便下得床来，洗了把脸，喝了两碗粥。粥是大妹做的。自打大妹失学、没考上初中，便担当起娘在家时的角色，担水做饭洗衣等等，这一切用不着爹督促，她都自然而然地承担起来了。

巫青文喝完粥，推起一辆破旧的自行车，车架上夹一个工具箱，便准备出门。临走时，他又再三嘱咐大妹什么，然后才骑车奔东园而去。这是自珍珠出走三年多以来，巫青文第一次出远门油漆。东园是本县的另一个镇，离寨仔山村十几里路。但那路是小路，还有山道，骑车要一两个小时。

中午巫青文没有返家，干活时他一般都在主人家吃饭。巫青文家里却偏偏掀起了风浪：几个奴仔都吵架了，最终还打架。

事情是由中午吃饭分肉时引起的。

巫青文知道自己要出门油漆、能沾油荤，心想别让自己的六个奴仔老是吃素，昨天便抠了抠钱包揍足四元钱买了一斤多猪肉。吃饭时大妹把炒好的青菜分开了，每人一碟，每人又分了一片肉。家里以前吃肉时，也是分着吃的，但由于是爹或娘分，肉片的大小虽分得也不可能绝对平等，奴仔之间谁有意见，也都认了，谁也不敢吱声。可这一次是大妹分，尽管大妹事先也考虑周到，故意给自己分了一片明显小得许多的肉，希望做出表率以求安抚弟妹，但争端还是不可避免。

首先是三妹提出异议，说宝仔分得的那片肉最大，四妹和五妹分得的那片肉也大，自己分得的肉片比他们几个都小。三妹噘着嘴，抱怨大姐分得不公平。

大妹不肯承认。大妹一生气批评三妹："你神经啊，肉是每人一片，大能大到哪里去？再说我总不能分肉时拿厘秤来称吧？"嘴这么说，大妹凭目测却还是知道三妹的异议不是一点道理没有。但大妹不肯承认，再说爹或娘在家分吃的东西总是大的比小的分得稍少，男的比女的稍多。这不成文的规则大妹竟不知怎么的也继承下来，并已不由自主地运用到自己的行动之中。

三妹不肯接受大姐批评。三妹说："大姐你也不想想，你跟我一样是个女的，可你却偏心——重男轻女！"

大妹一下愣了。她没想到三妹刚上四年级，咋呢也懂得"重男轻女"这句话。大妹还没有做出任何反应，又听得三妹说：

"大姐你要不承认宝仔的肉片比我的大，那我就跟宝仔换！"三妹说完，便要去端宝仔的碟子。宝仔却伸出双臂，死死将自己的碟子护住。

大妹一急，拦住三妹说："三妹你咋呢这么不懂事？你比宝仔大，你理该让着他点。"

三妹说："你承认宝仔那片肉比我的大啦？"

大妹说："就算是吧，你不该让着他点？"

"你要早这么说，我也就认了。"三妹说着，虽仍满脸不高兴，但已拿起筷子，准备吃饭。

四妹五妹却一下闹开了。四妹和五妹都指着宝仔，冲大姐嚷："那他是哥哥，比我们大，肉咋呢分得比我们大？"四妹说着，还伸手要去抢宝仔的碟子。

宝仔一生气，挥着筷子狠敲四妹脑壳。四妹哪咽得下这口气？宝仔的手尚未收回，她便一拳打将过去。宝仔手里的筷子“咣啷”一下落到地上。

宝仔在家里一向受宠，他又哪里见过这种场面？宝仔被激怒了，他像一头愤怒的狮子站起来猛扑过去，冲四妹就是一阵劈头盖脸的拳头，打得四妹“哇哇”直哭。

没等大妹上去阻拦，早已憋着一肚子气的三妹此时已是路见不平。三妹不由分说地扑上前去，挥着拳不断击宝仔背脊。

宝仔被击得嗷嗷直叫，他一下子转过身来，一脚踢中三妹肚子，三妹捂着肚子“哇——”地一下瘫在地上呼天抢地。

大妹二妹这时忙冲上前劝架，死死地拉住宝仔。但宝仔已用不着拉了。宝仔见自己已获胜，便已收起拳脚，不再追打。

三妹和四妹的哭声如电闪雷鸣，不断撞击巫家的屋子，也撞击着大妹的心房。大妹原本那红润的脸霎时也黑了下来。但她还是不得不去劝三妹和四妹，劝她俩别哭，劝她俩吃饭。三妹四妹却都置若罔闻，依旧欢快地哭，且越哭越起劲。

大妹索性鼓起脖子，冲三妹四妹嚷：“你俩都别哭了好不好？你们要都说肉片分得不公平，干脆抓阄，谁抓到哪碟算哪碟！”大妹这么一说，三妹四妹竟收住了哭声，半信半疑地用泪眼望着大姐。

大妹于是扭转身，打算去拿纸写阄。忽然却一眼瞥见宝仔此刻已猴一样扑到桌前，抓过自己分到的那片肉狠狠地咬下了一口，然后把剩下的一半放回到碟子上。

大妹二妹三妹四妹和五妹都鼓着眼珠瞪宝仔，眼珠里有惊诧、愤怒和抱怨。

宝仔则鼓着腮帮一扭一扭地嚼着肉，嚼得极美极香，好一派悠然自得。

三妹四妹于是“哇——”的一声又哭起来，屋子里重新陷入喧哗和混乱。

大妹先是愤怒和无可奈何地瞪宝仔。听耳边又起哭声，急得眼眶都红了，大妹一跺脚嚷：

“烦死啦！我让你们哭，今晚咱爹返来，看我不跟他说，一个一个说，说你们都胡搅蛮缠，这个家我无法管！”

石破天惊！屋里竟霎时静下来。三妹四妹突然止住哭声，只是一个劲抽噎。但那声音都像熄了火的拖拉机，气喘吁吁、一声声缓慢下来。就连大妹自己都倍觉意外、惊奇，她想早知如此，就该早点搬出爹来。其实，他们姐弟六个人都是怕爹的，可刚才大妹怎么也没想到要打爹的招牌来收拾眼前这局面。现在，这局面渐渐平静下来，大妹心虽烦，却多多少少在趋于平静……

天黑下来时，巫青文风风火火回到了家。

巫青文一进家门便问大妹：“咋样，今日我不在家，发生乜事无？”

大妹望着爹平静地说：“无。”大妹提一桶猪食，正要到门外的猪圈饲猪。

巫青文又问：“弟妹都听话无？”

大妹愣了一会儿，又点了点头：“都听。”末了，大妹便去饲猪。

巫青文于是走进大厅，问正在洗碗的二妹，又问正在扫地的三妹，最后还问正在看电视的四妹五妹和宝仔：“家里出乜事无？”

大家都说：“无。”

巫青文那颗悬着的心于是放了下来。他也坐到大厅的一只椅子上，一边看电视一边点燃一支“红双喜”。红双喜是今天干活时主人给的。要不然，巫青文平时抽的都是自卷的喇叭烟。巫青文每年都在屋前屋后种些烟叶，收成的烟叶切成丝、晒干，够他们兄弟俩抽的。

因为有电视，巫青文便无注意到六个奴仔沉默寡言的表情。这一夜，巫家在平静中度过。

十三

日头刚从东边吐出来一点亮光时，巫青文又推着他那辆破旧的自行车走出家门，他要去东园油漆。早饭他不吃。干活期间，三餐都由主人包了。

出门前，巫青文又对刚起床的大妹嘱咐了几句什么。大妹没有张嘴，只是一个劲点头。

巫青文一走，大妹又忙开了。她开始进厨房淘米煮粥。家里的炉灶烧的是稻草，所以火一点燃，大妹便必须守在灶前，不住地往灶里添草。

煮完粥，大妹接着往锅里倒米汤和番薯叶、给猪煮猪食。煮熟了，大妹这才分头去叫弟妹们起床，直到弟妹们都睡眼惺忪地爬下床来，大妹才放心地去厨房舀猪食并装进一只矮脚木桶，拎起木桶到门外饲猪饲鸡。

吃完早饭，二妹三妹和宝仔都分头上学去了。大妹开始洗碗扫地，然后嘱四妹看管好五妹，并把她俩反锁在大厅里，自己才去家门前的小溪洗全家人换下的衫裤。

大妹洗完衫裤，返回家晾完衫裤，大厅的挂钟上的时针已指向上午十点。她回到屋子，随手拿起一本旧得发黄的《黄金时代》杂志（这本杂志还是在学校读书时邱老师送给她的），想再一次翻看，却感觉到累，四肢发酸，腰也上下无力地支不起来。再说这本杂志大妹都说不清自己已翻过多少遍了。大妹想看新的杂志，还想看小说什么的，可她没钱买。

大妹一下躺倒在自己的床上，想歇息一会儿。这一躺，脑子却烦闷起来，总想着这些天缠绕着她的问题：难道这辈子自己已别无出路？现在是日复一日地做家务活，过几年嫁出去，还将是日复一日地做家务活？可不做又能咋样……这么一想，大妹又一次害怕起来。那心情如同面对一个黑暗而漫长的地下水道，人家让你进去，你也只能进去，还必须一走到底。

大妹索性爬起来，她不敢再躺着，她想强迫自己停止思索，不去想那本来就无法改变的现实。

她索性走到大厅上。

四妹和五妹正在看电视，看得兴致勃发，还不时发出阵阵笑声。大妹猛一瞧，发现电视上有一男一女正一边说一边扭腰摆脚仓——这大概就是四狗说的华尔兹、迪斯科吧？大妹这么一想，便感到新奇。自打那天四狗说电视在教这种舞，大妹并未把此放在心上，也从未想起要打开电视去看看。此刻，大妹才满脸惊奇地看着电视上这一男一女的奇怪动作。

大妹忽然间冒出一个奇异的愿望。她站在四妹和五妹身后，手脚不由自主地跃跃欲试。她感觉到新鲜，她想学电视上那一男一女的动作，却又怕四妹和五妹看见。

大妹忽然走上前对四妹五妹说："你俩在这里看电视，可不许乱跑，我出去一下，一会儿就返来。"言毕，大妹走出门，把四妹五妹反锁在大厅里，匆匆朝四狗家走去。大妹想放松放松，她想去看四狗是否在屋里跳舞。

大妹敲门而进，开门的是四狗，六弟、五牛、七猪和四花竟也在场，他们几个果真正在跳舞。

四狗喜笑颜开地对大妹说："你来了好，我们正发愁女的太少呢！"言毕，四狗便拉着大妹的手，说要跟大妹跳华尔兹。

大妹脸"倏"地红了，还挣脱四狗，连连摆手。大妹说："我只想看看，我不会跳。"

众人立刻围上来："嘿嘿，来了哪能不跳呢？不会跳我们教你！"五牛说着，又上来拉大妹的手。

大妹一甩手，又一次挣脱了。大妹红着脸连连摆手："我……我真的不能跳，我只是想看看，我心里烦！"

四狗叼着一根"万宝路"，站在一旁吞云吐雾。他见大妹满脸难色，便解围说："算了算了，大妹心烦，就先别难为她啦。喂——咱们改跳迪斯科！"言毕，四狗大步走到桌前，把烟狠狠一掐，又朝落地音响一关一换一按，强节奏的音乐霎时冲天而起，如潮似浪地撞击大妹的耳膜，大妹只感到自己的心也七上八落地跟着音乐狂跳起来。

大妹亮闪闪的眸子很快被一派缭乱的疯狂占领了。四狗、六弟、五牛、七猪和四花此刻在大厅里疯狂跳着。他们的臂左抓右挠，腰一伸一扭，脚仓一蹶一挺。大妹感觉他们的舞姿既丑陋又滑稽，她忍俊不禁，"咯咯咯"地笑起来，笑得前仰后合。四狗见大妹乐了，便扭到大妹身边，一只手顺势把她拉了起来，边拉边说："你也试试吧，这舞可解愁了。据说这舞就是专门为解愁设计的。这舞一跳，什么烦恼都跑得无影无踪！"

听四狗这么一说，大妹还是半信半疑。但大妹这回没有推辞，她站起身来，边看边迈动脚步、扭动腰肢，她想试试看自己能不能跳，试试看这舞是否真的能消除烦恼。大妹刚挪动脚步，忽听身后“咣啷”一声，大门意外被推开了——

“好哇！你们竟敢在此跳这种不三不四的舞？”

进来的是村长，一个五十开外、黝黑干瘦的老头。村长此刻睁着他那双小而幽深的眼睛，干瘦的脸端出一派威严。

强烈的音乐戛然而止。

四狗惊叫起来：“嘿！村长，你——你咋呢门都不敲就闯进来啦？”

村长虎着脸道：“我是村长，我进哪家还用得着敲门呀？！”

“那……你请坐。”四狗忙给村长递烟。

村长喝道：“少来这一套！我问你，你们几个咋呢在这里跳不三不四的舞？！”

“哎呀村长，这舞可是电视上教的呀！”四狗说。六弟、五牛、七猪也随声附和，大妹和四花此时则已溜出门外。

“电视还有黄色的呢！禾埔姿娘混在一起扭腰摆脚仓，能有乜好事？”

四狗不吱声了，但满脸不悦。六弟、五牛和七猪也满脸不悦。

村长说：“可不许再跳了！再跳，我罚你们款，听见无？”

四狗嘟着嘴说：“听见了。”

村长说：“听见就好。”说完，村长反剪着双手走出大门，到别处转悠去了。

村长刚一出门，四狗、六弟、五牛和七猪追出门外，纷纷向村长啐唾沫。

这时，四花和大妹又溜进四狗家的大门。几个人重又聚到一起，对村长好一阵骂。不过，大妹没骂村长，她只是听。

骂了一阵，四狗叹息：“× 他母，连舞都不让跳，真该早点离开这鬼地方！”

四花说：“咱能上哪块去啊？”

“深圳、广州、珠海，哪块都能去！”

四花说：“上那块能做乜事？”

四狗说：“做工、跑买卖，跑运输，哪样不能？”

大妹问：“想做就能做吗？出去，也得先有熟人呀！”

四狗说：“熟人有的是，都是我爹的朋友，他们都来过我家。”

大妹、四花、六弟、五牛和七猪此时都兴奋地望着四狗，听得心里直痒痒。

十四

日头落山了。老天爷此刻像一个调皮的顽童，挥着蘸满墨水的巨笔把天和地涂抹得一片漆黑。

巫青文铁青的脸此刻却比天还黑。他刚从东园油漆回来，一踏进家门便吼声如雷——

“大妹啊，你今日做乜勾当去了？”

大妹此时刚收拾完家务，正跟弟妹们坐在厅里看电视。

大妹使劲眨眼，仰起头道：“我……无做乜事呀！？”

二妹三妹四妹五妹和宝仔也惊恐地望着爹。

巫青文鼓着眼嚷：“哼！你还装糊涂？我问你，你今日上四狗家做乜事？！”

大妹那苹果脸“唰”的一下红了。一会儿，她还是争辩道：“我上四狗家，正赶上他们在跳舞，就看了一会儿。我……我可无跳，我也不会跳！”

“不会跳，不会跳你上四狗家去死呀？！”

大妹语塞。大妹低下头嘟哝道：“我只是……只是想解解闷！”

“哼——解闷，有你这么解闷的哪！你知道人家村长是咋说的？说你们禾埔姿娘在四狗家鬼混！我说大妹啊，你娘撕了我的脸皮，你咋也想撕我脸皮哇？你不守在家里好好照看妹妹，却上别块招惹是非，你……你到底还认不认我这个爹啦？！”巫青文挥臂跺脚，他那张本已铁青的脸此刻像一颗一触即发的炸弹。

大妹沉默了。大妹不再张嘴。但她咬着唇，头耷得很低，且脸红如血。

巫青文继续道：“大妹啊，你咋不想想？你不小了，这个家我可是交给你啦！可你却到外面给我丢脸，你不觉得害臊吗？从今以后，可不许再上四狗家，不许到外面惹是生非。要是还让别人说三道四，你……你可别怪我无情！”巫青文气喘如牛，吼声如雷。

二妹三妹四妹五妹和宝仔呆呆地望着爹。

大妹的心霎时如坠深渊。她下意识地闭上眼睛，感觉天地一片黑暗。她不由倒抽了一口凉气，一会儿便走进房间去了。

巫青文也没再发怒。他狠狠地瞪一眼大妹背影，又把二妹三妹四妹五妹和宝仔的目光扫回到电视上，便径自进厨房洗漱。

第二天一早，巫青文又要去东园油漆。

临走前，大妹堵住爹，支支吾吾地说：“爹，给……给我两元钱。”

巫青文皱着眉盯大妹：“咋呢，盐、豉油上日不是刚买吗？”

大妹一咬唇，耷下头来：“我不是买这些，我是买卫生纸，我……我……”大妹那张苹果脸霎时红得像熟透的番茄，双手艰难地捂着自己下身。

巫青文心一颤，猛然意识到大妹一定是来了月经。大妹都十六岁了，早该来月经了吧，可大妹这是第一次找爹要钱买卫生纸，要是珍珠在家，此类事可怎么也挨不着当爹的。眼下，巫青文心一酸，好一阵内疚，他赶紧掏出两元钱递给女儿，嗔怪道：

“嗨！你……你咋呢不早说啊！你以前咋……咋呢处理的？”话一出口，巫青文急得直跺脚，他使劲骂自己。

大妹接过钱，嘟哝道：“我……以前都用破布。”说完，转身欲走。

巫青文却喊住她：“你把钱给二妹，让她替你去买。”末了，还不放心，他又进屋叫刚起床的二妹，吩咐她赶紧去商店替大姐买卫生纸。待二妹走了，他才匆匆出门。

望着爹和二妹的背影，大妹自己既羞愧又难过。十五岁开始，有一天她惊恐地发现自己下身出血，且每月一次。后来她怕了，跑去问凤娇婶，才知道那叫月经。但凤娇婶并未教她该咋呢处置。大妹自己一直用两块破布交替垫着。前几天看电视上的“卫生与健康”节目，大妹才知道要用卫生纸的。她真不愿找爹要钱买卫生纸，她觉得不好开口，可她不开口又能去向谁要钱呢？她整十六岁了，自己却身无分文。

二妹很快回来了，她给大姐买来了卫生纸。二妹惊奇地问大姐："姐，你买这东西做乜事？"

大妹急切地夺过卫生纸，嗔怪地骂："去去去，勿乜事都问，用不了多久你就知道啦！"

二妹眨了眨眼，望了大姐好久。她真的不明白大姐究竟是咋么了。

大妹急切上厕寮去了。她褪去又脏又腥的血布，照电视上说的办法把卫生纸叠成长条，换上去，感觉舒适多了。她想要有钱买卫生巾垫上去，那该是多么舒适！可她不敢向爹要钱买卫生巾，她只能用卫生纸，她想自己是乡下人，能用卫生纸就算不错了。

吃完早饭，二妹三妹和宝仔上学去了。

大妹做完家务活，心空荡荡的。她想看书，却无书可看。想看电视，心却烦，看不进去。她想再去四狗家，同四狗、四花、六弟、五牛和七猪一起说说话，或者看他们跳舞，这念头却像闪电，一晃便过去了。随之而来的震惊却像惊雷，她心一震，眼前出现父亲那张铁青的、炸弹一样的脸。她害怕了，她强迫自己不再去想那非分的事。再说自己正来月经，她感觉累。

四妹五妹这回找不到好看的电视节目，到门外玩耍去了。

大妹眼下唯一的选择，便是将浸好的麻皮捞出来，坐到门槛上破麻织丝。麻皮是爹昨夜里浸的，早上爹出门前对大妹说："从今日起你可破些麻丝织些麻布，免得无事可做。"

大妹听后心乱如麻，她知道爹是一心不让自己闲着，不让自己往外跑。织麻布是潮汕地区农村姿娘人的传统工艺，麻布除了披麻戴孝、磨薯漂粉，没更多用处。因此，近年越来越没有人愿意种黄麻，越来越少人去织麻布了，眼下姿娘人绣花的都不多，大都也到外面做小买卖或到工厂做临时工去了。大妹既不会绣花（娘在家时还来不及教她），又不可能离家去做工跑买卖，她只好织麻布打发日子。

大妹正坐在家门槛上，边破着麻丝边照看门外玩耍的四妹五妹，四狗来了，四狗见大妹便问：

“喂，你咋呢不上我家去啦，我还等你呢！”

大妹望了一眼四狗，说：“我不能去了。”

“咋呢，你爹骂你啦？”

大妹一咬唇，点了点头。

“嘿，你并无跳舞啊！村长那杂种，昨日去我家后咋呢狗一样地到处狂吠，不知还怎么说俺呢！”四狗愤愤说。

大妹皱了皱眉，问：“咋呢，你娘也骂你？”

“哼，我娘不能把我咋样！可你、四花、六弟、五牛和七猪一个个不但在家里挨了骂，连我家也不敢去了。四花、五牛和七猪在家还挨了打呢，他们的父母还找我娘告状，说是我勾引他们、带头胡闹！说来说去，都是村长那杂种没良心，这么点屁事吹得天一样大、拿唾沫淹人。我恨不得扒他皮噬他的肉！”四狗咬牙切齿。

大妹一惊，“嘘——”的一声制止他：“你小声点！”言毕，大妹站起来，慌慌地朝门外东张西望。

四狗一声冷笑：“哼！怕乜事，村长那杂种惹了我，我就那么便宜他啦？！”

“你勿逞能，你能把他咋样？”大妹白四狗一眼。

四狗说：“哼，我不能把他咋样？”

大妹说：“咋呢说他也是村长，村长不仅管着你，还管着你爹娘呢！”

“呸！管我娘倒是，可他管不着我爹！我爹一返家，他总嬉皮笑脸主动上我家来呢！”四狗一副得意相。

大妹眼一斜，不以为然：“哼，可他却管着你！”

四狗说：“是。可我也不想让他管了！”

“咋呢，你真想出去？”大妹睁大眼睛。

四狗得意地笑：“那当然，眼下这社会，笨蛋才守在家里！”

大妹一怔，感觉像被谁推了一下。她皱着眉，不满地瞪一眼四狗。猛然，又慌慌地埋下头来，飞快地破着麻皮。一会儿，她红着脸问：

“你要出去，不告诉我一声啦？”

“咋呢，你也想出去？”

“我不出去，你就不告诉我啦？”

四狗一乐、连连点头：“当然告诉当然告诉！嘿嘿，你要是不讨厌我，我……我还想给你写信哩！”四狗说着，嘻嘻地搓着手。

大妹瞟一眼四狗，没吱声，依旧飞快破麻。说实话，大妹觉着自己一直有些瞧不起四狗，因为在学校里，四狗从不用功，还搞恶作剧。四狗的成绩远远比不上大妹。但近些日子，大妹渐渐羡慕起四狗来。她觉着四狗虽不读书，却像一头不被驯服的野牛那样自由自在、敢作敢为。与四狗相比，大妹觉着自己是一只被关在笼里的鸡，走走不动，飞飞不起。这么一想，大妹感觉心头酸溜溜的，眼眶也热乎乎，很快要掉出泪来。但她一咬唇，忍住了。

四狗望着大妹，忽然说：“大妹，你要想出去，也可以出去呀！”

大妹皱着眉，抬头望他：“我要出去，能做乜事？”

“嘿，乜事不能做？进服装厂、手袋厂、电子厂，还可以卖烟卖菜卖水果呢！”四狗眉飞色舞、手舞足蹈。

大妹听得津津有味。听完了，却收敛笑容：“哼，你想当然吧！你咋呢知道这么多门路？”

四狗鼓着肥胖的脸说：“都是我爹他们说的，我骗你咋呢？你要真想出去，我……我帮你联系联系！”

“真的！”大妹双眸放亮。

“我保证！”四狗拍着胸脯。

大妹望着四狗，双眸却忽然暗了下来：“我走不开，我爹不会让我走。”说着，大妹低下头，继续破着麻皮，动作却明显缓慢下来。

四狗说：“让你爹放你娘回来，不就行了？”

大妹抿着唇不住摇头，忽然说：“你……你走吧，免得我爹知道了，又骂我。”

四狗猛一怔，忽而恨恨骂："都怪村长那杂种，唉……"他望了望四周，回头对大妹说，"那我走了。"说完，便真的走了，只留下一个背影。一会儿，背影也消失了。

大妹望着四狗那消失的背影，心头又莫名其妙升起一丝酸楚和惆怅。

四妹领着五妹此刻正在大妹的眼皮底下数着蚂蚁。她俩一边数一边用手或脚把蚂蚁碾成肉酱，然后便咯咯咯发出极开心的笑声。

十五

入秋的时候，村长那长得正旺的番薯藤被人用刀铲断了一大片。

那天下午，村长叼着烟斗从村口转悠到自己的责任田，见到自家那番薯秧蔫蔫地被铲断了一大片，气得眼珠子差点没蹦出来，零乱的山羊胡也一颤一颤，那黝黑干瘦的脸霎时也歪了。村长杀猪般大吼一声，像扑祖坟一样失声扑到自家的番薯垄上，连珠炮般骂了一串串不堪入耳的脏话，然后便愣。再然后便雷霆般陡地"腾"地而起，一串重重的疾步踩得地面瑟瑟发抖。

村长气急败坏地奔村里而去。

村长刚进村口便与四狗的母亲巧娇撞了个满怀。那时候，巧娇手拎一只刚退了毛的鸡和一把刀，看样子是要到小溪边给鸡开腹退膛。

村长一见巧娇便气急败坏嚷："你……你养的那个杂种四狗在哪块？杂种四狗把我家的番薯藤放断了根！"

巧娇是个身材窈窕、眉清目秀的中年女人，巧娇一听村长的责问便不住扑闪她那双清秀的眼睛，慌慌地问："村长你……你说乜事？"

村长一跺脚吼声如雷："乜事？——你那杂种四狗狼心狗肺，把我家的番薯藤全放断了！"

"哟——不……不会吧？"巧娇霎时满脸煞白，睁眼张嘴愣了半天，手里的鸡和刀差点没掉到地上，巧娇好久没遭受村长这种叱咤了。割"资本主义尾巴"那阵，巫初发被划为"暴发户"，巫初发和妻子巧娇便时常遭受村长的这种叱咤。

村长听巧娇这么一说，又白又红的眼珠差点没从眼窝滚落下来：“咋呢呀——你想为你那杂种儿子辩护？你要不要去我家番薯园看看？要不就直接去问你那杂种儿子！”村长理直气壮，话如喷泉痛快淋漓。自打巫初发重操旧业当包工头发了财，村长的心就像长了毛毛虫极不舒服，可又找不到茬儿训训巫初发一家。令他气恼的是，上头还瞎嚷什么致富光荣——呸！村长觉着上头的政策咋就像六月的天说风就风说雨就雨，他横竖想不明白。他想真要致富也该是我堂堂正正的村长而不该他——只不过是要点儿泥瓦活的巫初发呀！

巧娇见村长又气又急，眼珠子都红了，脖子也都直了，便深信村长不会是无中生有，更何况自家四狗经常是在外面惹是生非的。巧娇于是又气又急，她随口骂了声：“这讨债鬼！”然后，一转身急急往回走，村长在她后头急急跟着。

巧娇领着村长来到四狗住的那座“下双虎”新厝，推门而进，满耳音乐扑面而来。四狗一个人正在屋子里扭腰蹶腚、自娱自乐。

巧娇一进屋便破口大骂儿子：“你这讨债鬼呀，都是你干的好事！你还有脸在这里疯呀？”说着，她气咻咻把鸡和刀撂在地上。

热烈的音乐戛然而止。四狗关闭音响，回过头瞪出眼珠：“咋呢、你说咋呢？！”他一抬眼瞥见满脸怒气的村长，眉不由自主地颤了颤，眼也慌了一下，却稍纵即逝。此刻，他异常镇定地盯着村长。

村长如一阵飓风气冲霄汉：“哼，你还想装聋作哑啊？你这 × 母仔狼心狗肺，把我家的番薯秧放断了一大片，你还想赖账呀！？”

巧娇也大骂儿子：“你这讨债鬼你闯这么大的祸你叫我咋呢做人呀！”巧娇跺脚扇腿、忍无可忍。巧娇一向管不住儿子，拿儿子无可奈何。

四狗皱着眉，满不在乎地望了一眼娘，然后冲村长道：“你……你凭乜个说我放断你家的番薯藤？！”四狗毫不畏惧地盯村长。四狗以前还是有点怕村长的，但不知咋的现在他感觉自己不怕村长。

“你这 × 母仔胆大包天啦！不是你是谁？我想了半天，横竖想不出第二个人来！”村长眼珠子直暴、唾沫星子横飞。

四狗却反唇相讥：“你勿瞎狗乱咬好人，你凭乜个说是我？！”

“那天你们禾埔姿娘混在这里跳不三不四的舞，我说你你不高兴，你还不是想报复？除了你，谅别人也不敢碰我村长一根汗毛！”

巧娇那清秀的眼睛此刻在儿子和村长之间来回巡睃，她又气又急，却无法插话。

四狗说：“村长你可别血口喷人！你说是我干的，你有乜证据！？”

“证据？好说！你要是不承认，我告到乡政府和镇派出所去。”

四狗冷笑一声：“哼！有本事你去告啊？告诉你，乡长和书记都是我爹的朋友，镇派出所所长前几天刚在我家吃过饭。你要是找不出证据来，我……我反过来告你个诬陷罪！”

石破天惊！四狗的这番话，一下把村长噎住了。村长怔了半天，混浊的眼珠子翻了又翻，稀疏的山羊胡颤了又颤，竟说不出话来。村长像一头斗气的牛涨红着脸，用那充满血丝的眼珠死盯眼前这位比自己小了整整三轮岁的村民四狗，好半天才憋出这么一句：

“那……那我上县里告你，告你们全家！”

四狗却仍冷笑：“行啊，有本事你尽管去告！”

村长无限愤怒地瞪四狗，又瞪四狗的母亲巧娇，没再吱声。村长扭曲着他那张黝黑干瘦的脸，无限痛苦地转别处去了。

村长的身后，四狗那胖乎乎的脸得意地笑着。四狗的母亲巧娇一时却惊诧得不知所措。

村长气咻咻地走着。此刻他感觉自己的喉咙像卡了一口痰，吞吞不下、吐吐不出，憋得他脖粗脸红，又闷又恨。四狗那副无法无天的脸相此刻像一只令人讨厌的绿头苍蝇一样在村长的眼前张牙舞爪，搗搗不着、赶赶不走。一想起四狗和他那杂种父亲巫初发，村长就恨得牙痒痒。巫初发发迹之后，村长虽不服气，却还是不得不主动接近他。村长希望巫初发能把自己四个儿子中的至少一个带到外面去跟着发财，可巫初发既不说行，也不说不行。巫初发每次总是叼着烟，乜斜着眼神气活现地说：“看情况吧，有机会哪能忘了村长你啊？”

话题便到此为止。巫初发显然对“文革”遭受的批斗耿耿于怀，借机报复村长。要说，村长毕竟是一村之长，巫初发是村长管辖下的村民。可巫初发这个村民因为是全村首富便成了特殊村民，乡长、乡党委书记乃至镇里的许多头头脑脑便都自然而然地成了他巫初发家里的常客。村长的那些上司时常来了之后只奔巫初发家而根本不去理村长，村长似乎都被他们遗忘了，除非上头又要下达什么指示或者又要向村民增收什么税款，否则是不会来找他这位村长的。村长于是与巫初发日益势不两立，当然主要是内心上与巫初发势不两立，表面上他与巫初发还是客客气气的。但村长却时时刻刻想找巫初发的茬儿。这回村长找到一点茬儿了，还不是真找、只不过是因为看不惯那些不三不四的舞而说了说那个在村长看来乳臭未干的四狗，没想反倒碰了一鼻子灰！

村长里里外外浑身上下火辣辣地在村里的巷子走着，一抬眼却憋见了六弟的家门，六弟的母亲此刻正在打扫自己的家门。村长眼一亮，那憋在心里的火气像忽然间找到了出口一样“腾腾”地往上蹿，他想自己的番薯藤遭了殃说到底是四狗、六弟、五牛、七猪、四花和大妹跳舞引起的，自己堂堂一村之长，难道就没有办法了？

村长于是气咻咻蹿上前去，冲六弟的母亲嚷：“喂，叫你家那杂种六弟出来！”

六弟的母亲被吓了一跳，她见是村长，脸机械地笑：“是村长您哪，有事么？”

“少废话，叫你家杂种六弟出来。”村长板着脸说。

“六弟？他……他不知上哪块去了，我……我这就去叫。”六弟的母亲慌慌地说，便要去找六弟。

村长却忽然喝住她：“算啦，你甭去找！跟你直说吧，你家杂种六弟跟五牛、七猪、四花和大妹在四狗家跳不三不四的舞，不服我管，几个人合伙把我家番薯藤放断了，每人罚款五十元，你拿钱来吧！”

六弟的母亲一下傻了。

六弟却不知从什么地方冒了出来，哭丧着脸说：“村长啊我……我可无去过你的番薯田，我……我岂敢做这种伤天害理的事呀！？”六弟被吓丢了魂，脸煞白煞白，眼眶已涌出泪水。

村长喝道：“少废话，五十元罚定了，无让派出所来抓人就算便宜了你们！”

六弟的母亲哭丧着脸：“村长您行行好吧，我家六弟哪敢做这种伤天害理的事哪？再说罚五十元也太多了吧？我……我上哪块去找五十元哪！”

村长眼珠一翻，喝道：“再说我罚你一百元！我限你们明天把五十元交到我手里，一分也不能少，不然我让派出所抓人！”

六弟的母亲霎时像被抽去了筋骨、差点瘫倒在地。六弟惊恐万分地搀住了母亲。

村长冷冷地瞟他们一眼，转别处去了。村长又先后找到了五牛、七猪和四花的家，以同样的方式下达了罚款的指令。村长的指令对上述这些普通村民来说就像天外飞来的横祸，你想躲也躲不了。

村长来到大妹家罚款的时候已是黄昏，那时候巫青文刚刚从东园油漆归来，巫青文一听村长要来罚款，本就粗糙的脸霎时黑得像口锅。他一下喝住正在洗锅的大女儿吼：

“大妹啊，看你闯下的祸！你说清楚咋么回事？”

大妹那红润的苹果脸大惊失色：“村长你可别冤枉好人，你看我能做出那种伤天害理的事吗？”

村长一扭脸吼：“我不管那么多！反正这事是由你们跳不三不四的舞引起的，我不罚你们罚谁？”

大妹气煞了脸：“凭什么说是我，你有证据吗？何况跳舞的事跟我无关，我只是看。”

大妹的父亲巫青文也耐着性子争辩：“村长啊，俗话说鬼有鬼道贼有贼相，我家大妹还是个姿娘仔，长着个蚊子胆，说上天她也不会去放断你家的番薯藤哪！”

“说上天这款我罚定了！”村长吼道，“你嫌我罚你罚少了是不是？你女儿好人啊？他们禾埔姿娘一块鬼混扰乱社会治安，你不想挨罚我就让镇派出所抓人！”

巫青文怔住了。巫青文一听“派出所”三个字便浑身发憷，似乎患了恐惧症。此刻他心头辣辣地窝着火，却又不敢发泄。

大妹反倒不怕，大妹气咻咻地蹿上前冲村长嚷：“村长你勿吓唬人，与我无关的事你抓我也不怕——”大妹还未说完，圆圆的苹果脸却冷不丁“啪”地挨了一巴掌，那巴掌打得她一个趔趄，眼冒金星，满脑子嗡嗡作响。但大妹站稳了，大妹怒不可遏地睁大眼睛，霎时惊呆了——她发现打她的竟是自己的爹！

爹也惊呆了。爹那只举起的掌停在半空，半天收不回来。爹涨红着脸又气又悔：“都是你闯的祸，谁让你去四狗家看他跳那死人舞啊！？”

大妹捂着脸，艰难地忍住泪，只感到心头一阵苦涩。她鼓着乌溜溜的双眸久久地盯着爹，那眼睛透着愤怒、震惊、哀怨与绝望。

村长站在一旁恶狠狠地说：“我限你们明天把五十元罚款交到我手里！”

十六

夜暗了下来。天边忽然飘来一片乌云，把天和地罩得严严实实。一道骇人的亮光划破夜空，随之而来的是一阵震耳欲聋、惊心动魄的雷声。少顷，破裂的夜空暴雨如注，寨仔山村在狂风暴雨中飘忽摇曳……

该吃饭了，巫青文和他的奴仔们终于陆陆续续围坐到桌子旁。大妹却没有加入这一行列。大妹挨了爹那一巴掌后，便不见了。巫青文开始并不介意，小时候大妹挨骂挨打，也都要赌上一阵气，活儿也不做了，吃饭的时候却还是乖乖地返回到饭桌上。奴仔赌气就得让其挨饿，饿慌了，气便消了。巫青文养了大大小小六个奴仔，他自然是摸准了奴仔这种脾性的。所以奴仔挨打赌气，巫青文不怕，也不去理他（她），他总是任其自然，气过了骂过了，一切便也过去了。只是今夜巫青文打大妹之后，自己多少有些后悔。毕竟，大妹已出了花园（过了十五岁），已成大人了。再说巫青文自己原本也没想到要打她的，只是那时候自己气不过，便不管三七二十一动手打她了。

屋外依旧电闪雷鸣，雨仍哗哗下着。

巫青文喝了半碗粥，便把碗撂下了。大妹还没有回来，他放心不下。他起身抓起一顶大竹笠，卷袖挽裤想出门去寻大妹。眼前却一阵骚动，大妹闪进门来了。让人意外的是，大妹竟没让雨淋着，大妹不知从哪块抄了一顶竹笠。

巫青文那颗悬着的心总算松弛下来，他皱着眉冲女儿嚷："我以为你不返来了呢！"

大妹瞥一眼爹，并不说话。她放下竹笠，一个人进屋去了，半天不见出来。

巫青文按捺不住，他撂下碗筷进屋冲大妹嚷："喂——你究竟食唔食啦？！"

大妹坐在床沿梳理头发。大妹头也不抬说："我不饿。"

巫青文一听火了："你赌气要赌到乜时候！要知道你是大姐，你就这么给弟妹做榜样啊？！"

大妹没有抬头，也不吭声。她依旧梳理头发。

巫青文耐着性子，赌气说："你好马就把这气赌下去，勿来食！"说完，甩手走出里屋，回到饭桌上。

大妹却果真把气赌下去了。她不吃饭，却去洗了个澡，然后返回屋倒头睡觉。

巫青文皱了皱眉，没去理她。她吆喝二妹三妹四妹五妹和宝仔各行其职，该干活的干活，该洗澡的洗澡。大妹的那份活他自己承担了，他代替大妹去饲猪饲鸡。他是耐着性子去干这一切的，他想大妹的气至多能赌一个晚上，明日天一亮，乜事也都过去了。

第二天一早。巫青文起得床来，感觉不到厨房的动静，走过去一揭一摸，锅是空的，灶也是凉的，巫青文心里便又蹿起火来。内心骂着大妹，他想自己这大女儿咋呢一长大就翻天了，那么点气一夜还没消还要赌下去不做饭了，弟妹们不吃饭不耽误上学读书啦？这臭娼仔！巫青文心里骂着，噌噌地快步推开对面房间，连喊带嚷："大妹啊都啥时候了你难道就真的赌气不起来做饭？！"巫青文一急，进门便不管三七二十一掀开蚊帐。他没找着大妹，却一眼瞥见二妹捂着雪白圆滚的胸脯惊畏地往回缩，巫青文那只揭蚊帐的手烫了火一样猛然缩了回来，还下意识地后退了几步。巫青文这才意识到自己太莽撞了。大妹是大姿娘了，二妹也已十四岁，很快也该成大姿娘了，自己当父亲咋一点没意识到呢！巫青文又气又悔地骂着自己，然后清了清嗓子嚷：

"二妹啊，你大姐上哪块去了？"

"我唔知呀！"二妹在蚊帐里说。二妹和三妹在帐子里窸窸窣窣地穿着衣服。

巫青文一怔，转身冲出里屋，一眼瞥见大门虚掩着，大妹显然已起床了。巫青文快步打开大门，门外却空无一人。莫非她上厕寮了？巫青文转到屋后，却发现自家的厕寮门是开的，里面也空无一人。他扯开嗓子叫了几声，屋前屋后都没一点反应。

这时，二妹三妹四妹五妹和宝仔都已睡眼惺忪走出门来，纷纷问爹："大姐觅着未？"

巫青文拉下脸问二妹三妹："你大姐昨夜跟你们一块睡无？"

二妹三妹都齐声答："是一块睡的呀！"

"她乜时候起来的你们都唔知？"

二妹三妹都使劲摇头："唔……唔知呀。"

"老猪！你们就知道睡啊？"巫青文吼道。又说："二妹你快去做饭，三妹和宝仔跟我一块去找大姐！"

巫青文领着三妹和宝仔由近而远一路呼叫着大妹，都一无所获。最终他们找到四狗家，才知道四狗也不见了，四狗的母亲巧娇是在见了巫青文之后才知道四狗也不见了。巧娇于是急煞了脸，她跟着巫青文风风火火地接二连三找到了六弟五牛七猪和四花家，六弟五牛七猪和四花竟也不见了，他们的父母也都正四处寻觅。诸父母一碰头，心多少松弛了些，毕竟不只是自己的奴仔失踪，奴仔们在一块还算有个照应吧。他们一致认定大妹四狗六弟五牛七猪和四花是合伙出走了——莫非村长那片番薯秧真是他们合伙放断的？父母们都这么想，却谁也没说出来。只是都一个劲骂自家的奴仔叛宗辱祖，简直是翻天了！大家又气又急，商量的结果是赶紧分头去追：有人去镇汽车站堵、有人继续在村前寨后找，几个人中数巫青文最急。俗话说，长女能顶娘。大妹这么一走，家里又该砸了，所以，巫青文自己抢着要去车站追。尽管他内心已完全失望，知道现在追根本就追不上，但本能却催促着他，他认准无论如何都应该去车站看看。

巫青文又气又急地跑回家推出自行车，回头冲二妹嚷："饭煮熟了督促三妹和宝仔先食，食好赶快去上学，你留着看家。"

二妹涨红着脸争辩："那我不上学啦？现在正期中考试呢！"

巫青文没好气嚷："考鬼试，你大姐要找不回来，你就甭想再去上学！"言罢，他推起自行车，一骗腿骑上去，疯狂地蹬起来。

二妹噘着嘴追出门外，急得把手中的饭勺狠狠摔到地上。二妹此刻满脸充血，胸脯一起一伏，眼眶噙满泪水……

晌午。巫青文没精打采回来了，他自然是一无所获。巫青文回到家门口时，碰上了村长，村长是来找巫青文收缴罚款的。

村长幸灾乐祸说："哼，我说的无错吧！你家大女儿都畏罪潜逃了，还能说跟毁我家番薯秧的事无关？咋么样，快缴罚款吧？！"

"缴支屌！"巫青文怒目圆睁，冲村长吼了一句。

村长眨了眨眼："嘿，别人的罚款都缴上来了，你想抗拒咋的？你要抗拒我可就报派出所抓人！"

"你抓吧，你最好把大妹给我抓回来！"巫青文瓮声瓮气说。

"哼，我看无那么轻易！人是你怂恿逃跑的，你不缴罚款反倒要我帮你去找人啊？！"村长怒气冲天。村长像一只红脸公鸡冲巫青文指手画脚。

巫青文心一烦，抬手把村长往后推。没想这一推使上了蛮劲，村长一个趔趄，重重地跌坐在地上。村长霎时杀猪般吼叫起来……

十七

巫青文又一次被执法人员捆到镇派出所，罪名是打村长。

巫青文却不服。巫青文一路挣扎大骂村长，说是村长血口喷人激怒他巫青文，他说自己的大女儿绝不可能参与放断村长番薯藤的事，大女儿出走是因为自己盛怒之下打了她。

执法人员一路上任巫青文大声叫冤，直到将巫青文带进审讯室时，为首的一个才说：

“你说的不是没有道理。可你明摆着打人了，而且是打了村长，再咋呢说你也已犯法！”

说话的法官一副威严，让巫青文没有半点争辩的余地。巫青文不吱声了，他怔怔地望着法官，终于耷下脑袋。接下来的一切便顺理成章，巫青文被拘留两天，判罚款一百元，五十元作扰乱治安费，另五十元赔偿给村长。

那天，巫青文缴完罚款回到家里，看上去整个人像被抽了筋，显得憔悴疲惫，像一下子老了十岁。他满脸风尘、颧骨高耸，胡子长得像山冈上的一撮乱草。

二妹给父亲端来一碗开水。二妹已好几天没去上学了，她已耽误了期中考试。此刻，二妹眼泪汪汪地望着父亲。父亲却丝毫没去理会二妹的神态，他有气无力而又极其贪婪地咕噜噜将那碗水一饮而尽，然后一头栽倒在自己床上，一会儿便鼾声如雷……

一觉醒来，屋子已亮起电灯。巫青文定神一看，发现二妹三妹四妹五妹和宝仔都围在床前，或泪眼汪汪，或满脸沮丧地望着他这位父亲。巫青文猛一惊，一骨碌坐到床沿上——

“你们……食未？”巫青文懵懵懂懂问。

奴仔们都一个个摇头。

巫青文问：“几点了？”

没有人回答。巫青文一瞅屋里那挂钟，发现时针已整整指向九点。他惊叫起来："你们咋呢不先食？"

宝仔嗫嚅着说："我……我们都等你呢！"

"我还未死，你们等乜事！"巫青文随口一嚷，忽然意识到有些失口，便缓和声音说："咱们，都去食吧！"说着，他站起来，内心涌起一股莫名的酸楚和感动。他摊开厚实的手臂圈鸭子般亲昵地把自己的五个奴仔领到大厅的饭桌上。

"晚饭已经凉了。"依旧是吃番薯粥。依旧吃自家常年浸泡的咸菜、菜脯和自家种的炒青菜，青菜里没有多少油腻。

全家人围坐在桌旁默默吃饭。喝粥的"咝咝"声和啃菜脯的"咯吱"声此起彼落。

吃完饭，巫青文抹了抹嘴，冲自己的五个奴仔说："听着！你大姐这臭娼仔，去学那老娼的臭种，一赌气飞了。好，会飞就好，会飞是她的福气。可从今以后，她就甭想踏进咱这个家，更甭想认我这个爹。我……我这张脸让那老娼撕还不够，这回又让你大姐那臭娼仔狠狠撕了一大块皮，呼——！"巫青文鼓着脖颈，狠狠吐着气。又说，"那臭娼仔一走，我又离不开家、油不成漆了。我出不去，油不成漆，咱这个家就得衰下去，穷下去。依我说，二妹你读完这学期，甭再读了。姿娘人读那么多书，做乜用？再说，书读多了翅膀硬，像你大姐这臭娼仔那样飞了，我不是白辛苦一场？！"

巫青文这么说着，二妹已捂着脸，"呜呜"地哭着进里屋去了。

沉默。三妹四妹五妹都畏惧地望着爹。

宝仔不满地瞥一眼爹。鼓着嘴涨红着脸嘟哝道："爹，你……你就真的不能让我娘返来？我……我要我娘！"

"住嘴！"巫青文喝道，"那老娼撇下你们不管，你还认她当娘啊！"

"可娘现在想回来，是你不让娘回！"

"你再说看我不撕你嘴！你奴仔人晓乜个？"巫青文怒目圆睁，吼声如雷。

宝仔憋不住了，他"哇——"的一下哭出声来，宝仔一哭，三妹四妹五妹竟也哇哇地哭。

巫青文火冒三丈，他霍地站起身一拳头擂在桌上，擂得桌面上的碗筷“嘭嘭”作响。与此同时，巫青文歇嘶里底地吼：

“我还未死呢你们就哭！你们恨不得我早死呀？！”

屋里的哭声霎时静了下来。三妹四妹五妹和宝仔都惊恐万分地望着爹。他们不敢哭了，但他们哭声难抑，他们的嘴和鼻此起彼伏地喷泻出哭声和鼻涕。

巫青文心不由一酸，感觉自己眼眶有两道温热的液体情不自禁“唰唰”地往外涌。他猛然捂住脸，强制自己把那温热的东西抑了回去。他禁不住用手去抚宝仔那圆嫩污秽的脸蛋，帮他抹去一把泪水和鼻涕，一边轻声相劝：“你……你们都还小，有些事你们不懂。往后，你们不要在我面前提起你娘，听见无？”

巫青文话音刚落。宝仔反倒又哭出声来，边哭边喊：“我要我娘！我要我娘！”

三妹四妹五妹于是又跟着哭出声来。

巫青文这回傻了。他怔怔地望着眼前凄凄切切的四个奴仔，自己眼眶里那温热的液体终于夺眶而出，欢快地往下淌……

十八

秋收了，秋收之后便是冬种。潮汕平原一年三熟，两熟水稻，一熟小麦。现在是收晚稻，收完晚稻种冬小麦。这是种田人一年中又一个最忙的季节。

这个农忙，巫青文的弟弟巫青武没返家帮忙。巫青武只托别的乡亲捎回几句话，说眼下工地工程正紧，分不开身；还说一返一回路费好几十，细算觉得划不来，不如把钱攒着。听前几句，巫青文不悦，他想别人能回来帮忙你巫青武就回不来？但听了后一句话，他也觉着在理，心便慢慢平静下来。尤其是听青武说“把钱攒着”，巫青文内心便不由浮起一阵欢欣。掐指一算，青武跟初发去深圳近半年了，想必该攒上一笔可观的钱了吧？若按初发说的，每月除食外给两百元，眼下少说也有上千了。这么一想，巫青文内心不由得平静下来。

农忙过后，巫青武却又来了一信，说人家给介绍了一个姿娘，讲白话（广州话）的，也是临时工，在另外一个工地的厨房烧饭。青武说这事基本成了，但要家里再寄去五百元，用于送彩礼、铰衫裤。巫青武说他打算在深圳筹办完婚事，春节把新娘带回家来。

看完信，巫青文的心一下提到嗓子眼上，又喜又愁。喜的是年届四十的青武终于找到对象了，当初跟初发出去的初衷眼看就要实现，他当哥的能不高兴？愁的是他巫青文上哪块去找五百元钱，青武在外攒那么多钱，咋呢还要家里寄钱……但所有这些，只是在巫青文的脑海一闪而过。毕竟，青武寻到对象是件值得庆幸的事，何况眼下这社会也不会有廉价新娘呀！

巫青文来不及计较了。现在，他把所有的注意力集中到如何去凑足五百元钱的问题上。家里原有的一百元现金，秋收前都已缴了罚款。刚收上来的稻谷番薯，则半点动不得，粮食本来就不足，再动它，全家人只好去喝西北风！农忙前去东园油漆的工钱，人家虽还赊着，但总数也只有两百元。唯一能换钱的，只剩下家里那头母猪生下的那窝猪仔了。可那窝猪仔生下还不足三个月，猪仔一般得养足三个月才能出卖的，养足三个月能卖个好价钱。即便把猪仔卖了，最多也只能卖个两百元钱吧，余下的一百元上哪块找呢？找宝财叔或凤娇婶借，人家日子也过得紧紧巴巴的，开口都不好意思！惠安惠平农忙一过，又到外头跑买卖了，影子都找不着呢！要凑不足五百元寄去，青武没准还有意见哪！真是不当家不知柴米贵。种田人过日子，难啊！

巫青文正左右为难时，却意外地收到了一百元钱的汇款和一封信。确切地说，钱和信是寄给大妹的，因为那上面收件人一栏写着大妹的名字，落款则是：珍珠。

那天傍晚，邮递员把汇款单和信交给他，掏出登记簿要巫青文签字时，巫青文怔了半天、左右为难。但最终，他还是签字了。巫青文拆开来信，那信写道：

“大妹，来信收到，比（此）前冈（刚）好及（给）你寄了一封信，古（估）

计也有收到吧？”

——臭 × 母！原来母女俩背着我偷偷通信哪？难怪大妹这臭娼仔也学坏了！巫青文愤愤骂着。接下去继续看信——

“大妹你无考上初中，我也为你焦及（急）和难过，旦（但）这只能圣（怪）命。古人说：命里有时终页（须）有，命里无时没（莫）苦求。你要董（懂）得这个道里（理）。现在，娘不在家，家务事更（便）全告（靠）你了。你要安心做好，不要若（惹）你爹生气。你爹要羊（养）活你们，也不容易。你说无钱买书，现寄去一百元，除邦（帮）你爹相添家事，你可拿出一点去买书。我这里一切如旧、度日如年，我做梦都想念你们！另（别）无它事。收到钱后，盼来信……”

巫青文看完来信，禁不住又从头至尾看了一遍。末了他眨了眨眼，抿了抿嘴，内心酸甜苦辣一时全涌上心头，他已说不清是什么滋味。他又低头看了那张汇款单，忽然感觉到自己像个乞丐，珍珠和胡汉三却是慷慨的施舍者。于是，他那只攥着汇款单的手霎时僵硬起来。他脑子忽然闪过一个念头，他真想把手里的汇款单狠狠摔到地上。但这念头几乎是刚冒出来，就远远躲开了。他转而想：钱是珍珠从胡汉三身上偷偷榨出来的，胡汉三那杂种作恶多端，活该让他吃亏，钱不花白不花！这么想着，巫青文粗糙的嘴角露出了一丝不易觉察的笑。但他进而想：要是大妹还在家就好了，钱由大妹去取，最终却还是帮着花到家事上，这样自己的自尊心会好受些。这么一想，他又恨起大妹，恨得牙痒痒，直骂大妹心黑、叛宗逆祖，当爹的好不容易将你拉扯大，你却一赌气拍拍脚仓飞了，飞得远远的，且至今杳无音讯，好狠心哪！进而，他又骂珍珠。大妹偷偷与珍珠通信，准是珍珠那老娼带坏的。他觉着眼下日子那么艰难，归根到底，祸根是珍珠，是珍珠那老娼！此刻，他忽然火上心头，旋即把珍珠给大妹的那封信恶狠狠搓成一团，又恶狠狠摔到地上。他的另一只手，却留下了那张汇款单。

巫青文恶狠狠摔下那纸团，正想转身进屋。一抬眼瞥见了已走近门口的宝财叔。他下意识一脚把刚扔下的那纸团紧紧踩在脚下，那只抓着汇款单的手眨眼间藏到了裤兜里。

宝财叔说 :“青文啊，大妹来信未? ”

“来信! 她还会认这个家呀? ”巫青文紧紧踩住脚下那纸团，他以为宝财叔刚才看到他扔的这封信了。

宝财叔却没有追问。宝财叔叼着烟斗吸了口烟，边吐边说 :“听巧娇说，四狗有消息了，说四狗、大妹、六弟、五牛、七猪和四花跑珠海去了。”

“真的? 大妹咋么样，在那里做乜事? ”巫青文一激动，向前迈了两步，脚下那纸团已成了脏兮兮的纸饼，宝财叔未去注意它。

宝财叔道 :“我哪里知道! 依我看，姿娘仔人跟四狗那帮不正经的打埔仔到外面去不会有乜好事! ”他不满地白一眼巫青文，一会儿又说，“咱巫家祖祖辈辈可是清清白白的，我告诉你，你可不能让大妹在外叛宗辱祖，可不能对不起你那九泉之下的爹! ”言罢，他门都不进，气咻咻转别处去了。

巫青文的心霎时沉了下来。这些日子，他已深深地感觉到 : 自打珍珠和大妹接连出走，村里人背地里都在议论他。宝财叔越来越对他爱理不理，村里的一些老辈人见了他故意把脸偏向别处，他巫青文似乎都欠了他们两百块钱! 对此，巫青文感到痛苦，感觉到窒息。他几乎想喊想叫，痛痛快快地驱散胸中的闷气，却不敢喊不敢叫。在外人面前，他只好小心翼翼，愁眉苦脸。返回家里，他也坐卧不安、寝食不香。他想不明白自己活在世上，为什么会这么难这么难，莫非自己前辈作孽? 不不、不可能! 宝财叔刚才说了 : 咱巫家祖祖辈辈可是清清白白的呀!

就要吃晚饭了，二妹和宝仔都已到门口来叫他。巫青文却回头说 :“你们先食吧，甭等了! ”说完，他离家而去。

巫青文心事重重地来到巫初发家，找到了巧娇，问 :“听说大妹和四狗他们有消息了? ”

“是呀是呀，四狗他爹都来信啦! ”巧娇又笑又抹眼泪，末了便风风火火取出那封信。

巫青文接过那封信，很快寻到自己急想知道的那段 :

“……昨日珠海的朋友来信，说四狗领着大妹、六弟、五牛、七猪和四花投奔他去了。朋友说已安排他们几人在电子厂当临时工捡零件。四狗这讨债鬼生性好动读不进书，令我又气又恨，老天注定咱家不可能出书生！不过事到如今，只好由他了，让他去闯吧。话说回来，眼下这社会敢闯也算本事，我看四狗将来也不会窝囊，你在家尽可放心……”

巫青文看完信便问：“初发一点无说把他们撵回来？！”

巧娇笑着嗔怪：“看你说的，眼下的后生人就像开了春的鸟，哪里守得住窝呀！”巧娇涨红着脸，喜不自禁。看来，她多日来对四狗出走的担忧已烟消云散。

巫青文却满脸不悦：“你倒说得轻松！你无想我家大妹是姿娘仔，家里的家务现在全靠她撑着，哪能跟你家四狗那无事人比哇！”巫青文本来就一肚子气，他差点想说我家大妹还不是让你有四狗勾引的，却还是忍住了。他想自己同初发关系可以，可别得罪了他，何况青武也是他帮忙拉出去、眼下才寻到对象的。

巧娇见状，哏哏地笑：“唉——你看我，咋就无为你着想呢！”说着收敛了笑，“不过大妹已经出走，你总不能把她捆返来吧？”

“就该捆返来！”巫青文鼓着脖颈说，“不捆返来她还不真当娼啦？你告诉初发，让他尽快把大妹给我撵返来，咋样？”

“我才不管这闲事呢！”巧娇不满地呛巫青文一句，她想巫青文是话中有话，没准是冲我家四狗来了。“儿女不孝顺能怨谁呀，还不怨父母无教养好？你自己找初发说去吧！”言毕，巧娇头偏向别处、不再说话。

巫青文意识到自己还是得罪了巧娇。想道个歉，内心却窝着火。他索性沉默、悻悻地走了。

当晚，巫青文急急地亲自给巫初发写了一封信，要求巫初发帮忙把大妹给撵回来。

之后的几天，巫青文把家里的一窝猪仔卖了，还去东园收回油漆的工钱，又不得已把珍珠寄给大妹的一百元加在一起，凑足了五百元寄给了远在深圳的巫青武。当填完汇款单并把整整五百元钱交给营业员、最终走出邮局大门时，巫青文脸色疲惫、苍白，他有一种失重的感觉。

十九

腊月二十四，巫青武回家来了。巫青武带回那个讲广州话的姿娘，消息不胫而走，寨仔山村霎时热闹起来，乡亲父老，乃至邻近村寨的亲朋好友过节似的纷纷赶到巫青武家，大伙是赶来看新娘的，大伙的心情是先睹为快、先睹为乐。

巫青武的新娘叫邱丽华，这名字是巫青武介绍给大家的。巫青武把邱丽华介绍给大家时，哏哏地笑、满脸充血，并不时拿眼瞟她，仿佛这新娘是偷来的而不是娶来的。

新娘长得不算漂亮，却丰满白皙，二十几岁的一张瓜子脸泛着柔嫩红润的光泽。这么水灵的一位姿娘让年已四十、笨拙憨厚的巫青武娶到手，直馋得在场的青壮汉子个个浑身燥热，他们都不由自主地把一束束不安分的目光照射到眼前这位叫邱丽华的新娘身上。新娘此刻倒显得落落大方，笑脸盈盈。新娘不会讲潮汕话，却笑盈盈地在巫青武的导引下频频为客人送糖、递烟、敬茶……

“腊月二十四，掸尘扫房子。”这是民谚。按潮汕传统风俗，还必须拜灶王爷（也称灶神），这也是每年中除除夕夜外的最后一个节日。黄昏时分，家家户户都点火洗锅，丁零咣啷张罗着煎甜面饼，香甜圆薄的甜面饼用于祭拜灶王爷。相传宣帝时，一个叫阴子方的人因为这一天见到灶神，就杀了一只黄羊祭灶王爷而发迹，“暴为巨富”。此后，在百姓眼里，灶王爷是一个相当有权势的王爷。谁对它好，谁就会在来年里平安无事乃至升官发财；谁要是得罪了它，谁就难免会受苦遭灾。在潮汕地区，腊月二十四煎甜面饼拜灶王爷便成了传统。至于为何用甜面饼祭拜灶王爷，至今查无出处，有待考证。巫青武带着新娘赶在腊月二十四回家，为的也是要赶上拜灶王爷，这是哥哥巫青文的主意，既已成家，赶回来拜灶王爷，图个吉利。

腊月二十四，也是一个可以不让巫青文发愁的节日了。因为这节日只要求煎甜面饼，而煎甜面饼是最简单不过的，不像元宵节要做菜团果、清明节要炊碗仔果、端午节要包粽子那样复杂。自打珍珠出走之后，逢年过节巫青文便发愁。逢年过节那些复杂的传统习俗和相应的复杂祭品，本都是家庭主妇的事情，是用不着去管的，男人尽可以在主妇安排祭拜之后大开牙祭，享受不同节日的不同祭品。可珍珠一走，大妹匆忙中由学生变成家庭主妇，煮饭炒菜之类还勉强顶得过来，逢年过节那些由祭品到祭拜的繁文缛节可不是那么轻易便能接替上来的，何况眼下还是更稚嫩的二妹？好在煎甜面饼着实简单，一看便会，无非是面粉加糖加水搅和，再用勺舀到油锅里煎成一块块圆形的薄饼。二妹以前看过多少次了。至于祭拜时的礼节，凤娇婶已一一告诉二妹了。珍珠出走之后，逢年过节，总要凤骄婶前来操心的。

煎完甜面饼，二妹便按着凤娇婶的指教烧香摆祭品，让全家人一一祭拜。拜罢，全家人齐刷刷围坐到厅里那张八仙桌上，开始吃晚饭。

晚饭吃的是拜过的甜面煎饼，另有米粥、几个炒青菜。今晚是巫青武携新娘回家的第一天，巫青文特意去镇上买回来两斤猪肉，还嘱二妹炒了一盘鸡蛋，于是这一餐便是少见的丰盛，除了吃甜面饼，几个炒青菜油光闪亮香气诱人且都有肉片，那盘黄澄澄的炒鸡蛋更馋得人直流口水，家里的鸡蛋平时可都是攒着去墟上卖的。所以今晚上刚一开饭，二妹三妹四妹五妹和宝仔便喉涌口水眼放异彩，不甚懂事的四妹五妹和宝仔挥舞筷子一下紧接一下地对那盘炒鸡蛋发起了总攻击，而夹菜时他们总是冲肉片而去，弄得父亲巫青文又气又急不住朝儿女们挤眉瞪眼，还用脚在桌子底下踢他们。踢完了怕弟媳发现，他便极力掩饰自己，打着笑脸招呼弟媳夹菜。四妹五妹和宝仔见状，误为错觉，便更变本加厉挥舞着筷子，肆无忌惮地再次向鸡蛋和肉片发动进攻。

巫青文怒不可遏。巫青文挥动手中的筷子猛敲奴仔的头壳，但敲的只是四妹和五妹。

“讨债鬼！你们是刚从监狱放出来的囚犯咋的，家里乜时候饿着你们啦？也不怕你们新来的婶子笑话！”巫青文吹胡子瞪眼睛，末了转向弟媳，“嘿嘿”

地笑："你……你别见怪，都怪我无教养好！"

弟媳咬着筷尾，她不大听得懂潮州话，却能明白大概意思，于是得体地笑："嘻嘻，无事！奴仔呗，让他们都多吃点。"她一边说着只有丈夫巫青武听得懂的白话，一边站起身来，笑呵呵地一一给宝仔、四妹和五妹夹菜，还招呼二妹和三妹夹菜。

四妹却仍不高兴，四妹噘着嘴冲父亲嚷："咋呢就打我和五妹？咋呢就不打宝仔？"说着，四妹憋不住了，满腹的委屈和不平霎时"噗"地弹出饭粒和鼻涕，接着"呜呜"地哭，眼泪也哗哗地流。这还不算，不一会儿她又挥动筷子"啪"的一声，敲宝仔头壳。

宝仔岂咽得下这口气？宝仔瞪着眼珠恶狠狠地朝坐在他身边的四妹猛击一拳，这一拳把四妹打了个人仰马翻——四妹重重地栽倒在地上。

巫青文那张粗糙的古铜色的脸"唰"地黑了半截。他"呼——"地起身操起一条筷子大小的竹鞭，冲宝仔和四妹好一阵抽打，但很快便被弟弟和弟媳挡住了。

巫青文家里却仍是满屋风雨、哭声震天！

邱丽华进巫家吃的第一餐便这样不欢而散。晚上睡觉前，邱丽华噘着嘴乜斜着眼，满不高兴地对丈夫巫青武说："看你哥这群奴仔，狼似的，真吓人！"

巫青武瞟一眼老婆，无话。他只顾脱衣服，脱得一丝不挂。脱完了二话不说，使着蛮劲一把将老婆扛上眠床，浑身上下霎时燥热起来。老婆在他身下咯咯笑着，但很快便发出哎哟哎哟的呻吟……

二十

巫青武和邱丽华的洞房安置在巫青文原住的那间房里，因为那房子的外间有灶，是巫家的厨房。而新娘一过门，煮饭炒菜之事便必然要落到她的肩上，老资格的媳妇由此也自然而然地退居二线。如此规矩，乃祖辈遗风，谁都难以抗拒。因此，这一地区的姿娘当上新娘之后，总巴望夫家的叔子早娶上新娘，这样便能尽早把繁重的家务活推到新来的新娘身上。邱丽华眼下是巫家唯一的媳妇，且是堂堂正正的新娘，她应该责无旁贷。

巫青文让出房子之后，带着宝仔和五妹住到对面房间去了，兄弟俩一人占一间房，使巫家近年建成的这座“下双虎”式住宅各有其主、平稳对应，此乃合家和睦吉祥之兆。巫青文在弟弟回家之前按本地遗风作此安排，图的便是这个吉祥（尽管他内心也明白，缺了珍珠巫家便是残缺不全的）。二妹三妹四妹则被他安排住到巫青武原住的那间老厝去了。

窗子泛亮的时候，巫青文起了床。今天是腊月二十五，过年用的钱却还无着落，他必须去油漆、去挣钱。那活儿是前天揽到手的，说好今天开工。没有钱，这个年可咋呢过呀？作为一家之主，巫青文一想便心虚！昨晚奴仔一吵架，他便没来得及与弟弟巫青武单独坐下来说话，他不知道青武此次结婚究竟花了多少钱、是否带回了过年用的钱？这一切，他一无所知。青武也似乎没有想到要主动找哥哥说。

巫青文走出自己房间，一抬眼发现对面房门仍紧闭着。他微微皱了皱眉，径自到天井的水缸旁漱口洗脸。

漱完口，洗完脸，巫青文才隐约听到巫青武屋内的一些声响。紧接着，门“吱呀”一声开了。巫青文以为是弟媳起床做饭来了，急忙站起身准备搭话。没想一转脸，眼前站着的却是巫青武。

“哥，你起来啦。”巫青武毫无表情问。

“呃。”巫青文答。他发现屋里一片宁静，便皱了皱眉：“咋呢，丽华还未起来？”

巫青武耷拉下眼皮，把话题岔开：“你在家食早饭乜？我得赶快煮粥。”言毕，欲走。

巫青文却叫住他：“慢！是你做饭还是她做饭？”巫青文的一只手指着新娘房。

“我来做。”巫青武说。

“咋呢是你做，她不做？”

巫青武讪讪地笑："嗨，谁做不一样。"说完，欲走。

巫青文却嚷："嘿——说得轻巧，新娘过门不做饭哪里还叫新娘？你不怕说出去让人笑话！"

"嘘——"巫青武赶忙回头，焦急地说："你小声点好不好？她……她还未起床呢！"

巫青文一听眼珠直暴，却还是压低嗓门说："我问你，你有屌无屌？你可别给咱祖宗丢脸，咱巫家自古至今可还未有过怕老婆的种！"

巫青武白一眼哥，苦着脸说："你勿说了好不好？结婚前我可是答应人家了的，成了家我做家务。"

巫青文气得嘴唇直抖："你……你好糊涂！你咋呢好这么答应她？"

"不答应，她肯嫁给我呀？！"巫青武噘着嘴，白了哥一眼。

巫青文的喉咙霎时像卡了骨刺。他张着嘴，这才想到：青武毕竟大她二十岁哇！愣了半天，他还是嘟哝："岂有此理！老婆不做家务活，那……那不白娶啦？"

巫青武抢白："咋呢白娶，我就不传宗接代啦？！"

巫青文自觉理亏，半天无话。末了涨红着脸说："那往后，咱们家还咋呢过日子？咱家可是缺个做家务活的主妇哪！"

巫青武抿了抿嘴，没有说话。

巫青文本还想说话，问青武这次娶新娘一共花了多少钱，是否带回了过年用的钱、下来咋么打算？一抬眼却瞥见新娘邱丽华已走出屋来，邱丽华此刻礼貌地朝巫青文喊了一声"大伯"，然后用广州话跟丈夫巫青武说着什么，脸上却没有多少笑意，巫青武很快跟她进屋去了。

巫青文微微皱了皱眉，犹豫片刻，径自推起大厅里那辆破旧的自行车，出门油漆去了。

第二天，新娘邱丽华却意外地起床做饭了，此后两天，也天天如此。巫青文见状，内心稍稍平静下来，尽管他自己根本不在家吃饭。这些天，他一直早出晚归，给人家油漆家具，他必须挣钱过年。

然而，农历二十七那天晚上，巫青文刚一回到家门口便被二妹堵住了。二妹风风火火地将爹拉回自己住的房间，嘟着嘴冲爹嚷：“爹，咱家母鸡生下的鸡蛋一天比一天少，你也不管管！”二妹气喘吁吁，满脸通红。自打婶子回家，二妹便不做饭了，但饲猪饲鸡担水洗衫这些本该婶子做的事婶子没做，她不得不继续做。再说年关在即，她必须积攒些年货，自家母鸡生的蛋再没有卖，便是要留着过年吃的。

巫青文皱着眉望女儿：“咋呢会少，谁食啦？”

二妹白一眼爹：“谁食啦，那不是秃子头上的虱子——明摆着？！”

巫青文皱了皱眉，道：“你不会弄错吧，你咋呢知道是他俩食的？”

“哼，我又不是傻瓜！咱家那群母鸡是我养的，生的蛋也是我收回放在瓮里的，可这几日每日硬是少四个，难道是老鼠偷的呀？！”二妹气咻咻说。

“哼，大老鼠偷的！”三妹这时也插话说，“今日早晨食饭前，我跟姐就看见碗桶里泡着两个鸡蛋碗，蛋渣子还都未泡开呢！”

宝仔这时也不甘寂寞：“我看叔和婶对我们一点也不好！爹你这几日无在家，他俩食完饭一点也无想帮二姐打理家务，一抹嘴就往外跑，说是串门去了，屁！昨日我就看见他俩是往墟上跑，前日还去爬山呢！”

巫青文一听，脸霎时阴下来，却还是冲儿女们说：“够啦够啦，你们甭再说！”言毕，再也无话。于是抬腿要走，却又回过头扫一眼二妹三妹和宝仔：“有话你们找我说，可不许到外面乱说，更不许让你叔你婶知道了！”

离开女儿房间，巫青文心沉闷闷的，腿也像灌了铅。他做梦也不会想到，青武带新娘回家才仅仅几天，喜气便已让怨气冲散了，代之以不愉快。自打那天早上新娘没起早做饭，巫青文眼里就像掺进沙子，感到浑身不自在。何况新娘讲的是白话，至今与他这位当大伯的没法交谈，相互间的交谈只能靠比划或青武翻译（青武说过自己与她的交谈也只限于简单的日常用语），所以新娘至今在巫青文眼里，就像厕寮里面照镜子，横竖都不太顺眼。他真想把这种感觉告诉青武，告诉这位一直与自己一起长大、一起同甘共苦的唯一弟弟。但转而一想，他感觉自己这种想法太天真了。古人说，夫妻才是同林鸟，自己这当哥的眼下算哪只鸟哇？更何况他俩正新婚燕尔、还甜蜜着呢！再说爹和娘早逝，爹和娘直到闭眼那一瞬都念念不忘青武的终身大事。为此，爹和娘死时都不肯瞑目，自己这当哥的又咋忍心去扰乱胞弟的幸福哪！这么想着，巫青文心里便乱成了一团麻，刚才被二妹他们搅起的怨气也被那乱麻缠住了，想吐也吐不出来，也不好吐。就连自己这几天一直问的问题——结婚你究竟用了多少钱、这次带回来多少钱？此刻他也觉得难以启齿。

巫青文推门走进自家那座“下双虎”大门时，见青武和新娘的洞房已紧闭着，洞房里亮着灯，不时传出来笑声。他微微皱了皱眉，没去打搅他们，他把自行车推进大厅，走到天井旁洗了把脸，然后回自己房间睡觉。眠床里，宝仔和五妹早已呼呼入睡。

第二天一早，巫青文又出门油漆去了。晚上回到家里，二妹仍在门口堵住他：“爹，咱家又少了四个鸡蛋，你究竟管不管啦？咱们家可从来就舍不得食鸡蛋！”

巫青文一听火了：“你给我住嘴！你奴仔人晓乜个？！”

二妹一愣，委屈得“呜呜”地哭起来，捂着脸跑回自己的房间去了。

巫青文却没去理她。但他感觉自己此刻像吞下了一只蚊子，喉咙痒骚骚的，浑身不自在……

二十一

一晃便到了腊月二十八。

早上，一阵“隆咚锵隆咚锵”的锣鼓声由远而近，席卷而来。强烈的锣鼓声搅得巫青文既兴奋又不安，心也随鼓声七上八落地“怦怦”跳着。他知道，那是舞狮队“参灶”来了。舞狮队实际上由当地会一点武功的青壮汉子临时拼凑而成。每年年关在即，乡亲父老们都盼着送旧迎新、新春如意、新年好运，舞狮队于是应运而生。所谓的狮子也极简陋，除了那木制的狮头虎虎有些雄威外，狮身和狮尾实际上仅仅是一袭长条红布。这唯一的一头狮子由两个青壮汉子挺立而成，一个把头，另一个甩尾。狮子队挺着这样的一只狮子，再由震耳欲聋的锣鼓声壮威，走村串巷——闯进各家各户，名曰：显威驱邪、祛旧迎新。此种仪式，古往今来，潮汕人称之为“参灶”。每年年关在即，一闻鼓声锣声，家家户户便知道是狮子队“参灶”来了，于是便敞开大门恭候，以图个吉利、图过上个好年。自然，被“参灶”的主人也必须准备好红包回敬狮子队，红包里钱的数量不等，一般是主人根据自家的经济实力自愿而定。

此刻，锣鼓声如潮似浪、越逼越近。巫青文慌慌地打开大门，犹豫片刻，便又慌慌地跑回大厅大声呼叫弟弟巫青武。

霎时，巫青武从里屋走了出来，后面还跟着新娘邱丽华。

巫青文抿了抿嘴，说：“你身上有钱无？快准备十元钱封成红包，人家要来参灶了，我现在身无分文。”

巫青武说：“十元钱，太多了吧？”

巫青文说：“去年就收十元钱，今年能少哇？”

巫青武听罢，这才意识到自己在家是从不管付钱之类的事情的。自己的确不知道该给多少钱，他急急转回屋准备红包去了。

现在，狮子队已冲门而入，锣鼓声如潮似浪淹没了巫家的大厅和屋子。巫青文站在大厅笑盈盈迎接。二妹三妹四妹五妹宝仔和巫青武夫妇很快也都涌到大厅上。

狮子和狮子队却并不理会主人的神情，他们只顾忙碌。锣鼓声一阵紧似一阵，威武的狮子踩着节奏在大厅摆着狮头甩着狮尾舞了一圈，又分别进屋子去舞了一圈，接着，巫青文又领着狮队到二妹三妹和四妹住的那间老厝驱邪。狮子以同样的架势进老厝耍了一圈，“参灶”便算完毕，前后一共花的时间，还不足五分钟。

此时，巫青文笑吟吟地把巫青武准备好的红包送给狮子队，连连致谢。狮子队有一位扎红布的青壮汉子，那汉子提着聚宝篮（实际是一只竹篮），专司纳宝礼。那汉子接过红包，打开一看，冲巫青文说：“太少了吧？”

巫青文皱了皱眉，说：“不少啦！我……”巫青文想说，自家连过年的费用都无着落、大大小小五个奴仔这个年都还穿不上新衫裤呢！但他却忽然叫住嘴，讪讪地笑。他觉得那话说出来，不吉利，再穷也该高高兴兴过年哪。

提着聚宝篮的汉子一翻眼，道："哼，你堂堂的油漆师傅，你家青武又刚从深圳衣锦荣归，谁不知你家有钱呀！你至少，也该加一张吧？"汉子言毕，手一挥，本已低落的锣鼓声又冲天而起，一阵紧似一阵撞击着巫青文心扉。谁都知道，狮子队在催加款了，这是一种无法违抗的命令。你不加款，这揪心的锣鼓敲下去，便会弄巧成拙、变吉利为不吉利。

巫青文见状，强颜作笑、连连摆手："好说好说，各位师傅请息怒，我……这就去取款！"

锣鼓声于是低落下来。狮子队却尾随巫青文回到巫家那座"下双虎"门下，低落的锣鼓声仍不断催促着主人。

巫青文满脸难色走进大厅，对巫青武说："你再拿十元钱吧，狮子队要的。"

巫青武一惊，说："咋呢，还要加十元哪？！"

巫青文说："俺总不能拒绝吧？"

巫青武嘟囔道："可……可我哪里来那么多钱呀！"嘴这么说，手却还是从衣兜里掏出一张大团结。

巫青文心"咯噔"一跳，索性问青武："这回你带多少钱返来过年？"

青武说："哪还有多少钱啊，结婚都不够用呢！我……只带回来百把元钱。干脆，我把钱全给你吧！"说着，他从衣兜里又掏出一沓大团结。

巫青文接过钱，一点，不多不少，一共八张。他皱了皱眉，瞥了一眼弟弟和站在一旁的弟媳，欲言又止。他转身走出大门，笑呵呵把钱送到那提聚宝篮的汉子手里，狮子队这才满意地走了。

狮子队一走，巫青文便打算去收工钱，昨天他已干完油漆活，工钱一百元，主人说好今天付款的。一百元加上青武拿回的那八十，一共一百八十元，便算是这个年的全部费用了。这一百八十元摊到全家人头上，每人才二十几元，怎么过年哇！这么想着，巫青文感到头皮发麻、心灰意冷。

巫青文正神情木然地推起自行车走离家门。走了一阵，迎头便碰上西装革履、满面春风的巫初发。巫初发远远就同他打招呼。

巫青文见状，木然的脸这才露出一丝笑意："你……乜时候返来的？"

"昨夜。"巫初发递过来一支"万宝路"。

巫青文接过烟，举着手惊呼："你——你无把大妹捆返来？！"

巫初发点燃烟，慢条斯理地说："你让我犯法啊？"

巫青文一跺脚："嗤——我让你捆的，犯乜法？！"

巫初发说："你自己去捆也犯法！"

巫青文霎时鼓起眼珠："呸！我好歹是她爹！"

巫初发说："不管是谁，捆人便是犯法！不信你去问法院。"

巫青文一下傻了眼。进而说："这么说，大妹这臭娼仔真的一点不认家啦？一点不想返来？"

巫初发嗔怪地瞥他："听说……你不是不想认她了嘛！"

"嗨，这——这说哪块去啦！"巫青文一扇大腿，急得龇牙咧嘴。

巫初发哈哈大笑。笑毕，把一个信封递过来。

巫初发接过信封，打开一看，里面没有信，只有两张面额伍拾元的人民币，再看信皮，信皮上也没写半个字。他愣了："这……怎么回事？"

巫初发说："大妹托我带给你的。"

巫青文说："她……她不返来过年？"

巫初发说："他们走不开，电子厂过年不停工，仍需要他们捡零件。再说返来也要路费，大妹说，这路费省下了，托我带回家过年。"

"这么说，四狗他们也都不返来过年？"

"呃。"

巫青文这才点燃烟，愣愣地望了一阵初发，问："那……大妹乜时候能返来？"

"咋呢，你急啦？嘿，放心，她早晚得返来！"巫初发吐了口烟，又问，"咋样，青武他两口子返来后，过得还好吧？"

巫青文犹豫一会儿，说："还好。"

“邱丽华这姿娘咋样？”

“嗯……还好，哟——你看我！说了半天，还无想起请你去家里坐。走，返我家坐吧？”

“不啦，见到你就是，过年再说。我还得去六弟、五牛、七猪和四花他们家说一声呢！”说罢，欲走，却又问，“对啦，你过年的钱够用乜？”

巫青文听毕，连连说：“够啦够啦，钱是够啦。”

巫初发说：“不够你可得开口哇！”

“那当然，我还能客气？”巫青文讪讪笑着，内心却“怦怦”直跳。家里缺钱，是明摆着的，自家大大小小五个奴仔，还没有一个有新衫裤呢！可俗话说：“欠债过年，衰败万年。”借钱过年，更是最最忌讳的，他巫青文能去借么？！

巫青文目送巫初发走远，自己正想骑车赶路，却又碰上镇里来的邮递员小张，小张一见巫青文便嚷：“青文兄啊，你的包裹，快来取！”说着，车子已停在他的眼皮底下。

巫青文满脸诧异。有生以来，他可从没收到过什么包裹。接过包裹，一看那落款，才知道是珍珠寄来的。他心一沉，犹豫再三，却还是把包裹夹稳了，并硬着头皮在小张递过来的登记簿上签了字，却没有道谢。

巫青文看着小张走远，又瞅了瞅四周，发现无人，这才放心地一使劲撕开包裹。包裹里都是崭新衣服，一套紧挨一套。他把衣服放在车架上细细一点，不多不少，大大小小一共七套，其中竟还有一套成人男装，显然是给他巫青文的。再一扒，还发现包裹里附了一封信，那封信写道：

“青文你好，及（给）你和六个奴仔各做了一套新三（衫）库（裤），看在自（咱）六个奴仔的份上，青（请）你一定收下，好上（让）你们高高兴兴过年。我在比（此）度日如年，心如死灰。我艮（恨）不得胡汉三这十（杂）种能早日死卓（掉）。他要死卓（掉），我京（就）回你们那边去。你乍（怎）么艮（恨）我打我，我再也不包（跑）了，我只求你上（让）我回去……”

巫青文看完信，心七上八落地跳。蓦地，他把信揉成一团塞进衣兜，又把包裹袋揉成一团塞进衣兜，然后把那七套崭新衫裤往车后架一夹，掉转车往回走。

回到家，径直走进自己屋里，他迅速把那套男装和那套给大妹的新装塞进箱里，又从衣兜掏出那封信和那个包裹袋，一并塞进去。刚上了锁，就听宝仔和二妹三妹四妹五妹拥了进来。

巫青文索性说："听着，过年你们都有新衫裤穿了，一人一套。"

屋子一下欢腾起来，奴仔们抢着要看新衫裤。父亲却一把拦住："勿动！留过年穿，都干活去。"说着，他把衣服收起来，放到另一只木箱里。

一个声音却忽然在身后回响："兄，你买回那么多新衫裤哇？"

巫青文一回头，发现是青武进屋来了，便答："呃，奴仔过年总得穿新衫裤呀！"

青武颇具意味地瞅一眼哥："那就好，我以为你真无钱呢！"说罢，掉转头走了。

巫青文一阵尴尬，喉咙像卡了骨头，心火辣辣一阵难受。愣了一阵，他走出家门，推起自行车收那一百元工钱去了。他想，收回那一百元，加上大妹托巫初发带回的一百元，共两百八十元。不管怎么说，这个年总算能像模像样过了。

二十二

除夕是一个因可以大饱口福而令人兴奋的日子。

除夕之夜，巫青文全家终于密匝匝地围坐在大厅正中的那张八仙桌旁。自然，这不能算团圆，因为缺了珍珠和大妹。但由于多了新娘邱丽华，这年的除夕夜巫家便平添了些许热闹。

当飘香的饭菜一一上桌之后，坐在大厅正面中间位置的巫青文有些激动地扫视一眼奴仔，内心怦然一跳。少顷，他终于举着筷朝自己的儿女们挥了挥："食吧，今夜……是过年夜，平时爹不能让你们食好，这回要让你们放开肚皮食好、食饱。你们——都食吧！”话一出口，他感觉鼻头有些酸。眨眼间，早已被菜香肉香折磨得口水涟涟的二妹三妹四妹五妹和宝仔，便争先恐后地挥舞着筷子向各色菜肴发起总攻。今夜的菜肴是巫青文亲自下厨做的，有粿肉、粉鱼、鱼丸、蒸鱼、蒸排骨、白切鸡、焖猪蹄等等十几个，把整个八仙桌摆得满满的。

眼看着二妹三妹四妹五妹和宝仔疯狂而有滋有味地吃着，巫青文内心翻腾着阵阵酸楚，脸却无不欣慰地笑着。此刻，他端起一瓶“五加白”，给弟弟巫青武和弟媳邱丽华各斟子一杯，自己又斟满了一杯，端起来招呼：“来，为了你们俩的新婚，干了吧！”三个大人于是兴奋地碰杯，干了。接着，巫青文又一一斟酒，这回连二妹三妹四妹五妹和宝仔也都斟了一小杯，斟毕，端起杯招呼：“来，为俺全家新年好运，万事如意——干杯！”大大小小八个杯终于叮叮当当响成一片，欢声笑语此起彼落。

两杯酒下肚，巫青文感到浑身上下冒着热劲，他这才开始自己夹菜。夹了一口，香香地嚼着。嚼完，便问弟媳：“咋样，这些天你住得习惯乜？”这么说着，眼睛却看着青武，等待他翻译过去。

巫青武瞥了眼哥，便翻译过去，邱丽华听罢，便笑，不住点头，一边说着让巫青文听不懂的广州话。

巫青文却能明白对方意思。便也笑着连连点头：“习惯就好习惯就好。”停了一下，又说，“不过你可得尽快学会讲潮州话。不然，这么住下去可不行，俺一家人跟你说不上话，还像个乜样？”

这回巫青武没有翻译过去。巫青武埋头吃了一口菜，便说：“兄，跟你说实话吧，我俩……初五就得走。”

巫青文愣了一下，问：“走——走哪块去？”

巫青武说：“去深圳。”

巫青文霎时停住嚼，睁大着眼说：“咋呢啊，你还要走？老婆都娶到手了你还要走，这个家你就不管啦？！”

邱丽华惊诧地看看丈夫，又看看大伯。

巫青武说："哎呀，话孬这么说，谁说我俩就不管家啦？我俩只不过人在深圳嘛！"

巫青文说："说得倒轻巧！你们这么一走，我一个人忙得过来啊，咱家的地不种啦？我不去油漆啦？再说当初让你去深圳，不就是为了娶丽华？这回可好，丽华娶到手了，你又要带她走，这个家谁理？"

巫青武说："二妹不是能理家了嘛！再说，你也该把大妹追返来，她一个姿娘仔，在外头闯可不好。"

巫青文把筷子往桌上一撂，道："这么说，你俩反正是不想待在家里啦？！"

巫青武说："反正……我们想在外头再干一段时间再说，在外头要是不好，我们会返来的。"言毕，他喝了口酒。又从身上掏出一沓崭新的壹元面值的人民币，笑着冲二妹三妹四妹五妹和宝仔说，"来，阿叔阿婶给你们压岁钱！每人给你们四张。"说着，他便给侄儿侄女们每人分了四张。

四妹五妹和宝仔霎时活跃起来，他们嘻嘻哈哈一遍接一遍地数着各自的那四张钱。二妹和三妹却只是得体地笑笑，平静地把钱揣进自己的裤兜。

宝仔左一遍右一遍瞅着自己那四张钱。瞅够了，把它们按在自己手心里，咧着嘴冲爹笑："爹，你……你还无给我们压岁钱呢！"

巫青文不耐烦地瞪一眼宝仔。瞪完了，却还是从衣兜里掏出五张早已准备好的两元面值的崭新纸币，一一分给宝仔和二妹三妹四妹五妹，边分边咧嘴笑："我可无你叔你婶有钱，每人我只能给两元钱。"

宝仔和二妹三妹四妹五妹都高兴地接了。

巫青文说："可不许你们乱花，听见无？"

宝仔和二妹三妹四妹五妹都使劲点头："嗳。"

巫青文又说："从现在起就是过年，这几日可不许碰翻物件。不许打碎盘碗，不许骂人讲脏话，听见无？"

宝仔和二妹三妹四妹五妹异口同声答："听见了。"他们知道，这是村里家家户户年年如是的规矩。大人们说，大过年的一定要图个吉祥。

二十三

大年初一一大早，日头就被村头巷尾持续不断的鞭炮声和嬉笑声惊醒了。此刻，日头像那红脸关公，兴致勃勃地注视着新一年的潮汕大地。

初一的早晨吃斋，主食是软饼、稀粥，炒的却是清一色的素菜。吃斋前，必须先祭拜祖宗，祭品则不全是素的，除了新鲜的软饼，还必须有熟猪肉、熟鱼和熟鸡，猪肉、鱼和鸡都必须是完整的……所有这些，都是潮汕遗风，古往今来，年年如是、代代相传。

早上，巫青文一家大大小小一一拜完祖宗，然后吃斋。吃完斋，穿新衫裤的宝仔和四妹五妹一如快乐的小鸟，蹦蹦跳跳奔外面去玩要了。二妹和三妹收拾完家务，也浑身轻松地走出家门。

巫青武西装革履，带着新娘邱丽华准备出门，给乡亲父老们敬茶。在潮汕一带，正月初一新娘必须端着茶盘茶杯走街串巷，恭恭敬敬地为左邻右舍的乡亲及亲戚朋友敬茶，俗称“新娘茶”。新娘外出敬茶时，由新郎领路，新郎还必须拎着装满开水的暖瓶，随时帮新娘续水斟茶。假若婚宴时敬新娘茶，被敬者（一般是长辈）必须回敬红包，新娘此时往往可以成为富婆，因为收红包所得的钱归新娘自己所有，是新娘合情合理的私房钱。所以，新娘最盼望敬最愿意敬的便是婚宴时的新娘茶，她们都知道，人生在世，自己只能当一次新娘，也只能在当新娘办婚宴时堂堂正正理直气壮地捞一笔私房钱。

邱丽华当上新娘，却无缘获取红包，因为巫家无钱办婚宴。而巫青武是在深圳先结婚后把新娘带回家，不办婚宴一般也不会遭乡亲指责。邱丽华自然也不知道办婚宴敬新娘茶能获取红包，因为她不是潮汕人、讲的不是潮汕话，别人不会告诉她，丈夫巫青武更不会告诉她。于是，邱丽华只能在正月初一时给人家敬新娘茶，此时敬的新娘茶完全是无偿的。

大年初一。巫家只有巫青文自己没穿上新衫裤，他没有新衫裤。珍珠给他的那套咖啡色西装，他绝不会去穿，那套西装至今仍被他锁在箱子里。此刻，巫青文身穿一套半旧的蓝色西装，一个人守在家里看电视，一边等待前来拜年的亲朋好友。等了一阵，没等上任何亲友，却等到了珍珠寄来的一封信，那信是宝仔从邮递员小张手里取回来的。宝仔把信送回家时，二妹三妹四妹五妹跟着他进了家门，久久地看着爹。

巫青文接过信，皱了皱眉，拆开一看，那信上写道：

“青文你好，到（告）斥（诉）你一个好肖（消）失（息）：十（杂）种胡汉三乍（昨）日因反（贩）毒和及（吸）毒罪皮（被）公安局爪（抓）走了。这回，十（杂）种胡汉三肯定要被枪比（毙）！这下我解兑（脱）了，我青（请）求你上（让）我回去。你知道，我是多么想现在京（就）走，去同你和奴仔们一起过年啊！可良（眼）下是过年，我怕若（惹）你生气，只好等过了年再回去。现在我想回良（娘）家过年，正月初七我打算回你那里，看在奴仔的分上，青（请）求你一定让我回去，那（哪）怕给你当牛作马，我也心甘情原（愿）。你要再干（赶）我走，我只好……珍珠。”

巫青文看完信，忍不住又看了一遍。起初，他心头掠过一丝快意，为的是胡汉三那杂种的下场。但没过一会儿，他又感觉到心头像被塞进一团棉花，胸闷、气短，脑子霎时乱成一团麻。

宝仔抿了抿唇，问：“爹，我娘说些啥啦？”

巫青文心一跳，虎着脸道：“灵鸡精！谁说是她的信啦？！”

宝仔噘着嘴，怯怯地说：“哼！谁不知道？我……我娘一来信你就不高兴。”

巫青文道：“胡说！嘀——”他这才注意到自己的五个奴仔都围着他，“你们咋呢不去玩耍，咋呢都围在这里？”

宝仔依旧噘嘴：“爹，我想娘。”

“住嘴！”巫青文喝道，“谁让你提那老娼，去，都给我出去！”

宝仔嘟着嘴，说：“爹，你咋呢骂人？你……你不是说过年不许骂人吗？”

“谁骂人啦？！”巫青文瞪着眼，那眼忽又柔和下来，“好，好，爹不骂人。可你们勿烦我，都给我出去玩好不好？”

“我不去！”宝仔噘着嘴，脸红至耳根。二妹三妹四妹五妹也低垂着头，满脸不悦。

巫青文拧着眉嚷："咋呢，咋呢不去？"

宝仔憋着气，呼吸粗重，却不吱声。

二妹说："他不会去耍了。刚才他跟许多人一起比谁压岁钱多，不比还好，一比算他最少。"

巫青文一听青筋暴涨，眼珠直瞪："谁叫你们跟别人死在一块啊，你们姐弟五人不会在一起玩耍？！"

正说着，巫青武和邱丽华敬完新娘茶回来了。巫青武问哥："咋么了？"

巫青文说："无事。你俩回来了好，在家等客人吧，我得去外头转一圈。"说着，他已把珍珠的信迅速塞进自己裤兜。回头又对五个奴仔说："你们干脆也勿出去了，都在家看电视。"末了，他走到八仙桌上抓了四个潮州柑（合两对），一个人出门去了。潮汕人过年，习惯把柑称大橘，与大吉大利硬连在一起，图的是吉利。潮汕人过年串门拜年，谁衣兜里都揣一两对大橘。

巫青文揣着两对大橘首先来到宝财叔家，一进门便掏出其中的一对大橘，笑脸盈盈："阿叔阿婶，新正（潮汕人拜年一般说新正［指正月］如意而不说新春如意）如意新正如意，我给您俩拜年来了！"

两位老人于是也笑脸相迎："彼此如意彼此如意。"说完，也就完了，就无话。宝财叔是巫青文的亲叔，与巫青文的父亲都是同胞兄弟。但自打巫青文的父母双双去世，两家间的来往便少了。尤其是出了珍珠事件和跑掉了大妹，宝财叔和老伴便对他巫青文爱理不理的，彼此间话也少了。但作为晚辈，巫青文对宝财叔还是尊敬三分。

巫青文递给宝财叔一根烟，说："惠平惠安来拜年未？"

宝财叔点燃烟，慢条斯理地吐着烟雾，说："来过了。青武他两口子，也来过了。"停了一下，忽又问，

"邱丽华那人咋样？"

巫青文想了一会儿，说："嘻，还好。"

宝财叔却摇头："哼，我看呀，外地姿娘再好，也不入俗。她说了半天，

我一句也无听懂！再说，我……我咋看着她，横竖有那么点不顺眼哩？”

巫青文皱了皱眉，说：“是乜？您……觉着她哪点不顺眼？”

宝财叔吸着烟，蹙了半天眉，却还是摇头：“唉，让我说，我还真说不准呢。我只是有那么点感觉。”

巫青文惊诧宝财叔与自己有同样的感觉。本想将这些天对邱丽华的感觉对宝财叔说说，却还是忍住了。他转而说：“可能是跟她接触还不多吧，也许……看惯了，也就顺眼了。”说完，便瞥宝财叔。他想干吗跟他说实话呢？能管乜用？又还没到分家、请他公证决断的时候。

宝财婶这时插话：“青文说得有理，你勿老看着谁都不顺眼。”

宝财叔不满地瞟一眼老伴，却也无话。

巫青文趁机跟他俩告辞。宝财婶说：“你把带来的大橘拿走！”说着，便要去取大橘。

巫青文却挡住她：“这对大橘是给您俩食如意的。”

宝财婶一歪脸，嗔怪道：“嗨，正月正头，哪有收大橘的？”

巫青文说：“不一样，您俩是长辈！”

宝财婶笑：“你这么说，那我可就收下啦？”

巫青文说：“哪还用客气？”言毕，便真的走了。

巫青文带着身上的另一对大橘来到凤娇婶家，一见面同样掏出大橘拱手说：“凤娇婶，新正如意，我给你拜年来了！”

凤娇婶一见巫青文，脸霎时乐成一朵花：“彼此如意彼此如意！绍娟，快给你青文兄冲茶。”

绍娟高兴地答：“嗳！”她笑盈盈给巫青文让座，一边勤快地泡着功夫茶。绍娟正读高中，是凤娇婶的二女儿。绍娟的大哥已成家，独立出去。绍娟的弟弟还小，此刻没在家，大概到外面玩耍去了。

巫青文笑问：“咋么，你不去外面看热闹？”

绍娟说：“嘻，无意思！无非是舞狮、展彩旗之类，年年如是。”

巫青文说：“看你说的，再无意思，一年也只能看上一次呀！”

绍娟说："那你咋么不去看？"

巫青文连连摇头，自嘲道："我？嗨，老朽喽，岂有这个心思——对啦，你姐和姐夫还未来拜年吧？"

凤娇婶说："他俩明天来。"凤娇婶的大女儿叫绍梅，小时凤娇婶曾许诺她给巫青文做童养媳的，那时巫青文坚决拒绝。眼下，绍梅已当了别人老婆，丈夫是镇里的一个大夫，跟当老中医的父亲开个体诊所，赚大钱呢。

巫青文接过绍娟端过来的一杯功夫茶，喝了。喝完，便叹气。

凤娇婶见状，一拧眉，嗔怪道："瞧你，正月正头，就叹气，头彩多孬！"说着，她拉过一只椅子，坐下问："咋呢，又有乜不顺心事？"

巫青文瞥一眼凤娇婶，道："反正你不是外人，跟你说了吧！"他索性把珍珠来信的事说了，并把信掏出来，递给对方。

凤娇婶听毕，又看完信，双眼霎时亮成探照灯："青文啊，你可要积德。我早就跟你说了，你应该让珍珠返来。不说别的，你这群奴仔，咋呢说也不能无娘！"

巫青文问："我让她返来，就积德了？"

凤娇婶说："那还用说，难道你让她走绝路？！"

巫青文说："我要让她返来，乡亲父老们不戳我脊梁骂我？让乡亲父老咒骂的人，能算积德？！"

凤娇婶一下傻了。一会儿，急得嘴唇直抖："哎呀呀我说青文呀，你就不能少搭理那些闲话？你不想想你艰苦的时候谁来理你？那些说闲话的人会来理你吗？珍珠再丑再孬，也还是你老婆、为你生了整整六个奴仔。你也不看看她走了以后，你那个家还像个家吗？！"

巫青文沉默了。他埋下头来，双掌紧抱脑袋，边挠边叹气。一会儿，他说："我得走了。"说着，他站起来。

凤娇婶拦住他："嘿！话……还无说完呢！"

巫青文瞥她，苦着脸道："你……让我想想。"

凤娇婶说："还想哪！我劝你勿作孽，让她返来，好好过日子。"

巫青文望着对方，咂咂嘴说："我该走了。"说完，就真的走出门外。

凤娇婶在后面嚷："喂，把大橘带走！"话音刚落，绍娟已拿着一对大橘，追到巫青文跟前。

巫青文收住步，笑："你们收下吧。"

绍娟说："是收下了，我换了一对，这一对转敬。"说着，便把大橘塞到对方怀里。

巫青文也不再推辞，只是客气地笑。他把那对大橘揣进兜里，说："那……我走了。"说完，就抬腿。

凤娇婶和绍娟在门口目送，直到巫青文的身影消失。

巫青文揣着那对大橘来到巫初发家。一见面，便以同样的方式行礼："新正如意，我给你全家拜年来了。"

巫初发满面春风迎了出来："彼此如意彼此如意！"初发的老婆巧娇也笑着把巫青文迎进屋里，说："请坐吧！"

巫初发家正高朋满座，笑语飞扬。巫青文细一瞧，发现自己认识的人不多，他几乎是插不上话。他忽然记起初发家门口停着的那几辆摩托和一辆中型吉普。于是，他喝完两杯茶、抽完一根烟，便起身告辞。

巫初发也不阻拦，但他把巫青文送出门口，问："看你心事重重的，咋呢啦？"

巫青文淡然一笑："无咋呢。"犹豫片刻，又问，"青武说，初五还要去深圳，你那里离不开他？"

巫初发说："谁说的？嘿，跟你说，我那里何愁找不到他这样的人？他又不是技术工。"

巫青文眼睛一亮："那你就勿让他去！他一去，我家里哪里忙得过来？再说，当初让他去深圳，只是想让他娶到老婆。"

巫初发说："可他老婆不愿意现在就回寨仔山当家庭妇女！我……总不能拆散他俩吧？"

巫青文一时无话，接着叹气、摇头。

巫初发说："依我说，你勿太想不开，兄弟之间，一娶老婆，早晚得分开过。你……还是打好自己的算盘吧！"

巫青文说："哼，他要这么想就好啦！早点分开，省得我操心。"

巫初发道："那……你干脆提出分家吧！"

巫青文一撇脸，说："哼，我爹我娘早逝，我这个当兄的要先提出分家，不让别人戳脊背骂？"

巫初发皱了皱眉，若有所思地说："不过，让青武寄钱返家，似乎也不合适，因为你……你只是他兄。"

巫青文蓦然顿首，苦着脸道："唉，所以说我命苦！"停了一会，他抬起头，"实话说，我还有件更挠头的事……"

"乜事？"

"还有乜事，那老娼呗！"巫青文说着，把珍珠的信递给巫初发。

巫初发看完信，想了想说："唉！索性，你……就让她返来吧。不管咋呢说，你这个家得有个姿娘来撑。"

巫青文脸像灌了铅："那我这张脸还往哪块放？我还咋呢在街市行走？初发你是见了世面的人，你……你说说！"

巫初发一时无语，满脸难色，他狠狠吸了一口烟，吐出一阵烟雾。忽然说："你初五有事无？"

巫青文问："咋呢？"

巫初发说："跟我一起去玄武山拜佛祖吧。让不让珍珠返来，由佛祖裁定！"

巫青文蹙了蹙眉，阴暗的脸霎时亮了起来："不错，听佛祖的！"忽又说，"不过……青武他两口子初五要走。"

"不碍事，让他俩走吧！他俩坐早车去深圳，咱俩坐车去玄武山，不正好一起去车站？"巫初发说。

巫青文那沉郁的脸又一次阴转晴："嗯，就这么办吧！"

二十四

日挂中天。

天是蓝的，海也是蓝的。天与海连成湛蓝一片，缀以点点白帆。

天上飘着几缕白云，美丽轻盈，舒缓祥和。

海上泛起粼粼波光，闪闪烁烁，一派炫目。

海的北岸，便是粤东遐迩闻名的佛教圣地玄武山。此山山清水秀、古木参天、灵气透地。山上的佛教古寺元山寺，始建于南宋建炎元年（一一二七年）。自此，寺因山得灵，山因寺而闻名。近年来，玄武山佛祖已成了潮汕地区乃至整个广东顶膜朝拜的最高圣地。每年正月一到，此地更是灵气满道，朝拜者趋之若鹜，不绝如缕。

此刻，玄武山人声鼎沸、众生如云。众生之中既有平民百姓，也有高官名士，私车公车从几十里乃至数百里以外群集而至。他们都极其虔诚地前来烧香、拜佛、求签预测新年命运。

今天是正月初五，巫青文也来到了玄武山。他是跟着巫初发一起免费乘坐镇里的一辆面包车来的，同来的有镇长、镇建委主任、镇工商所主任和派出所所长。今天一早，当面包车开到巫青文门口时，着实把巫青文吓了一跳。巫初发却笑呵呵让他上车，还把巫青武和邱丽华一并带上，一直把他俩送到车站去乘坐开往深圳的长途客车。巫青文自打坐上那面包车，便如坐针毡，感到浑身不自在。后来知道那些官们也是要来玄武山拜佛祖的，他仍然是浑身不自在。以至跟青武他两口子分别时，本来就不想说话的他一时竟一句话也没说。他是一路不自在地跟着巫初发那帮人一起来到玄武山的……

阴森神秘的元山寺内，蓝烟袅袅、木鱼声声，众多的朝拜者正虔诚地跪拜于此。

此刻，巫青文跪拜于最前排处。他双手捧香、一次接一次朝高高在上的玄天上帝叩头。末了，他把燃烧的香插到香炉上，又抱起签筒，“咯嚓咯嚓”地摇筒筛签。寺里霎时充满“咯嚓咯嚓”的声响。响了一阵，便不响了。巫青文愣愣地望着那唯一一支从签筒冒出来一大截的灵签，双臂木了，也不再动。那支冒出的灵签上赫然地标着这么个字样——廿，这是灵签的号码。

巫青文双腿跪地，挪向左边，将那支廿号灵签捧给左边的一位老僧人。那老僧人寿眉长须，一直闭目捻珠念经。僧人闻跟前有生灵移动，遂睁开眉目接过灵签，瞅了瞅，问：

“这位兄弟，你卜婚姻，还是生意？”

“婚姻。”巫青文答。

僧人很快递过来一张红纸条，上面标着“廿·婚姻”，这是按灵签相应号码校出的签诗。签诗曰：

许了因何又不从
只因年命不相同
莫教勉强心无定
人忌相逢在梦中

巫青文打开红纸条看了签诗，问：“签诗看了，咋呢解释？”

僧人闭目答：“婚姻不成。虽然已相许过，但因年命不同、小人重重，若做成也恰似在梦中。”

巫青文浑身一激灵，愣愣地望着僧人。他抿了抿嘴，又问：“她已出走近四年，今想返回，我……能接纳她么？”

僧人眯着眼望了望巫青文，沉思片刻。少顷，僧人又递过来一张纸条，上面标着“廿·谋望”，这也是按灵签相应号码校出的签诗。签诗曰：

千谋万计事难成
枉走江山万里程
不如抽身且守候

不然别有事来惊

巫青文看完了签诗，又问："签诗看完了，咋呢解释？"

僧人闭目答："卜谋事难成。时运不到，应耐心等待。若要谋之，恐有惊阻祸非失败之危险。"

巫青文听罢，浑身一颤，愣了。愣了好久好久，状如木雕。原本，他还想卜问生意、财运、健康状况等等，现在，他感觉自己仿佛孤身置于严冬寒夜，令他毛骨悚然，他不敢继续卜问。

巫青文心情沉重地走出寺门，在寺院里的一棵参天古木下停了下来。他抬头望了望高耸云天的古木，望了望古木之上的苍天，一动不动。

这时，巫初发满面春风地从后面追了上来。他站到巫青文跟前，眉飞色舞："青文啊这玄武山佛祖真是太灵了！你看我的生意签——"他把红纸条递到巫青文眼前，绘声绘色地念那签诗："生意兴隆财利开，河有桥来天有阶；五洲四海皆可旺，有勇有智有厚财。咋样，你的签诗呢？"

巫青文脑际一阵轰鸣，仿佛被谁击了一棒。他强撑着自己沉重的头颅，望了望巫初发身后的那些同车而来的、都喜气盈盈的官们的脸，又仰头望了望古木之上的苍天，忽然感觉到天旋地转……

二十五

初七到了。按潮汕传统风俗，正月初七早餐必吃"七样菜"，以此宣告喜气热闹的春节的结束、新一年的生计的开始。顾名思义，"七样菜"是将七样不同种类的青菜炒在一起而成。

正月初七那天，巫青文全家刚吃完早餐、吃了"七样菜"，忽然间，所有的目光都不约而同地投向自家的大门——巫家那虚掩的门被推开了，门口站着的正是珍珠。珍珠穿的竟然是四年前离家出走的那套衣服：一条蓝裤、一件红格布衫。她的模样依然是四年前离家出走的那种模样：一张圆圆的苹果脸被一头齐肩的有些发红的短发包围着。此刻，珍珠抿着嘴、挎着布包站在门口，没敢跨入门槛。她那双红润的眼睛深情又焦灼地注视着丈夫巫青文，她在等待巫青文的决断。

二妹三妹四妹五妹和宝仔却喜出望外，他们几乎是异口同声地喊出一声“娘——”。然后，便小鸟见母亲归巢似的，纷纷张开双臂扑了过去、紧紧地围住娘。娘浑身禁不住一阵颤栗，那辛酸的泪水扑簌簌往下掉。

巫青文苦着脸埋下头来，双手紧紧地抱着脑袋，像抱着颗地雷。他感觉到那地雷正在升温、嗡嗡地响，随时都可能爆炸！他就这样不知所措地抱着、抱了一阵，却仿佛过了整整一个世纪。末了，他终于仰起头、站起身，一步步走到门口，抿了抿唇，对珍珠说：“你……食未？”

珍珠一激灵，睫毛和唇都抖着。紧接着一咬唇，那圆圆的苹果脸摇得像货郎鼓、泪水又扑簌簌往下淌。二妹三妹四妹五妹和宝仔跟娘一起，把目光投向爹。

巫青文涨红着脸说：“都……过来吧！二妹，锅里还有粥无，你……给她弄点食的。”

“嗳——”二妹欢快地应答。二妹三妹四妹五妹和宝仔的脸都霎时活跃起来，他们把娘拥入大厅，高兴得直抹眼泪。

巫青文却迅速关上大门，还上了闩。末了，他瞥一眼珍珠，不再说话。他低着头，径直走进自己房间，半天不见出来。

珍珠坐在大厅那张八仙桌上，心神不定地喝粥，吃大家吃剩的“七样菜”。二妹三妹四妹五妹和宝仔泪眼汪汪而又无不喜悦地拥着娘，不时找话题跟娘说话。

珍珠喝完粥、吃完“七样菜”，巫青文便走出里屋。他一走出里屋便冲奴仔嚷：“你们……该干活的干活，该玩的出去玩，勿都围在这里，听见无？”

二妹三妹四妹五妹和宝仔在爹的逼视下，很快散去。

大厅里很快剩下巫青文和珍珠。两人的目光闪电般撞在一起。只是珍珠那眸子是红润的，那上面交织着哀怨、忏悔和无限温情，而巫青文那眼缝里却流露出茫然和冷峻。

许久，巫青文垂下头说："初五，我去玄武山拜佛祖了。别人都说，玄武山的佛祖最灵，你……信不信？"

珍珠那汪汪的眸子飘出来一丝疑惑。她抿了抿嘴，不住点头："信、信！"

巫青文瞥珍珠，说："我也信！"说着，从衣兜里掏出在玄武山拜佛祖求到的那两首签诗，递给珍珠，"你看看吧！"

珍珠接过那两首签诗，怀里像揣着一只兔子，扑扑狂跳，她没敢立即去看。她凝视着丈夫、把签诗紧紧捂在胸口，强迫自己镇静下来。然后，她慢慢展开签诗，猛一瞧，眉头不由得一颤、又一跳，很快，双眉又紧紧扭曲成一团。她那双并不美丽的眼睛，先是飘忽，继而恐慌，最后是一派绝望、茫然。她万万没有想到，丈夫去玄武山求到的签诗与自己去年在崩山求到的签诗，竟然一模一样！

巫青文带着复杂的心情注视着珍珠，黝黑粗糙的脸依旧流露出严峻。许久，他低垂着头说："就算我同意让你返来，可老爷（佛祖）不同意。咱俩……恐怕是前世无缘、命中注定！反正，奴仔你也都看到了，他们都好好的，你……走吧！"

珍珠早已浑身颤抖，泪流满面……

二十六

正月初八早晨，珍珠死了。

那一天，日头刚刚从天边升起。日头洒下万道霞光，照得寨仔山和寨仔山村一片血红。

珍珠的尸体是被早晨挎着竹篮去溪边洗衫裤的妇人们发现的，那尸体挂在寨仔山下、小溪旁边一棵不高不矮的苦楝树上。妇人们发现珍珠那悬挂的尸体时，都惊恐得丧魂落魄，那齐刷刷尖利的惊呼声霎时冲天而起，震得整座寨仔山和寨仔山村瑟瑟发抖！

巫青文也万万没想到珍珠真会去上吊自杀。初七上午，珍珠看完丈夫递给她的那两首签诗，便哭、哭完，她平静下来，掠了掠头发，然后就走。走出门外，却一下被二妹三妹四妹五妹和宝仔团团围住，他们纷纷问："娘，你去哪块？你可不能再撇下俺们！"

珍珠一激灵，泪眼汪汪地回望了一眼大门口愣愣站着的丈夫。又收回头来，一个接一个地瞅眼前自己亲生的五个奴仔，一个接一个地抚摸他们，然后一咬唇，苦笑："嘻！放心，娘不走了。娘……要永远留下来。"

宝仔紧紧抱住娘的两条腿："那您现在去哪块？"

娘说："我……我去墟上买些东西，就返来。"

宝仔说："你勿骗我！"他把娘的两条腿抱得更紧。二妹三妹四妹和五妹也满脸疑惑、紧紧地围住娘。

娘又一声苦笑，说："我骗你们乜事？不信……去问你们爹。再说，早上我不是在家食了粥和七样菜了么？"这么一说，宝仔才半信半疑地松了手，二妹三妹四妹和五妹也才给娘让了路。

巫青文确实没有想到珍珠真会去死。因为珍珠临走时，他忍不住安慰说："你……要想开点。"珍珠一咬唇，似乎是点了点头，接着才走。眼下，二妹三妹四妹五妹和宝仔蜂一样扑在已被从苦楝树上卸下的珍珠的遗体上，哭得撕心裂肺、哭得死去活来。巫青文终于相信眼前的一切都是真的，他那狭窄的眼缝此时也不由自主地冒出两行浊泪。

按潮汕遗风，在外边死的人遗体是不能入寨的，更不能抬回家，何况死者是遭大多数村人唾骂的珍珠。于是，珍珠的遗体便只好暂停放在小溪边那棵苦楝树下。巫青文倾尽家资，连搜带借凑足百来块钱，与堂兄弟巫惠平巫惠安等人到墟上买了一口还没来得及上油漆的棺材，当天下午便匆匆把珍珠埋掉了，埋在寨仔山下那块杂草丛生、乌鸦出没的坟地上。

珍珠终于永远留在了寨仔山下。然而，寨仔山村的人对她的谩骂和憎恨却达到了无以复加的地步。寨仔山村的老头老太太都说："珍珠那臭娼活着时无个好样，死时也不想积德！她别的地方不去死，咋呢偏偏死在咱寨前哪？真是狼心狗肺、故意辱没寨风，看把咱全寨的好运气全冲掉了！”于是，寨仔山村的人便都咬牙切齿。人们不由自主地把憎恨倾泻到巫青文身上，大家都把他和他全家视为不祥之物。

从此，巫青文便更加孤独了。寨仔山村和四乡邻里的父老乡亲遇上婚丧嫁娶，也不再请巫青文到自己家去油漆家具了。

（原载《中国作家》2014年第12期）

短篇小说

遥望爱情

柳和强初次见面是在首都机场的绿色通道口处。柳是送丈夫鹏赴美留学，强则送妻子梅赴美进修。

那一天，柳对丈夫的缱绻柔情在通道口处被拦腰斩断。只听得脑门轰然一声，心像被扯了去，柳那憋得发酸的清泪便决口而出，柳只感觉有无数热乎乎的软虫子争先恐后地逃出眼眶，然后把两边的脸颊搔得痒酥酥的。柳没去抹那虫子，她把软软的身子倚在入口处那银灰色的铝合金房子旁，看着鹏在自己的视野里被一片汪洋吞没直至消失。柳浑身抽搐、颤栗不已。

不知过了多长时间，柳的耳边忽然迸起一个声音——

“这位小姐，你快别哭了，又……又不是碰上啥坏事！”这声音有些焦急。

柳那长而黑的睫毛被震得抖了起来，她那如水般美丽的眸子里现出了一张陌生男人的面孔。

“你……你是谁，你干吗？”柳一抖精神，警惕地站稳了自己的脚跟。

“我叫强，我也刚送走爱人。我怕你哭成泪人，化成了水，”陌生男人平静而温和地说。

柳蹙了蹙眉，忽然记起眼前这张面孔刚才是见过的。可柳还是没好气地说：“我哭，关你什么事！”

“是不关我什么事。可我要不在这儿，你这掉在地上的坤包，恐怕也让人捡走了，”强说着，把一个黑色小巧的坤包递还给柳。强依旧满脸温和平静。

柳一惊，赶紧接下坤包，打开瞧一眼，感激而歉意地一笑：“是吗？这么说，我……我应该谢谢你！”她紧紧夹住坤包，坤包里装有工作证、身份证和两百来块钱。

强宽厚一笑：“没什么。我只是觉得，你不该哭。哭不是好兆头，你应该高高兴兴送走他才是。”说罢，强收敛笑容，想着什么。

柳慌慌地用白皙的手背擦了擦脸颊，噘起小巧的嘴：“哼，我看你是木头疙瘩！你爱人远离你去美国，你一点不难受呀?!”

强抿了抿唇，眼眶红而潮润。他瞥着柳说：“跟你说吧，男人跟女人不一样。男人是座沉默的火山，但你不能因为它沉默，硬说它是座死山！你们女人是冰山，见热就化，可要全化了怎么办？你让你爱人为你担惊受怕呵?1”说完，强扭身便走。

柳猛然发现、道口处正孤零零剩下自己了。她一惊，紧追几步挡住了强：“对不起，我是不是惹你生气啦？”

强收住步，平静地说：“不敢。”

柳仰着脸，撇着嘴嗔怪：“尽骗人！还是个男子汉呢。没生气你咋一脸不高兴？”

强“扑哧”一声，被对方那一本正经的样子逗笑了。“难道你叫我不哭就非得笑？你不是认为我妻子走我一点不难受吗？跟你说，我……我这心像被掏空了！”强很快收敛了笑。他那男子汉的眼眶依然红而潮润。

柳仰望着眼前这位铁塔般壮实又不乏沉稳的男子汉，不由得埋下头来，喃喃道：“很抱歉……我实在是不了解你。”

强温和地说：“怎么称呼你？”

柳抬起头来，脸开始漾出笑意：“我叫柳，柳树的柳。

强“噢”了一声，下意识注视她。他惊奇地发现眼前这位年轻少妇亭亭玉立、眉目清秀，她那头长长秀发，柔和的脸，白皙的皮肤，婀娜的身姿，简直就如一棵柳树，看上去虽然柔弱，却让人喜欢、怜爱。强于是温和地说："咱俩一块走吧。"

柳高兴地答："嗳。"

于是，柳和强肩并肩走出候机大厅。走到停车场，强主动招来一辆"TAXI"，俩人双双钻了进去。

出租车沿着树木茂密的机场路向城里疾驰。柳和强并排坐着，眼却分别从左右方向打量着车窗外的景色。

时值深秋，草和树木虽仍茂密，却已失却了春的朝气，夏的繁荣，取而代之的是一种日暮途穷、没精打采的枯黄色。秋风萧瑟，有片片落叶从车窗前飘然而过。

柳和强此刻都不约而同地收回目光，那目光冷不丁又一同撞在车厢里。于是俩人不由自主地微微一笑。这笑很有分寸，他们的脸很快恢复了平静，却似乎都觉得不该就这么平静下去。于是，他俩发出的声音也不约而同——

"你爱人是去美国的哪所大学？"

他们的声音撞到了一起，于是禁不住相视而笑。笑毕，还是强抢先回答：

"她去波士顿大学。"

"是吗？"柳兴奋起来，"我爱人也去波士顿大学！"

强惊叫起来："嘿！"他一拍大腿。连连惋惜，"早知道，该找你爱人一块去路上好有个照顾。我爱人是一个人去，她可从没出过远门。"

柳说："是呀，是呀，有个伴总比没个伴好。再说，我爱人也是一个人去。"

"是吗？"强注视着柳，目光灼灼，你爱人坐的是第几次航班，第几号座位？"

柳说："去纽约的 CA98航班，座号28。"

"哟，真巧，我爱人与你爱人是同一次航班，座号是29，他俩的座号紧挨着！"强撑着脖颈，眼睛放亮。

"是吗？"柳几乎惊叫，她那如水的眸子也流光溢彩。忽面，柳似乎意识到了什么，眸子里那光彩渐渐暗淡下来。她转回脸，默默注视前方。

强蹙着眉，诡异地注视着柳面部的表情的瞬间变化。少顷，他似乎也意识到了什么，那目光也暗淡下来，也陷入沉思。

一会儿，柳转过头问："对啦，你爱人去那儿学什么专业？"

"美术，你爱人呢，他去学什么？"

柳一激灵，似乎是惊叫起来："你瞧，为什么都这么巧呀，我爱人也去学美术！"说完，柳用一只雪白纤巧的手指按着唇边，寻思着什么，那表情让人捉摸不透她刚才是高兴还是担心。

强蹙了蹙眉，问："你怎么啦？"

柳擦了擦头发，歉意地笑，"没……没什么。"

强沉默片刻，说；"不管怎么说，他们俩在一块，相互间有照顾，也不至于那么孤独，你说呢？"

柳不经意地点头赞同："是啊。"

接着是长长的一段沉默。出租车嘶嘶地甩着马路，轻微和缓的颠簸填满人的感觉。

车进市区，强感觉自己的心跳不由自主快起来，他侧脸问柳："你在哪下车！"

柳抖擞精神，说："团结湖，你呢？"强告诉司机，让他先把车开往团结湖。

柳感激地瞥了对方一眼，没说什么。

车到团结湖中路，柳拿出钱包，强却按住她的手，说："别太见外了，快下车吧，努，这是我的名片，有事你可以同我联系。"

柳接过名片，心怦怦地提到嗓子眼上，她涨红着脸，"谢谢，可……可我没名片。"强宽厚地说，"没关系，你要找我，我不就能找到你啦！"柳目光几分温柔，几分歉意，笑着说："这倒是。"说着，柳钻出车门。

分别的一刹那，柳和强都感觉到一种怅然。

一周之后，强多少有些意外地接到柳的电话，电话是打到强的家里来了。强平静了好几天的心湖霎时荡起一串涟漪，几近麻木的精神抖然腾跃起来，强惊喜地握紧话筒："是柳吗？你……你在哪儿？"

柳说："在家呢，喂，你爱人给你信没有？"

强说："早着呢，少说也得十天。"

"唉——得十天哪？真急死我了！"话筒中传来柳粗重的喘息声，柳似乎正在竞争百米赛跑。

强说："瞧你急的，你爱人怎么不给你挂长途？"

柳说："说好要来长途的呀，可我就是没等着。怎么，你爱人给你来长途了！"

强说："没有，不过，原本就没说死一定来长途的。去前我对她说了，路上要有什么麻烦就一定来长途，看来，她路上很顺。"

"什么？你这人真逗！她路上要有什么不顺，连电话都打不了怎么办？"

强说："可她路上要一点没问题，长途却偏偏挂不通，那还不把我给急死呵？！"

"瞧你，你这人怎么这么逗呵！"柳有些气急败坏，内心却憋不住直乐。

强"扑哧"笑了。强说："怎么，我说得不对？依我说，你就放心吧，他俩不会有什么事的。你要是闷得慌，欢迎上我这儿来说说话、散散心。"

柳却连连推辞："不啦不啦，我只想问问情况，再见！"

电话不断传出"嘟嘟"的忙音，强愣愣地抓住话筒，怅然若失。他一声苦笑，无可奈何地重捧起书，可那书上的字黑压压像黄昏时分的排排蚊虫，嘤嘤嗡嗡，张牙舞爪……

一晃就到了第十天。

这天中午，强正想去食堂打饭，便接到了柳的电话，这电话完全在强的意料之中。

"我猜你一定没收到你爱人的来信，"强说。

柳说："怎么，你也没收到你爱人的来信？"

强说："那当然，他俩都去波士顿大学，信在路上的时间是一样的。"

柳说："照你看，他俩会同时去发信？"

强先是一愣，接着苦笑："唉，你别误会，我是说，他俩是同机到达的，一般也都会刚到达便首先给亲人写信寄信，你说呢？”

柳犹豫片刻，说：“那倒是。可这是怎么回事呀？你不是说十天能收到信吗？”

强笑：“嗐，我说的是一般十天能收到，哪能都那么准时？

柳说，“这…这可怎幺办呐？真急死人！你难道一点不焦急？”柳已急出哭音。

强说；“我感觉自己的心像被泼了辣椒油！你说急不急？可急有啥用？我说呀，你可千万别急出毛病来，没准明天就来了呢。”

柳不耐烦，“明天明天，我……我都快受不了啦！”柳依然现出哭音。

强说：“我跟你一样急。可我预感明天能收到信。”

柳说：“真的，你凭什么？”

强说：“凭第六感觉。你要不信，咱俩打赌？”说完，强自己都感觉意外，可他只想安慰对方。

柳一愣：“打赌？赌什么？”稍一犹豫又说：“算啦算啦，我哪有这个心思，我才不相信呢！”

强说：“你千万别急出什么毛病。要不，我去看你？”

柳几乎是毫不犹豫地说：“我去看你吧，你的家怎么找？”柳早有自己的主意，这几天她有一种越来越急切的愿望，那就是去看强爱人的照片。

强愣了一下，有些意外。但他爽快地把地址告诉了柳，并约定了时间。

晚上七点钟，柳如期而至。柳一进强的屋就感觉呼吸紧张，心跳加快。她睁大美丽的眼睛，左顾右盼，终于迸出来一句话：“怎么，家里就你一个人？”

强说，“是呵，我俩才结婚半年，反正是不可能有孩子。”

柳一怔，心想：真是见鬼，自己也刚结婚半年，他怎么又跟自己一模一样？她掠了掠头发，竭力镇定自己：“我是说，你父母没随你一块过？”

强说：“以后吧。反正现在没有，他们都还在长春呢。我猜，你眼下也是一个在北京吧？”

柳连连否认：“不，不，我妈跟我在一块。”话一出口，脸颊感觉像着了火，这是她生平第一次撒谎。

强笑了 :“喝，有你妈和你做伴都急成这样，要是你一个人，你还不天天做恶梦！”说完，强转身去洗橘子。

柳愣了，她感觉血在往上涌。她没想到强无意间戳中了她的隐私。她虽不是天天做噩梦，但却是真真实实做了两次噩梦。一次是梦见鹏坐的那架飞机坠入了太平洋（导致她第二天晚上首次给强打电话），第二次是昨天夜里梦见鹏带着强的爱人去舞厅跳舞，跳得好开心好开心，鹏还把一枚金灿灿的宝石戒指戴到对方的手指上。

此刻，强笑盈盈地给柳送过来一只黄澄澄的橘子。柳接下了，却没有道谢。柳急切地问 :“能让我看看你爱人的照片吗 ?”

“随便看吧。”鹏指了指写字台玻璃下的照片。

柳猛一瞧，感觉血冲脑门，面部热辣辣像冬天暖气片。她“噢”地一声，想说 :“真漂亮。”却转而说 :“你真有眼光！她怎么称呼 ?”

“她叫梅，”强注视柳，颇具意味地笑，“你爱人不也很有眼光吗 ?”

柳满意地笑，又说 :“怎么，就这么两张照片呀 ?”

于是强又搬出两本相簿。

柳一边吃橘子，一边默默翻看相簿。照片上风景和画画令人赏心悦目，有高山、大海、公园，草地……每一处，强和梅不是互相依偎，就是开心地嬉戏。这不由得使柳怀恋起自己与鹏相伴的那些日子。柳忽然担心，鹏在美国会不会爱上梅呢 ? 这念头刚一闪现，柳那温热的心便不由得一阵抽搐。呵——不，不，鹏不会的，离别前鹏曾再三向自己保证，绝不会做对不起自己妻子的事。可要是梅爱上鹏呢，鹏能做到脸不变色心不跳吗 ? 柳现在不得不承认，梅长得的确漂亮，至少与自己不相上下。古人说，英雄难过美人关。何况他俩双双飞到美国，都是断了线的风筝，免不了有缠到一块的时候……这么想着，柳的心酸溜溜的，眼前的照片也不由得模糊起来。

“咦，你别光看照片，快吃橘子呀！”强的声音让柳吓了一跳。

柳慌慌地抬起头来，歉意地笑，并把一瓣橘子送进嘴里。柳低着头问 :“你俩是怎么认识的？”

强鼓着腮帮，瞪着眼吞下一瓣橘子，说；“很简单，我是医生，她是病人。她来找我看病，我俩认识了，她爱上了我。”

柳一惊，差点没把送橘子的一只手指咬出血来。她刷地收回手指，另一只手爱怜地不住揉搓。

“怎么啦？”强吃惊地问。

“哦，没什么没什么。是我差点把手指咬破了。”柳歉意地望强，内心却七上八落地打鼓。她想真是活见鬼！自己怎么真的什么事都与强对上了？自己与鹏的结合也是疾病当的红娘。自己因为当护士认识了当时常来电疗的鹏。所不同的是自己先爱上了鹏，自己让鹏的风度和学识吸引了。

强正兴致勃勃地想问柳是如何认识她爱人的，柳却站起身说：“对不起，我该走了。”

强于是惊叫：“嘿，还早呢，你怎么就走？”

柳歉意说：“不早啦，我……我怕我妈等急了。”

强说：“再聊一会吧，要不你现在先给你妈打个电话？”

柳像是踩了蛇：“哦——千万别、别，改天咱们再聊吧。”

她连连摆手，作出阻拦强的姿势。

强说：“那我送你回去吧。”

柳又一惊，连连摆手：“哦……千万别，别，我自己走。”她说着已退了几步，作逃跑状，生怕让强吃了似的。忽然她回头问强：“你真的觉得明天能收到信？”

强抿了抿嘴，说：“我想应该能。”

“但愿能！”柳说完，走了。

强站在门口，若有所失地目送着柳的背影。

柳一夜未眠。她一个人躺在床上，辗转反侧，脑子乃至满屋子都塞满了梅的那张脸。

柳不由得想起自己与鹏确定领结婚证对，鹏对她说的话：“其实，我身边的女孩有的是。”鹏瞥柳，柳的心被浇了一盆冰水。鹏继续说，“我选择了你，不仅只是你的美丽，更重要的是你的纯情，专一，对我百依百顺。你简直就是美丽圣洁的天使，令人怜爱的小羊羔，我很愿意你这样的女孩当我的妻子。”柳的心又像捂上了棉絮，暖融融、痒酥酥的。可现在柳后悔没反问鹏一句：“你是否也能保证对我忠诚专一？”鹏是搞工艺美术的，在国内的时候，鹏接触的女孩的确不少。柳把握不住鹏在别的女孩面前是否能对自己忠贞专一。”转天一早，柳早早来到医院上班，心里既焦躁又兴奋。她竭尽全力希望今天能收到鹏的来信，再收不到，她的心都快碎了。

中午的时候，柳如愿以偿。柳揣着鹏的信，怀里像揣了只兔子，她的心狂跳，几乎快要透不过气来。别人都吃饭去了，她一个人躲进休息室，一遍接一遍读鹏的那封信，整个进入了高度亢奋状态。鹏说，从北京到纽约，再到波士顿，我一路平安。一到波士顿我便给你挂长途，可北京那边总挂不通，真急死人，你知道我是多么惦记你啊！鹏说，现在我们已正式上课，很忙很忙的，恐怕会忙得写信的时间都没有。你一个人在北京，一定要多多保重！……柳读着读着，滚烫的泪水便一溜儿爬出眼眶，灼着脸颊。

正在这时，电话铃响了，响得那么急促。柳猛一惊，慌慌地擦了擦泪，走过去拿起话筒。是强打来的，柳已能判定那熟悉的声音了。

强显然也分辨出柳的声音，柳刚一接话，强便问：“我猜你是柳吧？”

柳高兴答：“是我。”

强说：“怎么样，收到你爱人的信没有？”

柳快乐无比：“收到了收到了，你也收到了吧？”

强说：“收到了。”

柳说：“你还行，真让你猜准了。”

强得意无比：“那还用说，我最信我的第六感觉！”

柳问：“你爱人信上都说什么了？”话一出口，才感觉唐突。

强却没在意，说：“噢，她什么都说了，可有一点没说，我觉得纳闷。”

柳说：“她哪点没说？”

强说：“她……她怎么一点没提到你爱人呀？”

柳怔住了，感觉胸口像被谁撞了一下。话筒中却仍传出强的声音：“你爱人的信中提到我爱人没有？……喂，你怎么啦，你说话呀！”这时候，柳那零乱的思绪才被强急切的催促扯出半截头绪来，柳慌慌地说：“是呵，我……我爱人怎么也一点都没提到你爱人呢？这就怪了！”

沉默，长长的一段沉默。最终还是强打破了沉默。强一笑，说：“也许是他们要说的话都太多，也太兴奋，都忘了吧？”

柳喃喃应答：“也许……是这样吧。”

北京城被夜吞没了。路灯下，秋风搂着片片落叶在行人稀疏的大街上尽情舞蹈。

柳病了。下班时，她双腿像灌了铅，撑着那沉重的头颅步履蹒跚地回到了自己那个孤零零的家。一进家门，她便整个瘫倒在那张双人席梦思上。

此刻，她感觉全身像着了火，手和腿时热时冷。脑袋象一只正在充气的热气球呼呼地膨胀，仿佛随时都会爆炸。窗外是“嗖嗖”的秋风，那凄厉的风声让柳感觉耳鸣，整个世界像在坍塌……

喉咙像被烤焦了，柳渴望喝下天底下所有的水。她竭尽全力撑起身子，想倒口水喝，可开水瓶是空的。她绝望地瘫回床上，感觉自己快要死了。她想着应该给谁打个电话，给谁打呢？给医院同事，能找到的，也都在值班，根本就来不了。朋友当中，知心的没有，不知心的又不合适。想来想去，她想到了强，强是大夫，眼下只有他最合适，再说自己还有话想对他说。柳于是重又支起身体，有气无力地给强打了电话。

强听说柳病了，急急地赶来。一进门，柳脸色苍白地倚着门板，告诉强：“你……你先帮我烧点开水，渴……渴死我了！”

强一惊，问：“你母亲不在？”他一边说，一边把柳扶到床上，让她躺下。柳淡然一笑，摇了摇头。

强迅速地为柳烧上了开水。紧接着为她打针。喝水，吃药，忙完这一切，柳所有的体力全耗尽了，她沉沉地睡去，睡得全无知觉。

柳醒来的时候，发现屋子里灯光灿然，强守在写字台前，专心致志地看书。她一惊，挣扎着撑起身来："这……怎么回事。"

强转过身，温和地朝她笑："你发高烧，烧得厉害，我不敢离开你。"

柳"噢"了一声，脸霎时红了，红得像美丽的云霞。她慌慌地问："都……几点啦？"

强站起身，说："十二点。"

柳目瞪口呆，既而满脸歉意："真对不起，我……我一点都不知道！"

强依旧温和地笑，"你要知道，我早就该向你告辞了。怎么样？感觉好些没有？"

柳感激地望他："好多了，真该谢谢你！"

强说："别谢了，你该吃点东西。我想给你煮点粥，却不知你的米放在哪儿？"

柳说："我自己去煮！"说着，便要起身。

强按住她，说："你躺着吧，你告诉我，我来。"

柳争不过，只好让强去了。强进厨房忙了一阵，走回到柳床前。问："你母亲上哪去了？"

柳瞥强，笑："她在长春呢！"

强惊叫："怎么，你也是长春人？"

柳点了点头。

强霎时眼睛放亮："嘿，你怎么不早说呢！"

柳淡淡一笑："我有意让你猜。"紧接着又说："我没想到自己会病成这个样。我以前可是很少病的。"

强说："是你精神太紧张了。就像弓上的弦，绷得太紧，会断的，你需要好好休息。"

柳说："我真不知道该怎么感谢你。我得写信告诉我爱人，就说我遇上了好人。"

强说："你可千万别告诉他！"

柳问："为什么？"

强下意识地瞥她，说："你不怕他多心？"

柳怔住了，脸一红，埋下头来："这倒也是。"继而，又抬头问："对啦，你说，你爱人和我爱人既是同机相识，又同去一所大学，怎么都压根没在信中提及对方呢？"

强瞥柳，意味深长地说："这是一个谜，斯芬克斯之谜！"

柳不以为然："这谜好解，我可以写信问。"

强说："怎么问，问你爱人是否在飞机上结识一个叫梅的女子？"

柳使劲点头："是呀。"

强连连摆手："不能这么问，要问，也只能虚点问，就问在那边孤独不，是否有其他北京去的留学生做伴？"

柳蹙了蹙眉："为什么？"

强说："你爱人要反问你怎么知道有个叫梅的，你怎么答？你让他也整天不放心你呵？"

柳抿着唇，眨了眨眼，若有所悟，忽然问："说真的，你能保证你爱人出了国对你忠贞不渝吗？"

强皱了皱眉，抿了抿唇，"我对她还是了解的，按说，她不会做出格的事。可环境一变，也难说。就是机器，也有不听使唤的时候，何况人呢！你——"他忽然抬头，意味深长地望柳，"你是否能把握住你那位呢？"

柳迎着强的目光，那双柳叶眉曲成了蚯蚓，一会儿，那蚯蚓拉长了，柳说，"我的感觉怎么跟你一模一样呢！"

强没吱声，他走进厨房，给柳端出来煮好的粥，又给她留下些药，说："我该走了。"

柳感觉自己的心房被猛然扯了一下，她的心紧缩起来。柳瞥了一眼铁塔般粗壮的强，慌慌地说："你……你也喝点粥吧！"

强背起药箱，笑："我不饿，你要是觉得身体没事，我这就走。"

柳感激地望他："我……好多了。"

“那就好，你好好休息，我明天再来看你，”说完，便跨出门，脚步声渐渐消失在夜的孤寂之中。

柳怅然若失，一股从未有的孤独蓦然攫住了她的心头。霎时，酸溜溜的泪水涌出她那清秀的眼眶，扑簌簌往下掉……

一个月之后，柳和强几乎同时收到了爱人的第二封来信。

柳读着鹏的来信，感觉自己的心“呼呼”地往下坠。鹏的信除了说学习紧张并已找到一份工打之外，几乎没有一句充满温馨的话，更令柳不安的是鹏竟然一点没提到强的爱人梅，又轻描淡写地说身边几位中国留学生，不算孤独云云。

读完信，柳当即给强打了电话，把情况告诉了他，并急切地问梅是否提到了她的爱人鹏。强几乎是斩钉截铁地说：“没有，她只说身边有的是中国留学生，所以还不算孤独、请我放心。”

柳当即说；“这……这怎么回事啊？真让人纳闷！”

强说：“是让人纳闷。”又说：“不过……你别不高兴，这样吧。今晚，我请你去看文艺晚会，散散心，怎么样？”柳问：“什么晚会？”强说：“《特别的爱献给特别的你》文艺晚会，在工人体育馆，大陆、港台歌星同台演出。”

一个月来，柳和强已成了无话不说的朋友了。柳这时爽快地说：“行！下了班我去找你。”

这天晚上，柳和强看完文艺晚会，兴高采烈地随如水般的人流走出工人体育馆，他俩并肩走着，兴趣盎然地谈论着观后感，眼前的世界好象忽然间没有了烦恼。他俩正谈得入神，柳不小心一脚却踩脱了前面的一只鞋。“哇——”地一声，那只鞋的主人先是发出杀牛般的号叫，紧接着又一把将正在发怔的柳拽住，疯狂地推搡，同时把一连串不堪入耳的脏话喷将过去。柳痛苦尖叫。

强霎时挺身而出，铁钳般的手腕钳住那只疯狂的“牛爪，客气地推了回去。强说：“有话慢慢说，可不许撒野！”

“喝——”那“牛”鼓出眼珠，恶狠狠道：“你是谁？跟你说，你要不是她丈夫，就快滚一边去，省得自找麻烦！”

强怒目相对："我就是她丈夫。她踩着你，我向你赔不是，有伤我送你上医院，但不许得理不让人！"他用铁塔般的身躯护住身后的柳。柳怦然心动，脸热得像着火，羞愧无比，真恨不得钻进地面。一紧张，却不由自主地搂住强的腰身，惊恐地紧贴在他身后。

"牛"开始撒野，与此同时，另两只"牛"也狂号着猛扑过来。

强不慌不忙，没待柳明白过来是怎么回事，强已一个一个把对方摔倒在地，摔得他们东倒西歪，嗷嗷乱叫，又纷纷抱头鼠窜，眨眼间跑得无影无踪。周围一片叫好声。

柳猛扑上前来，问强："你……你没事吧？"

强轻松一笑，拍了拍手掌，道，"没事，咱俩走吧！"

于是，柳和强双双挤上公共汽车。

下了车，柳才松了一口气。紧紧依着强，不无温柔地对强说："喂，你真行！啥时候学的这两下子？"

强笑呵呵说："小时候爷爷就教我练武术，大学时我是学校武术队队长。"

柳深情地看着强："刚才快吓死我啦，真该谢谢你！"

强说："谢什么，咱们走吧！"

他俩又肩并肩，默默走着。俩人似乎在回想刚才的场面，却又分明感觉到有美妙神秘的温馨，暖风一样在胸间回旋摇拽。

强把柳送回家门口，便说："我该走了！"

柳立时便感觉心中一片空寂。黑暗中，她久久注视强，四目相对，空气有些凝固。柳忽然说："急什么，先别走！"说完，开了门，走进去，揿亮灯。强于是跟着进了屋。

刚掩上门，柳一下便扑到强怀里，像搂住一棵参天大树。柳说："今晚我不许你走，我……我怕！"

强感觉有一种等待已久的欲望暖烘烘痒酥酥往上涌，心在怦怦狂跳，浑身的毛细血管骤然间也全都张开了，呼呼地喷着热气。……这一夜，他俩没有分开。

打那以后的每一夜，他俩都没有分开。

强曾问柳 :“你不后悔 ?”

柳反问 :“你后悔啦 ?”

强笑 :“哦——不！我……我高兴！”又问“我是说，万一让鹏知道了，你怎么办 ?”

柳笑 :“那有什么 ? 他跟梅在一起，心已不属于我了！他要是知道了，咱们就结婚，也成全他俩，你说行吗 ?”

强望了望柳，不置可否。

有一天夜里，柳在自己那间温馨的小屋正和强难舍难分如痴如醉地共享欢愉，床头柜上的电话机骤然响起来，响得急促，不讲情面。柳蛮不高兴地嘟囔着 :“真讨厌，谁那么烦人这时来电话！”说着，还是去接电话。

电话刚一靠近耳边，柳惊异得目瞪口呆，“你说什么，你真的是鹏 ?”她大声追问。

“是我呀，我是鹏！我现在在波士顿给你打电话，难道你听不出我的声音 ?”话筒里传出清晰而熟悉的声音。

沉默，长长的一段沉默，柳回头望强，傻了。

话筒在焦急地呼叫 :“喂，喂喂，亲爱的，你怎么啦，你是不是病了，你哪不舒服 ? 你快说话呀 !”

柳如梦初醒，慌慌地说 :“哦——没、没，我没病。你……你怎么现在才给我打电话呀 !”话一出口，她的情绪也随之镇定下来。

“嗐，我在信中不是给你说过嘛，咱们北京那边总占线，也不知什么原因。你不知道，我……我几乎每周都给你打电话！”

柳说 :“哼，尽撒谎 ! 你信都那么少写，还会每周给我打电话 ?”

鹏说 :“你还不信 ?！亲爱的，跟你说，我既要学习又要打工，忙得上厕所都觉得碍事，哪有那么多时间写信 ? 要是能打通电话，不就省事多啦 ? 可……你瞧，直到今天我才打通电话，真不容易呐 ! 怎么样，你好吗 ?”

柳说 :“你说的是真话 ?”

鹏说："嘿，你怎么啦，我还骗你？"

柳犹豫片刻，一咬牙问："我问你，你……在那边是否认识一个叫梅的北京女孩？"

强一惊，眉头扭结、眼珠暴张。

鹏说："你说什么？叫……叫梅的？北京女孩？哦，我们这边中国留学生不少，可这个叫梅的我可不认识。"

柳眸子一溜，说："哼，又撒谎！她跟你同天同机座位紧挨去同一个学校的同一个系，你会不认识她？"

话筒里片刻沉默，一会又传来声音："亲爱的，你……你说什么呀，飞机上哪有坐同一个座位的，你说的这个梅到底是谁？"

柳没好气道："你甭管她是谁！反正她去时跟你紧挨着座位，这还不够吗？"

鹏问："她是几排几号？"

柳说，"29号，不是和你的28号挨着吗？"

鹏哈哈大笑："这哪是座号呀，这是排号！座号是按ABCD等字母列的，你知道吗？"

柳愣了，眉一挑，又说："我没坐过飞机，哪知道？可即使是这样排列，你也是跟她挨着吧？"

鹏说："我当时坐的是28排E号，那个叫梅的坐29排第几号？"

柳说："这……"她猛然用手按住话筒，回头问强："你能记住梅当时坐29排第几号吗？"

强皱着眉，挠着头说："我哪记得清呀！好像是……H吧？"

柳怔住了，一咬牙，冲着话筒嚷："你甭管她坐第几号，她同你去同一个学校同一个系，你总不会不认识吧？"

鹏问："她学哪个专业？"

柳又被问住了，忙按住话筒问强："梅学哪个专业？"问毕，又折回头对鹏说："她学绘画理论。"

鹏笑，说："我学的是美术设计！我怎么认识她？"

柳穷追不舍："不都是一个系吗，你怎么会不认识她？"

鹏说："咯，你说什么呀？为什么一个系就一定认识呢？亲爱的，你说的这个梅到底是谁？你怎么认识她？你老问她是怎么回事呀？"

柳状如木雕。半天才喃喃道："她……你要不认识就算了。"

鹏说："亲爱的，你究竟是怎么啦？你可别胡思乱想。喂，告诉你一个好消息，我这半年帮一家公司设计广告，挣了一笔钱，还够租一套房子，买一辆旧汽车啦。我给你打电话，是想让你着手办理护照和签证，下个月我去接你来美国。"

柳感觉血直冲胸口，差点晕眩过去。但她定了定神，回头望强，强此刻在她的视野里成了一尊正在融化的蜡像。

"我们……怎么能证明他说的话是真的呢？"强在说话，声音撞冲着柳的耳鼓，于是，强在柳的视野里又成了一尊完整的蜡像。柳望望强说："你得尽快问梅，看梅说的是否跟鹏说的一样？"

强斜视着柳，一副不以为然："哼，你真傻，他俩要好上了，能说的不一样？"

柳细眉一颤，怔怔的。

强涎着脸笑："嗨，咱俩先别管那么多！"说着，一把将柳捌进怀里。

柳使劲挣脱，气喘嘘嘘，满脸通红："你别闹了，我……我现在没情绪。"

柳在强的视野里便忽然间陌生起来。

第二天上午，柳没上班，她请了假，一个人跑到西单国际航空公司问讯处，有关飞机的排次座号便得到了证实。柳剩下的唯一事情是去找强。于是，她给强打了电话。

午饭后，强应约来柳家。柳一见强，迫不及待地把上午去国际航空公司问讯处证实的排号座次告诉了他。

强听后笑，一副不以为然："你没必要去证实。

柳满脸问号："为什么？"

强说："因为你无法证实他俩是否真的不认识。"

柳疑惑地看强，半天才说："依你看，他俩真的认识还是不认识？"

强摊开双手耸了耸肩："我也说不清。真的，跟你一样，我也说不清。"

柳突然问强："你能保证梅在国外一定忠贞于你吗？"

强说："别说在国外，就是在国内我也不敢打这个保票，除非我把她整天锁在屋里。"

柳说："这么说，你不能保证她一定爱你？"

强说："就像你也保证不了鹏一定爱你一样。"

柳说："那你爱不爱她？"

强半天才说："这是一套简单的算术题。"

柳一抿嘴："那你爱不爱我？"

"你？"强迎着柳那灼灼的目光，良久，把厚实的双臂围到柳的脖颈上，很响地亲了一口柳，"你说呢？"

柳秀气的脸上飞起一片红霞，明净如水的双眸透出无限柔情："你要是爱我，咱俩就结婚，我保证永远爱你！"

强浑身一震，松开双臂，睁大眼睛，说："你不出国啦，鹏不是说下个月来接你吗？"

柳目不转睛地瞪着强，坚定地说："只要你能保证爱我，我宁肯不出国！"

强久久地凝视柳，末了他被柳那灼灼的目光逼走了神。慌慌地说："哦，——请别！为了我放弃出国，多不值，眼下那么多人想出去，门都找不着呢！再说，我……我也想出国！"

柳只感觉脑门"嗡——"地一响，浑身的血排山倒海直冲脑门，她不解地望强，眼里的情人此刻是那么陌生那么遥远……

一个月后，鹏从美国回来，他要接柳去美国。梅与鹏同机从美国归来，她也要接强去美国。

那一天，柳和强不约而同双双来到首都机场迎接各自的爱人。一见面，双方都瞪大了眼，那是他俩不欢而散的第十次见面。

柳问：“你……来干什么？”

强有分寸地笑：“别多心，我来接爱人，和你一样。”

柳瞠目结舌。半天，却喃喃地说：“怎么又是这么巧，难道他俩……”

强耸了耸肩笑：“你说呢？”

柳无言以答，柔柔的披肩发怏怏地耷拉下来，挡住了她秀气的脸庞。

强说：“依我说，你没必要这么丧气，婚姻嘛，就那么回事，世上哪有爱情含量百分百的婚姻呢？想开点吧。”

柳狠狠地白了强一眼。

这时候，出口处一阵热闹，鹏和梅双双走出来，他俩都一眼瞥见自己的爱人，“咚咚”直跳迎上前去。

柳被鹏搂得快要喘不过气来。柳好不容易挣脱鹏，朝与强亲热的那位女子努了努嘴，问：“你认识她？”

鹏眉一颤，道：“哦——差点忘了向你介绍！”他拉着柳走上前去，向梅介绍了妻子柳，然后对柳说：“她是梅，我们在回来的飞机上认识的。”

梅笑脸盈盈，向柳伸过一只手。柳无法拒绝，她机械地同梅握手，脸上却只是淡淡一笑。

梅向鹏和柳介绍强，强大大方方同鹏握手。接着，又伸手给柳，柳没响应，强若无其事，大度地笑，末了朝柳投去意味深长的一瞥，柳慌忙将目光躲开，尽力平静地审视梅，却仍清晰地感到自己的心怦怦直跳。

回到家里，鹏迫不急待地将柳搂进怀里，疯狂吻她。柳涨红着脸。再一次挣脱出来。柳问鹏：“你真的是回来时才认识她的？”

鹏一时懵了说：“他（她）——哪个他（她）呀？”

柳一拉脸：“哼，那个叫梅的！”

鹏一愣，哈哈大笑：“你总是醋性不改！萍水相逢，我早把她忘了，你——对啦，你怎么老记着她呀，你究竟怎么知道她的？”

这一问，反倒把柳问住了。柳望鹏，慌慌地说：“我并不知道她，是……是一位同事向我提到她，我……我去给你弄点吃的！”

鹏放心笑了，拦住柳："不，我不饿。我给你看几样东西。"说着，鹏从旅行箱里掏出一条亮闪闪的金项链和几件赏心悦目的服装，一一递给柳，柳浑身的血液顿时燃烧起来，她终于感觉自己内心那份久违的温馨正波涛般往上冒。她心一酸，一下扑倒在鹏怀里，嘤嘤地哭，所有的怨恨和疑虑霎时全线溃逃。

接下来，一切便顺理成章，柳和鹏痛快淋漓地饱尝了久别之后的甜蜜。

柳柔柔地伏在鹏那并不厚实的胸膛。柳含情脉脉望鹏："你……真的那么爱我？"

鹏搂着柳那白藕般的脖颈："傻瓜，难道你不觉得我真的爱你？"

柳问："能爱我一辈子吗？"

鹏说："那当然。"

柳甜甜地笑了，说："我……我一定要好好爱你！'然后，一下接一下吻鹏。鹏只感觉到自己的胸膛被一阵阵暖融融痒酥酥的温柔所覆盖……

一个月后，柳办完护照和签证，高高兴兴地跟着丈夫鹏登上飞往纽约的CA981航班。同行的有梅和强。强也满脸兴奋。飞机上，细心的柳下意识地注意到了机舱的座次和排号，鹏说的一点没错。

到了波士顿，鹏不再读书，他已应聘到一家广告公司搞设计，柳则守在鹏租到的那套屋子里，成了地地道道的家庭主妇。当然，她也在一边学外语。

梅则继续求学，强陪读、在附近一家餐馆找到了一份临时工做，给人家洗盘碗。

他们俩家人时有来往，主要是节假日或周末聚会，四个人在一块时，彼此间客客气气，彬彬有礼，有时海阔天空地聊天，多少能找回一份异国同乡相聚的快乐。

有一天，梅接到鹏打来的电话，鹏说："喂，今晚我请你跳舞。"

梅说："去你的，你可别再打什么鬼注意！"

鹏说："瞧你，难道以前的一切就真的烟消云散了，我们还可以保留一份自由嘛！"

梅没好气道："你别贫嘴了，我说过了，过了特殊时期，咱俩各过各的日子，可别太对不起自己家的那口子！"说完，她毫不犹豫地撂下电话。

而柳有一天也接到强打来的一个电话，强说："柳呵，你现在怎么变了个人似的，见了我总那么冷冰冰，真让我受不了1"

柳听罢细眉一挑，怒斥道："我恨你都来不及呢，要不是看在鹏的面子上，我见都不想见你。我现在要加倍爱他，不然太对不起他了！"说完，"咣"地摔下话筒。

强感觉那话筒像柳的巴掌，狠狠地摔在他的脸上……

（原载《作品》1992年第11期）

短篇小说

日晕

早晨被王洪生提前了半个小时。

往常，王洪生一家都是六点半起床的，今早却一改常规，六点正，王洪生床头柜上结婚时买的那个上海产钻石牌闹钟便很称职地一阵狂叫，梦中的王洪生猛一惊，只好一跃而起。

傅春玲此刻也睁开了眼睛，却皱鼻歪嘴的，满脸的不情愿。她那秀气美丽的眼睛射出来一串利剑，一歪脸横扫那讨厌的闹钟，继而狠劲地戳丈夫．但此刻丈夫没理她．丈夫正顾自在床沿上穿袜子，丢给妻子一个脑勺和一个脊背。

傅春玲只好无奈地打了个呵欠，伸了个懒腰，怏怏地起床。往常，都是她第一个起床，丈夫紧跟着。这回，夫妻俩倒了个儿，妻子反主为副，反而是满脸的不情愿。

昏暗中，灯被揿亮了，拥挤的小屋刹时灿然生辉。夫妻俩没精打采地对望一眼，谁也不说话。两人穿戴完毕，便交替着去上厕所、刷牙洗脸。忙完这阵，王洪生自觉地进厨房张罗早餐、给儿子煮牛奶。傅春玲则走近儿子床前，弯下腰来，轻轻摇儿子："阳阳，快醒醒，该起床啦！"

阳阳扭着脸，"嗯嗯"地在被窝里左右伸腰，可就是不愿睁眼。

傅春玲犹豫片刻，索性走进厨房，冲丈夫嚷："阳阳根本就没睡够，我可不忍心弄醒他!”

王洪生望着妻子，说:“怎么会没睡够呢，昨晚不是提前半小时睡的嘛!”

傅春玲没好气道:“可他不愿起来。有本事你去叫醒他，我来做饭。”说着，她一闪身进了厨房，把丈夫挤了出来。末了，她又冲丈夫嚷:“跟你说，可不许再把阳阳弄哭!”

王洪生木然地望了一眼妻子，转身进屋，来到了儿子床前，愣愣地注视儿子。儿子此刻仍酣睡着，发出均匀的香甜的鼾声，稚嫩的脸上一派纯真。昨晚，儿子哭了好一阵，儿子闹着要到邻居冲冲家去玩电子游戏机，王洪生不让儿子去，儿子便哭。儿子一哭，傅春玲心疼了。她白一眼丈夫:“干吗，让他去，有本事你给儿子买呀!”这句话，像让丈夫鲠了鱼骨，丈夫瞪眼张嘴。半天，才结结巴巴争辩道:“你……你让儿子玩疯了，将来还怎么成才啊?”傅春玲脸一歪，喷出一串冷气:“哼，你别狗咬铁板装嘴硬，你没看晚报吗?外国人都说了，小孩子就得让他玩个够，这叫充分开发智力培养兴趣!”说完，便放鸽子般将儿子支走了。王洪生也没有阻拦。毕竟，他越来越感觉自己眼下像脚踩薄冰，心虚着呢。不知从什么时候起，他感觉自己像被一股无形的压力包围着。邻居们三天两头变着戏法给自己的孩子买回各色高档玩具，什么变形金刚、电子游戏机、卡拉OK机……这一切让王洪生望而生畏。他和妻子都是靠固定工资生活的人，他怎么能像邻居一样有求必应地去满足儿子呢?王洪生感觉自己刚当上父亲时的那种自豪和自尊霎时消亡殆尽，代之以难言的沉重。待妻子放走儿子后，王洪生只得苦着脸说:“你老挤兑我，你……你让我怎么办呐，”妻子望着可怜巴巴的丈夫，口气多少也缓和了些:“你是男子汉，你说呢!”王洪生趁机说:“你把儿子交给我，我多陪着他，让他少跟冲冲他们接触。”末了，还提议早上提前半小时带阳阳到外面散步吸收新鲜空气，再送幼儿园。妻子无奈，只得同意……

王洪生还是不得不弄醒儿子，但他不使劲摇他。他伏下身来，一边轻声地喊儿子，一边则轻轻挠儿子柔嫩小巧的耳窝。儿子的耳窝布满笑神经，儿子最怕人挠他耳窝的。王洪生这一喊一挠，儿子便缩着头咧着嘴，先是发出一声长长的不情愿的啼哭。这一哭让王洪生心一紧，砰砰地跳，只听得身后一声门响，妻子显然从身后追来。王洪生一紧张，下意识地又挠了挠儿子的耳窝。这一挠，儿子果然“咯咯咯”地在床上打着滚，发出悦耳、可人的笑声，紧接着一骨碌坐了起来，且哭且笑。王洪生不由得侧脸望妻子，脸上露出少有的得意. 妻子白一眼丈夫，嘴角却禁不住被笑扯长了. 但她仍没好气冲丈夫嚷：“瞧你那熊样，还不赶快给儿子穿上衣服！”说着，顺手抓起儿子的一件毛衣，跨上前把丈夫挤在一边，风风火火帮儿子穿上，边穿边喊：“儿子要着了凉我可跟你没完！”

王洪生冲儿子嘻嘻笑着，悻悻地退在一旁。忽然，又意识到什么，匆匆奔门外去了。

厨房里“滋滋”地冒着焦糊味，王洪生奋不顾身冲进去一关火，那“滋滋”声才停止了。小锅里在热牛奶，牛奶漕出来至少溢掉了一半，比刻灶台上白花花一片狼藉。王洪生怔怔地望着眼前这一片狼藉，一时竟不知所措。

这时傅春玲寻味追来，边追边问：“我猜是牛奶漕了吧？”一进厨房，她满脸僵黑，还狠狠地瞪丈夫。

王洪生摊开双手，申辩道：“这……这可不能怪我，是你擅自离开厨房。”

“就怪你！”傅春玲满脸怨气，“不怪你怪谁呵，还不是你出的馊主意这么早要起来的？！”

王洪生望着妻子，艰难地咽下一口唾液，眼前这张美丽的鹅蛋脸，这张传神迷人的眼睛，对他来说似乎一天比一天陌生了。想当初，王洪生成为这大杂院里唯一的一个大学生时，他如皓月当空，多么耀眼多么风光呵！而傅春玲这朵大杂院里公认的美丽花朵也是不摘自来，温温馨馨，令人嫉妒地落人他王洪生家中的。然而，不知从什么时候起，傅春玲那股温顺劲不见了，对丈夫总是横挑鼻子竖挑眼的。王洪生感到震惊，困惑乃至愤怒，但他毕竟是一介书生、谦谦君子。从小生活在这大杂院里，他就与众不同。他总是那样温文尔雅，不像别的男孩那样喜欢争吵打闹。此刻，他不无愤怒地望着妻子，仍然是竭力地控制着自己的情绪：“牛奶糟了，怨谁都无济于事。我来做鸡蛋羹吧，行吗？”

他轻声说着，便开始张罗着洗碗取蛋做鸡蛋羹。

傅春玲于是无话，转身回屋侍候儿子去了。

他们的早餐极其俭朴。除了儿子阳阳喝牛奶吃蛋羹，夫妻俩吃的是馒头，咸菜和稀粥，稀粥极稀，是用昨晚的一点剩饭泡的。

傅春玲喂完儿子，自己抓过一个馒头，啃了一口，嚼着，忽然对丈夫说：“今天你要有空，帮我琢磨着给工商所打个报告。”

王洪生鼓着腮帮，不住眨眼：“你——干吗。”

傅春玲头也不抬说：“开个水果摊。”

王洪生皱了皱眉，说：“你不上班啦？”

傅春玲说：“执照一到手，我就辞职。”

“你——”王洪生瞠目结舌。

傅春玲喝下一口粥，说：“我怎么啦我？我可不能再忍受这种穷日子。”

王洪生说：“我……我可不是反对。我是说，要干也得好好想想。”

“想什么，要不摆摊你能让我到大刘那儿打工呵？！”

王洪生一时无话，内心却火辣辣像吞下一口辣椒。大刘就是冲冲的爸爸，跟王洪生、傅春玲都是这大杂院里长大的，此外还有小贺、小成、小龚等伙伴（当然，小贺、小成和小龚等眼下也成大贺、大成、大龚了）。论力气和长相，大刘在这大杂院里可是最出色的男子汉，当初他大刘追傅春玲也颇下了一番苦心。只是那时候唯王洪生考上了大学，傅春玲才一心一意主动选上了王洪生。可如今，大刘自个开了家豪门酒家，眼下是这大杂院公认的“大款”，大成、大贺和大龚这几年也在外折腾，虽不及大刘，但少说也都是“小款”了。而傅春玲和王洪生这对曾显赫一时的夫妻，眼下却成了这大杂院里公认的贫困户。大刘曾对傅春玲许诺：“到我的酒家来当帮手吧，每月少说也给你五百。”傅春玲一听一时瞪大了眼——五百，可相当于她眼下整三个月的工资呐！傅春玲回到家，把此事同丈夫说，丈夫满脸不悦，却还是挺大度地将球踢给了对方：“你自己觉得能去吗。”这一问，反倒把傅春玲给问住了。想当初，是她傅春玲看不上大刘不说，眼下要过去沾大刘的光，他妻子能不吃醋吗，傅春玲可不是那种见钱眼开、没半点自知之明的人。想到这点，王洪生对妻子还是有几分满意的。此刻他望着妻子，讪讪地说："瞧你，都说到哪去了！我是说，辞个职，开个摊可不像喝粥那么容易，得三思而行，再说，没有资金，是个大问题。"

"这你就甭管了。"傅春玲有些不耐烦地盯丈夫，"你究竟替不替我打报告。"

王洪生望着妻子，一脸的无奈："你真要我写，我……我能不写吗？"说着，三下两下将手中的馒头填进嘴里，又把盛粥的碗喝了个底朝天。

左邻右舍响起瓢盆声洗漱声的时候，王洪生已推起自行车，横梁的座椅上托着儿子阳阳，慢慢地往外走。往日，王洪生送阳阳的时候，总是跟冲冲、迪迪、贝贝等孩子凑到一块。人家冲冲、迪迪、贝贝坐在家长的自行车上，总是美滋滋地喝着"乐百氏奶"，不是喝一瓶，而是一路上一瓶接一瓶地喝，孩子的胸前还总是变花样地系着各色新式玩具。阳阳第一次见到的时候，就闹着要人家冲冲的"乐百氏奶"闹了一路，哭声也撒了一路。冲冲的妈妈玉娟倒也大方，快到幼儿园时紧迫几步把一瓶"乐百氏奶"塞进阳阳怀里。阳阳霎时不哭了。王洪生望着玉娟，内心有种当乞丐般的耻辱，脸上却只有感激。那天要不是玉娟的那瓶"乐百氏奶"，王洪生几乎无法放下儿子前去上班。后来，王洪生也不得不买"乐百氏奶"，让阳阳在上幼儿园的路上喝。但天长日久，王洪生感觉自己快支撑不住了。阳阳每月的全部消费，几乎占去了王洪生每月的全部收入。王洪生眼下是大学里的讲师，中级职称，全月收入不到二百块。妻子在区妇联当打字员，那每月一百六七十元的工资，便成了他们夫妻俩唯一的生活费了。王洪生提前半小时送儿子阳阳、为的是躲开冲冲等其他小朋友。显然，王洪生想慢慢改变儿子，让他尽可能不受高消费影响。此番用心，妻子傅春玲是知道的，妻子也没别的办法，她当然也不会阻挠。

王洪生用自行车推着儿子，蹑手蹑脚地躲着甬道旁的杂物走出大杂院。大街上一阵清风迎面扑来，清风中夹杂着一股浓郁的、甜丝丝的花香。时值阳春，放眼望去，大街两旁的桃花和迎春花灿然一片，红的热烈，黄的耀眼。柳树和白杨树也正“滋滋”地往外冒新芽，那片片葱翠在微风中婆娑起舞，飘飘欲滴。王洪生痴痴地望着眼前的景色，胸间油然浮起少有的轻松与愉悦，他感觉如释重负。

阳阳却忽然叫起来：“爸爸，把乐百氏奶给我！”这一叫，如一根无形的细丝，把王洪生那稍微轻松的心给扯沉重了。

王洪生内心暗暗叫苦。他没有想到，阳阳刚刚跨出这大杂院的门，便会及时提出这种要求。看来，这道门已成了阳阳喝“乐百氏奶”的信号，就如赛场上施号员的那一声枪响。显然，喝“乐百氏奶”已成了阳阳的一种习惯，这习惯就如同大人们抽烟、喝酒，瘾上来了，是很难控制的。不过，王洪生自己既不抽烟，也不喝酒，三十好几的人了，他至今未养成这些嗜好。他要有这些嗜好哪怕是仅仅养成其中的一种，那他和妻子恐怕每月得有大半时间去喝西北风了。这一点，他有些自豪，也不乏庆幸。他想这辈子自己无论如何不会去染上这些嗜好了。然而，他没有这些嗜好，并不能排斥儿子喝“乐百氏奶”的嗜好。说来惭愧，做为父亲，他本无阻拦儿子喝“乐百氏奶”的理由，相反，给儿子无所不至的爱，哪怕满足儿子的一切要求，都应该是天经地义的。王洪生一点也不想责备儿子。他只想适度限制儿子。但此刻的儿子却望着父亲，那纯真、稚嫩、无邪的脸蛋充满热切的祈盼与渴望，那神情让人无法不联想起嗷嗷待哺的小鸟。

王洪生内心一热，无限的怜爱瞬间波浪式传遍全身，眼睛也感觉到一股难抑的温热和潮湿。他一阵冲动，一只手已伸进口袋抓紧了像往日一样为阳阳准备好的那唯一一瓶“乐百氏奶”，眼看就要递到阳阳跟前。但最终，他使尽全力忍住了。不是已打定主意要改变阳阳习惯的吗，何不现在就开始尝试，他灵机一动，冲儿子嚷：“阳阳你瞧，那边有什么——”他弓腰仰头，伸手为儿子指着什么。实际上，这时候他仍漫无目标。但阳阳已张大眼睛，顺着父亲的手指寻找着什么。最终，王洪生惊叫起来：“哦——那边有小鸟！”他一惊一乍的，说着一偏腿上了车，驮着阳阳追上了几只小鸟，准确地说是几个鸟笼。每个鸟笼分别由一个老头拎着，有的老头是“双管齐下”，一只手拎一个鸟笼。鸟笼里分别有画眉、云雀、百灵。此刻，鸟们在鸟笼里欢唱雀跃、叽叽喳喳叫着。阳阳一下子被鸟吸引住。看着小鸟调皮的跳跃啼唱，阳阳高兴地仰脸望了一眼父亲，竟禁不住“咯咯咯”地笑起来. 阳阳这一笑，把老头们也逗乐了。老头都乐呵呵地招呼阳阳：“小家伙，喜欢吗，来，跟大爷一块玩鸟来！”于是，王洪生不无得意地用自行车推着阳阳，跟老头们来到路旁的一片小树林里。阳阳跟鸟们玩了好一阵。

二十分钟之后，王洪生开始驮阳阳上幼儿园。一路，阳阳余兴未尽，仍不断同父亲说着小鸟。王洪生的心情一下抹了蜜，他美滋滋地一直把阳阳送到了幼儿园。

分别的时候，阳阳却忽然叫：“爸爸，我还没喝‘乐百氏奶’！”

王洪生心一“咯噔”，像当了小偷被儿子当众揭穿一样，他支住自行车，红着脸伏下身来，笑呵呵地亲了亲儿子，讨好地说：“阳阳，都快上课了，晚上回家再喝好吗？”

“我不我不！”阳阳一噘嘴，皱着眉愤愤地瞪了一眼父亲，紧跟着哭闹起来，声音越来越大。

王洪生心一沉，绝望的防线如冰川融化“咔咔”崩溃，他别无选择，只得乖乖地伸手掏出那瓶“乐百氏奶”，插上吸管，递到阳阳手里。

阳阳停止哭闹.

上课铃响过之后，王洪生总算站到了学校的讲台上。他是生物系讲师。今天，他给二年级学生讲达尔文的进化论。

生物系二年级两个班，总人数六十人。此刻，王洪生抬眼环视台下，发现教室座位稀稀拉拉，学生最多也只来了半数。他不禁伸手看了看表，皱了皱眉，问：“都什么时候了，怎么到现在才来这么些人，”

年级学生会主席张俊诗欠了欠身，说：“王老师，用不着等啦，上课吧！都上书市去了，今天是最后一天展销。”

王洪生眉一颤，脸上似微微掠过一丝欣喜，他已好久没听说过学生对买书感兴趣了。于是，他顺口问：“这么多人去，真是少见。书市上都有些什么好书呵。”

有几位学生同时回答：“股票类的书。”

“什么，股票类的书，”王洪生满脸疑惑地扫视台下的学生。

女生李小红噘着嘴说：“王老师您也太自我封闭了！眼下全社会正闹股票热，股票类的书都成了抢手货，您还不知道呀?!”

王洪生不由一怔，感觉自己被李小红无意间说对了一半。他承认自己的确是封闭的，自打自己当上了父亲，便不再敢光顾书店了。但眼下社会的股票热、股票类书籍畅销，他是知道的。他只是想不到学生们眼下才刚刚上二年级，经济上还未能独立，对股票就如此热衷。于是，他说：“我觉得同学们关心股票是好事，说明大家视野开阔、对生活敏感。但距离你们有能力买股票，毕竟还太早了，何况眼下股票类书籍到处都有——”

“王老师我不同意你的观点!”李小红站起来抢白，“难道没钱就不能买股票，我哥两年前到深圳就是个穷光蛋，可他找朋友借了五千元买股票，眼下你猜他有多少钱?”

王洪生皱了皱眉，问：“多少钱? ”

李小红一拍手掌，答：“五十万!”

“哗——”教室一下沸腾了，无数张脸瞠目结舌地对准李小红，那眼神也五光十色，有震惊、有羡慕……

有几个声音接着响起——

“哼，五十万算什么，上海不是有个大名鼎鼎的杨百万吗?”

没听说吗，深圳那边买股票成百万元户的就有好几十个呢，几十万、十几万的更是数不过来!”

“王老师，您也甭计较他们不来上课了。股票类的书到处都有，可展销会期间不是九折优惠吗，”

一阵沸沸扬扬之后，王洪生才缓缓清醒起来。他站在讲台上，极力整理着自己的思绪。他清了清嗓子，开始讲达尔文的进化论。他从物种的起源开始讲水生类、两栖类到陆生类动物的形成，从自然界的弱肉强食、人类在与大自然的斗争中发展壮大讲到了达尔文进化论的核心：适者生存、不适者被淘汰，物种由此而不断发展进化。讲台上的王洪生与在家里的王洪生简直判若两人。此刻，他情绪激昂、旁征博引，挥斥方遒，声音抑扬顿挫。台下的学生个个屏声静气、专注入神，教室里简直能听到针落地的声音。

王洪生话音一落，教室里仍鸦雀无声，都沉浸在王洪生讲课的氛围中。许久，才有学生发问——

“王老师，达尔文的进化论我懂了。但假若用进化论来衡量当今的知识分子与个体户，你认为这两者之间谁是强者，谁是弱者呢，”

尖锐，大学生式的尖锐！王洪生内心不由自主地一震。寻声望去，他与提问的学生四目相对。那学生叫陶波。就是他，每次上课，他总爱提些令老师们棘手的问题。你瞧他，那神态还一本正经的，甚至不乏求知的欲望，你无法说他是故意发难、也无法拒绝回答。王洪生迎着陶波的目光，没有半点逃避与退缩。他略一思索，笑着回答：

“你说的……是一个尖锐的现实问题，也是个复杂的社会问题。很难用简单的肯定与否定来回答谁是强者谁是弱者。但假若用历史的和达尔文进化论的实质来看，任何一个时代任何一个社会都离不开知识分子。既然说，科学技术是第一生产力，那么知识分子掌握并推动着科学的发展，知识分子无疑是生产力发展的第一源动力，这一点谁也无法否认。”

“可眼下的知识分子大都是一副穷酸相，甚至被迫受聘于个体户，您能说知识分子比个体户强吗，”陶波咄咄逼人。

王洪生却针锋相对：“那么你为什么不去当个体户而要来读大学呢，”

陶波愕然，他无言以对。

下课之后，王洪生来到了系办公室。他记得很清楚，今天是四月六号，按惯例该发工资了。

果真，王洪生顺利领到了工资。然而，他脸上并没有出现往常领工资时应有的一丝笑意。他抬眼瞅了瞅工资条上那“199.50元”的字样，心头反而沉重起来。从今天起到下个月六号，他又得从头掐手指细算筹划，琢磨着花每月这为数不多的钱了。

之后，王洪生又去系主任办公室找系主任。上个月，上面就吹下来风了，学校新近盖的一栋房子就要完工，正在制定分房方案。他想无论如何，这回该申请要房子了，哪怕是给他最差的一间，他也会心满意足。

系主任见是王洪生来找他，倒是热情，光秃秃的脑壳下面挂满皱巴巴的笑。但他听完王洪生的来意，那笑便躲开了，代之以满脸难色。主任望了一眼心情迫切的王洪生，颇为同情地说："你是咱系里的优秀教师，按理是应该优先解决的。可要解决，难呵。学校三千职工，有一千人是困难户。这批房子，分到咱系里就那么两套，可系里申请要房子的就有二三十人，其中比你困难、硬件又在你前面的就有六七个人，真正的杯水车薪——你叫我怎么解决呢，唉唉……依我看，你就再耐心等它几年吧。嘻嘻，面包会有的，一切都会有的，你说呢，"主任说着，"嘿嘿"几声，光秃的脑壳下面又挂出皱巴巴的笑。

升起的一丝希望就这样如断线的风筝，王洪生只听得内心"咔嚓"一声，那希望重重地栽落在地上。他抬眼望了望并无恶意的系主任，鼻梁酸溜溜的，只感觉眼窝里有两道热呼呼湿漉漉的东西呼之欲出。他下意识地一闭眼，强行把那东西给压了回去……

王洪生回到家里时已是傍晚六点。往日，他一般是五点半左右回到家里。这回，他晚了半个小时。于是，他一进屋，便歉意地冲妻子"嘿嘿"两声："对不起，我……我回来晚了。"

傅春玲正在给阳阳喂饭。见王洪生进屋讨好，一点也不买他的账。她斜着脸狠狠瞪他一眼："挣那两个臭钱还假模假式的踩着黑夜回来，你是让鬼叼走了魂咋的？"

王洪生一愣，讨了个没趣，却还是讪讪地笑。他放下提包，进厨房洗了洗手，接着走上前逗儿子："阳阳，爸爸来喂你好不好，"王洪生依然笑着，既冲着儿子又冲着妻子。

傅春玲用胳膊肘将他一挡，扔下一句："滚一边去，谁稀罕你啦！我说的那份报告你帮我写好没有？”

没有回答，傅春玲霎时侧过脸来，美丽的眼珠翻着眼白。

王洪生已愣了半天，见妻子那脸追来，不得不问：”什……什么报告？”

傅春玲“呼”地一下跳起来，手中的筷子差点没戳到丈夫脸上：“你看看你还是不是我家的人，敢情你不把我说的当回事呀，!”

王洪生这才意识到了什么，忽然他一搧脑壳：“你说的是那份申请执照的报告吧，嗐，我今天那有工夫呀！你真着急要，我……今晚给你写也不迟吧，”

“去你的吧！我吃完饭就要，你写得出来吗，”

“吃……吃完饭就要，你总不会今晚去送报告吧？”王洪生满脸疑惑。

“你以为大白天的把报告送到人办公室去就能给你个执照呀，出土文物！”傅春玲仍怒目圆睁。忽然意识到什么，才又补了一句：“眼下办个执照不找关系至少得等个一年两年的，你知不知道，”

王洪生蹙着眉，嘟囔了一句：“那还打报告干啥，”

傅春玲说：“废话，你能光吃饭不穿衣吗，不管怎么说，最迟今晚你得给我写出来。”

王洪生耸了耸肩，不置可否。傅春玲则蹲下身三下两下把剩下的饭给阳阳喂完。

接下来，夫妻俩便开始吃饭，半天无话。一会，傅春玲意识到什么，问：“你的工资呢？”

王洪生闷头说：“跑不了，吃完饭再给你。”每月他领了工资，都得如数上缴的。

傅春玲见状，索性放下碗筷：“不行，你现在给我！”

王洪生瞅一眼对方，一伸手还是摸出了兜里的工资，交了出去。

傅春玲瞟一眼丈夫，埋下头快速点着，忽然嚷起来：“怎么差二十块钱？”

王洪生鼓着腮帮，皱了皱眉，一会才说：“哦——对啰，我买了两本书。”说完，怕妻子不相信或奚落，索性起身，从提包里拿出那两本书，递到妻子手里。那两本书，一本是《股票证券投资指南》，另一本是《股市搏击诀窍183招》。

下午在系里开完会，他压不住心头“滋滋”冒出的欲望，跟几位学生一块赶到劳动人民文化宫的书市，花十四块钱买下这两本书。本来有其他几本股票方面的书，他也看上了，但还是忍住没买。

傅春玲接过书，惊叫起来：“嚯，都是股票的。敢情你也开窍了，也想发财呐？！”又翻开看了看书价，“妈呀，这么宰人的书，你也买得出手，咦——不对吧，七块加八块，不是才十五块吗，还有五块钱呢？！”她像发现阴谋一样，忽然紧紧地把审视的目光对准了丈夫，一动不动。

王洪生瞟一眼咄咄逼人的妻子，脸“倏”地红了，怯怯地说：“那五块钱……我买奖券了。”

其实他不只买五块钱，而是买了六块。那多出的一块是买书九折省出的。离开书市后，他和同行的几位学生在街上碰上眼下北京大街上常见的社会福利有奖募捐车，一大群人热热闹闹地围在那里尝试运气，脸上那五光十色的笑，颇让人怀疑他们一个个都中了奖。

李小红首先提议：“嘿，咱们眼下还买不上股票，何不先买几张奖券试试运气？”她一说，张俊涛，叶秋云、陈文彬三位学生立时响应。同时，几个人也把祈待的目光投向他们的老师王洪生。

王洪生笑着摇了摇头：“嘿嘿，我可不试，我这人一向运气差。”

见他不响应，学生们便都顾自去买奖券，一元一张的，他们每人买了五张，结果竟有半数的人得了奖。李小红居然中了一百元奖，陈文彬也中了个十元奖。叶秋云、张俊涛都没得奖，却也嘻嘻哈哈，闹着要李小红、陈文彬俩人请客。

李小红不置可否，眉一扬冲王洪生嚷：“王老师，该你碰碰运气了。你要买呀，不管中不中奖，待一会我请客！”

王洪生一口一个“我从来就运气差”，连连推辞。

李小红索性说：“要不我替你买！”说着，立刻欲行实施。

这下，王洪生全线崩溃。他是教师，怎么忍心让学生掏钱为自己买奖券呢，几乎是同一时刻，王洪生拦住李小红，斩钉截铁地说：“我买！”也不知哪来的胆量，王洪生几乎是不假思索，一下便掏出六元钱：买了六张奖券。然后，他静心屏气、小心翼翼、满怀希望地在学生的簇拥下开奖。然而，每开一张，王洪生便绝望一次，每次都感到内心深处的抽痛与胀裂。待六张奖券全部揭完，王洪生感觉自己的心像被掏空了。他茫然地望了望身边的学生，尴尬地说："嘿嘿，我说过了，我这人运气从来就差！"

叶秋云、张俊涛既打趣不无安慰地说："王老师，咱们是一样的运气！"

李小红则亮出得奖的那一百元钱，一副劫富济贫的豪爽劲："没关系，王老师！走，现在我请客！"说着，她手一扬，要走。

王洪生却满脸歉意："不行，我该回家了，你们去吃吧。"

四位学生立刻围住他，几乎都睁大眼，异口同声："那怎么行呢？"

王洪生一脸苦笑："我……我得赶到幼儿园去接孩子！"说完，拔腿便走，逃也似地推起自行车，他庆幸学生没追上来拦他。然而，他还是晚了。赶到幼儿园时，阳阳已被妻子接走……

此刻，傅春玲那张美丽秀气的脸被彻底扭曲了，原本那很女性味的脸颊霎时变成一块铁板。那双本很温柔的眼睛成了两处强劲的火力点，"哒哒哒"地朝王洪生扫过来一串串仇恨的子弹。即便这样，她还嫌不解恨。她整个儿像"滋滋"冒烟的炸弹，"腾"地站起来发出震天动地的咆哮——

"你这个混蛋！你也不张眼看看你家过的啥日子，还有闲钱去买奖券呐?你得奖了吗？你得的奖呢，你拿出来让我瞧瞧呀！,"

"哇——"地一声，阳阳被惊飞了魂。阳阳闭眼撇嘴正颤颤噎噎地制造着一声漫长的啼哭。接着，那哭便如翻江倒海、电闪雷鸣，节奏急促而热烈。

夫妻俩没一个人主动去劝儿子。两人四目相对，纹丝不动。妻子是怒不可遏，丈夫是悲愤交加，丈夫那脸是煞白的、扭曲的、还不住抖着。蓦地，丈夫那颤抖的嘴唇憋不住了，终于挤出来一声吼叫——

"你……你别欺人太甚！你——"

王洪生剧烈地喘着气，他没能够说下去。他压抑不住满腔的悲哀与愤怒："咣——"地一声，把手中的碗筷一下摔到桌上。继而扭转身．冲门而出．怒气冲冲，头也不回地往外走。

傅春玲由愤怒变为瞠目结舌，一时竟不知所措。她做梦也想不到王洪生也有震怒的时候。

王洪生一个人走在凉夜如水的大街上，任凭悲愤的泪水涌出眼眶，欢快地往下淌。路灯在他的视野里摇曳不定，一片模糊。城市和夜在他眼中从未像现在这样，显得如此遥远如此陌生。飘香的空气被他吸入胸腔中，他感觉如血流淌。

他漫无目标地走着，无意间走下了地铁口。检票员拦住了他。他一抬眼，索性掏出衣兜里仅有的五毛钱，去窗口买了张票。转身走下了地铁站。去哪里呢，他不知道，也没多想。他只顾随人流稀里糊涂地挤进了刚刚停下来的一辆地铁。

地铁又徐徐地动了，很快呼啸起来，发出了“呜呜”的震耳轰鸣。王洪生油然生出一阵快感，他希望震耳的轰鸣声赶走他脑子里的一切思维，让大脑处于空白。然而，无论如何，他还是实现不了这种状态。他恨妻子，他怎么也想不出妻子现在怎么变了个人样，喜怒无常，对他百般苛求、挑剔。以前妻子可不是这个样呀！他也恨自己，恨自己怎么会鬼使神差地跟着学生去买奖券，而且一买六张，花了六元！想想，自己那一刻真是晕了头啦！六块钱，六块钱对自己来说可不是个小数呀，六块钱可以给阳阳买六瓶“乐百氏奶”外加一支巧克力雪糕，买酱油则可以买三四瓶。既便不买吃的，再多买一本股票类的书也行呀——哦，不不！还是什么都不瞎想的好，即便北京某一天忽然发行股票，自己又上哪找钱去买呢?！……

王洪生越想越后悔，越想越觉得自己心头像被人挖去了一块肉。现在他的心已缓缓平静下来，他已不怨恨妻子，而只是一个劲骂自己。他想妻子冲自己发那么大火是应该的，谁让自己晕了头往外扔钱呢，正想着，只听得耳边的高音喇叭在讲：“各位旅客，东直门站到了。没下车的乘客请赶快下车，这是最后一班地铁！”

王洪生猛一惊，跳将起来，慌慌地冲出车门。还好，果真是东直门站，他庆幸自己没被拉过了站。此刻，他疲惫地蔫着脑袋，他没有想到自己今晚竟稀里糊涂地坐了一夜地铁. 他想这环形地铁，每趟按半点钟计，今晚至少也坐了八趟吧，花五毛钱买一张票，如此算来，今晚是白捞回了三四块钱。

王洪生走出地铁站时，心情渐渐好起来。他多少有种因得到补偿而心安理得的感觉……

（原载《萌芽》1993年第7期）

附录

病房一隅的世道人心

——关于杨晓升中篇小说《病房》

王春林

身为中国报告文学学会的副会长，杨晓升是一位典型的兼擅小说写作与非虚构文学写作的两栖作家。或许与他曾经把很大的一部分精力投入到非虚构文学的写作有关，我们发现，他小说写作一个非常突出的特点，就是有着强烈的忧患意识，有着真切的社会关怀。这一点，在他的中篇小说《病房》（载云南“大益文学”书系第二辑《城》，漓江出版社2017年2月版）中，同样表现得非常明显。病房，如同广场、茶馆、酒店、酒吧一样，属于不同阶层的人群聚集的公共场所，三教九流的人们由于身体罹患各种病症的缘故，都有可能出现在病房中。一旦这些本来素不相识的人们出于求医疗治的目的相聚在病房里，那自然就会生发出各种各样的矛盾冲突来。从这个角度来说，杨晓升之选择病房作为自己的故事发生地，就如同老舍的杰出话剧《茶馆》一样，首先显示出了作家的一种艺术睿智。在杨晓升的这部中篇小说中，病房这一公共场所，实际上成为了作家切入社会现实生活的一个绝佳窗口。杨晓升通过这个窗口所透视出的，既有无法回避的社会基本矛盾，也有世道人心的各种复杂样态。

故事发生在京城一家知名三甲医院神经内科一个三人间的病房里。聚集在这个病房里的患者、护士长、家属以及护工，有两种情形。一种属于纯粹意义上的萍水相逢，比如作为患者的李建文、刘平民和雷政富。毫无疑问，杨晓升最起码在这三位患者的命名上下了一番功夫。李建文，之所以与“文”紧密相关，乃因为他退休前一直是一个在第一线工作的中学老师。刘平民，之所以被命名为“平民”，乃因为他实实在在就是一个来自于河北张家口的地位贫贱的普通农民。至于雷政富，则正如他的名字就已经明显预示出的，叫做由“政”而“富”，即由于是身为河南省某县委的组织部部长而位列豪富家庭。他们三个人不同的社会地位所导致的身份差别，仅只是通过住院一事就已经得到了充分的表现。虽然说这家知名三甲医院的床位非常紧张，但神通广大的雷政富，却是在从河南赶到北京的当天就入住医院了。即使如此，照顾他的女护工却仍然不够满意，以至于满腹牢骚：“哼，这有什么难的？住这么差的病房还需要费劲吗，三人一间，多拥挤啊！我们雷部长本来想住单间呢，可惜这医院现在没有，都让别人占用了，好扫兴啊！”与雷政富相比较，李建文老师尽管拥有当初的学生、现在的护士长唐慧娟这样一种关系，但却仍然是被迫在重症监护室里住了整整四天时间之后，才得以入住这个三人病房的。至于贫贱的普通农民刘平民，则是依靠“在医院楼道和周边打游击等待住院床位，熬了十来天总算等到床位住了进来，等待做头上引流手术和腰椎穿刺手术。”同样是住院，三位患者之所以会形成如此鲜明的差异，很显然还是因为权势、地位以及财富作祟的缘故。但不管怎么说，此前没有一点交集的三位患者，就这样萍水相逢在了北京的一家医院的病房里。

再一种，则属于带有明显巧合意味的故人重逢。这一点，主要是指曾经分别是师生与同学关系的李建文、唐慧娟和王美丽。差不多二十年前，李建文曾经在山西省吕梁市中阳县暖泉镇中学担任过初中老师，那时候的唐慧娟与王美丽，就是李建文班上的两位学生。因为王美丽一如其名的天生丽质，所以便吸引了班上很多情窦初开的男生的注意力。其中，自然也包括几位学习特别冒尖的优秀男生，他们因为王美丽的存在而心猿意马，学习成绩明显下降。这种情形，很快引起了班主任李建文的高度注意：“当发现男生中的学习尖子因王美丽的原因而成绩下滑，甚至因为王美丽的原因而争风吃醋时，他焦急了，愤怒了。”这一切，本来不应该由王美丽负责，但一时性急的李建文却把账全都一古脑儿地算到了她的头上。于是，一场尖锐激烈冲突的发生，就不可避免了。

面对着来自于班主任不分青红皂白的无端指责："王美丽做梦也想不到自己一向尊敬的班主任会如此发火，更没想到班主任会说出这么刻薄伤人的话。不，这哪里是话，简直是刀，是剑，刀刀剑剑直刺她的自尊，此刻她的心头在汩汩滴血。"遭受了如此一番羞辱之后，有着强烈自尊心的王美丽便不复再来上学。虽然李建文后来意识到自己的行为不当，也曾经专门去家访，力劝王美丽返校读书，但却不仅没有见到王美丽，而且王美丽此后也没有再来上学："之后长达二十年的时间，李建文老师再也没有得到王美丽的任何消息。"正所谓不打不相识，无巧不成书，李建文根本不可能想到，等到自己住进这个病房的时候，临时找到的护工，竟然会是曾经有过一番恩怨纠葛的当年的学生王美丽。李建文与王美丽的重逢，同时也意味着唐慧娟和王美丽两位同学的重逢："与王美丽相比，唐慧娟相貌平平。从外貌上看，王美丽是花，引人注目，唐慧娟是草，平淡无奇。王美丽招蜂引蝶，唐慧娟默默无闻。"但正所谓因祸得福，唯其因为唐慧娟毫不出色，所以才默默无闻地专心学习读书，最终考上北京的一所护理学院，毕业后竟然幸运地留在北京工作。天生丽质的王美丽，却终因中途辍学的缘故，而"一辈子扎根在希望的田野上"。曾经有过这样一番既往交集的师生与同学再度重逢，必然会引发出新的故事来。

分别来自于两种不同路径的一群人，就这么聚集在北京的一个病房里，矛盾冲突的发生就是必然的。其中，最根本的"挪床位"矛盾冲突，发生在权贵阶层的雷政富与平民阶层的刘平民两个家庭之间。雷政富不仅陪床的随从多，而且得到的慰问品也很多。眼看着多到放不下的时候，雷政富的老婆便不由分说地指挥下属挪床位，硬生生地挤占了本来属于刘平民的空间。让王美丽大跌眼镜的是，面对着雷政富一家如此飞扬跋扈的行径，李建文与唐慧娟的反应竟然形成了极其鲜明的差别。李建文，是义正词严的严厉指责："王美丽万万没有想到，一向外表文弱的李建文老师敢于在这个时候站出来主持公道，而且面对的是咄咄逼人不可一势的官夫人。李建文老师的形象在王美丽的心目中忽然高大起来。"而唐慧娟呢，则口口声声地以构建和谐社会需要大家互相理解体谅为由，默认纵容了雷政富一家的不合理行为。却原来，素昧平生的唐慧娟之所以会毫不犹豫地站在雷政富这个权贵家庭一边，全都是因为有雷政富家属暗中送出的红包在起作用："无意间，她瞥见唐慧娟护士长靠门口的办公桌上放着一个信封。厚厚的，里面像装着什么，信封上'中共河南省某某县委组织部'的字样清晰可见。她冷不丁冒出疑问：信封里到底装着什么，这莫非就是人们常说的医生收的红包？"小张护士的疑问并非多余，实实在在地，唐慧娟护士长正是因为收受了雷政富的红包，才会对他们家网开一面予以特别关照的。与此同时，雷政富之所以当天就可以住进这家医院的疑问，也就有了清晰可见的答案。只要有红包率先开道，这个社会就没有办不到的事情。

实际上，也正是从唐慧娟的暗中收受红包开始，小说的故事情节开始发生转折，开始由"挪床位"转向了究竟是否应该给医生送红包的问题。面对着一直在以红包开路的雷政富一家，刘平民的妻女尤其是他的女儿刘彩霞顿时陷入到了激烈的自我矛盾状态之中。一方面，她们实在没有多余的财力去给医生送红包，但在另一方面，她们却又特别担心如果不送红包，医生就不会对刘平民精心治疗。怎么办呢？到最后，为了筹钱给医生送红包，刘彩霞竟然被迫偷偷地走上了卖血的道路。幸亏被王美丽发现得及时，才不至于对身体造成更大的伤害。《病房》中王美丽这一人物形象，作为朴素民间正义感的化身，与身为护士长的唐慧娟，形成了极其鲜明的对照。作为曾经的初中同学，唐慧娟的社会地位虽然比王美丽要高出许多，但她那早已被金钱社会异化扭曲了的人性世界，却要比仅仅是一位普通护工的王美丽不堪猥琐了许多。一个自私贪婪，为了谋求一己的私利而不惜牺牲本应坚持的原则。另一个却是急公好义，如同梁山好汉一般喜欢打抱不平。这一方面，小说中有两个细节不容忽视。一个细节是，王美丽总是趁人不注意，把雷政富的牙刷和水杯在污水中搅一搅。通过这一数次重复的细节，杨晓升所敏锐发现的，是底层民众对于拥有特权的权贵阶层的强烈不满。另一个细节是，借助于上级部门领导到医院视察检查工作的机会，王美丽在大庭广众之下，把平民阶层刘平民一家艰难求医，连同医院收受红包的问题，捅到了上级领导面前，从而迫使医院高从善院长不得不在再次重申杜绝收受红包的同时也减免了刘平民的相关医疗费用。单只是这两个细节，一个具有民间正义感的急公好义者形象，就已经不无生动地跃然纸上了。

就这样，病房虽小，虽然很不起眼，但杨晓升的慧眼独具处却在于，他非常精妙地借助于病房这一公共场所，在真切反映社会矛盾的同时，也对纷繁复杂的世道人心进行了足称深入的透视表现。正所谓病房小世界，世界大病房，归根结底，能够借助于病房这一公共场所来寄予并表现自己深切的社会关怀，所充分凸显出的，正是作家杨晓升一种非同寻常的艺术智慧。

附录

老派故事出新意

——读杨晓升中篇小说《疤》

木 弓

一个中年画家，经常在社会上行走，经常出入高级酒楼饭店，和各种各样的人打交道，看上去见多识广，人情练达，老于世故。艳遇邂逅这种事，应该不会太当真，不会太动心。但是中年画家贾增城这个人就动心了，就当真了。那女子就一个眼神，就把他的魂勾走了，从此日思夜想，终于背着美丽的妻子，开始了人生一段悲催历程。这就是作家杨晓升中篇小说《疤》的故事基本框架。

读下去，我们就会发现，这是一个老派的故事：情节老派，叙述老派，主题也老派。新一代小说家写这种事，情节进展一定飞快，没有几句话，就开房上床了，一点也不拖泥带水。语言的节奏也很快，信息量也大，有时让你来不及想。主题更倾向无厘头，读半天，不知男女主人公有什么思想基调，更不知故事有什么道德指向。新派小说是应当代快节奏的城市生活，快餐式的城市文化而生，符合新一代读者的接受需求。也许，小说故事就得跟着时代走。

新派故事的流行，并不意味着老派故事没有了价值。一个文化社会里，实际上是存在着各种多种小说接受需求，也就会存在多种多样的小说，有新派的，自然也就会有老派的。我们千万不要进入思想的误区，以为一种文化流行了，就可以让不流行的文化消失或消亡。小说也是这样。新派有新派的读者，老派有老派的读者。其实，某种意义上说，老派的读者会更多，只是我们很多作家，每天被创新之狗追赶喘不过气，不再去写老派一点的故事。而《疤》则有意识地要突出故事的“老派”，应该有其“美学”上的用意，值得引起我们的关注。在这里，我们所说的老派故事，更多地是指写实小说。和当代那些具有现代派特征的小说相比，传统的写实小说确实显得有些老派。坚持这种写实性，就可能坚持现实主义的精神。《疤》就是具有现实主义精神品质的写实小说。

首先，真实反映当代人的生活现状和精神现状。贾增城家里已经有一个美丽的妻子，当年他苦苦追求才得到爱情，但事隔多年，他仍然抗不住诱惑，选择了外遇。这里，不能简单理解为人性的本能，也不能简单地说贾增城玩弄女性。实际上，作品更多地指向一种物质丰富但平庸无聊的城市生活对人的精神异化。一个艺术家，整天在各种饭局中，醉生梦死，靠着说段子抖机灵。这种生活，本质上就是无生气，无活力，无品质，无尊严的日子，和艺术家应该具有的创造生活完全背道而驰。所以当杨妙丽出现时，才他突然觉得眼前一亮，激活了一个艺术家的冲动。其实，杨妙丽也是一个平凡女子，但这时却对贾增城发挥了超常的作用。当故事向前推进的时候，我们很快发现，杨妙丽的人生也有自己的不幸。光鲜的外表，掩盖了身上那些可怕的令人恶心的伤疤。和她过了一夜，贾增城由理想的破灭发展到生理的病态，最后以离婚告终。作品表面写艳遇偷腥，实际上折射出当今的社会现实，写出当代人精神的困惑、迷惘与无奈。

其次，小说的主题突出了道德批判意识。任何一部具有现实主义思想倾向的小说，最终都必须把主题道德化，或者说都会强调道德主题。在现代思想看来，这是现实主义小说的局限，但同时也应该是现实主义小说的魅力。正是这样的主题意识，规定着《疤》的故事的走向，一定要朝着批判现实方向展开情节，最后出现悲催性结尾。小说的高潮部分自然是男女主人公发生性关系的那一夜。本来，是一个很刺激的情感之夜，却因为女主人公身上可怕的伤疤而改变走向，变成了一个恶梦。显然，小说的主题并不支持艳遇偷情，不支持通过这样的方式来摆脱人思想的危机，精神病态，改变现实的人性道德。因此，体现出一种道德谴责和批判的态度与立场。相对那些无主题无故事无思想的新派小说，《疤》给我们留下更多的思考。

其三，小说塑造了真实可感，有血有肉的人物形象。这是老派小说基本的诗学特征。一切思想以及内涵，都是通过人物形象的塑造来实现。没有人物，所有的信息都没有意义，故事情节也失去了美学含量。《疤》着力打造贾增城这个形象，就是为了实现小说的主题。作为一个有妇之夫，他扮演了一个诱惑者的角色，看似想占女人的便宜，看似人性的本能，其实是想弥补自己精神上的空虚，是一种道德的沦丧。小说一开头就细写杨妙丽的那双眼睛对贾增城的挑逗性，激发起贾增城偷情的冲动。随着情节的展开，贾增城的个性和思想就立体了起来。他的第一次所谓的艳遇，其实是找到了自己的爱情，而第二次艳遇确实为了偷情。比较两段情感的发生，我们会注意到，贾增城的内心，已经和过去大不一样，他的爱情观已经发生深刻变化，对女人的态度也发生变化。诱惑女性的手段当然非常陈旧老套，无非就是请客吃饭，在饭桌上抖点赞美女性的小机灵。要不就是把女性带到自己的画室，展现艺术家的才华，迷倒文艺青年。这种手段的选择，表明贾增城不是一个老于世故的猎艳老手。他完全不明白，现在用这种陈旧的手段要去搞定一个见过多少男人的成熟女性，除非对方自觉与你合谋，否则根本无法成功。但他居然成功了，也同时发现了自己落入了一个情感的陷井里，并为之付出了沉重的人生价代。这是一个当代犯傻者的形象。

别以为当代的人性就比过去进步，也别以为当代人就比过去的人聪明。事实上，当代人创造了这么繁华的商业世界，其实在许多方面，还不如古人，其根源就在于文化。小说用相当篇幅写了男女主人公不断用段子来挑逗对方，来进行思想交流，非常真实，同时也在说明，这种快餐式的文化已经支配了人们的思想和心灵，成了当代人的文化基础。人与人之间的文化关系，已被段子这样的快餐文化控制了。再重要的思想，再重要的情感，都被快餐文化轻轻地划过，就完全消解了。靠快餐文化支持的社会思想，该是什么样的质量，我们可想而知。由此，我们看到了贾增城现实困惑迷惘的根源，也生发开去，看到当代思想文化的危机。这个形象的启示性也许就在这里，老派故事的新意也许就在这里。

杨妙丽是小说着力塑造的女性形象。这个美丽的女性，精神和肉体都受到很深的伤害，内心世界与单纯的外表形成了鲜明的对比。这个女性其实很功利，一看自己的被看透了，就换了另一幅嘴脸，成了一个恶女人，也成了贾增城一个恶梦。小说对这个女人的性格是持批判态度的。而我们更愿意小说对这样的女性注入更多的同情和关怀，更倾向同情她受伤害的那一面。如果这样，这个女性形象会更丰满，更深刻。

附录

《风过无痕》：尘埃的生命也恢弘悲壮

周其伦

以写实文学笔调驰骋于文坛的北京著名作家杨晓升，近年突然在小说创作上频频发力，时常有品质不俗的小说作品呈现给我们，令喜爱他的读者眼前一亮。大型文学双月刊《长城》2016年的第3期，杨晓升又为我们讲述了一个《风过无痕》的故事，与以往作品不同的是，作者紧紧抓住一群地位卑微人物的命运悲欢做文章，让我们在欣赏完这部中篇小说后，真切感受到在犹如尘埃的生命里，依然闪烁着恢弘的人性光辉。

《风过无痕》是一篇深度展现当下残酷社会现实，读来让我们疼痛焦灼彷徨不安的作品。吕梁山深处的一个偏僻小山村，山娃和山花打小就生活在这里情投意合，意欲成人后喜结连理。岂料精彩的“外面”热潮涌动，也牵动了大山坳敏感的神经，迫于经济落后，人们走出大山，在“闯南方”的浩荡人群中，试图寻找改变自己命运的密匙。很多人在闯荡的过程中失去了人的尊严和品格，山花也在重重压力下误入欢场不能自已，最后被别人“包养”。山娃得知后，贸然南下寻找山花，在灯红酒绿的南方都市踅摸，意欲唤回山花曾经的山盟海誓。在城市的霓虹下四处碰壁的山娃，心情异常烦躁，心生怨恨而又鲁莽的他只能在山花所在的歌舞厅附近，袭击路人摩托以示报复，并导致被害人严重受伤，他也在警方的追逐中被击毙于作案现场。值得玩味的是，山花在电视新闻上看到山娃被警方击毙消息时，正与包养她的富人躺在豪华别墅的席梦思上想入非非……，山娃的生命犹如尘埃般随风飘走，恰如风过无痕。

这篇小说的故事架构和叙述基调，很大程度上得益于杨晓升厚实的生活积累，还有他成功撰写报告文学的历练。我们阅读这样小说，常常能够触摸到这个故事命意在作者心中逐渐成型的块垒，感受到他特别想通过这个悲情的故事袒露他对人生的思考。表面上看，《风过无痕》说的是山娃这个受贫困桎梏的农村青年，在失去恋人之后的悲伤与怨恨，因报复社会而命丧黄泉的悲剧。下场很悲催，倒也并不鲜见，我们不是经常都会读到这类新闻吗。但是，《风过无痕》没有停留在事件的表象，而是在文学的意向上对社会、对当下畸形的世相，进行了大胆直露的叩问，这才是这部作品带给我们的最珍贵思考。

由于各种因素使然，人的命运有着无法回避的千差万别。比如城市和乡村，东部与西部，差别是客观存在的。从我们所生存的社会层面去考校，人们在寻求弥合这种差别时，往往缺乏正确引领人们努力的机制，浮华喧闹缺乏信仰，崇尚追名逐利，必然丧失基本的良知和正常的秩序。

《风过无痕》想告诉我们的是，社会应更多地把关注的目光倾注在山娃、山花这些地位卑微、生活艰难的底层人物身上，因为，在漫漫如斯的人类发展史上，再卑微的生命也能够汇聚成浩瀚历史长河的滚滚波涛，只有万千“尘埃的生命”生生不息，社会进程才得以浩浩荡荡，我们从这个意义上说，“山娃们”的生命也一样恢弘悲壮。

作者正是想通过对“山娃事件”的沉重描写与悲情刻画，真诚地呼唤着社会道义的合理伸张和良性竞争路径的顺畅通达，同时，作者也是想通过自己的作品，去呼唤对卑微生命的怜悯与尊重，隐隐地表达了他渴望社会都自觉地遵循公序良俗的美好期冀。

附录

无望的呼告

——作家杨晓升中篇小说《日出日落》读后

黑丰

虽处海滨，却是绝地，却密不透风。封闭。悲苦。悲惨。死寂。

一个人、一种生机、一个家庭、一个家族、一个村寨、一个民族，死寂于（或死于）一种糟粕没落蓑亡的文化，死寂于（或死于）一种陈旧的观念、一种所谓寨仔山村的偏狭的遗风，死寂于（或死于）一种绝人念想的空空大道、空悟一有的宗教（佛）。仿佛非此而不谓之“德”，非此而不谓之“贞”，非此而不谓之“国粹”。正是这种一直被“他们”（部分精英和群氓们）看好的、光宗耀祖的僵化伦理，从宗族文化的内部卡住了人的咽喉、扼杀了人的生机。纵有“珍珠”们千般惨烈而绝尘的尖叫与呼告、姊妹和宝仔们撕心裂肺的哀嚎，巫钦文们也只有哀怨、茫然、无措，逆来顺受。他们（这里包括寨仔村里的那些庸众、那些大爷大伯大妈大婶们）的眼里也只有麻木、冷漠，只有风；他们并不关心巫钦文、珍珠、宝仔们的吃喝拉撒、钱怎么来怎么去，不关心一个活着的人的脚下和在方寸之地如何存在与生活，不关心一个活人的血（血祭）与浊泪；他们宁可关心一些十分抽象的（形而上的），十分遥远、十分空洞的东西，关心“民风”、“寨风”、关心“脸面”、关心死人（光宗耀祖）、关心生活在极乐世界的肥头大耳的佛祖们。以致一个人（尤其女人）死无葬生之地、死后仍遭诟病。

这是我从作家杨晓升长达8万余字的中篇小说《日出日落》（见2014年《中

国作家》第12期）中所看到的、最严峻的陡峭、最深刻的部位所在。小说不置藏否地刻画了一个具有化石质地的广东海滨原始闭塞的潮汕村寨，无情地撕裂了“国粹”文化中的既要庄既要贞既要严既要华表、却又“吃”人的最惨烈的布幕。通过一个畸零人（珍珠）的死，一个张口闭口“做人”、张口闭口“颜面”“尊祖”的人（巫钦文）的活（虽生犹死的活），通过一个家庭单元的凋敝，深刻地揭示和批判了一种文化、一种俚俗和积习，以及一种观念、一种宗教的罪恶、伪善和丧尽天良。

什么谓之“伪”，什么谓之“罪”，又什么谓之“丧尽天良”？

那就是在一种文化中不给出人的“生”、不给人“出路”，让一个活人去死，宁可制造大批庸众的冷漠、无耻与无知，也不可乱了礼数和家法。

一种文化、一种宗教或一种地方俚俗乡规，如果没有对人的彻底的爱、没有宽恕、没有悲悯，没有被生灵的乞乞的求生欲望所动，不许人忏悔、也不许人返回（人间）、过河拆桥，把人永远钉在耻辱的十字架上，把规矩把僵化的教条把已然死去的家法宗法看得比生命还重，把死人看得比活人更高贵，不充分尊重人权，这就叫丧尽天良。任何东西，一旦丧尽天良，纵然是你的祖宗和祖宗定下的规矩，只要它“吃”人、而非人文，那也只有踢踏，或向烈火向茅坑用力；纵然是“佛说”，可他老是签曰什么“千谋万计事难成，枉走江山万里程”，也是一种罪过，因为它虢夺了人的生机，制造了人的死的宿命，所以，也只有向火道和“坑道”用力。

为什么要让珍珠“枉走”，为什么要让一个走投无路的苦命的妇人“千谋万计事难成”？为什么要让她巢穴中六个嗷嗷待哺的黄喙小儿啼饥号寒？为什么要让一个家庭男主家室空茫？——珍珠是因家暴而走的，后悔悟而迷途知返（家）；她离家的前提是（频频的）家暴、家庭主妇之位搁置、空落，支柱经济体（男人）攲斜、倾侧不能正常运转。是的，珍珠确有过错，她后来不该又与前夫（地痞无赖胡汉三）在一起，但所有这些她能规避和幸免吗？是她愿意的吗？回娘家时的巧合与历时中的玄机她能掐会算吗？她那雪片般的悔罪书信，那泣天地动鬼神的文字，为何不能消融血管中的冰凌？巫钦文为何要团成纸团而充耳不闻？宁可导致家庭一遍散沙，经济“血”晕、崩溃（因为后来基本承担家庭主妇的大女儿又被迫离家出走），一个大男人如笼困兽活活地困顿在六个孩子的团团呼嚎中不能拔脱、不能移步去做自己想做油漆工作，宁可一家人挣扎在生死线上。谁之罪？——文化。当然，男人巫钦文也不是被一种文化所彻底扼住（没有一丝半缕的蠢蠢欲动），毕竟他也是人，也想女人想她回来原谅她。但他能做到吗？他怕，他胆小。巫钦文宁可把对女人的一种深切思念深深地压进黑暗的内仓压在潜意识的纵横交错的沟壑里，然后放出狠话“勿理她”“不许让那个老娼进家门”，哪怕形单影只、“升上三竿的日头”拉长了身影越来越深暗。他也咬紧牙关不松口。怕，胆小。其实一个人越是极端越脆弱；越是活到后来越胆小、越不是活自己，而是活“他人”，活一种皮相、一个影子。为一种文化“活”。活得不如自己的儿（如10岁的宝崽）。一个孩子可以比父亲更勇敢。宝崽可以脱口就说“我要去看俺娘”，父亲不敢；宝崽敢于面对自己的内心，父亲不敢（面对自己的爱）。他怕那把潜在的“尺子”，他顾及所谓的“颜面”，他不敢暴晒自己的情欲和心房，却一再给自己“大风降温”，压迫血液中的荷尔蒙、压迫自己的良知，他宁愿牺牲自己、同时也连带葬送家庭其他成员的权力（幸福与天伦），也要说“不”。他的以及所有这一类型的人，他们（男人们）最终要塑的是一个什么形象呢？我有一比：稻草人！他们所要“抖”出的不过就是一个“稻草人”的形象，一个腹中塞满“稻草”的英雄。以铭节操。实际上这就是文化的“活祭”。对的，就是“活祭”。“活祭”，是国粹文化的一大重要特色。纵然（六个孩子）千呼万唤，他就“不”。他就要这个“稻草人”英雄。这种“稻草人”的内在渴望或内阀被一种俚俗和积习摄住，止于或喑哑其中；其次是宗教的因素，这是文化中之文化。人一旦搞不定时，一般都会到宗教里寻答案，他们会去一个寺庙一个庵。到宗教里找没错，但宗教也有教条的需要批判和改良的东西。所以这里我要遣责的就是这种（教条的僵化的）。为什么人间（他们）苦苦呼告，而天庭不应？为什么大佛小佛一味地享受人间的香火却高高在上，为什么高高在上却还要灭人欲，致人于“千谋万计事难成”，不然，“别有事来惊”？！

哑！不人道，也不符合神道（一种真正的神道是爱人的）！肥得流油的佛，却不是苦众和苦逼之佛；而是富有阶层和权贵们的佛。

虽然作家在小说中一言不发，没有明言和明确遣责，但写下即态度。在这一毋庸言明的态度中，在珍珠和她的一家绝望的呼告中，也深藏着作家和普天之下的受苦苍生对“佛”的控诉。是“佛”杀死了这个可活却不让活的女人；是“佛”杀死了宝崽们的仁慈的“母亲”、杀死了这个处于崩溃线上的家庭的最后一丝生机；是“佛”和粕文化的双重束缚并钳制了他们的“父亲”，使之一直活在丧偶的阴影中欲拔不能、生不如死。

小说的刀笔，是以剖析一个社会细胞一个家庭为单元，是以一滴水、以苍生中最脆弱群体——妇女为主体，通过她悲苦的命运以及她的献祭，来聚焦人生和社会，聚焦人性，敲打或考量那些被人们奉之圭臬、敬若神明的从祖宗那儿承继下来的传统和规矩；同时，解剖了这一家庭中的另一主人物（巫钦文）的苦逼形象。他既是这一（男性）文化的继承者、守护者，又是受害者、牺牲者；他既居高临下，又匍匐于地；既施暴他人（珍珠），也祸害自己（走向暮途）；既制造罪（恶），就必然遭罪；既制造苦果，就必然自食其果。无一幸免。印证一条铁律：凡不给他人幸福者，自己也毋庸幸福；凡制造（家庭）灾难者，自己必然遭灾，并且加倍。

……于是，寨仔山村的人便都咬牙切齿。人们不由自主地把憎恨倾泻到巫钦文身上，大家都把他和他全家视为不祥之物。

巫钦文便更加孤独了。寨仔山村和四乡邻里的父老乡亲遇上婚丧嫁娶，也不再请巫钦文到自己家去油漆家具。

小说基本在人的（珍珠）“复位——废黜”之间展开。主线深刻明晰，伏线根系丰繁，语言平实有力而情感把控适中。尤其最后一掷，万劫不复；犹似寒江之上《琵琶行》曲终一拨。

按潮汕遗风，在外边死的人遗体是不能入寨的，更不能抬回家，何况死者是遭大多数村人唾骂的珍珠？于是，珍珠的遗体便只好暂停放在小溪边那棵苦楝树下……

珍珠终于永远留在了寨仔山下。然而，寨仔山村的人对她的谩骂和憎恨却达到了无以复加的地步。寨仔山村的老头老太太都说："珍珠那臭娼活着时无个好样，死时也不想积德！她别的地方不去死，咋呢偏偏死在咱寨前呐？真是狼心狗肺、故意辱没寨风，看把咱全寨的好运气全冲掉了！"

呜呼，太悲，也太恐怖！至死不饶，永不宽恕。——这就是寨仔山村的人们，这就是男主人一直所要的浮在村子上空的他的所谓"颜面"。

作家笔下的人文生态，令我忧惧且十分震撼。照说，毗邻大海，应该自由、舒缓、敞亮，不成想潮汕的地理和人文如此糟糕，与同样毗邻海滨的古希腊比较，那简直一个在地一个在天。其境况竟然比中央之国的内地还内，比封（冻）疆之土还封（冻）；同样不成想的还有曾以写报告文学见长的作家杨晓升还有这一手，做起小说来毫不含糊。尤其当刀笔戮向人性最幽暗的部位时，力道不减并逐渐加强加深，从不卷刃。不由得让我不刮目相看。另有题目也耐人寻味。"日出日落"几乎成了人物和作家内心无奈的浩叹，日头就像一个绝望的句号（绝句），出了又落，落了又出，永无罢止，就像寨仔村人的绝望的生活，只要一天不沦为亡灵，不沉沦为"珍珠"们死，就必须一天接一天地过下去，就像这日出日落。不知此题作家创作之初是否作过精心构思，但我总觉得一个好的题目就应该在第一时间让读者感到作品的体温，甚至感到心跳（作品的心跳作品人物的心跳作家的心跳与读者的心跳，皆可）。作者是学生物的，当初没有进实验室、却一步迈进了"方田"，不成想以文学的形式走近他亲爱的"生物"，在他的"方田"里"日出日落"。杨晓升的稿我读得不多，但几年来，也未见他少发少转载。虽然他身位与角色转换，从《中国青年》至《北京文学》、从记者至编辑至主编、社长、从新闻从纪实至小说，但一直文心不变；虽然出差多了、会议多了、杂务多了，但依旧沉静，不事张扬；虽地处京畿，但却心系民间，根系泥土，依旧是民生民众，依旧焦点、焦灼，依旧焦虑；从一支报告文学的笔到一支小说的笔，从非虚构到虚构，从素白之材到修辞策略的转变，他似乎本色未变。文本似更深邃。尤其当前，中篇式微、文学枯水（季）一刻，杨晓升一篇一篇地耕耘，一篇一篇地奉献。几年来为文学市场捧出了《红包》《介入》《身不由己》《日出日落》等多部中篇力作。最新消息：他的中篇新作《天尽头》又占据了风头正劲的《长江文艺》2015年第1期中篇头题。

杨晓升并不是一个专业作家，他没有那么多充分的时间，由此我们可以想见他的艰辛和大脑沟回的分裂与撕痛。他只有耕耘。从近年他“产出”的几部作品来看，我们是欣慰的。他的稿毛茸茸的，不做作，不勾兑，踏实，本真，直逼现实。为此，我们祝福他！

图书在版编目（CIP）数据

日出日落 / 杨晓升著. -- 北京 ：光明日报出版社，2017.7

ISBN 978-7-5194-3118-1

Ⅰ. ①日… Ⅱ. ①杨… Ⅲ. ①中篇小说－小说集－中国－当代②短篇小说－小说集－中国－当代Ⅳ. ①I247.7

中国版本图书馆CIP数据核字(2017)第164930号

日出日落

著　　者：杨晓升

责任编辑：谢　香　李　倩　　责任校对：傅泉泽

封面设计：吕宜昌　　责任印制：曹　诤

出版发行：光明日报出版社

地　　址：北京市东城区珠市口东大街5号，100062

电　　话：010－67078248（咨询），67078870（发行），67019571（邮购）

传　　真：010－67078227，67078255

网　　址：http://book.gmw.cn

E－mail：gmcbs@gmw.cn

法律顾问：北京德恒律师事务所龚柳方律师

印　　刷：北京世汉凌云印刷有限公司

装　　订：北京世汉凌云印刷有限公司

本书如有破损、缺页、装订错误，请与本社联系调换

开　　本：889×1194　1/16

字　　数：330 千字　　印　张：23

版　　次：2017年7月第1版　　印　次：2017年7月第1次印刷

书　　号：ISBN978－7－5194－3118－1

定　　价：69.00元